i grandi libri Garzanti

«Tutto Shakespeare» nei Grandi Libri
diretto da Nemi D'Agostino

Enrico VI, parte prima, *a cura di Carlo Pagetti**
Enrico VI, parte seconda, *a cura di Carlo Pagetti**
Enrico VI, parte terza, *a cura di Carlo Pagetti**
Riccardo III, *a cura di Vittorio Gabrieli*
La bisbetica domata, *a cura di Sergio Perosa*
La commedia degli errori, *a cura di Guido Fink**
I due gentiluomini di Verona, *a cura di Andrea Cozza**
Tito Andronico, *a cura di Alessandro Serpieri*
Pene d'amor perdute, *a cura di Nemi D'Agostino*
Sogno d'una notte di mezza estate, *a cura di Marcello Pagnini*
Riccardo II, *a cura di Andrea Cozza**
Romeo e Giulietta, *a cura di Silvano Sabbadini*
Re Giovanni, *a cura di Silvano Sabbadini**
Il mercante di Venezia, *a cura di Alessandro Serpieri*
Enrico IV, parte prima, *a cura di Massimo Bacigalupo*
Enrico IV, parte seconda, *a cura di Massimo Bacigalupo*
Molto rumore per nulla, *a cura di Nemi D'Agostino*
Enrico V, *a cura di Andrea Cozza*
Come vi piace, *a cura di Carlo Alberto Corsi e Nemi D'Agostino*
Giulio Cesare, *a cura di Alessandro Serpieri*
Le allegre comari di Windsor, *a cura di Nemi D'Agostino*
Troilo e Cressida, *a cura di Francesco Binni**
Amleto, *a cura di Nemi D'Agostino*
La dodicesima notte, *a cura di Carlo Alberto Corsi*
Tutto è bene quel che finisce bene, *a cura di Francesco Binni**
Misura per misura, *a cura di Nemi D'Agostino**
Otello, *a cura di Sergio Perosa*
Re Lear, *a cura di Agostino Lombardo*
Macbeth, *a cura di Nemi D'Agostino*
Antonio e Cleopatra, *a cura di Sergio Perosa*
Coriolano, *a cura di Nemi D'Agostino*
Timone d'Atene, *a cura di Agostino Lombardo**
Pericle, principe di Tiro, *a cura di Alessandro Serpieri*
Cimbelino, *a cura di Piero Boitani**
Il racconto d'inverno, *a cura di Demetrio Vittorini*
La tempesta, *a cura di Agostino Lombardo*
I due nobili cugini, *a cura di Demetrio Vittorini**
Enrico VIII, *a cura di Andrea Cozza**
I sonetti, *a cura di Maria Antonietta Marelli e Romana Rutelli*

L'elenco segue l'ordine cronologico delle prime rappresentazioni. Gli asterischi indicano i volumi non ancora pubblicati.

William Shakespeare

Enrico IV, parte seconda

Introduzione di Nemi D'Agostino
Prefazione, traduzione e note
di Massimo Bacigalupo

Garzanti

I edizione: aprile 1993

Traduzione dall'inglese di
Massimo Bacigalupo

Titolo originale dell'opera:
The Second Part of King Henry the Fourth

Shakespeare, William
Enrico IV, parte seconda. Introduzione di Nemi D'Agostino.
Prefazione, traduzione e note di Massimo Bacigalupo.
(I grandi libri Garzanti).

ISBN 88-11-58504-X

I. D'Agostino, Nemi II. Bacigalupo, Massimo III. Tit.

822.3

William Shakespeare

la vita

profilo storico-critico
dell'autore e dell'opera

guida bibliografica

prefazione

William Shakespeare in un'incisione di M. Droeshout dal frontespizio del primo in-folio delle Opere *(Londra 1623).*

La vita

L'uomo

«Tutto ciò che con certezza sappiamo di Shakespeare è che nacque a Stratford sull'Avon, vi si sposò, vi ebbe figli, andò a Londra dove fece l'attore e scrisse opere di poesia e di teatro, tornò a Stratford, vi fece testamento, vi morì e vi fu seppellito». Questa è l'affermazione, molto citata, di uno studioso del Settecento, George Steevens. Da allora una messe di documenti esterni, anagrafici, legali, sono stati scoperti sull'uomo, sulla sua famiglia e sui rapporti che egli ebbe a Londra e a Stratford. Si sa più di lui, scrive il suo biografo più recente, lo Schoenbaum (1977), che di ogni altro drammaturgo dell'epoca, e siamo lontani dai tempi in cui si potevano attribuire le sue opere a personalità "più colte".

Però la massa di notizie forma una cornice all'interno della quale la persona dell'artista è poco più che un'ombra indistinta. E d'altra parte quasi ogni parola che Shakespeare scrisse appartiene anzitutto all'io e al mondo dei suoi personaggi teatrali, o al personaggio dei *Sonetti*, e nulla sappiamo delle idee e della vita interiore del poeta. Non c'è niente, nessun nesso, che unisca il soggetto anagrafico di Stratford al mondo shakespeariano.

Gli Shakespeare venivano dalle campagne del Warwickshire, dove nel 1248 un William Shakespeare di Clopton fu impiccato per furto. Il nonno del drammaturgo, Richard, fu fittavolo nella tenuta del nobile Robert Arden di Wilmcote; e la figlia di questi, Mary Arden, dopo la morte del padre (1556), sposò il padre del poeta, John, che s'era trasferito a Stratford a farvi il guantaio e il commerciante in pellami, lana, orzo, legnami. Sul trono inglese Elisabetta succedeva a Maria la Cattolica (1558) e John saliva la scala dei pubblici uffici fino a essere nominato balivo (sindaco) nel 1568. Nel 1556 aveva comprato la casa di Henley Street che per la tradizione è la casa natale del terzo figlio William: iscritto nel registro dei battesimi il 26 aprile 1564, e, ancora secondo la tradizione, nato il 23 aprile, festa di San Giorgio patrono della nazione. Poi le fortune di John declinarono, almeno fino al 1596, quando William, da Londra, gli fece ottenere lo stemma nobiliare che ora è sul monumento funebre del poeta: questo pas-

saggio da *yeoman* (borghese) a piccolo gentiluomo indicherebbe che le condizioni di John migliorarono prima della sua morte nel 1601 (la vedova morì sette anni dopo). Nicholas Rowe, che nel 1709 pubblicò la prima biografia di Shakespeare, dice che egli frequentò, forse dai cinque anni in su, la King's New School di Stratford, ottima *grammar school* condotta da laureati di Oxford, e lì imparò il suo «poco latino e meno greco» (Ben Jonson). La notizia successiva è quella del matrimonio con Anne Hathway di Shottery, autorizzato dal vescovo di Worcester il 28 novembre 1582 – e sarà stato celebrato poco dopo. Lo sposo aveva diciott'anni, la sposa ventisei, e il registro di Stratford segna al 26 maggio 1583 il battesimo della figlia Susanna. Costei avrebbe sposato nel 1607 il medico John Hall e avrebbe poi ricevuto il grosso dell'eredità paterna. Seguirono nel 1585 due gemelli, Hamnet morto a 11 anni, e Judith, sposa a 31 anni (1616) del vinaio Thomas Quiney: la loro figlia Elizabeth fu l'ultima degli Shakespeare, estinti nel 1670.
Nulla sappiamo di Shakespeare negli anni 1585-92, che i biografi chiamano «gli anni perduti». Gli aneddoti lo vogliono «maestro di scuola in campagna» e «bracconiere a Charlecoat» (e per questo costretto a emigrare a Londra). È più probabile che sia stato ingaggiato da qualcuna delle compagnie londinesi che toccarono Stratford negli anni Ottanta. Nel 1592 faceva con successo l'attore e il drammaturgo a Londra: lo desumiamo dalle ingiurie di Robert Greene, che lo chiamò «un corvo venuto dal nulla che si fa bello con le nostre penne... un cuore di tigre avvolto nella pelle d'un attore (distorsione d'un verso della terza parte dell'*Enrico VI*)... che essendo un buono a tutto pretende di essere l'unico Scuoti-scena [*Shake-scene*] del paese». Per queste offese fu indotto a scusarsi, dopo la morte di Greene, il curatore del suo testo, Henry Chettle, che riconobbe l'onestà, il garbo e la bravura di Shakespeare. Nel 1593-94 i teatri furono fermi per la peste, e Shakespeare sfoderò una vena di poeta umanistico, pubblicando i poemetti *Venere e Adone* e *Il ratto di Lucrezia*. Dal Natale 1594 egli fece parte dei Lord Chamberlain's Men con due dei maggiori attori dell'epoca, William Kempe e Richard Burbage. Con essi, nel 1598, divenne azionista del nuovo teatro The Globe. All'ascesa di Giacomo I (1603), la compagnia diventa dei King's Men, e in essa Shakespeare è attore, autore e amministratore, uno dei suoi maggiori esponenti anche negli impegni a corte. Dal 1608 i King's Men recitano soprattutto nel teatro chiuso dei Blackfriars. Alcuni documenti ci dicono che il poeta viveva da solo nella zona dei teatri, e investiva i suoi cospicui guadagni a Stratford – a Londra acquistò solo una casa – in terreni e case e in altre speculazioni. Molta incertezza rimane sulle date dei

plays e sui suoi movimenti, né si sa quando si sia ritirato a Stratford (1609?). Nel gennaio del 1615 o 1616 scrisse un testamento che ha suscitato molte discussioni, ci tornò sopra il 25 marzo 1616 e lo firmò con mano tremante. Morì il 23 aprile di quell'anno (un aneddoto dice in seguito a una bevuta con Michael Drayton e Ben Jonson) e il 25 fu seppellito nel coro della chiesa dell'Holy Trinity. La lapide, che maledice chi osi rimuovere le sue ossa, pare mirasse a scongiurare il destino comune delle tombe di allora, esemplificato nella scena del cimitero di *Amleto*. Il monumentino sulla parete del coro fu posto parecchi anni dopo. Il busto, opera di un marmista olandese, e l'incisione sul frontespizio della prima raccolta delle opere teatrali, il famoso primo in-folio del 1623 curato dai colleghi attori John Heming e Henry Condell, sono i soli ritratti che abbiano valore documentario, e sono brutti e convenzionali. Le numerose testimonianze di scrittori coevi, dalle lodi di Francis Meres in *Palladis Tamia* (1598) agli elogi e ai rimbrotti di Ben Jonson e alle lodi di Milton, indicano il continuo successo della sua opera.

L'immagine

Innumerevoli tentativi di conoscere l'uomo attraverso le opere, trovando in queste la chiave alla psiche del massimo poeta nazionale e portavoce dello spirito inglese, hanno inondato le biblioteche del mondo di ciò che Bruno avrebbe chiamato «inutili e prolissi scartafazzi», che presentano spesso le ipotesi come certezze e le invenzioni fantastiche, per sé legittime, come dati di fatto. Nel nostro secolo questa fiumana è parsa bloccata dal prevalere di teorie e metodi che staccano il testo dall'autore e ne indicano la inesauribilità interpretativa. Ma un'immagine dell'uomo, esplicita o implicita, appare sempre nel gran corale della critica anglosassone. Con qualche eccezione i critici hanno continuato ad attribuire all'autore le idee e i valori inscritti nel testo drammatico, e ad andare alla ricerca del "messaggio" o del "significato storico" unico e immutabile delle opere, il quale esprimerebbe le intenzioni coscienti dell'autore, la sua ideologia, la sua filosofia e fede, insomma le sue tesi chiare e distinte o velate (come del resto fanno ancora molti grecisti coi tragici greci). L'immagine che ne risulta appare evidentemente influenzata dalle varie personalità critiche e temperie spirituali e ideologiche, cioè partitaria, riduttiva e inverificabile, soprattutto nei critici anglosassoni per cui Shakespeare è il depositario della Tradizione e dei Valori della stirpe.
Da tempo si avverte l'esigenza di un rinnovamento critico e di una lettura che, più che alle intenzioni dell'autore – irreperibili e in ogni caso passibili di essere contraddette dalla sua stessa opera – si appunti sul testo, che davvero occorre riportare alla luce da sotto le incrostazioni critiche e interpretative e gli approcci obbligati, i problemi ob-

bligati, la terminologia obbligata, gli schemi mentali obbligati che dan luogo alle soluzioni obbligate della critica accademica. Il testo è, non nelle idee e nei valori che si presume di trarne, ma nella sua globalità, il progetto che dette senso alla vita di Shakespeare, e l'unica traccia che ci sia rimasta della sua mente.

L'epoca

Il concetto di Rinascimento

Il concetto che oggi gli storici hanno del Rinascimento – e l'opera di Shakespeare s'incastona in esso meglio che in quelli precedenti – non è più il concetto del Burckhardt (1860) e dei suoi continuatori, l'idea d'una civiltà compatta e organica imperniata sull'individuo eroico e sulla ritrovata armonia con la natura, spuntata di colpo "come un fiore nel deserto" del Medioevo. E non è più il concetto opposto, evoluzionista e non catastrofico, di un Rinascimento culmine del Medioevo (Huizinga, Gilson), età che armonizza vecchio e nuovo in una sintesi gerarchica dell'universo, quella che Douglas Bush e E.M.W. Tillyard (1943) presentavano come la «visione del mondo elisabettiana» (e di Shakespeare).
Già lo Chabod (1948, 1967) nel parlare degli studi sul grande Rinascimento – quello che include la Riforma e la Controriforma, l'umanesimo pagano e quello cristiano, lo scetticismo e lo sviluppo delle scienze – metteva in evidenza quale morfologia tormentata presentasse il passaggio, insieme evolutivo e catastrofico, dal Medioevo all'età moderna; e come la storiografia problematica del nostro secolo tendesse a rifiutarne una visione unitaria come ipotesi idealizzante e mitica. «Il pensiero del Rinascimento», scriveva Chabod, «avendo aperto la porta a vari rami dell'attività umana, fu poi incapace di reintegrarli...». Nelle prospettive attuali, che sembrano confermare la validità dei concetti braudeliani di «storia profonda» e di «lunga durata», la civiltà rinascimentale affonda le sue radici in *tutto* il passato europeo e si distende dal Trecento al Seicento con diramazioni che arrivano a Hegel. Le sintesi più recenti, dello Haydn (1950), della Heller (1967), del Bloch (1977), vedono il Rinascimento come un sistema dinamico di strutture complesse, studiano le sue articolazioni e stratificazioni, il coesistere di posizioni inconciliabili, la compresenza di pensieri e di civiltà artistiche difficili a definirsi e ad accordarsi, anche per le asincronie, i dislivelli, le torsioni che accompagnano – sui piani degli individui, delle istituzioni, delle nazioni, delle ideologie – le fratture del "conglomerato" medievale. I caratteri del Rinascimento sono il dinamismo, il pluralismo, la conflittualità, l'immanenza, la versatilità, la critica ai sistemi e la problematizzazione dei valori e delle certezze tradizionali. Machiavelli, è stato detto, mette in crisi l'ordine politico,

Copernico l'ordine cosmologico, Lutero quello teologico, e Montaigne quello fondato sulla supremazia dell'uomo nella natura. L'unità medievale va a pezzi e la sua conflagrazione, che in realtà si estende per secoli, è il Rinascimento, una rosa pluridimensionale di forze polarizzate, di tensioni. Il dissolversi di quella unità aveva prodotto nel Quattrocento dei vuoti nei quali si riversano correnti di idee e di azioni tumultuose e inomogenee. Ad esempio, il succedersi di scissioni a catena nella Chiesa cristiana, che fu paragonato alle moderne frantumazioni del socialismo e marxismo. O l'accavallarsi di modelli contrastanti di cultura, il cattolico e controriformista e quello di Lutero e Calvino, il modello anglicano, quello puritano o di movimenti minori, l'umanesimo "classico" nelle sue varianti, e l'umanesimo cristiano. Si pensi al coesistere di fideismo e scetticismo, di dommatismo fanatico e di razionalismo tollerante, di "particulare" e di "universale". O allo sviluppo simultaneo delle correnti che Bloch chiama «calde» (panteismo, scienza della natura, misticismo, astrologia, alchimia, magia) e «fredde» (machiavellismo, empirismo critico, astronomia e scienze fisico-matematiche). È un urto di modelli ideali che si escludono a vicenda, sicché l'uno vince e l'altro è sconfitto ma lascia i suoi semi per il futuro negli interstizi della coscienza e del tempo.
Al senso della vita come teatro, che è del Cinquecento, corrisponde il principio del conflitto nello spirito dell'epoca. Si spezza il quadro geografico e astronomico tradizionale, si spostano i centri del mondo e dell'universo, s'incrina l'armonia tra l'uomo e la natura, si apre la guerra civile della coscienza. Il secolo che scopre l'autonomia dell'individuo, la libertà della ragione dalla fede ma anche quella della conoscenza dall'etica e dalla logica, l'ideale classico e la tolleranza, è anche il secolo delle guerre di religione, dell'Inquisizione, dell'Indice dei libri proibiti, dei processi a eretici e streghe, marcato da catene mentali paurose, dall'intolleranza e dalla persecuzione. Si scopre l'arte classica ma si distruggono le opere classiche e medievali. Nell'Occidente rinascono la schiavitù e l'assolutismo. L'eroe dell'epoca che vede nascere la Corte come modello ideale di vita è il principe machiavellico, il tiranno. In alcune sue belle pagine la Heller analizza la crisi e la problematizzazione dei valori tradizionali, il cui sistema unitario si dissolve e dà luogo a sistemazioni precarie, ambigue, di passaggio.

Il manierismo

Questi processi si accentuano verso la fine del Cinquecento e producono quel clima di malessere, di sfiducia, di cupa catastrofe spirituale – in contrasto con lo spirito assertivo e dommatico che prevale nella prima metà del secolo – che si avverte negli artisti associati sotto l'infelice etichetta di "manierismo": un gruppo senza confini, dai ca-

ratteri inquieti e sfuggenti (asimmetria, revoca dei limiti, dell'armonia e della gerarchia, ambiguità ecc.) che però lo distinguono bene dal Rinascimento classico e dal Barocco. In letteratura, Tasso e Cervantes, Donne e Shakespeare. Essi non stanno sotto una sola stella spirituale, ma quasi sotto la saturnina costellazione di Machiavelli e Montaigne, Campanella e Bruno, Paracelso e Boehme, Seneca e Bacone. Ciò che aveva avuto un significato preciso – la vita e la morte, il divino, il male, il dolore – torna per un tratto ad essere un problema insolubile. Prevalgono il senso dell'inconsistenza e della fluidità delle cose, la coscienza di un presente degradato e abominevole, e, anche come strumenti interpretativi, la malinconia per la vanità delle cose e il dubbio sulle capacità della ragione.
Si direbbe che tra Cinquecento e Seicento vengano a maturazione, ma senza trovare esito e sviluppo, delle potenzialità nate dalla disintegrazione della sintesi medievale e dal poderoso confluire di istanze del Rinascimento: nella riflessione sulla coscienza e sulle capacità dell'uomo come un portento per cui si riprova meraviglia, e in quella sui rapporti tra io e natura, io e stato, io e cosmo, io e sovrannaturale. E sono le occasioni perdute di cui parla Bloch, e possono simboleggiarsi nei nomi appunto di Machiavelli e di Montaigne e degli altri che il nuovo tempo stava per eclissare e che sarebbero stati riscoperti in tempi assai più recenti. Tra essi possiamo annoverare Shakespeare, uno dei culmini del Rinascimento per la sua reinvenzione del teatro e della tragedia, che egli fece rinascere al di fuori di quell'aristotelismo che a lui, per fortuna, non toccò di servire. Un provinciale conformista andato a Londra a fare il teatrante riuscì con pochi altri a porre la sua età all'altezza dell'unico grande periodo di teatro nella storia europea, il V secolo greco. E come le opere greche, anche le grandi tragedie elisabettiane, subito dopo la morte dei loro autori, entrarono in un cono d'ombra – se non di sfortuna certo di fraintendimento – che durò per secoli.

L'età elisabettiana

In Inghilterra il Rinascimento coincide coi rivolgimenti religiosi e con l'ultima fase del processo di formazione dello stato nazionale unitario. Con la riforma enriciana, l'assolutismo riasserisce la gerarchia organica e sacrale del Medioevo che ora promana dal re, capo temporale e spirituale, che la impone alle sue "due nazioni": da un lato l'aristocrazia in crisi e la borghesia rampante che troverà nel puritanesimo la sua ideologia rivoluzionaria, dall'altro la maggioranza dei proletari, contadini e inurbati. Nel dipingere Enrico VIII come una massa di energia ottusa e potente Holbein aveva incarnato l'idea del tiranno machiavellico, anzi dello Stato Leviatano fondato sulla forza e «virtù» del despota. Un re che comandava sui corpi e sulle anime, e che, violando il principio di contraddizione, era

insieme designato da Dio ed «eletto» dai sudditi, per i quali era il simbolo dei valori e dei destini della stirpe. Attraverso i suoi funzionari, ideologi e propagandisti, costui imponeva un concetto organico dell'universo e della storia come processo provvidenziale culminante nella sua dinastia: quello dei cronisti di stato Hall, Holinshed ecc., fonti delle "cronache" di Shakespeare. Così si presenterà, con meno brutalità e più duttilità politica, la figlia Elisabetta, idealizzata come Vergine Astrea e rappresentata nelle pitture quasi come una Madonna in trono. Ma l'idealizzazione dello Stato e la Grande Catena dell'Essere non erano concetti incontrastati, se già Tommaso Moro trovava che i *commonwealths* mascheravano una «cospirazione dei ricchi contro i poveri», e il buon Puttenham poteva dire che *qui nescit dissimulare nescit regnare*, concetti ripresi nell'*Enrico IV* dove Shakespeare, dice l'Elton, ci mostra il regno come una banda di ladri. Quella visione che Tillyard s'illudeva di trovare dappertutto e in Shakespeare, in realtà era un'ideologia imposta dall'alto. E i valori ancora ben vivi degli aristocratici, che avevano pochi soldi e poco potere, perdono la loro presa sulla realtà machiavellica dello stato assoluto, contro cui si rafforza un nemico ben più potente, la finanza e l'ideologia puritane. Il sistema gentilizio di Elisabetta ammanta la realtà ma non ne annulla le contraddizioni.

Sir Thomas Elyot aveva scritto i suoi trattati antimachiavellici sul buon governo, ma Sir Walter Raleigh, in una poesia (*The Lie*, La menzogna) scritta nella Torre di Londra dove sarà decapitato, smaschera i falsi ideali e valori dominanti, e altrove scrive che argomento normale della storia è la guerra. La guerra e la violenza dominano la vita e la mente degli uomini nel secolo che il Giovio chiamò di ferro, e che gli storici dicono segnato dall'odio e dal fanatismo come pochi altri nella storia moderna. Guerra e fame, crisi delle campagne, aumento della popolazione, inflazione e crisi delle finanze statali: è la dimensione quotidiana del mondo di Shakespeare, dominata dagli appetiti primari dell'uomo. Il pessimismo di Machiavelli e di Guicciardini e quello più sereno di Montaigne trovano riscontro nel pessimismo di Lutero e Calvino e dei loro eredi puritani, e in quello di tanti personaggi di Shakespeare, dai primi "drammi storici" agli ultimi *romances*. Questi personaggi, che però sono soltanto dei "sottomondi" dei mondi drammatici di Shakespeare, sanno che la politica esclude ogni considerazione morale in un mondo che è "guerra di tutti contra tutti". Nel presente elisabettiano non ci sono più grandi eroi (che appartengono tutti al passato), né grandi imprese (anche la famosa sconfitta dell'Armada, 1588, è un evento ambiguo dovuto in gran parte alla Provvidenza e al Caso, o se si vuole alla Moira e alla

Tiche), ma indecisioni e ambiguità («Non lo sapete che io sono Riccardo II?», aveva detto Elisabetta a uno della sua Corte, la quale ben poco somigliava alla ideale sfera del Castiglione). Nel presente ci sono soprattutto complotti, attentati, assassinî, esecuzioni, persecuzioni e carneficine (come quella degli ottocento nobili decapitati da Elisabetta durante la sollevazione dei nobili del Nord, nel 1569-70), accompagnate da una crescente stanchezza di uccidere e da un salutare scetticismo (Montaigne, Castiglione, Bodin). Calvino chiamava con disprezzo gli intellettuali italiani dei «nicodemiti», cioè conformisti, ma che altro erano gli intellettuali e artisti inglesi sotto Elisabetta, lei pure scettica, pare, e ferma almeno in teoria nel distinguere la coscienza dall'ordine, il che era già una gran cosa? La Chiesa inglese si era staccata da Roma per l'esigenza di una politica di potere, e tra Enrico VIII ed Elisabetta gli inglesi erano stati costretti dai loro tiranni a cambiare di religione ben quattro volte. La *merry England* non è mai esistita, però è vero che i Tudor erano i padri della nazione, che avevano posto fine alle guerre civili, s'erano tenuti fuori dalle continue guerre continentali, avevano tenuto a freno i fattori di scissione interni, e si erano presi cura dei propri sudditi assai più che i re precedenti. Elisabetta aveva instaurato il regime forse meno tirannico del secolo, aveva continuato i programmi educativi tudoriani (istituzione delle *grammar schools*, sostegno delle due grandi università, che però in realtà erano scuole teologiche dove Copernico fu ignorato fino a metà del Seicento e gli studi più audaci erano quelli su Aristotele), e lasciato adito a una libertà d'espressione relativa ma eccezionale per i tempi. Mai, scrive uno storico, c'era stata a Londra, città sudicia e violenta che esplodeva dalla sua cinta medievale, una tale concentrazione di ricchezza, di talenti, di arrivismo, di occasioni. Centro di cultura aristocratico-borghese, Londra era la prima capitale culturale in Europa. E la Corte di Elisabetta, che come quella del padre era il centro della cultura nazionale, difendeva il nascente teatro dai continui attacchi puritani. Tanti altri fattori, a Londra, contribuivano a creare la congiuntura favorevole alla nascita del teatro moderno: l'inflazione e la gran circolazione monetaria, l'inurbamento crescente, la possibilità – nonostante tutto – di una esistenza assai più autentica e meno alienata di quella di oggi, l'entusiasmo di una nazione giovane e in rapido sviluppo, il desiderio di divertimenti e di nuove sensazioni, l'omogeneità tra esperienza quotidiana ed esperienza teatrale in un'epoca in cui l'arte era relativamente poco differenziata dalla vita quotidiana (Heller), infine il senso epocale del mondo come un gran teatro e del teatro come simbolo del mondo. Tutto ciò creò il terreno propizio alla nuova industria dello spetta-

colo che tutti invitava alla festa del teatro, e permise ai teatranti di piazzare i loro palcoscenici sulle piste dei tori e degli orsi, per annunciarvi la loro buona o cattiva novella. Sulla forma dell'"anfiteatro pubblico" elisabettiano che precedette il teatro chiuso giacomiano si è dibattuto molto sulla base di scarse testimonianze e molte ipotesi. Considerato fino al Novecento un modo rozzo e primitivo di far teatro, è stato poi esaltato come meccanismo duttile e sofisticato, culmine e non inizio di una tradizione di far spettacolo. La scena tipica era, con variazioni, un'ampia piattaforma attrezzata (avanscena, retroscena chiuso, botola, alta tettoia, balconata praticabile ecc.) che si proiettava in un cortile-platea circondato dalle tre gallerie di un edificio circolare, quadrato o ottagonale. Gli spettatori occupavano, secondo il grado e la spesa, sedie sul palcoscenico, le gallerie o la platea: un pubblico che studi socioeconomici recenti propendono a credere piuttosto selezionato (*a privileged clientele*, dice A.J. Cook), e meno popolare o misto di quanto si supponesse finora.

La fioritura del teatro

L'apparato scenico era per analogia un universo che abbracciava terra (la scena), inferno (la botola) e cielo (il tetto), e davvero esso era un apparato onnivoro, un gran teatro del mondo, per cui tutto andava bene; la sua voracità era permessa da strutture essenziali e duttili e da un agile assieme di convenzioni per cui lo scrittore di copioni poteva selezionare rapidamente il materiale montando i momenti di tensione o rilassamento (*subplot*, scene comiche) in una serie coordinata, per giustapposizione o accumulo, secondo schemi narrativi fissi (da un prologo alla conclusione seguita da rasserenamento o morale). Altre convenzioni permettevano agli scrittori più bravi di evitare l'allegorismo e il naturalismo, attenendosi a una peculiare sintesi di realismo e astrazione (T.S. Eliot). Parecchie convenzioni venivano dalla tradizione medievale, altre dai modelli classici, e gli scrittori più geniali inventavano modelli che venivano ripresi con variazioni fino all'apparizione di nuovi modelli di successo. Esplosa negli anni Ottanta, e proibita dal governo puritano nel 1642, questa industria produsse – per i teatri pubblici e per quelli più specificamente nobiliari o su committenza della Corte – migliaia di *plays* in massima parte scadenti, roba di consumo e d'interesse documentario. Ma una decina di scrittori furono dei geni o talenti capaci di tramutare un prodotto di consumo in un'opera alta e complessa. In questi casi lo scrittore, Marlowe o Shakespeare, Jonson o Middleton o Webster, riusciva a imprimere alla sua materia di Britannia o di Francia, di Grecia o di Roma, d'Italia o d'Oriente o di Spagna, il proprio estro e intuito tragico o comico, portando la propria soggettività a coincidere con l'oggettività della mimesi drammatica. I *topoi* diffusi nella lettera-

tura del periodo, i luoghi comuni dell'epoca (l'uomo come cerniera dei due mondi, *utriusque naturae vinculum*, il contrasto fra apparenza e realtà, la gerarchia dell'essere ecc.), quelli stessi in cui spesso è stato visto il messaggio di Shakespeare, s'incorporavano nei caratteri e diventavano parte funzionale del tutto che li trascendeva, sfaccettature lampeggianti un istante in una rappresentazione inesauribile del gran caleidoscopio dell'essere. Così i materiali delle fonti erano trasfigurati, con consapevolezza e anche per invasamento teatrale, *furor dramaticus* e *vis tragica* e *comica*, nell'ostensione assoluta del dramma, forma principe dell'ambiguità e della coincidenza degli opposti. E senza che per fare questo gli scrittori di teatro avessero una teoria, un metodo razionalizzato, una coscienza filosofica di ciò che facevano. Operavano, dice l'Atkins che ha indagato sulle poetiche elisabettiane, «per principi non formulati», istintivi e inconsci, rivaleggiando coi modelli classici che scatenavano in loro un demone mimetico. A livello di consapevolezza, Shakespeare e gli altri, da empirici in tutto e per tutto, si accontentavano dell'idea corrente della mimesi fatta a fini morali, utile convenzione di mestiere che rispondeva all'attesa dei fruitori ed era bene accetta alle autorità: una falsa etichetta del prodotto culturale che è di tutti i tempi e che nulla aveva a che fare con lo spirito delle loro opere, e forse neanche con le convinzioni degli autori stessi, i quali probabilmente, nello scrivere i loro copioni, pensavano di rappresentare la vita com'era e come la sentivano e basta, di dire la verità – e in questo trovavano la dignità e la sacralità antica del loro disprezzato mestiere.

L'emergenza della visione tragica, che quasi si svincola a fatica dagli schemi medievali (tragedia nel Medioevo era una narrazione etica di un tracollo di prìncipi) per aprirsi al dubbio, all'interrogazione, alla ambiguità, è documentata in modo lampante dal *Doctor Faustus* di Marlowe, dove l'*exemplum* della fonte, mito religioso ed edificante, viene presentato in modo problematico e da opposte angolazioni, in modo da trasformarlo in una visione tragica. Marlowe è il primo drammaturgo a passare dalla tesi al problema, dal dimostrare al mostrare. Shakespeare, suo coetaneo, porta rapidamente alla maturazione la scrittura drammatica e, come fa lo spettro con Amleto, «viene a sconvolgere l'essere in noi, gonzi della natura, con pensieri oltre i limiti dell'umano». Kierkegaard, in *Timore e tremore*, ringraziava Shakespeare per essere stato «capace di esprimere tutto, assolutamente tutto, esattamente com'è». E in verità, per quanto riguarda in profondo la scrittura teatrale, dopo di lui non c'è veramente nulla di nuovo.

La visione tragica

I greci e la tragedia

La grande tragedia, scrive Jaspers (1952), sorge nelle età di transizione, sia in Grecia che nel mondo moderno, una volta sola in ciascun caso, e quasi in un rapido processo di autocombustione, finché si perde in forme estetico-culturali (epigonismo, teoria). Ma nel momento in cui si attua sembra che solo allora l'uomo abbia aperto gli occhi sul mondo, e ponendo le sue domande sul mondo abbia perduto la profonda serenità e armonia col mondo delle età non tragiche, e si sia aperto lui stesso a una inquietudine che non ha appagamento. La tragedia è l'invenzione greca, anzi ateniese, di un modello formale, insieme letterario e teatrale, in cui un mondo drammatico costituito dai "sottomondi" dei personaggi – sottomondi cui appartengono tutti i sentimenti, le affermazioni, i giudizi e i valori che si trovano nel testo – e che consiste nel rapporto conflittuale di questi sottomondi, viene mostrato e non dimostrato, cioè non è veicolo di tesi o messaggi, ma solo una ostensione che scatena domande alle quali non si dà risposta né, come la visione implica, vi è risposta possibile. I sottomondi del mondo drammatico sono anch'essi conflittuali: i personaggi non conoscono se stessi né il senso delle proprie azioni, le quali aprono ogni volta senza risolverlo il problema della libertà e della responsabilità, e portano a risultati contrari ai loro progetti. Il mondo della tragedia si sottrae a ogni spiegazione che non possa venire contraddetta da un'altra, appare estraneo a ogni certezza, a ogni dogma e sistema di valori, nemico della logica che pretenda di essere l'unico canale della conoscenza. Il suo senso globale è un'interrogazione e non un'asserzione, è una somma di inconciliabili che può formularsi razionalmente solo in modo precario e non definitivo. Visione sinottica, cosmica, profondamente agnostica, immagine di immagini del mondo, forma principe dell'ambiguo, della scepsi, dell'ironia, e simbolo del mistero della vita. Questa è la visione tragica quale si manifesta nella tragedia ma in seguito anche in altre forme letterarie, ad esempio nella narrativa di Melville o di Dostoevskij. Ciò che l'autore tragico ci trasmette è il suo senso tragico del mondo.

L'uomo, dice un famoso coro di Sofocle, è di tutte le cose portentose il più portentoso (*deinòs*), un mistero che esiste su due dimensioni, quella naturale e quella sovrannaturale, altrettanto misteriose. È un essere, scrive Vernant (1972), il quale si coglie meglio in una domanda che in una qualsiasi affermazione. L'eroe tragico, aggiunge Frye (1957), è grande rispetto a noi spettatori, piccolo rispetto al trascendente indefinito, tra il quale e noi egli è mediatore. La fonte della sua grandezza, del suo carisma, non è valutabile con criteri etici, anzi è imperscrutabile.

I tragici greci operarono, è legittimo pensare, in una congiuntura favorevole i cui coefficienti furono la natura non dommatica né costrittiva della religione greca, la fase di libero sviluppo del pensiero tra teologia arcaica e dommatismo logico dei grandi sistemi filosofici, la formazione di un'etica della *polis* di contro all'antica etica dei *ghennaioi*, la situazione della democrazia ateniese e la sua organizzazione della cultura tra le vittorie sui Persiani e la catastrofe peloponnesiaca. In queste condizioni essi adoperarono come materiale i miti con la loro carica di universalità (un mito è come i vangeli, asserisce qualcosa che è certo, presuppone un assenso immediato e una fede) e con un processo di problematizzazione, di avvicinamento e allontanamento (Vernant) li ristrutturarono in forma tragica. Furono essi a inventare la rappresentazione pluralistica dell'anima (Nilsson, Dodds, Snell, Untersteiner, Vernant) e del "multiverso" umano, logico e alogico, terreno e divino, estremamente pregevole e vano. Ma oltre a inventare la rappresentazione della psiche e dei suoi rapporti che è ancora in gran parte alla base del pensiero moderno, essi diedero voce alla prima forte esigenza di libertà della mente umana che si scopre autonoma da rivelazioni e dogmi, si interroga su se stessa e getta, come scrisse Nietzsche, «uno sguardo nell'essenza delle cose». Perciò è profondamente errato chiamare Eschilo un teologo ed Euripide un razionalista.
I tre tragici greci che conosciamo incominciarono a essere fraintesi o contrastati già in vita dai primi grandi filosofi etici (Socrate e Platone), e non furono più capiti quando, al volgere del v secolo, tramontò in Grecia l'immaginazione tragica insieme alla congiuntura che l'aveva resa possibile. Il loro massimo affossatore fu Aristotele, la cui *Poetica* (scritta tra il 334 e il 323 a.C.), lungi dall'essere, come ancora si ripete, il prototipo della teoria del tragico, è il primo documento dell'eclissi della visione tragica. Se è indubbia la sua importanza come parte del sistema aristotelico e come primo tentativo di teoria dell'arte e dei generi, per quel che riguarda la tragedia greca del v secolo la *Poetica* è un modello storico di lettura assai fuorviante: essa è di fatto un tentativo di rendere intelligibile qualcosa che non si capiva più espurgando le opere tragiche della loro *aloghìa*, di tutto ciò che non era *logos*, razionalizzando una visione fondata sulla coscienza dei limiti della ragione, moralizzando un mondo fantastico che rifiutava le certezze morali, riducendo il mito a mero intreccio e imponendogli le regole della verosimiglianza e del naturalismo. La famosa definizione aristotelica della tragedia è una definizione in cui manca il tragico (H. Gouhier). La catarsi, concetto del tutto inutile alla conoscenza e allo studio della tragedia, ha suscitato una sterminata controversia che è «una delle vergogne dell'intelletto umano, un

monumento grottesco alla sterilità» (John Morley citato da Lukács).
Starobinski in *Tre furori* ha sottolineato la riduzione della tragedia di Aiace alla storia disgraziata di un malato, e infine di un pazzo, nei *Problemata* aristotelici (XXXI, 1) e nella *Satira* II, 3 di Orazio. Questa incomprensione della tragicità la *Poetica* e le sue appendici, come l'*Ars poetica* di Orazio, l'hanno portata sempre con sé attraverso la storia: dovunque appaia la *Poetica* coi commenti dei suoi cultori, là scompare la tragedia. Essa porta con sé quella sopraffazione del *logos*, incurante dell'empiria, che già vi notava Bacone, e che è stata denunciata da Heidegger e da Colli. Essa sottrae alla tragedia la colpa, il destino, l'ironia, la dimensione divina. Aristotele aveva un'idea evemeristica del mito e riteneva il pantheon greco un utile strumento di governo: la tragedia è ridotta alla formalizzazione razionalistica, verosimile, naturalistica e sensazionale di un'esperienza di umana sventura, presentata come un *exemplum* a fini etici e terapeutici, e in conclusione qualcosa di più vicino al dramma neoclassico e borghese che alla tragedia greca. La quale, dice Jaspers, è uccisa dalla filosofia e dalla religione. Quel trattatello è un blocco che impedisce l'identificazione di una "lunga durata" culturale e della profonda *philìa* nel segno del tragico fra i tragici greci e Shakespeare o Racine.

La trasmissione del modello e la rinascita della tragedia

Tuttavia, se la tragedia greca si era eclissata, il senso del tragico s'iscrisse nella lunga durata della storia culturale e negli strati profondi della coscienza europea, per riemergere non appena glielo permettesse una nuova congiuntura favorevole. La commedia, strutturalmente affine alla tragedia ma libera dall'ipoteca della *Poetica*, poté, una volta tramontati il totalitarismo e la condanna medievali, rinascere in varie nazioni indipendentemente. Ma la tragedia in Europa ebbe a fare i conti non solo con la religione, ma con la poetica umanistica. Solo in Inghilterra, nella sottocultura dei teatri, trovò la possibilità di riemergere.
Questa riemersione si potrebbe studiare applicando ai fatti culturali e artistici i parametri della storia globale del Braudel. Si potrebbe studiare la preparazione di quella rinascita al livello *événementiel* (storia socio-economica e politico-culturale di Londra, industria teatrale ecc., e qui certo gli studi non mancano), al livello congiunturale (temperie intellettuale e spirituale della seconda metà del secolo XVI, confluenza di tradizioni medievali e classiche, un campo molto sondato) e infine ai livelli più profondi, della lunga durata di idee e modelli nella *historia major* attraverso la mediazione medievale, e della continuità ininterrotta tra il mondo antico e il moderno. Per il livello congiunturale, i testi greci erano conosciuti da studiosi e scrittori colti elisabettiani, studiati nelle scuole, tradotti e

adattati sulle scene, e mediati dal successo delle "tragedie" senechiane. Soprattutto, dice il Sewall, il fatto che i greci avessero ordinato e presentato l'esperienza umana in così potenti forme tragiche non poteva non essere avvincente e stimolante per i drammaturghi elisabettiani, i quali adoperarono Seneca e l'eredità classica con una libertà inconcepibile sul continente. Al livello più profondo è certo l'istinto e il furor teatrale che fa loro reinventare dopo duemila anni l'immaginazione tragica, e la rinnova e la fa rinascere in forme nuove, così come le forme classiche rinascono in Michelangelo o Raffaello.

Ciò avviene in un arco di cinquant'anni, tra Marlowe e Webster, e soprattutto ad opera di Shakespeare. E questa congiuntura presenta molte analogie con quella dell'Atene periclea. Anche il teatro inglese nasce come una grande esperienza di riflessione sul reale, libera dalla tirannia della ragione e da quella della fede. Nasce in un interregno di scepsi e di libero pensiero, tra due grandi civiltà totalitarie: da una parte il dommatismo medievale e riformista col suo patto Ragione-Fede, dall'altra il totalitarismo logico-razionale del moderno Leviatano col suo patto Ragione-Deismo. Da una parte il sistema della Provvidenza, dall'altra il sistema del Calcolo. E qui i coefficienti della congiuntura, oltre ai contributi classici e medievali, furono certo la crisi del *logos*, del principio di contraddizione, nella scepsi, nella magia, nel panteismo animistico ecc., e anche l'accentuarsi della distanza dall'uomo del *deus absconditus* protestante, il dio che non ama gli uomini, il dio che riacquista l'incomprensibilità, l'arbitrarietà, l'assenza di razionalità ed eticità del concetto antico del divino: il cielo si spopola ma l'immanenza rinascimentale ritrova con la Riforma una controparte metafisica che è per l'uomo altrettanto "altra" e incomprensibile, se non altrettanto vicina e palese, del piano divino dei greci.

Il tragico in Shakespeare

Ciò conduce al vessato problema della dimensione metafisica e religiosa del mondo di Shakespeare. Soltanto ambigui emissari dell'aldilà calcano le sue scene, il suo cielo vuoto è per i suoi uomini la sede di un dio nascosto che può essere quello di Lutero e Calvino o l'*anima mundi* o l'antico Zeus, e in realtà è ciò che ognuno dei suoi personaggi lo crede. Ma il suo mondo è investito e permeato da forze misteriose alle quali possiamo dare nomi latini o cristiani, la Provvidenza o Retribuzione divina, la Fortuna, il Fato, la Necessità, le passioni, ma che potrebbero anche chiamarsi coi nomi di Dike, Tiche, Moira, Ananke, o di dèmoni e "nomi divini", come Eros, Ate, Alastor, perché furono i greci a inventare quei concetti la cui lunga durata arriva fino a noi, li si chiami oggi ideali, ideologie, Stato, influssi astrologici o complessi inconsci. Vero è che nel Rinascimento la soggettività si è estesa ed ha interiorizza-

to molte di queste forze, ha trasferito all'interno dell'io gran parte della dimensione ignota e sacrale.
Nel momento in cui l'uomo rinascimentale torna a essere relativamente padrone del proprio destino, egli si scopre nella visione tragica un essere incomprensibile in preda a forze incomprensibili. L'uomo di Shakespeare come quello dei tragici greci è un *deinòs* cui si addice l'ambigua formula eraclitea *ethos anthròpo dàimon* (il carattere per l'uomo è il dèmone): il carattere è il dèmone-destino, e insieme il dèmone è il carattere. In altre parole il carattere è l'agire e l'agire è il carattere. Non ha senso contrapporre la tragedia greca come tragedia di forze esterne a quella di Shakespeare come tragedia di carattere. Nei greci troviamo grandi caratteri, in Shakespeare grandi forze esterne o interiorizzate: le forze non si distinguono dal carattere, l'io è il dèmone, il dèmone è l'io.
Si dovrebbero riaccostare i tragici greci a Shakespeare non per studiarli come fonti, né per quei confronti convenzionali che si concludono con una ammissione di inutilità, ma per ritrovare l'identità profonda dell'immaginazione tragica, come si concreta nei modi dell'esperienza storica, organizzando i materiali che l'epoca mette a disposizione dello scrittore nella situazione concreta della coscienza e dei fatti. La storia come sapeva Joyce si ripete con una differenza. Gli studi di grecisti anglosassoni, francesi e tedeschi hanno aperto la possibilità di ritrovare il contatto profondo tra l'invenzione greca e la reinvenzione inglese, e di capire meglio il mondo di Shakespeare, grande e autentico perché è un rinnovarsi e rinascere di qualcosa che era stato inventato in Grecia, come la filosofia, la storia, e tante altre cose. In principio, ricorda Jaspers, ci sono i tragici greci. Essere originali, diceva Gaudí, è saper tornare alle origini.
Anche la tragedia elisabettiana e giacomiana fu uccisa dalla filosofia e dalla religione. La congiuntura finì quando nel Seicento prevalsero il puritanesimo e il razionalismo, ambedue negatori della *aloghìa* e dell'ambiguità del tragediografo. La tragedia greca era stata parallela alla sapienza presocratica e Socrate la uccise, come disse Nietzsche che però accusò ingiustamente di razionalismo il grande Euripide. Ciò che uccise la tragedia inglese si può ironicamente simboleggiare in quel Bacone al quale si sono addirittura attribuite le opere di Shakespeare. Prima che dalla squallida proibizione puritana, la tragedia fu spenta dalla baconiana *expurgatio intellectus*, dalla visione monodimensionale – *the single vision* di Blake – che trionfa con ciò che Thomas Browne chiamò *the exhantlation of Truth*, la «riscoperta della Verità» che rispose a tutti i perché. Dal *que sçais-je?* (che cosa so?) di Montaigne si passò all'enciclopedia baconiana, dal mondo antropomorfico e ana-

logico a quello meccanico delle energie e forze fisiche, del resto irrazionalmente alleato col moralismo e le ideologie dominanti. Venne Cartesio a separare dal mondo l'io pensante in idee chiare e distinte, e tagliò la gola alla poesia. Vernant notava l'analogia fra Aristotele e Dryden: ambedue non capivano più l'uomo tragico, e alla viva creazione della *vis tragica* sostituivano modelli freddi, razionali, in cui il *logos* negava quel *mythos*, quel discorso sciolto dai vincoli logici, che è il tragico stesso.

L'opera

Il canone Diciotto *plays* di Shakespeare apparvero prima del 1616 in piccole edizioni in-quarto non autorizzate, alcune relativamente ben curate (i *good quartos*), altre più o meno pessime e abusive (i *bad quartos*). Questi e altri diciotto lavori furono raccolti, in versioni spesso divergenti dai quartos, nel primo in-folio del 1623. Il terzo in-folio (1664) aggiungerà ai 36 *plays* il *Pericle* e altri sei apocrifi. *I due nobili cugini*, opera di collaborazione col Fletcher come *Pericle* e *Enrico VIII*, apparve in in-quarto nel 1632. *Sir Thomas More*, un manoscritto pubblicato nel 1844, è opera di collaborazione con vari altri drammaturghi. Tanti sono i problemi aperti dalla tormentata trasmissione di queste opere, da aver costituito una vasta disciplina, la critica testuale shakespeariana. I testi che oggi leggiamo, risultato di ricostruzioni e modernizzazioni, non furono mai uditi o letti da nessun elisabettiano. La loro cronologia è ipotetica, parte ancor oggi dalla sistemazione del Chambers (1930) e può subire modificazioni a seguito di nuove ricerche e ipotesi. Solo per tre *plays* si hanno date di rappresentazione abbastanza precise: *Enrico V* e *Giulio Cesare* (1599) e *La dodicesima notte* (1602). K. Muir e S. Schoenbaum (1971), dei quali trascriviamo la cronologia, avvertono che il margine di errore, prima del 1595 e dopo il 1605, può raggiungere i cinque anni. Assai incerte le date dei primi lavori, che per alcuni risalgono al 1587, e degli ultimi. Anche nei dieci anni centrali le oscillazioni sono tali da rendere impossibile ogni periodizzazione sicura.
Che cosa ricavare da una simile cronologia, se non un monito alla cautela spesso disatteso dal *furor hypotheticus*? Shakespeare sembra alternare, al ritmo di circa due o tre lavori l'anno, tragedie e commedie come due facce della stessa realtà, che diventeranno sempre più simultanee nelle opere maggiori. La sintesi di un'opera così dinamica, versatile, pluralistica e problematica (sono le caratteristiche del Rinascimento) sembra impossibile quanto più si affinano gli strumenti critici, e difatti le sintesi di valore vengono a difettare nel nostro secolo, anche per reazione e stanchezza verso le sintesi idealizzanti e moralistiche dei romantico-vittoriani, e per la miopia generata nei con-

fronti della totalità dell'oggetto dall'eccesso di specializzazione. Le periodizzazioni a etichetta (*problem plays*, *dark comedies*, drammi dialettici e simili) o quelle per fasi, filoni, mode o tecniche, presunte esperienze soggettive o temperie (elisabettiana, giacomiana) troppo brevi, possono moltiplicarsi come le interpretazioni, e possono riuscire utili ma restano definizioni e partizioni esterne e preconcette. La ripartizione in generi (cronache, commedie, tragedie, *romances*) è da usarsi con cautela, è spesso astratta e falsante, ma inevitabile in questa sede.

Le "cronache"

Con tutta la cautela dovuta all'incerta cronologia possiamo individuare in Shakespeare, in un primo tempo, tre linee parallele di "ricerca" o interesse: l'ondata delle cosiddette "cronache" (che a rigore, ad es. nei due *Riccardi*, è difficile distinguere dalle tragedie), le prime prove nella commedia, e quelle tragedie isolate, che fino al 1600 sembrano delle eccezioni, visto il predominare del disegno unitario delle cronache inglesi, di dipingere un grande affresco tragico o pretragico della nascita della nazione. L'avvio, piuttosto sinistro, è dato dalla prima tetralogia sui signori della guerra quattrocenteschi (le tre parti dell'*Enrico VI* e il *Riccardo III*), i quali, nella pace elisabettiana, erano ormai entrati nel mito quasi come per i tragici greci i *ghennaioi* (nobili) omerici.

I *clans* feudali in lotta nei secoli di formazione della nazione erano stati travolti dai re Tudor, incorporati dai cronisti tudoriani nel ciclo mitico-provvidenziale della dinastia, e appartenevano ai tempi di Shakespeare solo a un passato lontano e leggendario – un passato in effetti che era stato manipolato, moralizzato e appiattito dalla storiografia di Corte. Su di esso Shakespeare compie tre operazioni. Mostra quel mondo nella sua fenomenologia conflittuale, incarnando i giudizi e i valori nei sottomondi dei personaggi, e così caricando di ambiguità la visione. Cala nel presente le azioni leggendarie con il linguaggio e la vivida caratterizzazione, e insieme le allontana rendendole problematiche, mostrando quella realtà nei suoi aspetti brutali, incomprensibili, inaccettabili per il presente. Questi cicli tragici, ritenuti fino al nostro secolo opere di tirocinio legate al loro tempo, furono rivalutati dal Tillyard che vide in essi l'epica della nazione, la celebrazione dell'ascesa dei Tudor e la «visione elisabettiana del mondo» qual era nelle fonti. Shakespeare avrebbe dato la sua adesione totale al mito politico delle guerre civili come lotta del bene contro il male, ne avrebbe fatto la sua filosofia della storia, immettendola come messaggio ideologico nel suo ciclo. Il Kott ha rovesciato, sia pure peccando per l'eccesso opposto, questo ottimismo patriottico, mostrando nei testi delle cronache di che lacrime grondavano e di che sangue anche gli scettri dei grandi re giusti. Kott

Anno	*Rappresentazione*	*Stampa*
1590 1591	I Henry VI	
1592	II, III Henry VI, Richard III	
1593	Taming of the Shrew, Comedy of Errors, Two Gentlemen of Verona, Titus Andronicus	(Venus and Adonis)
1594	Love's Labour's Lost	Titus Andronicus (Rape of Lucrece)
1595	Midsummer Night's Dream, Richard II, Romeo and Juliet	
1596	King John, Merchant of Venice	
1597	I Henry IV	Richard III, Richard II, Romeo and Juliet
1598	II Henry IV, Much Ado About Nothing	I Henry IV, Merchant of Venice, Love's Labour's Lost
1599	Henry V, As You Like It, Julius Caesar	(Passionate Pilgrim)
1600	Merry Wives of Windsor, Troilus and Cressida	Henry V, II Henry IV, Midsummer Night's Dream, Much Ado About Nothing
1601	Hamlet	
1602	Twelfth Night	Merry Wives of Windsor
1603		Hamlet Q1
1604	All's Well That Ends Well, Measure for Measure, Othello	Hamlet Q2
1605	King Lear	
1606	Macbeth	
1607	Antony and Cleopatra, Coriolanus, Timon of Athens	
1608	Pericles	King Lear, Pericles
1609		(Sonnets), Troilus and Cressida
1610	Cymbeline	
1611	Winter's Tale, Tempest	
1613	Two Noble Kinsmen, Henry VIII	
1622		Othello
1623		First Folio

vede il mondo delle cronache come un «teatro per cannibali» (Brecht), uno spietato mondo machiavellico, anzi la proiezione di una perversità e di un orrore metafisico senza scampo: la storia come incubo. Visione altrettanto parziale, ma utile a far risaltare il soggettivismo della lettura opposta, e il distacco di Shakespeare dalla visione organica elisabettiana, non visione epocale ma ideologia ufficiale. Critici più recenti si rendono conto dell'ambiguità del ciclo storico e dei suoi eroi, e di come sia difficile trovarvi un messaggio. In realtà le cronache cominciano a porre domande senza risposta: i re, i grandi principi agiscono in un pieno di forze che rendono problematica la loro libertà e responsabilità, la loro stessa individualità e la coscienza di ciò che fanno. Esseri ancipiti, fastosi e miseri, idealisti e crudeli, sinceri e falsi, tiranni sanguinari e re carismatici, non c'è un loro aspetto che non sia contraddetto da un altro e che non possa essere una maschera: come quando assumono l'umiltà e il senso cristiano dell'uguaglianza, che è parte della recita affascinante della regalità. I grandi eroi di Shakespeare sfuggono alle etichette morali. Non è soltanto che l'artista li umanizzi, egli li mostra nel loro animo multiplo di grandi padri buoni e feroci, tiranni e pastori di popoli e spesso capri espiatori della stirpe. Shakespeare non approva e non condanna Riccardo III, come non approverà né condannerà Macbeth: li mostra nella loro grandezza incomprensibile. E il mondo delle cronache, mostrato nei vari sottomondi, è anch'esso contraddittorio, orrido e affascinante, carico di dolore e di morte ma anche di promesse primaverili, di delitti e viltà ma anche di grandi ideali e azioni. Con maggiore maturità di stile la seconda tetralogia rende tragica la visione propagandistica delle fonti. Prologhi ed epiloghi, tirate corali e scene finali positive sono parti di un tutto che li trascende, e non ne intaccano la tragicità. Opere come l'*Enrico IV*, l'*Enrico V* o il *Riccardo II* non sono visioni ottimistiche né pessimistiche, non esaltano né attaccano la regalità, perché i punti di vista politici o etici o religiosi sono tutti interni e spesso opposti tra di loro, così come nei prototipi greci la Dike di un personaggio si opponeva alla Dike di un altro. Le lodi e gli insulti non sono di Shakespeare ma dei suoi personaggi. Non c'è parola né giudizio, né ideale umano o concetto di stato, che non sia opinione di questa o quella parte, non c'è giudizio che non venga pronunciato da uomini nel pieno della passione e del conflitto. Ogni parola di condanna e di lode viene dagli abitanti dell'aiuola umana che l'autore ci mostra con occhio cosmico, assorto nella «musica dell'intero» (Hofmannsthal) che supera le rappresentazioni e i significati particolari (dolore o gioia, male di vivere o felicità del «camminare eretti»).

Negli stessi anni Shakespeare scrive una serie di comme-

Le commedie

die pervase di *vis comica* quasi aristofanesca, e d'una inaudita fusione di festosità e di passione del conoscere. In un primo gruppo, fino a circa il 1602, i conflitti che vi sono presentati (fra male e bene, vizio e virtù, ingiustizia e giustizia, tirannia e libertà, fortuna e sfortuna, gaiezza e tristezza, com'è stato detto, fra temi solari e temi ombrosi e lunatici) sono orientati al lieto fine dal predominio di una corposa gioia di vivere, e di un ottimismo tutto razionale e rinascimentale. I problemi e le discordanze dell'intreccio si risolvono in un'armonia finale, sia pure screziata di toni dolceamari, elegiaci, ironici, malinconici, a volte di un senso della natura precaria della felicità umana. Ma una solarità fisica e terrena finisce sempre col vince re su quegli scrupoli etici o metafisici che potrebbero guastare la festa della vita, che è anche festa del linguaggio, della sua creatività e potenzialità fattiva. Sulla scena inglese irrompe una brigata carnevalesca, chiassosa e colorita, per la quale sono valori la ricchezza e la beltà, la gioventù e la sopraffazione, vizi le condizioni opposte, e la vita è una gioia tale che val la pena di vivere in ogni caso. Se l'ingratitudine umana è peggio del vento invernale, l'amicizia falsa e l'amore folle, tuttavia *life is most jolly*, come canta Amiens in *Come vi piace*. Visione della superficie multiforme e cangiante della vita (trame a ripetizione di sorprese, equivoci, travestimenti, agnizioni), goduta con spensierata giovinezza e avidità di quell'esistenza così nuova e affascinante, traendo piacere anche dalla malinconia: una visione euforica, come di certi stati di grazia in cui si è certi che tutto andrà bene, e infatti tutto va bene. Un'umanità affaccendata, senza nulla del riserbo inglese, la borghesia elisabettiana che in tono minore esprime l'avidità e la volontà di potere dei grandi, la borghesia vitale, carnale, nella sua primavera, che contro il disprezzo amletico del lavoro e della natura-letamaio scopre la passione dell'agire e del produrre. O una nobiltà fastosa, capricciosa, che gode di un'armonia di vita della quale abbiamo perduta ogni idea, e che trova la forza portante, il senso della propria gioventù nel desiderio amoroso, riscoperto nella sua pienezza egoistica dopo la repressione medievale, come realizzazione amorale dell'individuo, luce dell'attimo e del tempo breve, senza scrupoli e rimorsi, se non fosse guastata dalla tendenza perversa dell'uomo a far amaro ogni dolce, la maledizione sadomasochista di chi riempie l'amore di pene, anzi di pene d'amor perdute, inutili, commoventi e divertenti come capricci e brevi dispiaceri di bambini. L'amore, che qui non è il multiverso di *Romeo e Giulietta* e delle opere mature, è amabilmente preso in giro come assurdità irrazionale, buffa e meravigliosa, tenera e spietata: una sublimazione di luoghi comuni della vita, mostrati con elegante sprezzatura.

Ma già in alcune di queste commedie, e non soltanto in quelle del 1604 (*Tutto è bene* e *Misura per misura*), non è certo la ragione a dominare la scena. Emergono forze ambigue, la *vis comica* s'incupisce, si rivela come un risvolto del tragico. Si pensi al *Mercante di Venezia* con le sue simultaneità inconciliabili, Shylock tra i fasti della giustizia veneziana, gli angiporti e le ville. O l'irrompere nel mondo verde (Frye), nel mondo del desiderio, di motivi e lacerazioni tragiche (malinconia, ambiguità, odio, sofferenza), e l'accentuarsi anche qui della danza sfuggente dei sottomondi. Un esempio per tutti, l'amore: già nel *Sogno d'una notte di mezza estate* la complicazione, il malessere, la malignità, non sono più apporti esterni, errori evitabili, ma appaiono connaturati al fenomeno. L'amore, lungi dall'essere «uno dei simboli positivi di Shakespeare» (Kitto) appare una forza inumana, una possessione o una malattia («Povero verme, ti sei infettata!», dirà Prospero della figlia che s'innamora), un dèmone cosmico dalle molte facce: fecondo e distruttore, costante e fragile, saggio e cieco, qualcosa che è insieme dedizione ed egoismo, libertà fondatrice e assunzione demenziale di una dipendenza, un estro che travolge lasciando la vittima innocente ma oggettivamente colpevole. E sono aspetti che Shakespeare condivide coi greci.

Le tragedie e i "romances"

Il grande drammaturgo non mostra le cose com'egli crede che siano, ma mostra uomini ciascuno dei quali vede le cose a suo modo. Così Shakespeare non è patriottico o monarchico – se lo fu l'uomo non lo sappiamo – ma ci mostra patrioti e monarchici, non esprime la propria fede in Dio o meno, ma mostra uomini che credono o no: e nel suo mondo Dio consiste nelle parole che di lui dicono gli uomini. Sono l'approfondimento di questa modalità ostensiva – avvertita da tutti i maggiori critici – e la maturazione dello stile, che segnano le grandi opere scritte probabilmente nel 1600 e negli anni successivi, e la cui forza e novità sembrano più il risultato di una crescita interiore e dell'emergere in lui di istanze lente e profonde della coscienza rinascimentale, che la conseguenza del passaggio da Elisabetta a Giacomo con le relative variazioni a livello della cronaca. Sono le opere che già Wolfgang Goethe sentiva all'altezza delle grandi tragedie greche, e non perché ci comunicano profondi messaggi – anzi i messaggi che vi trovano i critici suonano sempre abbastanza banali – ma perché sono grandi visioni tragiche il cui senso coincide assolutamente con la forma. Per esse ogni breve definizione sarebbe davvero insufficiente.

Dal 1604 al 1607 appaiono le opere maggiori, *Otello*, *Re Lear*, *Macbeth*, *Antonio e Cleopatra*, precedute da capolavori come *Amleto*, *Troilo e Cressida* e le due commedie *Come vi piace* e *La dodicesima notte*, e seguite da altri ca-

polavori come il *Coriolano* e il *Timone d'Atene*. Intorno al 1608-10, quando è in possesso di uno stile sovrano, Shakespeare compie una svolta di cui si sono date tante motivazioni, e scrive le sue ultime opere, i cosiddetti *romances*, quelle che Ben Jonson definì con un sorriso «racconti, tempeste e simili facezie» (*tales, tempests and such drolleries*). A lungo considerati lavori stanchi e compromessi tardivi con le nuove mode teatrali, nel nostro secolo sono state rivalutate ed esaltate, prima come opere fantastiche e originali, portatrici di un messaggio di distacco e rasserenamento finale, poi come grandi opere sperimentali ed ermetiche, ma per nulla serene o rasserenanti. E forse dovrebbero chiamarsi delle tragicommedie, più vicine allo spirito manierista e barocco e agli spettacoli di corte, in certo senso delle sublimi parodie che Shakespeare fa di se stesso, e raffigurazioni di un mondo fiabesco, mitico, o con un termine usato da Milton per il linguaggio di Shakespeare, «delfico». Opere certo innovatrici, come alcuni dei drammi di Euripide, e come quelli, drammi che della visione tragica sembrano quasi un ricordo (Lombardo vi vede, e lo spunto sarebbe da seguirsi, un riflesso baconiano). Più degli altri *plays* di Shakespeare i *romances* possono sembrare enigmatici e *puzzling* (Bradbrook), mirabili strutture spalancate ad accogliere sensi diversi.

Orientamenti critici

Una critica della critica

Sembrerebbe che il compito del nostro tempo nei riguardi di Shakespeare non sia di avanzare nuove interpretazioni, ma piuttosto di operare una critica della critica, e su questa base di formulare una nuova ipotesi, di forgiare un metodo che permetta di uscire dal cerchio vizioso delle interpretazioni e ricominciare da capo una lettura aperta dei testi. Il punto di partenza, credo, non può essere che il rendersi conto dei preconcetti e degli *idola* della critica tradizionale. A cominciare dalla ricerca del "significato storico" dell'opera, inteso come unico e definitivo, mentre ogni significato non può non essere che temporaneo e cangiante, perché filtrato dalla situazione storica del fruitore ed estrapolato dalla ricca polisemia dell'opera. La quale viene trascurata nella ricerca dell'intenzione dell'autore e del suo messaggio, mentre la natura dell'opera drammatica è falsata dall'attribuzione all'autore di idee e valori presenti nel testo, a meno che non si tratti di un'opera a tesi. Un altro procedimento datato, ma sempre attuale, è la lettura ideologica o moralizzante dell'opera, un procedimento riduttivo comune alle interpretazioni inconsapevoli della propria componente soggettiva, del proprio condizionamento culturale ed epocale. Altri approcci sospetti sono l'indagine psicologica o psicanalitica che forzi i per-

sonaggi agli schemi fissi di un'altra disciplina, l'indagine storico-positivistica che pretenda di spiegare l'operato della fantasia con esigenze e convenzioni locali (scene, pubblico, politica ecc.), lo pseudo-metodo neo-aristotelico che si sforza di adattare un'opera al letto di Procuste della *Poetica*, e infine il metodo più di moda oggi e forse più rischioso, che senza un briciolo d'ironia si fregia dell'orrido titolo di "spettacolismo", e che, rifiutando di vedere la doppia natura di un'opera teatrale tradizionale come testo letterario e come spettacolo, abolisce il testo e riduce l'opera a ciò che ne viene fuori nello spettacolo, che come sapeva perfino Aristotele è un'arte diversa la quale adopera il testo come materiale ai suoi fini. La storia della fortuna critica di Shakespeare è particolarmente utile se rivolta ai fini di una storia delle interpretazioni e di una critica della critica. Qui non si può che riassumerla. Comincia con le riserve neoclassiche (Dryden, Voltaire, Johnson), che non è opportuno liquidare come aberranti e assurde senza ben vederne, e in questo caso con piena legittimità, il significato storico. Anzi converrebbe ristudiare con maggior comprensione storica e meno sdegno – eredità, questo, delle esaltazioni romantiche e postromantiche – gli appunti di Dryden sul linguaggio di Shakespeare, le riserve del moralista Johnson, quelle del razionalista Voltaire (e poi dell'altro razionalista, Brecht), e infine quelle assai fini ma non meno neoclassiche e moralistiche di T.S. Eliot. La riflessione su questi punti di vista ci porterebbe a sottolineare, come non si fa nella critica costantemente esaltatoria e cultuale del nostro secolo – quando non è fredda e ipocritamente "scientifica" – gli aspetti difettosi e insoddisfacenti dell'opera di Shakespeare, taciuti nelle vaste sale piene di timore e di silenzio dell'adulazione moderna (Lerner). Si tratta sempre, fino al rifiuto iconoclastico del Tolstoj mistico, di riserve ideologiche, che s'appuntano sulla questione dell'eticità di Shakespeare. Gli esponenti dell'illuminismo etico e del nuovo umanesimo moralista sono incapaci per definizione di capire il tragico: per loro una tragedia è sempre, sulla base aristotelica, una mimesi attuata come *exemplum* a scopo morale. Però quei critici intuivano la refrattarietà alla morale della visione tragica, e vedevano Shakespeare com'era stato in realtà, estraneo a ogni etica del suo tempo, l'anglicana e la puritana, la cattolica o quella del Seneca morale e stoico, che aveva gettato la sua ombra tenace su tutto il teatro greco. In questo senso i critici illuministi erano più acuti e genuini dei moralisti romantici e moderni, che hanno deformato Shakespeare attribuendogli il proprio moralismo. Ai secenteschi e ai settecenteschi Shakespeare appariva difettoso ma non difficile a capirsi, cioè non ambiguo né problematico. Furono i romantici che, vedendo l'in-folio

La storia della critica

come il Libro della Natura, cominciarono a interrogarsi felicemente sui suoi significati. Purtroppo canalizzarono la loro intuizione della polisemia del testo verso la psiche dei personaggi: l'anima dell'opera era per loro l'io dell'eroe che si ergeva contro il mondo. Così avviarono le interpretazioni come specchi della soggettività del critico ripetendo i due errori che impedirono loro di scrivere vere tragedie e commedie: l'identificazione con l'eroe e la sua moralizzazione positiva o negativa. Da Goethe a Coleridge fino a Bradley nascono le famose interpretazioni romantiche, spesso assai acute e suggestive anche se, in sostanza, proiezioni dell'io critico.

Il Novecento

All'inizio del Novecento la reazione antiromantica dei critici devia l'attenzione dal protagonista verso la forma complessiva dell'opera. T.S. Eliot presenta una strana sindrome: così ambiguo nelle sue poesie, a livello cosciente rifugge dall'ambiguità, e indica quella di *Amleto* come un difetto. Ma i formalisti la traspongono da valore psicologico negativo a valore linguistico positivo. Un *play* è studiato ora come un poema, e poi come un sistema drammatico. Bisogna dire che la critica novecentesca, di cui oggi si possono denunciare limiti ed errori, ha letteralmente riscoperto Shakespeare e fornito gli strumenti per una conoscenza mai così approfondita delle sue opere. E però spesso ha mimetizzato con interessi formali o tematici l'atteggiamento ideologico-moralistico vittoriano e la ricerca di tesi o messaggi. Col Granville-Barker nasce l'interesse per il *play* come fatto teatrale: più tardi su questa linea, per una malintesa associazione del testo con lo spartito musicale o per influsso delle nuove tecniche di spettacolo, nasce l'idea che l'opera di teatro si realizza solo sulla scena. Dovrebbe essere chiaro, per il teatro classico e tradizionale, che fin dalla sua scrittura il testo è stile e conferisce a se stesso un'autonomia letteraria che è ribadita dalla trasmissione a stampa, e dalla tradizione critica che ne ha fornito le letture più profonde. La realizzazione scenica che fa del testo un pre-testo (quando, com'è legittimo, non ne fa a meno) e gli dà una funzione servile è un'arte diversa e relativamente autonoma: l'uso che la messinscena fa del materiale-testo consiste in una interpretazione che fa violenza all'indeterminazione visiva propria della parola ed è per necessità di cose decurtatrice e riduttiva.

Lo Shakespeare *moralisé* dei romantici avrebbe avuto bisogno di un Nietzsche che scuotesse in profondo la tradizione critica. Invece trovò un Bradley, grande sintetizzatore della critica romantica, ma che ribadì l'angolazione hegeliana e moralizzante. Così i critici non capirono con Heidegger che il vero artista non approva né denunzia, non «fa uso della realtà ma la lascia essere». Anche ciò che Apollo dice nelle *Eumenidi*, notava il Kitto, è opinione di

Apollo e non di Eschilo. Ma nel mondo anglosassone Shakespeare riesce raramente a non essere oggetto di culto, perché è sentito come la coscienza morale ed estetica della stirpe. La mente anglosassone si rispecchia nella sua opera e si fa un modello ideale della sua visione sentita come un contemperamento di empirismo razionale e di religiosità protestante, di misura classica e di libertà romantica, di ricchezza rinascimentale e di intensità metafisica. Per un inglese egli è l'assertore di valori etici indiscutibili, di una filosofia perenne che confuta l'accusa d'immoralità e si fonda sulla testimonianza di un mondo "tragico", cioè scisso e imperfetto, diviso tra male e bene, dove ampio è il divario tra ideale e prassi, essere e dover essere, apparenza e realtà, ma dove una provvidenza è all'opera per assicurare la vittoria finale del bene e il progresso delle umane sorti. Sembra sfuggire agli inglesi quell'ironia che in Shakespeare è come il punto di vista della divinità, ed egli è investito dell'ideologia borghese *sub specie aeternitatis*. Il suo scettro morale non vige solo nel campo dell'etica privata ma in quello pubblico e politico, dove egli passa per il campione dell'ordine monarchico-liberale-anglicano-tradizionalista connaturato alla *Englishness*, e in quello spirituale, dove il suo in-folio è una Bibbia pronta a dare al lettore amareggiato dalla vita un senso e un conforto.

Le interpretazioni recenti

La critica anglosassone degli ultimi decenni rifiuta sempre più nettamente gli approcci tradizionali, che ricercano in Shakespeare un messaggio affermativo (morale, politico o filosofico) e mostra sempre più nettamente una consapevolezza della polisemia dell'opera e del soggettivismo delle interpretazioni-spiegazioni, che sono rienunciazioni (*restatements*) di ciò che si vuole spiegare nei termini degli interessi e delle assunzioni del presente (B. Willey). La "spiegazione razionale" di un'opera spiega a sua volta le proteste degli artisti contro il linguaggio e le operazioni di critici e registi: «Voglio presentare», diceva Pinter di recente, «esseri degni di interesse semplicemente perché esistono, e non per una certa morale che mi prefiggo di trarre da loro». Il drammaturgo mostra un fatto che può avere tutte le spiegazioni che gli si vogliano attribuire.

Il volgere dei tempi e il mutare delle idee cominciano a creare un nuovo rapporto tra Shakespeare e il lettore, a impostare una prospettiva che non coincide più con quella tradizionale. Ma è necessario un lavoro di molti per riportare alla luce il testo "irriducibile" di Shakespeare da sotto le incrostazioni critiche, e si dovranno affrontare le accuse tradizionaliste di dietrologia e anacronismo, dietro le quali si nascondono spesso l'intolleranza per l'ambiguità e l'orrore per la complessità.

NEMI D'AGOSTINO

Guida bibliografica

BIBLIOGRAFIE

La critica shakespeariana è una disciplina che produce centinaia di scritti ogni anno ed ha i suoi rami e le sue specializzazioni. È obbligatorio il rimando alle bibliografie specifiche. Tra le recenti quella curata da S. Wells, *Shakespeare: Select Bibliographical Guides*, London, Oxford 1973, e la vasta scelta di D. Bevington, *Shakespeare*, 1978, nella serie «Goldentree Bibliographies in Language and Literature». Si veda anche J. Velz, *Shakespeare and the Classical Tradition: A Critical Guide to Commentary 1660-1960*, London 1968, e il volume a cura di S. Wells, *The Cambridge Companion to Shakespeare Studies*, Cambridge 1986, in cui molti capitoli sono bibliografie ragionate. Bibliografie scelte sono incluse nei singoli volumi delle maggiori edizioni critiche, e nei due periodici «Shakespeare Survey», annuale, Cambridge University Press, dal 1948, e «Shakespeare Quarterly», trimestrale, New York, dal 1950. Una buona scelta in *The New Pelican Guide to English Literature*, a cura di B. Ford, vol. II, *The Age of Shakespeare*, London 1988.

EDIZIONI CRITICHE RECENTI (TESTO MODERNIZZATO)

Ancora utile la *New Variorum*, iniziata da H.H. Furness, Philadelphia 1871, e ancora non ultimata. Utile ma molto soggettiva la *New Cambridge Shakespeare*, diretta da J. Dover Wilson, Cambridge 1921-66, ora in corso di sostituzione da un'edizione diretta da P. Brockbank. La maggiore edizione, con importanti introduzioni e note, è la *New Arden Shakespeare* (London 1951 sgg.), a cura di H.F. Brooks, B. Morris e H. Jenkins. Utile e rigorosa la tascabile *New Penguin Shakespeare*, a cura di T.J.B. Spencer e S. Wells (Harmondsworth 1967 sgg.). Ultimata nel 1988 l'edizione *Oxford Shakespeare* diretta da Stanley Wells, al quale si deve un importante studio sulla trasmissione del testo, *Re-editing Shakespeare for the Modern Reader*, Oxford 1984. Un'edizione autorevole in volume unico è quella a cura di P. Alexander: W. Shakespeare, *The Complete Works*, London 1951. Per l'America, *The Riverside Shakespeare*, a cura di G.B. Evans, Boston 1974.

TRADUZIONI ITALIANE

Delle traduzioni complete del teatro di Shakespeare si ricordano quelle a cura di M. Praz, Firenze 1943-47, 3 voll., ora in unico volume, 1964; quella di G. Baldini, 3 voll., Milano 1963; e l'edizione a cura di G. Melchiori nei «Meridiani» Mondadori, 9 voll., Milano 1978-91.

BIOGRAFIE

E.K. Chambers, *William Shakespeare. A Study of Facts and Problems*, 2 voll., Oxford 1930; S. Schoenbaum, *William Shakespeare. A Documentary Life*, ivi 1975; Id., *A Compact Documentary Life*, New York 1977 (trad. it. Roma 1979). Lo Schoenbaum ha scritto un interessante studio sulle biografie precedenti, *Shakespeare's Lives*, Oxford 1970, e un ulteriore volume documentario, *William Shakespeare. Records and Images*, London 1981. Si veda anche R. Dutton, *William Shakespeare. A Literary Life*, ivi 1989.

PROBLEMI GENERALI DEL TEATRO

K. Jaspers, *Über das Tragische*, München 1952 (trad. it. Milano 1987); R.B. Sewall, *The Vision of Tragedy*, New Haven 1959; B. Snell, *Die Entdeckung des Geistes*, Hamburg s.d. (trad. it. *La cultura greca e le origini del pensiero europeo*, Torino 1963); A. e H. Paolucci (a cura di), *Hegel on Tragedy*, New York 1962 (include A.C. Bradley, *Hegel's Theory of Tragedy*, 1904); G. Steiner, *The Death of Tragedy*, London 1961 (trad. it. *Morte della tragedia*, Milano 1965); C. Leech, *Tragedy* («The Critical Idiom»), London 1969; J.P. Vernant e P. Vidal-Naquet, *Mythe et Tragédie en Grèce ancienne*, Paris 1972 (trad. it. Torino 1976); W. Moelwyn Merchant, *Comedy* («The Critical Idiom»), London 1972; C.R. Beye (a cura di), *La tragedia greca*, Bari 1974; G. Ferroni, *Il comico nelle teorie contemporanee*, Roma 1974; K. Elam, *The Semiotics of Theatre and Drama*, London-New York 1980; A. Ubersfeld, *Lire le théâtre*, Paris 1982 (trad. it. Roma 1984); R. Scrivano (a cura di), *Letteratura e teatro*, Bologna 1983; G. Ferroni (a cura di), *Ambiguità del comico*, Palermo 1983; R. Janko, *Aristotle on Comedy*, London 1984; C. Segre, *Teatro e romanzo*, Torino, 1984; F. Carmagnola (a cura di), *Tragico e modernità*, Milano 1985; J.P. Vernant e P. Vidal-Naquet, *Mythe et Tragédie en Grèce ancienne II*, Paris 1986; N. D'Agostino, *Shakespeare e Aristotele*, in «Belfagor», IV, 31 luglio 1987; M. Pagnini, *Semiotica del teatro*, in *Semiosi*, Bologna 1988.

SUL RINASCIMENTO

Si veda la bibliografia del saggio *Il concetto del Rinascimento* (1948), in F. Chabod, *Scritti sul Rinascimento*, Torino 1967. Inoltre: E. Cassirer, *Individuo e cosmo nella filosofia del Rinascimento* (1927), trad. it. Firenze 1977²; S. Ozment (a cura di), *Reformation Europe. A Guide to Research*, St Louis, Mass., 1982; J. Delumeau, *Le péché et la peur*, Paris 1983 (trad. it. Bologna 1987).
Tra le sintesi recenti: H. Haydn, *The Counter-Renais-*

sance, New York 1950 (trad. it. Bologna 1967); A. Heller, *A Renaszànsz Ember*, Budapest 1967 (trad. it. *L'uomo del Rinascimento*, Firenze 1977); E. Bloch, *Vorlesungen zur Philosophie der Renaissance*, Frankfurt a.M. 1977 (trad. it. *Filosofia del Rinascimento*, Bologna 1981). Per l'Inghilterra J. Sutherland e J. Hurstfield (a cura di), *Shakespeare's World*, London 1964; L. Stone, *The Crisis of the Aristocracy, 1558-1641*, Oxford 1965 (trad. it. *La crisi dell'aristocrazia. L'Inghilterra da Elisabetta a Cromwell*, Torino 1972); W.R. Elton (a cura di), *Shakespeare's World: Renaissance Intellectual Contexts - A Selective, Annotated Guide, 1966-1971*, New York 1970; J.E. Hankins, *Backgrounds of Shakespeare's Thought*, Hamden, Ct., 1978.

TEATRO ELISABETTIANO E GIACOMIANO

Opere fondamentali: E.K. Chambers, *The Elizabethan Stage*, 4 voll., Oxford 1923, e G.E. Bentley, *The Jacobean and Caroline Stage*, 7 voll., Oxford 1941-68. Assai utile L.C. Knights, *Drama and Society in the Age of Jonson*, London 1962^2. Fra le trattazioni recenti: J.L. Styan, *Shakespeare's Stagecraft*, Cambridge 1967; A. Gurr, *The Shakespearian Stage 1574-1642*, ivi 1970; A.J. Cook, *The Privileged Playgoers of Shakespeare's London 1576-1642*, Princeton, N.J., 1982; P. Thomson, *Shakespeare's Theatre*, London 1983; J. Dollimore, *Radical Tragedy: Religious Ideology and Power in the Drama of Shakespeare and his Contemporaries*, Brighton 1984.
Buone guide ai vari contesti: *A New Companion to Shakespeare Studies*, a cura di K. Muir e S. Schoenbaum, Cambridge 1971, e *The Cambridge Companion to Shakespeare Studies*, a cura di S. Wells, Cambridge 1986 (ambedue con ampie indicazioni bibliografiche).

FONTI

G. Bullough (a cura di), *Narrative and Dramatic Sources of Shakespeare*, 8 voll., London 1957-75; T.J.B. Spencer (a cura di), *Shakespeare's Plutarch*, Harmondsworth 1954; K. Muir, *The Sources of Shakespeare's Plays*, London 1977; A. Serpieri e AA.VV., *Nel laboratorio di Shakespeare. Dalle fonti ai drammi*, 4 voll., Parma 1988.

STUDI SHAKESPEARIANI RECENTI

Per la storia della critica dal 1623 al 1801 si veda la monumentale raccolta di B. Vickers, *Shakespeare. The Critical Heritage*, 6 voll., London 1974-81. Per una sintesi generale: A.N. Eastman, *A Short History of Shakespeare Criticism*, New York 1968. Buone sintesi e aggiornamenti in *A New Companion* e *The Cambridge Companion*, cit. Interessanti collane di saggi nuovi e ristampe nella Penguin

Shakespeare Library, nei Casebooks di Macmillan, nelle Twentieth Century Interpretations (Englewood Cliffs, N.J.) e negli «Stratford-upon-Avon Studies».
Tra le antologie di saggi critici, L. Lerner (a cura di), *Shakespeare's Tragedies*, Harmondsworth 1963, e Id., *Shakespeare's Comedies*, ivi 1967. Inoltre M. Charney (a cura di), *Shakespeare's Comedy*, New York 1980, e P. Edwards, I.-S. Ewbank e G.K. Hunter, *Shakespeare's Styles*, Cambridge 1980.
Per un panorama di tendenze recenti, D. Bevington e J.L. Halio, *Shakespeare, Pattern of Excelling Nature*, Newark-London 1978, e per i nuovi approcci post-strutturalistici, semiotici ecc. J. Drakakis (a cura di), *Alternative Shakespeares*, ivi 1985. Uno studio interessante dei presupposti della critica shakespeariana è A. Harbage, *Conceptions of Shakespeare*, Cambridge, Mass., 1966. Per una rassegna della critica tradizionale e per una esposizione delle tendenze recenti (decostruzioniste, neorevisioniste, postmoderniste) G. Taylor, *Reinventing Shakespeare*, London 1990.
Infine una scelta essenziale di studi novecenteschi sui vari aspetti del teatro di Shakespeare: T. Spencer, *Shakespeare and the Nature of Man*, New York 1943; J. Palmer, *Political Characters of Shakespeare*, London 1945, e *Comic Characters of Shakespeare*, ivi 1946; T.W. Baldwin, *Shakespeare's Smalle Latine and Lesse Greeke*, 2 voll., ivi 1947; C. Pettet, *Shakespeare and the Romance Tradition*, ivi 1949; W. Farnham, *Shakespeare's Tragic Frontier*, Berkeley-Los Angeles 1950; V.K. Whitaker, *Shakespeare's Use of Learning*, London 1953; M.M. Manhood, *Shakespeare's Wordplay*, ivi 1957; C.L. Barber, *Shakespeare's Festive Comedy*, Princeton, N.J., 1959; M. Charney, *Shakespeare's Roman Plays*, Boston 1961; J. Kott, *Szkice o Szekspirze*, Varsavia 1961 (trad. it. *Shakespeare nostro contemporaneo*, Milano 1964); M. Bradbrook, *Shakespeare the Craftsman*, London 1969; R.A. Brower, *Hero and Saint: Shakespeare and the Greco-Roman Tradition*, Oxford 1971; H. Felperin, *Shakespearian Romance*, London 1972; M. Pagnini, *Shakespeare e il paradigma della specularità*, Pisa 1974; L. Salingar, *Shakespeare and the Tradition of Comedy*, Cambridge 1974; K. Muir, *The Singularity of Shakespeare and Other Essays*, Liverpool 1977; J. Kott, *Arcadia amara*, Milano 1978 (saggi a cura di E. Capriolo); J. Wilders, *The Lost Garden: A View of Shakespeare's English and Roman History Plays*, London 1978; R. David, *Shakespeare in the Theatre*, Cambridge 1978; K. Muir e S. Wells, *Aspects of Hamlet*, ivi 1979; B. Evan, *Shakespeare's Tragic Practice*, Oxford 1979; S. Snyder, *The Comic Matrix of Shakespeare's Tragedies*, Princeton, N.J., 1979; R. Grudin, *Mighty Opposites: Shakespeare*

and the Renaissance Contrariety, Berkeley, Ca., 1980; J. Bayley, *Shakespeare and Tragedy*, London 1981; G.R. Hibbard, *The Making of Shakespeare's Dramatic Poetry*, Toronto 1981; N. Rabkin, *Shakespeare and the Problem of Meaning*, London 1981; D.S. Kastan, *Shakespeare and the Shapes of Time*, ivi 1982; N.F. Blake, *Shakespeare's Language, An Introduction*, ivi 1983; S. Booth, *King Lear, Macbeth, Indefinition and Tragedy*, ivi 1983; K. Elam, *Shakespeare's Universe of Discourse, Language Games in the Comedies*, Cambridge 1984; E. Faas, *Shakespeare's Poetics*, ivi 1986; N. Frye, *On Shakespeare*, Markham, Ontario, 1986 (trad. it. *Shakespeare. Nove lezioni*, Torino 1990); C.H. Frey, *Experiencing Shakespeare*, University of Missouri 1988; E.A.J. Honigmann, *Myriad-minded Shakespeare*, London 1988.

N. D'A.

La *Parte I* di *Enrico IV* lascia un'impressione di vitalità esuberante, di ardimento individuale (nei personaggi) e creativo (nell'autore). Il Re scende in campo per difendere all'ultimo sangue il trono strappato a Riccardo II contro un gruppo di ribelli astuti, coraggiosi e fascinosi, primo fra tutti l'immaginifico e imprevidente Hotspur. Il principe Hal se la spassa in compagnia del burlone Falstaff, ma poi si rappacifica col padre e nella battaglia decisiva ne salva la vita e ha parole nobili e affettuose tanto per l'antagonista ucciso Hotspur quanto per il vecchio compagno di taverna, anch'egli apparentemente ucciso. Ma subito risuscitato: «Imbalsamarmi? Se mi fai imbalsamare oggi, ti autorizzo a salarmi e anche a mangiarmi domani». Falstaff è il maiale di cui tutti abbondantemente mangiamo nel festino dell'*Enrico IV, parte prima*.
Tutt'altra impressione suscita *Enrico IV, parte seconda*, dramma che della *Parte I* ha la stessa lunghezza, quasi lo stesso numero di scene, la stessa struttura (episodi comici alternati a episodi storici) e gli stessi protagonisti: Falstaff, Principe e Re (Hotspur purtroppo non c'è più, anche se tre scene lo ricordano vividamente). Nella *Parte I* avevamo due giovani guerrieri avversari e dei modelli alternativi di padre, da una parte il Re e i Percy, dall'altra Falstaff: padri ancora validi, impegnati sul campo della battaglia o della rapina (è la stessa cosa), capaci di correre di buona lena («Falstaff suda da morire, e concima la terra magra su cui passa»). Nella *Parte II* rimane un solo protagonista giovane, Hal (il fratello John ne è solo la brutta copia), assente dal campo di battaglia, e comunque non c'è più battaglia a viso aperto, solo una trappola di parole e false promesse. I padri da vitali si son fatti decrepiti, si muovono su grucce (I, i) e in vestaglia (III, i), o si preoccupano, come nella prima battuta di Falstaff, di come il medico giudica la loro urina (I, ii). I padri muoiono discretamente fuori scena: il Re e Northumberland effettivamente e quasi contemporaneamente (IV, iv-v), Falstaff psicologicamente, dopo essere stato cacciato a male parole dal nuovo Re suo pupillo, anche se l'Epilogo promette che lo rivedremo in scena: ma la descrizione della sua dipartita in *Henry V* (II, iii), avvenuta «fra le dodici e l'una, al volgere

della marea», conferma la nostra impressione che questa volta, diversamente che a Shrewsbury, egli non resusciterà. Come se non bastasse, Shakespeare ha introdotto accanto a questi tre padri col piede nella fossa due nuovi personaggi di spicco entrambi in là con gli anni: il Primo Giudice, moderatamente severo e un poco astratto, e il concretissimo giudice di campagna Robert Shallow: concreto in quanto personaggio fra i più spassosi e caratterizzati di Shakespeare, ma alquanto svanito nella testa. I ribelli non sono forse particolarmente vecchi di età, certo non danno mostra di speciale energia, guidati come sono dal misurato – e attempato (IV, i, 43) – Arcivescovo. Il quale, richiesto di spiegare le ragioni della sollevazione da lui capeggiata, pronuncia quella che potrebbe essere la morale di questa oscura (e non per questo meno comica) *Parte II*: «Siamo tutti malati, / e con le ore spese nell'ingordigia e nei piaceri / ci siamo procurati una febbre bruciante, / per cui dobbiamo cavarci sangue» (IV, i, 54-57). Parla come se fosse Falstaff, re del mangiare e del bere, e vede giusto intorno al salasso incombente, tanto quello suo, vicinissimo, quanto quello del «whoreson little tidy Bartholomew boar-pig», figlio di puttana di un lindo cinghialino da fiera, come affettuosamente Falstaff è apostrofato dalla prostituta Doll (II, iv, 223). La quale è essa stessa malata di sifilide: «Tu aiuti a fare le malattie, Doll. Le prendiamo da te, Doll, le prendiamo da te. Ammettilo, mia povera santarellina, ammettilo» (II, iv, 43-45).
The Second Part of Henry the Fourth (come legge il frontespizio del 1600) è dunque un'opera di tono diverso rispetto alla *Parte I*, scritta da uno Shakespeare circa trentaquattrenne non molto lontano dal sentimento di sazietà che di lì a poco detterà *Hamlet*. Se il Re è malato, il principe Hal, il futuro eroe di Agincourt (*Henry V*), si annuncia con le celebri parole: «Before God, I am exceeding weary» (II, ii, 1). Hamlet dirà invece nel suo primo monologo: «O God! God! / How weary, stale, flat, and unprofitable / Seem to me all the uses of this world!» (I, ii, 133-34). Dovendo raccontare la fine di un'età il drammaturgo ha incupito la sua tavolozza: la vitalità sovrabbondante della *Parte I* sopravvive solo nell'ingegno lucido (finché si tratta di giudicare e sfruttare gli altri) di Falstaff, nella ricerca e invenzione del tempo perduto di Shallow, nei vaniloqui dell'alfiere Pistol. È una vitalità vana, marginale rispetto alla Storia, in cui si confrontano micidiali interessi che, come si suol dire, non guardano in faccia a nessuno. Una marginalità che però il drammaturgo pone in rivincita al centro dell'attenzione, sicché la *Parte II* è anche quella in cui, diversamente che nella *I*, il personaggio di Falstaff domina incontrastato (593 righe contro circa 300 di Hal, che ne aveva oltre 500 nella *Parte I*). Se questa è Storia, sembra dire, meglio par-

lare d'altro. Salvo poi ritrovare la vena epica e corale nel successivo *Henry V*.
Nel corso degli ultimi poco edificanti consigli del Re morente al Principe che gli succederà (condurre guerre all'estero, meglio se crociate, per evitare che i connazionali investighino troppo da presso il diritto del Re alla corona), Enrico IV dice testualmente: «And now my death / Changes the mode» (IV, v, 198-99) – la mia morte cambia lo stato d'animo (della gente), e cambia la tonalità, il "modo" in senso musicale (questo il gioco sulla parola *mood*). Frase che potrebbe valere da commento alla *Parte II* e da chiarificazione della sua relazione complessa con la *Parte I*. La morte cambia il tono. La *Parte I* viene per così dire riscritta o trascritta in una chiave diversa.
Con ciò non si vuole escludere la possibilità di considerare la *Parte II* semplicemente alla stregua di una continuazione. Nella pratica teatrale novecentesca si tende anzi a riprenderla insieme alla *Parte I*, raramente da sola (e al botteghino si staccano sempre più biglietti per la più movimentata *Parte I*). Samuel Johnson affermò autorevolmente che il dramma era diviso in due solo perché «troppo lungo per essere uno solo» e che solamente una critica in vena di sottigliezze vane avrebbe considerato le sue sezioni due opere separate. Ma nel Novecento prevalgono coloro che sottolineano la diversità di ispirazione e la discontinuità fra le due parti, il cui rapporto prefigura quello di un rifacimento di un film fortunato, o di una serie di opere dedicate a un personaggio popolare, Sherlock Holmes o Sandokan. Nella *Parte I* il principe Hal deve scegliere fra il mito dell'onore rappresentato da Hotspur e la sua demistificazione rappresentata da Falstaff e la ragion di stato incarnata dal padre: si rappacifica col padre e si rivela valoroso e cavalleresco nel momento decisivo, sul campo, senza curarsi troppo del mito. La *Parte II* si apre con notizie della battaglia di Shrewsbury, ma del valore ivi dimostrato da Hal e della riconciliazione col padre sembra non essere traccia, sicché è necessaria una nuova rappacificazione e una nuova dimostrazione del vero carattere del Principe, questa volta non sul piano del valore cavalleresco (notano i critici) ma su quello della giustizia. Donde l'introduzione del nuovo personaggio del Primo Giudice e i riferimenti all'episodio dello schiaffo datogli dal Principe e della sua conseguente detenzione (I, ii; V, ii), episodio ignorato nella *Parte I*. Se ne deduce che la *Parte II* è insieme continuazione della *I*, ripetizione della stessa, e unità a sé stante. Certi eventi sono irrevocabili (la morte di Hotspur in *I*, di Enrico IV in *II*), altri no: nell'Epilogo Shakespeare si lasciava mano libera per quanto riguardava il favorito del pubblico, Falstaff; la storia del suo rapporto col Principe, ora Re, l'avrebbe potuta raccontare una terza

volta. Ma forse i personaggi hanno effettivamente una loro vita, e una loro morte, e la ripetizione di Falstaff non avvenne (se non nelle *Merry Wives of Windsor*, coeve o di poco successive all'*Enrico IV*).
Questo rapporto abbastanza aperto fra i due drammi, e la memoria selettiva che il secondo ha del primo, non deve sorprendere se è vero che il drammaturgo non costruisce un teorema ma lavora con impressioni e sentimenti, decidendo volta per volta e inappellabilmente che cosa è "vero", presente alla coscienza dei suoi personaggi e del suo pubblico.
Gli spettatori della *Parte II* avevano probabilmente visto la *Parte I*, ma la continuazione non poteva fare affidamento su questo e dunque doveva anche riepilogare gli antefatti, come in diverso modo fanno il Prologo e la prima scena, che usa la tecnica dell'improvviso bagno di emotività e di retorica per assicurarsi l'attenzione degli spettatori sonnolenti del pomeriggio (tecnica analoga per esempio in *Hamlet*, con l'apparizione del fantasma), mentre la *Parte I* ha avvio meno sensazionale, più esposizione dei temi principali, e non a caso più breve: nella *Parte I* Falstaff fa il suo ingresso dopo 108 versi, nella *II* dopo 255 versi. È insomma passato del tempo fra *Parte I* e *II*, nell'universo reale del pubblico (sulla cui dimenticanza si può fare affidamento come sulla sua memoria), se non in quello fittizio del palcoscenico. La *Parte I* si colloca, per lo spettatore della *II*, fra il già (vagamente) noto. Inoltre, come oggi sappiamo chi è Falstaff anche senza aver mai visto l'*Enrico IV*, così allora il pubblico sapeva della gioventù scapestrata del principe Hal e del suo rapporto privilegiato con un vecchio pocodibuono, chiamato Sir John Oldcastle finché Shakespeare non ne cambiò il cognome in Falstaff, quando *Enrico IV* era già scritto in tutto o in parte (come qui ricordato nell'Epilogo). Esisteva cioè una precedente versione teatrale della vicenda del Principe scioperato, dell'amicizia con Oldcastle, del conflitto e della riconciliazione con il Re e con il Giudice, della gloriosa successione ed eroica vittoria sui francesi. La conosciamo in una versione probabilmente ridotta intitolata appunto *The Famous Victories of Henry V* (pubblicata nel 1598 ma andata in scena un decennio prima), delle cui venti scene le prime nove corrispondono alla narrazione dell'*Enrico IV*. C'era insomma una materia di Enrico IV ed Enrico V, di pubblico dominio, all'interno della quale Shakespeare ha ritagliato i suoi tre drammi, ognuno con un carattere suo proprio. La giustapposizione della corte e della taverna con i loro rispettivi linguaggi era già implicita nel materiale (l'oscillazione del Principe) e consegnata nel dramma o nei drammi antecedenti. Come al solito Shakespeare adottò una formula e una vicenda preesistente, aggiungen-

dovi tutto e niente, come un Rembrandt o un Tintoretto che rivisiti un episodio della Bibbia. Un niente piuttosto corposo, se pensiamo a Falstaff, o mingherlino quasi fosse ritagliato in una crosta di formaggio (è il caso di Shallow). Ma Falstaff e Shallow possono vedersi come soluzioni di problemi teatrali, tecnici, voci inventate perché necessarie a un certo punto dello sviluppo corale dell'opera.

La metafora musicale risulta utile per avvicinare il testo shakespeariano, che mentre mantiene di solito desta la nostra attenzione di ascoltatori di storie, è tutto tramato di immagini, temi, eventi che rimandano l'uno all'altro e si commentano a vicenda. L'ascoltatore o lettore da una parte è sempre nel presente dell'azione in corso, dall'altra è invitato a continui confronti con altri punti della vicenda e del discorso, confronti che data la rapidità della recitazione hanno un significato più connotativo che denotativo. Naturalmente durante la lettura possiamo andare avanti e indietro quanto vogliamo, ma con ciò non raggiungiamo ulteriori certezze. Possiamo solo prepararci, musicalmente, a un ascolto migliore la prossima volta che vedremo o leggeremo il tutto dall'inizio alla fine. Shakespeare non ha lettori privilegiati; non c'è chiave o risposta, solo un particolare stato di sospensione o consapevolezza poetica (come rilevato in varie occasioni da T.S. Eliot: «Dobbiamo ricordare che l'apprezzamento di questi drammi non sta nel gustare consciamente un brano dopo l'altro, ma in un effetto cumulativo come in una grande opera musicale»).

Uno dei tratti distintivi della *Parte II* rispetto alla *I* è il suo carattere più episodico, più slegato dal punto di vista narrativo (anche se la struttura a un occhio attento si rivela assai solida), e dunque più libero nella trattazione, più musicale o figurativo. Il Re da cui l'opera prende nome non appare in scena fino all'atto III e muore alla fine del IV; il Principe la cui evoluzione è in fondo al centro dell'attenzione (Falstaff non ha evoluzione, tranne per la sua morte sociale o politica o fisica) entra in scena a metà dell'atto II, scompare in quello successivo, e riappare solo nell'ultima scena del IV e in due scene dell'atto V. Si rende dunque più evidente la necessità di una lettura tematica (paradigmatica piuttosto che sintagmatica), che colga i collegamenti fra gli episodi delle tre vicende fondamentali (la ribellione, il Principe e il Re, Falstaff e il Primo Giudice). Abbiamo già accennato alla malattia e alla vecchiaia. Ma l'analogia musicale si addice particolarmente al Prologo della Fama, vera ouverture che oltre a calarci nella vicenda esponendone l'antefatto immediato (la battaglia di Shrewsbury, la morte di Hotspur) annuncia i temi della menzogna, dell'inganno, del fraintendimento, delle buone notizie che si rivelano false o funeste: «smooth comforts false». Temi ri-

correnti per tutto l'arco del dramma, non solo nella scena I, i, che ne è illustrazione dichiarata (false notizie sull'esito della battaglia). L'Arcivescovo e i suoi sodali saranno fin troppo volonterosi di accogliere gli «smooth comforts false» promessigli da John di Lancaster e Westmoreland, e disciolgono il loro esercito senza colpo ferire: «Go, captain, and deliver to the army / This news of peace» (IV, ii, 69-70). Essi vengono arrestati con le parole: «Good tidings, my Lord Hastings, for the which / I do arrest thee, traitor» (106-107). Quando in una scena successiva il Principe si reca al capezzale del padre morente egli domanda: «Heard he the good news yet?». Con gusto barocco dell'antitesi Shakespeare ripete su tre scene (I, i; IV, ii; IV, iv) il motivo delle buone notizie che fanno stare male e viceversa: «And wherefore should these good news make me sick?», chiede il Re. Ancora nell'ultimo atto Falstaff resterà vittima delle «happy news» e «good news» di Pistol: la morte del vecchio Re, l'incoronazione prossima dell'amico Hal. Notizia vera, salvo per il piccolo dettaglio che l'amico Hal nel momento che ha preso la corona ha detto addio all'amicizia.

Ammesso che questa sia mai esistita. Hal avverte Poins fin da II, ii (e gli spettatori della *Parte I* fin dal monologo della scena ii) che egli è ben diverso da quel che sembra, però tutti – Poins, il Re, il Giudice, Falstaff – sono ingannati dalla sua fama di figlio snaturato, ormai «scritto nel libro del diavolo». Sicché alla fine, come nota David Bevington, alle rosee e malriposte speranze di Falstaff fanno puntualmente riscontro le apprensioni egualmente infondate del Giudice.

Falstaff vive analogamente circondato da una reputazione di guerriero del tutto immeritata, alla quale si piega persino il Primo Giudice (I, ii, 143-44): dodici capitani lo cercano affannosamente mentre egli si diletta con Doll (II, iv), un nemico ragguardevole si arrende appena lo vede, tanto il suo aspetto è inconfondibile e la sua fama tremenda: «Are not you Sir John Falstaff?». Al che egli commenta: «Ho tutta una folla di lingue in questa mia pancia, e non ce n'è una che non pronunci il mio nome. Se avessi appena una pancia qualsiasi, sarei l'uomo più valoroso d'Europa e basta» (IV, iii, 18-21). (Falstaff, europeista *ante litteram*, parla anche altrove di tutta l'Europa, «all Europe», che lo ammirerebbe: cfr. II, ii, 125.) I critici hanno puntualmente notato che l'immagine delle lingue nella pancia ricorda che il Prologo assegna alla Fama un abito «tutto dipinto di lingue». Ma l'analogia tematica investe addirittura la struttura della frase. «Not a tongue of them all» dice Falstaff, «speaks any other word but my name». La Fama aveva detto concludendo il Prologo: «The posts come tiring on, / And *not a man of them* brings *other* news

/ Than they have learned of me» (37-39). Al riscontro tematico corrisponde anche un preciso riscontro verbale, proprio come se si ripetesse un certo accordo, una serie di note.
L'inganno che domina il mondo di *2 Henry IV* è anche, e forse soprattutto, autoinganno. I ribelli rimproverano il loro predecessore Hotspur di essersi gettato a occhi chiusi nella rovina («and winking leaped into destruction», I, iii, 33). Nel momento decisivo essi si persuadono a vicenda contro ogni verosimiglianza che le promesse di pace del partito del Re sono sincere (IV, i, 183-224), e parlano addirittura, senza rendersi conto che stanno pronunciando la propria condanna, dei cento occhi di Argo che possono essere «charmed asleep», persuasi, lusingati al sonno (IV, ii, 39). È uno dei tanti casi di "ironia drammatica", o "ironia tragica", caratteristici del drammaturgo. Analogamente il Re inganna gli altri e forse se stesso parlando fin dalla sua prima battuta (come già nella *Parte I*) della crociata a Gerusalemme, e continuando a sostenere che la sua usurpazione è stata frutto della necessità, non di una sua precisa intenzione (III, i). E tuttavia il suo sonno è inquieto e oppresso, e sul letto di morte confesserà al figlio di avere raggiunto la corona passando per «bypaths and indirect crooked ways» (IV, v, 184), vie non proprio diritte, e anzi astute e disoneste. Ma come si è visto ciò non gli impedisce di consigliare al successore di valersi di strumenti analoghi. La giustificazione, se c'è, è la grandezza dell'Inghilterra: non bisogna dimenticare l'efficacia dell'appello nazionalistico per il pubblico inglese di allora (e magari anche oggi). Falstaff e compagni sono visti dal Re come un pericolo per l'Inghilterra (vedi l'anafora in IV, v, 128-129); il Principe si riscatta promettendo che «the great body of our state may go / In equal rank with the best-governed nation» (V, ii, 136-137). Non saremo secondi a nessuno, dice. Nondimeno la vita di Enrico IV risulta fondata sull'(auto)inganno, che in questo caso non riesce a lusingare al sonno gli occhi di Argo. Solo in punto di morte egli scoprirà che la Gerusalemme in cui gli è stato predetto che morirà non è in Terrasanta ma a Londra, una stanza del palazzo. Degna fine del politico, del «canker Bolingbroke» come lo chiamava Hotspur (*Parte I*, I, iii, 176). Che tuttavia sarebbe un errore giudicare moralisticamente, visto che il suo creatore si è guardato dal farlo.
Come le notizie e la fama sono inaffidabili così lo sono le parole, ad esempio «in Gerusalemme». I loro utenti si devono accontentare di sperare che esse significhino ciò che essi vogliono, ma sono spesso delusi. «Si fortune me tormente, sperato me contento» (II, iv, 173) è un motto nell'italiano approssimativo dell'alfiere Pistol che vale per tutti i personaggi del dramma, e Pistol lo ripete quando esce di

scena col grasso cavaliere per l'ultima volta. La speranza è dura a morire, anche se fin dal primo incontro dei ribelli sentiamo parlare aulicamente di boccioli sui cui frutti non tanto si spera quanto si dispera per il gelo che li ucciderà («Hope gives not so much warrant as despair», I, iii, 40). Il testo shakespeariano è un sistema che commenta se stesso, assai vicino all'ideale joyciano dell'opera che ha estromesso l'autore. Il Re ad esempio commenta il proprio errore di interpretazione della predizione dicendo che egli scioccamente aveva pensato si trattasse della Terrasanta: «which *vainly* I supposed the Holy Land» (IV, v, 238). Quando il nuovo Re cerca di demandare al Primo Giudice l'incombenza di trattare con l'incorreggibile Falstaff, egli dice: «My Lord Chief Justice, speak to that *vain* man»: parla a quell'uomo sciocco. Il re del carnevale e il Re dell'Inghilterra si danno la mano nel comune autoinganno.

La parola è dunque spesso al centro dell'attenzione nella *Parte II*: ambigua, traditrice, efficace, anche a seconda del punto di vista. Il Principe riacquista la fiducia del padre con la parola, Falstaff inganna Quickly con le sue promesse, Lancaster irretisce i congiurati. In quest'ultima scena il tema si fa esplicito:

ARCHBISHOP
I take your princely word for these redresses.
[LANCASTER]
I give it you, and will maintain my word.
[...]
The word of peace is rendered. Hark, how they shout!
[IV, ii, 66-67, 87]

L'aggettivo *princely* era già stato usato da Poins a proposito del fratello di Lancaster, Hal, definito «a most princely hypocrite», qualora piangesse la malattia del padre (II, ii, 50). E ipocrita e disonorevole è appunto il comportamento di Lancaster. Questo tradimento ne prefigura un altro, la cacciata di Falstaff, che anche si getta cieco, «winking», nella rovina. Dopo averlo redarguito e bandito con qualche palliativo (la promessa di una rendita è sempre qualcosa), il Re si rivolge al Primo Giudice: «Be it your charge, my lord, / To see performed the tenor of our word» (V, v, 70-71). In questo caso a Falstaff non resta che sperare che la parola dell'«ipocrita principesco», anzi regale, non sia veritiera: «Sir», egli dice al buon Shallow, «I will be as good as my word. This that you heard was but a colour» (V, v, 84-85). È la sua parola (la promessa di procurare prebende a Shallow e ripagarlo del prestito) contro quella del Re: «Quel che avete udito non è che apparenza», una facciata. In un certo senso ha ragione, ma ormai Hal ha scelto la facciata. «The tenor of our word» vuol dire la sostanza anche legale della parola del Re. L'analogia con la falsa

promessa di Lancaster è totale, perché anche in quel caso Lancaster aveva rispettato la sua parola alla lettera, non nello spirito, sostenendo di non aver promesso ai ribelli l'immunità, solo la concessione delle richieste. Il trionfo della Legge, per quanto inevitabile e auspicabile, è il trionfo della lettera sullo spirito.

La prima parola su cui Falstaff indugia irritato nella *Parte II* è *security*, malleveria, termine che non gli va perché, in bocca al mercante di stoffa, implica che la sua parola di cavaliere è insufficiente (I, ii, 35-46). Poco dopo egli chiede sfacciatamente al Primo Giudice un prestito di mille sterline, che non ottiene («Not a penny, not a penny»). Nell'ultima scena egli ha ottenuto giustappunto mille sterline dall'altro giudice, Shallow, che evidentemente e improvvidamente ha accettato la sua *security*, e deve accontentarsi della promessa: *sperato me contento*. Vi sono altre parole su cui i personaggi richiamano l'attenzione: i ribelli trovano da ridire, caratteristicamente, sulla parola *rebellion* (I, i, 194-200); l'ostessa Quickly, che ha un rapporto particolare con le parole (le storpia abitualmente), e ha, poveretta, ben poco cervello, trema tutta al solo sentire la parola *swaggerer*, spaccone, come non si stanca di ripetere comicamente (II, iv, 70-104); la prostituta Doll è contrariata dall'uso osceno della parola *occupy* (II, iv, 142); il Re ha un'altra parola per insegna e motto epiforico:

> Are these things then necessities?
> Then let us meet them like necessities.
> And that same word even now cries out on us.
> [III, i, 92-94]

Shallow, nella scena successiva, non solo ha l'abitudine di ripetere le sue parole, ma si sofferma abitualmente con ammirazione non sempre giustificata su quelle altrui. Così quando chiede a Bardolph notizie della «Lady» moglie di Falstaff apprende dal poveraccio rubizzo che «un soldato s'accomoda meglio che con una moglie» (la famiglia di Fastaff è l'ostessa Quickly e la prostituta Doll e il "figlio" Hal, vedi II, iv), e va in visibilio a proposito di questo *accommodated*, fornendone addirittura l'etimologia («Very good, a good phrase», III, ii, 70).

Si può dunque affermare che l'universo della *Parte II* ha carattere metalinguistico, in quanto frequentemente le parole in sé e i loro usi sono oggetto del discorso dei personaggi. Westmoreland redarguisce l'Arcivescovo paragonando estesamente la sua ribellione a una cattiva traduzione da una lingua (la pace) a un'altra (la guerra), traduzione che volge «i vostri libri in tombe, l'inchiostro in sangue, le penne in lance e la vostra divina lingua in una tromba rumorosa» (IV, i, 50-52). Warwick consola il Re soste-

nendo che il Principe, da bravo scolaro, «studia» i compagni «come una lingua straniera», per impadronirsi della quale occorre conoscere anche «la parola più scabrosa» (IV, iv, 68-73): Falstaff, insomma, non è altro che una brutta parola. Inoltre una particolarità della *Parte II* rispetto alla *I*, legata alla prevalenza dell'elemento comico, è l'introduzione di numerosi personaggi dai nomi caratterizzanti o trasparenti, nel limite in cui lo possono mai essere le parole. È il caso di Shallow, che non è poi così "sciocco" e "superficiale" come vorrebbe il suo nome, e il suo compare Silence, che rompe la consegna del silenzio in alcune esilaranti occasioni. È il caso naturalmente delle reclute Mouldy Bullcalf Feeble Wart, ognuno dei cui nomi (come quelli dei giudici) dà a Falstaff l'occasione di una battuta, ma che non sempre si comportano di conseguenza: per esempio Feeble, caso pressoché unico nel dramma, si dimostra di spirito orgoglioso e valoroso nonché filosofico, al punto che una sua stoica battuta (III, ii, 226-230) prefigura Amleto (ed è addirittura citata come regola di vita nel racconto di Hemingway *The Short Happy Life of Francis Macomber*). Altri nomi indicativi sono quelli delle prostitute Jane Nightwork, la «bona-roba» dei ricordi di Shallow (III, ii, 191-202), e Doll Tearsheet, che ha un certo sviluppo come personaggio malavitoso e lacrimoso (II, iv; V, iv), e che in effetti promette a Sir John di portarlo con sé fra un paio di lenzuola (*sheets*, II, iv, 217). C'è infine Pistol, che «usa le parole come pallottole» (M. Jardine), e «si scaricherebbe» su madama Quickly se essa non fosse «a prova di pistola» (II, iv, 109-111), troppo in là con gli anni per essere all'altezza del suo nome (che potrebbe tradursi Sveltina, ed è il solo nome trasparente già presente nella *Parte I*).

Fra questi nomi è quello di Shallow a dare soprattutto spunto alle freddure di Falstaff, che al giudice barbuto tutto pelle ed ossa (e pertanto spalla ideale, come anche il paggetto lillipuziano) dedica due monologhi, uno (III, ii) essenziale per far emergere il contrasto fra le prodezze amorose di gioventù da lui vantate (un altro caso di autoinganno) e la ben diversa realtà (il che non toglie che Shallow fosse davvero, al dire di Falstaff, «lecherous as a monkey»), l'altro (V, i) in realtà centrato sul rapporto troppo familiare fra Shallow e l'intendente-governante Davy: un monologo in cui Falstaff senza volerlo (ironia drammatica) spiega perché il nuovo Re nella scena successiva troncherà i rapporti troppo familiari con lui. Questo soliloquio è particolarmente interessante anche perché Falstaff parla come se fosse lui l'autore della *Parte II*: «I will devise matter enough out of this Shallow to keep Prince Harry in continual laughter» (V, i, 72-74). Shallow non è più visto come una possibile «pietra filosofale» (III, ii,

314-15) da cui cavare mille sterline ma come "materiale", fonte di diletto per Falstaff, il Principe, ed evidentemente Shakespeare e il suo pubblico.

L'innocenza poetica dell'interesse di Falstaff per Shallow è un punto a suo favore e contro il giovane Re che egli si proponeva di far ridere, visto che i giovani, dice, se lo possono permettere: «O, you shall see him laugh», promette Sir John al pubblico. Ma naturalmente ciò che vedremo nell'ultima scena sarà ben diverso: «I know thee not, old man. Fall to thy prayers [...] Reply not to me with a foolborn jest» (v, v, 47, 55). Parole che hanno una tragica sublimità, rivolte come sono a una delle maggiori invenzioni comiche di tutti i tempi. Nemmeno essa basta a comprendere la vita. (E si noti quell'*old man*, che la dice lunga.) Le parti si sono invertite, ed ora è il nuovo Re che guarda Fastaff come un suo «sogno», un'invenzione teatrale, sfiorando uno dei temi più cari al futuro creatore del Prospero di *The Tempest*: «I have long dreamed of such a kind of man [...] But, being awaked, I do despise my dream».

Il nome di Shallow dà anche spunto a delle variazioni propriamente musicali nella scena della trappola contro i ribelli. «You are too shallow, Hastings», dice Lancaster, «much too shallow, / To sound the bottom of the aftertimes» (IV, ii, 50-51), battuta che anche in questo caso ha un doppio significato (non solo Hastings non conosce il fondo del lontano futuro, ma nemmeno il futuro prossimo che lo attende). E quando la trappola è scattata il principe John ribadisce il motivo: «Most shallowly did you these arms commence...». (Si ricordi che il buon giudice celebratore del suo passato ha fatto la sua prima comparsa nella scena precedente.) Ma a parte questi sviluppi del tema, va detto che Shallow è ben di più che un oggetto di scherno: egli ha un pathos genuino, creaturale, nel suo essere un vecchietto arzillo, uno di quei vecchi che altrove sono chiamati «annali senili dei tempi» («the old folk, time's doting chronicles», IV, iv, 126). Qui William Hazlitt (1818) ha visto benissimo: «Il vero spirito dell'umanità, la conoscenza completa della materia di cui siamo fatti, la saggezza pratica con le apparenti sciocchezze in tutta la scena del giardino nella casa di campagna di Shallow, e poco prima nello squisito dialogo fra lui e Silence sulla morte del vecchio Double, non hanno parallelo in nessuna altra opera. Da un certo punto di vista, essi sono ridicoli all'estremo; da un altro essi ci toccano egualmente, se è toccante mostrare *che poca cosa è la vita umana*, che povera creatura a due gambe è l'uomo!».

Non per nulla Falstaff aveva parlato fin dalla sua prima battuta dell'uomo come di una «argilla impastata di sciocchezze» («this foolish compounded clay-man», I, ii, 7), an-

dando subito al centro del mondo della *Parte II*. Shallow e Silence sono due eroi beckettiani, già per buona parte sepolti nella mota come la Winnie di *Happy Days* (1961), eppure incantevolmente vivi nel mondo delle fiere di Stamford, della figlioccia Ellen «bruna come un merlo» e della *bona-roba* Jane Nightwork. La scena nel giardino in cui, avendo alzato il gomito, i due giudici sono un po' su di giri e Silence tira fuori dei pezzi di vecchie canzoni, è di una straordinaria e patetica comicità (e vale da commento al monologo di Falstaff sui pregi del vino in IV, iii). Shallow accarezza il sogno di andare a corte con l'amico influente, e il servo Davy ne ripete il progetto concordando di incontrarsi là con Bardolph: «I hope to see London once ere I die». Anche Davy, comprendiamo, è vecchio. Shallow garantisce che Davy non si tirerà indietro.

BARDOLPH And I'll stick by him, sir.

One knocks at door.

SHALLOW Why, there spoke a king. Lack nothing. Be merry. Look who's at door there, ho! Who knocks?

[V, iii, 68-70]

Nel momento in cui si suggella il patto c'è il bussare alla porta. Shallow approva quel che ha detto Bardolph: «Ecco, ha parlato un re». Ma le sue parole commentano anche involontariamente il suono del bussare alla porta. «Ecco, ha parlato un re». E infatti alla porta c'è Pistol, «come from the court with news». Il suono alla porta, la parola o notizia del Re, interrompe il festino con la sua falsa promessa e la sua rivelazione della realtà ignorata da Falstaff, Shallow e Silence. È la parola del grande discorso della scena V: «How ill white hairs become a fool and jester! [...] Know the grave doth gape...» (48, 53). È la parola della morte che coglie i convitati al festino della vita. Si ricorderà il battere alla porta della *Waste Land* di T.S. Eliot:

And we shall play a game of chess,
Pressing lidless eyes and waiting for a knock upon the door.

E giocheremo una partita a scacchi
premendo occhi senza palpebre
e aspettando che bussino alla porta.

Lo snodo di quel bussare alla porta e il commento di Shallow che involontariamente coglie nel segno sono un'invenzione simbolica così tipicamente moderna che stentiamo a credervi. Eppure nell'in-quarto del 1600 (basato direttamente, oggi si ritiene, sul manoscritto di Shakespeare), le parole stanno proprio scritte in quell'ordine, che sicuramente non è casuale:

Bar. And ile stick by him sir. *One knockes at doore.*
Sha. Why there spoke a King:lacke nothing,be mery,looke who s at doore there ho,who knockes?

Al fondo del testo shakespeariano scorgiamo il processo della vita e della morte. Gioventù, maturità, vecchiaia si succedono in un ciclo contemplato con affettuosa e divertita partecipazione, a volte con turbamento. Il Re nella sua notte insonne considera il perenne crearsi e dissolversi del reale, e afferma che il giovane più felice che vedesse questo non potrebbe che fermarsi a morire (III, i, 45-56). Ma nella scena successiva Shallow, non proprio «the happiest youth», non si ferma più d'un attimo davanti alla considerazione della distruzione universale:

Certain, 'tis certain, very sure, very sure. Death, as the Psalmist saith, is certain to all, all shall die. How a good yoke of bullocks at Stamford fair? [III, ii, 34-36]

Shallow è benedetto dalla sua *shallowness*, è l'uomo comune, il Leopold Bloom joyciano dalla vitalità insopprimibile, non immune da un attimo di smarrimento convenzionale: «And to think how many of my old acquaintances are dead». Falstaff, che non di rado ha la spudoratezza di presentarsi come giovane (I, ii, 168-72), è più lucido e dunque più amaro. «I am old, I am old», dice. E: «Kiss me, Doll» (II, iv, 263, 254). Anche qui, per dirla con Hazlitt, che poca e commovente cosa è la vita umana. E che straordinaria semplicità ha la lingua del poeta quando giunge a quel nucleo essenziale.

MASSIMO BACIGALUPO

Bibliografia per «Enrico IV, parte seconda»

EDIZIONI

Per la prima edizione, l'in-quarto del 1600, si è fatto riferimento alla copia della Huntington Library, San Marino (Ca.), riprodotta fotostaticamente in M.J.B. Allen e K. Muir (a cura di), *Shakespeare's Plays in Quarto*, Berkeley, Univ. of California Press, 1981, pp. 372-415.

Si sono tenute presenti le seguenti edizioni moderne: *Temple*, a cura di I. Gollancz, London 1910; *New Variorum*, a cura di M.A. Shaaber, Philadelphia 1940; *New Cambridge*, a cura di J.D. Wilson, Cambridge 1946; *Pelican*, a cura di A.G. Chester, Baltimore 1957, rist. in W. Shakespeare, *Complete Works*, a cura di A. Harbage, Baltimore 1969; *Tre drammi storici di Shakespeare* [*Richard II, 1-2 Henry IV*], a cura di F. Rota, Napoli, E.S.I., 1961; *Sig-*

net, a cura di N.H. Holland, New York 1965, ed. riv. 1988; *New Arden*, a cura di A.R. Humphreys, London, Methuen, 1966; *New Penguin*, a cura di P.H. Davison, Harmondsworth 1977; *Meridiani* (*I drammi storici*, tomo I), a cura di G. Melchiori, Milano, Mondadori, 1979; *Complete Oxford Shakespeare*, a cura di S. Wells e G. Taylor (J. Jowett per *Henry IV*), Oxford 1987; *Bantam*, a cura di D. Bevington, New York 1988; *New Cambridge*, a cura di G. Melchiori, Cambridge 1989.

TRADUZIONI ITALIANE

La storia di Enrico IV, trad. di G. Baldini, Milano, Rizzoli, 1954, rist. in *Opere complete*, a cura di G. Baldini, 3 voll., ivi 1964; *Re Enrico IV, parte seconda*, in *Il teatro*, cura e trad. di C.V. Lodovici, 3 voll., Torino, Einaudi, 1960; *Re Enrico IV, parte seconda*, trad. di P. Bardi, in *Tutte le opere*, a cura di M. Praz, Firenze, Sansoni, 1964; *Riccardo II, Enrico IV*, trad. di A. Meo, Milano, Garzanti, 1975; *Enrico IV, Parte II*, trad. di G. e G. Melchiori, in *I drammi storici*, tomo I, Milano, Mondadori, 1979.
La traduzione inclusa nel presente volume si è giovata in vari punti di quella di A. Meo, e delle annotazioni dell'edizione Rota.

REGISTRAZIONI

Esiste un'incisione discografica del testo completo (ed. Cambridge) diretta da George Rylands sotto gli auspici del British Council (4 dischi Argo ZPR 153-156, 1960). Interpreti principali: Anthony Jacobs (Henry IV), Gary Watson (Hal), John Wilders (Chief Justice), John Barton (Northumberland), Donald Beves (Falstaff), Tony Church (Pistol), William Squire (Shallow), Dilys Hamlett (Lady Percy), Vivienne Chatterton (Hostess Quickly), Diana Chadwick (Doll Tearsheet).
Per la serie *BBC Shakespeare* David Giles ha diretto un'edizione ridotta (BBCV 4226, 152 minuti, 1979). Interpreti principali: Jon Finch (Henry IV), David Gwillim (Hal), Ralph Michael (Chief Justice), Bruce Puchase (Northumberland), Anthony Quayle (Falstaff), Bryan Pringle (Pistol), Robert Eddison (Shallow), Michele Dotrice (Lady Percy), Brenda Bruce (Hostess Quickly), Frances Cuka (Doll Tearsheet).

STUDI

La discussione critica sul rapporto fra le due parti di *Henry IV* fu aperta da John Upton, che in *Critical Observations on Shakespeare* (1746) scriveva: «Questi drammi sono indipendenti l'uno dall'altro [...] Chiamarli *Parte I* e *II* è offensivo nei confronti del carattere dell'autore Shakespeare quanto sarebbe per Sofocle chiamare i due drammi su

Edipo, *Parte I* e *II* di *Edipo re*». Samuel Johnson replicò nella sua edizione del 1765: «Il sig. Upton pensa che le due opere siano impropriamente chiamate *Parte I* e *II* di *Enrico IV* [...] eppure esse appariranno a ogni lettore che le considererà senza ambizione di scoperte critiche tanto collegate che la seconda è solo il seguito della prima: sono due solo perché troppo lunghe per essere una sola». A.R. Humphreys, che riferisce il dibattito nell'edizione *Arden* da lui curata (1967), sostiene che la duplicazione incongrua del ravvedimento del Principe si spiega con la dipendenza di Shakespeare dalle fonti, i *Civil Wars* di Samuel Daniel e i *Chronicles* di Holinshed, che mostrano rispettivamente il riscatto militare di Hal a Shrewsbury e quello politico (giudiziario) a Westminster, e conclude «che Shakespeare pensava a due drammi fin dall'inizio, o a qualcosa di assai vicino; che Daniel gli suggerì la forma del primo e Holinshed quella del secondo; che la tradizione del Principe scioperato richiedeva che Hal passasse gran parte di ciascun dramma in disgrazia ma che il racconto di Daniel lo mostravano eroico a Shrewsbury e quello di Holinshed regale all'accessione; che mentre dal punto di vista naturalistico questi due ravvedimenti sono un'incongruenza, dal punto di vista teatrale e dei canoni delle vicende popolari e delle moralità sono accettabili; e infine che, seppur dobbiamo rifiutare l'idea che le due parti rivelino una struttura onnicomprensiva in dieci atti (sostenuta da Dover Wilson e E.M.W. Tillyard) tuttavia, per quanto possano reggere indipendentemente, esse si complementano efficacemente nel tracciare le fortune di Henry, Hal, i Percy e Falstaff» (p. XXVIII).

La posizione di Johnson sull'unità di *Henry IV* è stata ripresa soprattutto, come accenna Humphreys, da J.D. Wilson nella sua importante edizione *Cambridge* e nel volume *The Fortunes of Falstaff* (Cambridge 1943), e da E.M.W. Tillyard in *Shakespeare's History Plays* (London 1944, rist. New York, Barnes and Noble, 1964). La posizione di John Upton è stata invece sostenuta con moderazione e modificata da H. Jenkins, *The Structural Problem in Shakespeare's «Henry IV»* (London, Methuen, 1956), che ipotizza un ripensamento del drammaturgo durante la stesura della *Parte I*, e da M.A. Shaaber, *The Unity of «Henry IV»* (Joseph Quincy Adams Memorial Studies, Washington, D.C., 1948), che contesta Tillyard e Wilson punto per punto, nota che la *Parte II* è nella struttura delle scene una «copia carbone» della *Parte I*, e sostiene acutamente che la presunta unità dei due drammi, lungi dal renderli più validi (come vorrebbero i suoi sostenitori), è irrilevante rispetto al loro valore poetico: «Non abbiamo bisogno di imporre uno schema logico a tenuta stagna sui drammi di Shakespeare per giustificarli artisticamente; ci

avviciniamo molto di più al nucleo luminoso del loro interesse per altre strade».
Che i drammi di Shakespeare siano ricchi di incongruenze strutturali e narrative è stato spesso segnalato, come anche l'uso consapevole da parte del drammaturgo di queste zone d'ombra della percezione dello spettatore. Anche chi assistesse a una rappresentazione consecutiva di *Henry IV* e *Henry V* difficilmente si accorgerebbe che nella *Parte I* l'ostessa Quickly è sposata al locandiere, nella *II* vedova, e nell'*Enrico V* sposata proprio a quel Pistol che nella *Parte II* le risulta insopportabile. Ciò di cui lo spettatore non si accorge è come se non fosse, e al drammaturgo serviva di più una Quickly dallo stato anagrafico diverso nei tre lavori che una congruenza astratta. Su questo aspetto dei testi si veda K. Smidt, *Unconformities in Shakespeare's History Plays* (London, Macmillan, 1982), il quale scorge nelle smagliature tracce di diverse stesure (ad esempio nei due discorsi del Re sul Principe all'inizio di IV, iv, il primo positivo, il secondo addirittura sconvolto).
Ricordiamo altri studi sulle *Histories*: L.B. Campbell, *Shakespeare's Histories*, San Marino, Ca., Huntington Library, 1947; D. Traversi, *Shakespeare from «Richard II» to «Henry V»*, Stanford, Ca., 1957; M.M. Reese, *The Cease of Majesty*, New York, St. Martin's Press, 1961; S.C. Sen Gupta, *Shakespeare's Historical Plays*, London, Oxford Univ. Press, 1964; H.A. Kelly, *Divine Providence in the England of Shakespeare's Histories*, Cambridge, Ma., Harvard Univ. Press, 1970; R. Ornstein, *A Kingdom for a Stage*, ivi, 1972; M.E. Prior, *The Drama of Power*, Evanston, Northwestern Univ. Press, 1973; J.L. Calderwood, *Metadrama in Shakespeare's Henriad*, Berkeley, Univ. of California Press, 1979; J.A. Porter, *The Drama of Speech Acts: Shakespeare's Lancastrian Tetralogy*, ivi 1979; L.S. Champion, *Perspective in Shakespeare's English Histories*, Athens, Univ. of Georgia Press, 1980; S. Greenblatt, *Invisible Bullets*, in J. Dollimore e A. Sinfield (a cura di), *Political Shakespeare*, Ithaca, Cornell Univ. Press, 1985. Molti di questi studi trattano i rapporti fra le *Histories* e l'ideologia Tudor, giungendo a conclusioni non di rado divergenti.
Sullo sfondo carnevalesco della *Parte II* è utile W. Kaiser, *Praisers of Folly: Erasmus, Rabelais, Shakespeare* (London, Gollancz, 1964). Alcuni giudizi acuti e ricche illustrazioni offre M. Hussey in *The World of Shakespeare and His Contemporaries*, London, Heinemann, 1971. Per i doppi sensi osceni frequenti nel testo si consulti E. Partridge, *Shakespeare's Bawdy*, London, Routledge, 1968. Questi doppi sensi sono spesso basati sulla pronuncia elisabettiana, diversa da quella attuale, per cui si veda H. Kökeritz, *Shakespeare's Pronunciation*, New Haven, Yale

Univ. Press., 1953. Vari critici sottolineano analogie fra la *Parte II* e la commedia degli umori di Ben Jonson (*Every Man in His Humour*, 1598), «ad esempio nell'uso di nomi significativi per i personaggi minori, e della commedia come strumento di satira sociale generale e di descrizioni e ritratti realistici» (R.P. Cowl, cit. *New Variorum*, p. 578). Sul nodo del rapporto fra Falstaff e il Principe la critica è divisa fra i sostenitori dell'equità e generosità del comportamento di Hal nei confronti del vecchio compagno (Wilson, Tillyard), nonché dell'approvazione indubbia e l'ilarità che il ripudio avrebbe suscitato nello spettatore elisabettiano (A.J.F. Collins, G.F. Bradby), e i più numerosi detrattori di Hal, il principale dei quali è A.C. Bradley, autore del celebre saggio *The Rejection of Falstaff*, in *Oxford Lectures on Poetry* (1909, rist. Charlottesville, Va., Ibis, s.d.), pp. 247-75. Bradley, dopo aver accusato Shakespeare di avere già «degradato» Falstaff a mero buffone farsesco in *The Merry Wives of Windsor*, pone modernamente la questione del ripudio in termini di *reader-response*, della reazione del lettore-spettatore: «Perché Shakespeare ha terminato il suo dramma con una scena che, per quanto indubbiamente colpisca, ci lascia un'impressione tanto sgradevole? Oso mettere da parte senza discuterla l'idea che egli volesse che nei due drammi noi considerassimo Falstaff con disgusto e indignazione, sicché naturalmente non proviamo altro che piacere alla sua caduta, ché quest'idea implica quell'incapacità di comprendere Shakespeare con cui è inutile discutere. E c'è un'altra idea molto più ingegnosa da rifiutare come impossibile. Secondo questa spiegazione, Falstaff, udito il discorso del Re, non sperava sul serio di essere da lui chiamato in privato, e stava solo ingannando Shallow; e nella sua immediata battuta a Shallow quando il Re esce, "Messer Shallow, vi debbo mille sterline", dobbiamo vedere la sua superiorità umoristica a ogni rovescio, così che terminiamo il dramma con il sentimento piacevole che, mentre Henry ha fatto ciò che doveva fare, Falstaff, nella sua caduta esteriore, si è ancora una volta dimostrato invincibile. Questo suggerimento [...] non fornisce una soluzione perché ignora e non può giustificare ciò che segue lo scambio con Shallow. La condanna di Falstaff alla Fleet, e la sua morte successiva, dimostrano senza dubbio che Shakespeare intendeva che il ripudio venisse preso come una catastrofe che nemmeno l'umorismo gli permetteva di superare». Bradley continua eloquentemente sostenendo che Henry «non aveva nessun diritto di rivolgersi tutt'a un tratto [a Falstaff] come un prete, e certo era insieme ingeneroso e insincero parlare degli amici come dei suoi "traviatori", come se nei giorni di Eastcheap e Gadshill egli fosse stato un ragazzo debole e stupido. Abbiamo visto il suo carattere preceden-

te, e sappiamo che egli non era niente di tutto ciò». Per Bradley, Hal è sempre un politico come il padre, sicché il suo comportamento è perfettamente logico. Shakespeare volle anche renderlo perlomeno accettabile agli spettatori rivelando nella *Parte II* con sempre maggiore insistenza i lati negativi di Falstaff, che sfrutta l'ostessa, minaccia il Primo Giudice, si mangia in un boccone Shallow, ed è quasi un pericolo nazionale quando afferma che è ormai padrone delle leggi del reame. «Eppure tutti questi mezzi eccellenti falliscono. Provocano in noi un imbarazzo momentaneo [...] ma non riescono a mutare il nostro atteggiamento da umoristico in serio, e la nostra simpatia in ripugnanza. E dovevano fallire, perché Shakespeare evitò di aggiungere ad essi l'unico espediente che avrebbe garantito il successo. Se, nel procedere della *Parte II*, avesse oscurato l'umorismo di Falstaff tanto pesantemente che l'uomo di genio si mutasse nel Fastaff delle *Merry Wives*, avremmo assistito al suo ripudio senza il minimo dolore. Questo però Shakespeare era troppo artista per farlo [...] Come ho detto, nella creazione di Falstaff egli andò oltre le sue intenzioni».

Questo Shakespeare che crea personaggi dotati di vita propria, che egli non può perfettamente controllare, tornerà ancora nel saggio di T.S. Eliot su *Hamlet* (1919, rist. in *Selected Prose*, London, Faber, 1975, pp. 45-49). Esso era già stato intuito dall'eccentrico M. Morgann, nel fondamentale *Essay in the Dramatic Character of Sir John Falstaff* (1777), che anticipa le geniali osservazioni di John Keats sulla «capacità negativa» di Shakespeare e giudica Falstaff «un personaggio tutto composto di incongruenze: insieme vecchio e giovane, intraprendente e grasso, beffato e astuto, debole per principio e risoluto per costituzione, vigliacco in apparenza e coraggioso in realtà; stolto senza malizia, bugiardo senza inganno; un cavaliere e un soldato senza dignità né decenza né onore. È un personaggio che, per quanto lo si possa decomporre, non poteva, credo, essere formato, né gli ingredienti giustamente mescolati, secondo una qualsiasi ricetta. Ci voleva la mano stessa di Shakespeare per dare a ogni parte il gusto del tutto, e del tutto a ogni parte: sempre lo stesso Falstaff incongruo e identico». L'adorazione settecentesca di Falstaff è anche espressa da Thomas Davies nelle ottime *Dramatic Miscellanies, Consisting of Critical Observations on Several Plays of Shakespeare*, London 1785: «Quanto a Falstaff, del cui carattere nessun uomo può dire troppo, e ogni uomo avrà quasi paura di dire qualcosa, temendo di non essere capace di trattare un soggetto così fertile come merita: nel giudizio di tutti gli uomini egli è il supremo capolavoro del nostro inimitabile scrittore, e di tutta la poesia teatrale» (I, p. 202). Un altro acuto zelatore del grasso

cavaliere fu William Hazlitt, in *Characters of Shakespeare's Plays*, London 1818, che giudica lo sconclusionato racconto dell'ostessa Quickly sulla promessa di matrimonio fattale da Falstaff il mercoledì della settimana di Pentecoste (II, i, 83-100) «una delle descrizioni più caratteristiche di Sir John», la più convincente dimostrazione della sua capacità «di guadagnarsi il favore di quelli con cui aveva familiarità: salvo invero l'esclamazione un poco blasfema di Bardolph quando apprende la sua morte: "Vorrei essere con lui, dovunque sia, in paradiso o all'inferno" [*Henry V*, II, iii, 7-8]». Hazlitt fu anche severamente critico nel 1816 dell'interpretazione bonacciona di Stephen Kemble, indicando la via a letture meno ridanciane del personaggio. Sugli sproloqui della Quickly scrisse S.T. Coleridge nel quarto degli *Essays on the Principles of Method*, vedi (anche per i rapporti con la Nutrice di *Romeo and Juliet*) B. Hardy, *The Talkative Woman in Shakespeare, Dickens and George Eliot*, in AA.VV., *Problems for Feminist Criticism*, London, Routledge, 1990. Su Pistol si veda il contributo di L. Hotson, *Ancient Pistol*, in *Shakespeare's Sonnets Dated and Other Essays*, London, R. Hart-Davis, 1949. Su Hal e il disconoscimento è utile ricordare la posizione di L.L. Schucking, *Character Problems in Shakespeare's Plays*, London, Harrap, 1922: «Cosa può avere indotto Shakespeare a mostrare il Re in questa luce? [...] Sicuramente l'intenzione non è che egli commetta un'azione reprensibile. Troveremo che la vera ragione è la stessa che ha condotto alla rappresentazione indulgente della sua vita di taverna nel monologo. È la fedeltà e il rispetto del poeta per l'idea della regalità. La persona unta del Re torreggia a tal punto sopra gente come Falstaff che, nonostante tutto ciò che è accaduto, la sua anima non ha nulla in comune con loro. Perciò la sua condotta non può essere giudicata con gli stessi parametri della loro» (*New Variorum*, p. 593). A. Leggatt, *Shakespeare's Political Drama*, London, Routledge, 1988, ritiene invece che Hal appena si pone in capo la corona «diviene, come suo padre prima di lui, vittima di ironie inconsce [...] vantando una dignità ereditaria e divinamente sancita dove il pubblico vede nel migliore dei casi un pragmatico passaggio di potere» (pp. 98-99). Leggatt ha anche ottime osservazioni sul deterioramento di Falstaff nella *Parte II*, sul nuovo interesse qui mostrato dal drammaturgo per «le strutture illogiche e digressive della voce umana» (Doll, Mouldy, Quickly) e sul carattere «cechoviano» delle scene di Shallow (p. 106).

La fortuna teatrale della *Parte II* è trattata da Shaaber nell'ed. *New Variorum*, da H. Child nell'ed. *Cambridge* (insieme alla *Parte I*), da D. Bevington e D.S. Kastan nell'ed. *Bantam*, da S. Homan nell'ed. *Signet* e da G. Mel-

chiori nell'ed. *New Cambridge*. T.F. Wharton, *«Henry the Fourth Parts 1 & 2»: Text and Performance*, London, Macmillan, 1983, offre una stringata rassegna dei problemi critici e un'istruttiva analisi comparata di quattro regie e interpretazioni: Royal Shakespeare Company 1964, 1975, 1982 e BBC 1979.

Una breve bibliografia ragionata del dramma si trova come di consueto nell'ed. *New Penguin*. H. Jenkins offre una rassegna dei contributi sulle *Histories* pubblicati tra il 1900 e il 1951, in «Shakespeare Survey», 6, 1953; R. Dutton scrive specificamente sulla seconda tetralogia in *Shakespeare: A Bibliographic Guide*, a cura di S. Wells, Oxford 1990. Una bibliografia molto ampia è nell'ed. *New Variorum*; essa è stata aggiornata dallo stesso Shaaber in *«Henry the Fourth Part Two»: A Bibliography to Supplement the New Variorum Edition of 1940*, New York, MLA, 1977. Aggiornamenti annuali nella rivista «Shakespeare Quarterly». Un ricco repertorio di titoli è anche nell'ed. Meridiani.

Antologie critiche sono incluse nell'ed. *New Variorum* (la più ampia), nell'ed. *Signet* (W. Hazlitt, S. Freud, H. Jenkins ecc.) e nell'ed. *Norton* della *Parte I*, a cura di James L. Sanderson, New York 1969 (comprende il saggio di Shaaber). *Shakespeare «Henry IV» Parts I and II: A Casebook*, a cura di G.K. Hunter, London, Macmillan, 1970, raccoglie fra l'altro i saggi di Morgann, Bradley e Jenkins, e l'importante contributo di L.C. Knights, *Time's Subjects* (da *Some Shakespearean Themes*, 1959), sull'analogia di sentimento fra la *Parte II* e i *Sonetti*. Un'antologia critica specifica è *Twentieth Century Interpretations of «Henry IV Part Two»*, a cura di D.P. Young, Englewood Cliffs, N.J., Prentice-Hall, 1968. Due ausili alla lettura rivolti agli studenti ma non privi di osservazioni utili, specie il secondo, sono le *Coles Notes* su *Henry IV Part 2* di P. Stafford (Toronto 1967) e le *York Notes* di M. Jardine (Harlow, Longman, 1981).

Per il rapporto con le fonti si veda l'eccellente analisi comparativa di S. Payne, in AA.VV., *Nel laboratorio di Shakespeare*, Parma, Pratiche, 1988, III, 161-241. Ampi estratti sono ristampati in appendice alle edizioni *New Arden*, *New Cambridge*, *Signet*, *Bantam*.

Sull'ardua questione del testo, cioè dei meriti rispettivi dell'in-quarto del 1600 e dell'in-folio del 1623, esiste un intero volume, E. Prosser, *Shakespeare's Anonymous Editors: Scribe and Compositor in the Folio Text of «2 Henry IV»*, Stanford, Ca., Stanford Univ. Press, 1981, che difende a spada tratta le lezioni dell'in-quarto (e giudica *en passant* il dramma un fallimento artistico, p. 172). Sulla linea di un ritorno all'in-quarto si sono in ogni caso mosse tutte le edizioni moderne, compresa quella che qui si presenta.

Fa parziale eccezione l'edizione *Oxford* di J. Jowett, che si propone di «riprodurre i caratteri sostanziali della versione teatrale sottostante all'in-folio», vedi la ricca messe di notizie in S. Wells e G. Taylor, *William Shakespeare: A Textual Companion*, Oxford, Oxford Univ. Press, 1987.

M.B.

HENRY IV, PART TWO / ENRICO IV, PARTE SECONDA

THE ACTORS' NAMES

RUMOUR, *the Presenter*
KING HENRY THE FOURTH
PRINCE HENRY, *afterwards crowned* KING HENRY THE FIFTH

sons to Henry IV *and brethren to Henry* V:

PRINCE JOHN OF LANCASTER
HUMPHREY OF GLOUCESTER
THOMAS OF CLARENCE

opposites against King Henry IV:

[EARL OF] NORTHUMBERLAND
[RICHARD SCROOP] *the Archbishop of York*
[LORD] MOWBRAY
[LORD] HASTINGS
LORD BARDOLPH
TRAVERS
MORTON
[SIR JOHN] COLEVILLE

of the King's party:

[EARL OF] WARWICK
[EARL OF] WESTMORELAND
[EARL OF] SURREY
[SIR JOHN BLUNT]
GOWER
HARCOURT
LORD CHIEF JUSTICE
[HIS SERVANT]

both country justices:

[ROBERT] SHALLOW
SILENCE

DAVY, *servant to Shallow*
FANG *and* SNARE, *two sergeants*

country soldiers:

[RALPH] MOULDY
[SIMON] SHADOW
[THOMAS] WART
[FRANCIS] FEEBLE
[PETER] BULLCALF

PERSONAGGI[1]

FAMA, *il prologo*
RE ENRICO IV
ENRICO, PRINCIPE DI GALLES, *in seguito coronato* RE ENRICO V

JOHN, PRINCIPE DI LANCASTER
HUMPHREY DI GLOUCESTER
THOMAS DI CLARENCE
} *figli di Enrico* IV *e fratelli di Enrico* V

[CONTE DI] NORTHUMBERLAND
[RICHARD SCROOP] *arcivescovo di York*
[LORD] MOWBRAY
[LORD] HASTINGS
LORD BARDOLPH
TRAVERS
MORTON
[SIR JOHN] COLEVILLE
} *avversari di re Enrico* IV

[CONTE DI] WARWICK
[CONTE DI] WESTMORELAND
[CONTE DI] SURREY
[SIR JOHN BLUNT]
GOWER
HARCOURT
LORD GIUDICE SUPREMO
[IL SUO SERVO]
} *del partito del Re*

[ROBERT] SHALLOW
SILENCE
} *due giudici di campagna*

DAVY, *servo di Shallow*
FANG *e* SNARE, *due sergenti*

[RALPH] MUFFA
[SIMONE] OMBRA
[TOMMASO] PORRO
[FRANCO] FIACCO
[PIETRO] TORELLO
} *soldati campagnoli*

POINS
[SIR JOHN] FALSTAFF
BARDOLPH
PISTOL
PETO
[FALSTAFF'S] PAGE
} *irregular humourists*

NORTHUMBERLAND'S WIFE
PERCY'S WIDOW [LADY PERCY]
HOSTESS QUICKLY
DOLL TEARSHEET
[A DANCER *as*] EPILOGUE
[FRANCIS *and other*] *Drawers, Beadle* [*and other Officers*], *Grooms,* [*Porter, Messenger, Soldiers, Lords, Attendants*]

[Scene: *England*]

NED POINS [SIR JOHN] FALSTAFF BARDOLPH PISTOL PETO PAGGIO [DI FALSTAFF]	*begli umori singolari*

MOGLIE DI NORTHUMBERLAND
LADY PERCY, *vedova di Henry Percy*
QUICKLY, *ostessa*
DOLL TEARSHEET
[BALLERINO *come*] EPILOGO
[FRANCIS *e altri*] *garzoni d'osteria, guardia* [*e altri sbirri*], *stallieri,* [*guardiano, messaggero, soldati, lord, accompagnatori*]

[Scena: *Inghilterra*]

THE SECOND PART OF HENRY THE FOURTH
CONTINUING TO HIS DEATH,
AND CORONATION OF HENRY THE FIFTH.

WITH THE HUMOURS OF SIR JOHN FALSTAFF,
AND SWAGGERING PISTOL.

AS IT HATH BEEN SUNDRY TIMES PUBLICLY
ACTED BY THE RIGHT HONOURABLE,
THE LORD CHAMBERLAIN HIS SERVANTS.

WRITTEN BY WILLIAM SHAKESPEARE.

LONDON
PRINTED BY V.S. FOR ANDREW WISE,
AND WILLIAM ASPLEY.
1600

LA SECONDA PARTE DI ENRICO IV
CHE CONTINUA FINO ALLA SUA MORTE,
E ALL'INCORONAZIONE DI ENRICO V.

CON LE TROVATE DI SIR JOHN FALSTAFF,
E DELLO SPACCONE PISTOL.

COME È STATA RAPPRESENTATA PIÙ VOLTE
PUBBLICAMENTE DAI SERVITORI
DELL'ONOREVOLISSIMO LORD CIAMBELLANO.

SCRITTA DA WILLIAM SHAKESPEARE.

LONDRA
STAMPATA DA V[ALENTINE] S[IMS]
PER ANDREW WISE E WILLIAM ASPLEY.
1600

Enter Rumour, painted full of tongues.

RUMOUR

Open your ears, for which of you will stop
The vent of hearing when loud Rumour speaks?
I, from the orient to the drooping west,
Making the wind my post-horse, still unfold
The acts commencèd on this ball of earth.
Upon my tongues continual slanders ride,
The which in every language I pronounce,
Stuffing the ears of men with false reports.
I speak of peace while covert enmity
Under the smile of safety wounds the world.
And who but Rumour, who but only I,
Make fearful musters and prepared defense
Whiles the big year, swoln with some other grief,
Is thought with child by the stern tyrant war,
And no such matter? Rumour is a pipe
Blown by surmises, jealousies, conjectures,
And of so easy and so plain a stop
That the blunt monster with uncounted heads,
The still-discordant wavering multitude,
Can play upon it. But what need I thus
My well-known body to anatomize
Among my household? Why is Rumour here?
I run before King Harry's victory,
Who in a bloody field by Shrewsbury
Hath beaten down young Hotspur and his troops,
Quenching the flame of bold rebellion
Even with the rebels' blood. But what mean I

PROLOGO

Entra la Fama, coperta di lingue dipinte.[2]

FAMA

Aprite le orecchie, infatti chi di voi chiuderà
lo spiraglio all'udito quando strepita la Fama?
Dall'oriente all'occidente declinante,
col vento come cavallo da posta, io sempre annuncio
gli atti intrapresi sul globo di questa terra.[3]
Sulle mie lingue cavalcano calunnie ininterrotte
che io racconto in tutte le loquele
imbottendo le orecchie agli uomini di false nuove.
Parlo di pace mentre l'inimicizia segreta
sotto il sorriso della sicurezza ferisce il mondo.
E chi se non la Fama, chi se non io,
fa leve impaurite e difese anticipate[4]
mentre la grossa annata, gonfia per altra pena,
è giudicata incinta del cupo tiranno Marte,
e mica è vero? La fama è uno zufolo
suonato da presagi, sospetti, congetture,
con una diteggiatura così facile da apprendere
che il bestione rozzo dalle mille teste,
la moltitudine sempre discorde sempre incerta,
lo sa suonare. Ma a cosa serve
fare l'anatomia del mio ben noto corpo
fra i miei seguaci? Perché la Fama è qui?
Corro davanti alla vittoria di re Harry,[5]
che in un campo cruento presso Shrewsbury[6]
ha battuto il giovane Hotspur[7] e le sue truppe,
spegnendo la fiamma della rivolta ardita
col sangue dei ribelli stessi. Ma che mi viene

To speak so true at first? My office is
To noise about that Harry Monmouth fell
Under the wrath of noble Hotspur's sword,
And that the king before the Douglas' rage
Stooped his anointed head as low as death.
This have I rumoured through the peasant towns
Between that royal field of Shrewsbury
And this worm-eaten hold of ragged stone,
Where Hotspur's father, old Northumberland,
Lies crafty-sick. The posts come tiring on,
And not a man of them brings other news
Than they have learned of me. From Rumour's tongues
They bring smooth comforts false, worse than true wrongs.

Exit Rumour.

da dire la verità di primo acchito? Mio compito
è spargere la voce che Harry Monmouth[8] cadde
sotto la spada irata del nobile Hotspur,
e che il Re davanti alla furia di Douglas[9]
piegò la testa unta giù sino alla morte.
Tanto ho vociferato per i borghi
fra il campo reale di Shrewsbury
e questo maniero, mucchio di pietre verminose,
dove il padre di Hotspur, il vecchio Northumberland,
giace finto malato.[10] I messaggeri sopraggiungono trafelati,
e non uno di essi porta notizie apprese
da altri che me. Dalle lingue della Fama portano
dolci lusinghe false, peggio di mali reali. *Esce la Fama.*

Scene I

Enter the Lord Bardolph at one door.

LORD BARDOLPH
Who keeps the gate here, ho?
[*Enter the Porter.*]
Where is the earl?

PORTER
What shall I say you are?

LORD BARDOLPH
Tell thou the earl
That the Lord Bardolph doth attend him here.

PORTER
His lordship is walked forth into the orchard.
Please it your honour, knock but at the gate,
And he himself will answer.

Enter the Earl of Northumberland.

LORD BARDOLPH
Here comes the earl.
[*Exit Porter.*]

NORTHUMBERLAND
What news, Lord Bardolph? Every minute now
Should be the father of some stratagem.
The times are wild. Contention, like a horse
Full of high feeding, madly hath broke loose
And bears down all before him.

LORD BARDOLPH
Noble earl,
I bring you certain news from Shrewsbury.

NORTHUMBERLAND
Good, an God will!

ATTO I[11]

Scena I[12]

Da una porta entra Lord Bardolph.

LORD BARDOLPH
Chi è di guardia, ehi?
[*Entra il guardiano.*]
Dov'è il Conte?
GUARDIANO
Chi devo annunciare?
LORD BARDOLPH Di' al Conte
che Lord Bardolph lo attende qui.
GUARDIANO
Sua eccellenza è a passeggio nel frutteto.
Se piace a vostro onore, bussate al cancello,
lui stesso risponderà.

Entra il Conte di Northumberland.

LORD BARDOLPH Ecco che viene il Conte.
[*Esce il guardiano.*]
NORTHUMBERLAND
Che notizie, Lord Bardolph? Ogni minuto ormai
dovrebbe generare qualche violenza.
Sono tempi agitati. Il dissidio, come un cavallo
troppo nutrito, pazzamente ha rotto il freno
e travolge tutto davanti a sé.
LORD BARDOLPH Nobile Conte,
vi porto notizie certe da Shrewsbury.
NORTHUMBERLAND
Buone, se a Dio piace!

LORD BARDOLPH As good as heart can wish.
The king is almost wounded to the death;
And, in the fortune of my lord your son,
Prince Harry slain outright; and both the Blunts
Killed by the hand of Douglas. Young Prince John
And Westmoreland and Stafford fled the field;
And Harry Monmouth's brawn, the hulk Sir John,
Is prisoner to your son. O, such a day,
So fought, so followed, and so fairly won,
Came not till now to dignify the times
Since Caesar's fortunes!

NORTHUMBERLAND How is this derived?
Saw you the field? Came you from Shrewsbury?

LORD BARDOLPH
I spake with one, my lord, that came from thence,
A gentleman well bred and of good name,
That freely rendered me these news for true.

NORTHUMBERLAND
Here comes my servant Travers, who I sent
On Tuesday last to listen after news.

Enter Travers.

LORD BARDOLPH
My lord, I overrode him on the way,
And he is furnished with no certainties
More than he haply may retail from me.

NORTHUMBERLAND
Now, Travers, what good tidings comes with you?

TRAVERS
My lord, Sir John Umfrevile turned me back
With joyful tidings, and, being better horsed,
Outrode me. After him came spurring hard
A gentleman, almost forspent with speed,
That stopped by me to breathe his bloodied horse.
He asked the way to Chester, and of him
I did demand what news from Shrewsbury.
He told me that rebellion had bad luck

LORD BARDOLPH Quanto vorrebbe il cuore.
Il Re è ferito quasi mortalmente,
e, per la buona sorte di monsignore vostro figlio,
il principe Harry è spacciato e i due Blunt
uccisi per mano di Douglas. Il giovane principe John
e Westmoreland e Stafford si sono dati alla fuga,
e il maiale di Harry Monmouth, il pancione Sir John,
è prigioniero di vostro figlio.[13] Ah, un giorno tale,
così condotto, combattuto e conquistato,[14]
non ha più dato lustro alla sua epoca
dai successi di Cesare!

NORTHUMBERLAND Come l'avete appreso?
Vedeste il campo? Venite da Shrewsbury?

LORD BARDOLPH
Ho parlato, monsignore, con uno che ne veniva,
un gentiluomo fine e di buon nome,
che francamente mi riferì queste notizie per vere.[15]

NORTHUMBERLAND
Ecco il mio servo Travers, da me mandato
martedì scorso a raccogliere notizie.

Entra Travers.

LORD BARDOLPH
Signore, l'ho superato a cavallo per strada
ed egli non ha altre certezze
che quelle che può forse udire da me.

NORTHUMBERLAND
Dunque, Travers, che buone notizie porti?

TRAVERS
Signore, Sir John Umfrevile mi rispedì
con notizie felici, e, avendo cavallo migliore,
mi superò. Dietro lui sopraggiunse a tutto sprone
un gentiluomo, quasi esausto dalla corsa,
che si fermò per dar respiro al cavallo sanguinante.
Mi chiese la via per Chester, e io a lui
domandai notizie di Shrewsbury.
Mi disse che la ribellione aveva avuto mala sorte

And that young Harry Percy's spur was cold.
With that, he gave his able horse the head,
And bending forward struck his armèd heels
Against the panting sides of his poor jade
Up to the rowel-head, and starting so
He seemed in running to devour the way,
Staying no longer question.

NORTHUMBERLAND Ha! Again.
Said he young Harry Percy's spur was cold?
Of Hotspur Coldspur? That rebellion
Had met ill luck?

LORD BARDOLPH My lord, I'll tell you what.
If my young lord your son have not the day,
Upon mine honour, for a silken point
I'll give my barony. Never talk of it.

NORTHUMBERLAND
Why should that gentleman that rode by Travers
Give then such instances of loss?

LORD BARDOLPH Who, he?
He was some hilding fellow that had stolen
The horse he rode on, and, upon my life,
Spoke at a venture. Look, here comes more news.

Enter Morton.

NORTHUMBERLAND
Yea, this man's brow, like to a title-leaf,
Foretells the nature of a tragic volume.
So looks the strand whereon the imperious flood
Hath left a witnessed usurpation.
Say, Morton, didst thou come from Shrewsbury?

MORTON
I ran from Shrewsbury, my noble lord,
Where hateful death put on his ugliest mask
To fright our party.

NORTHUMBERLAND How doth my son and brother?
Thou tremblest, and the whiteness in thy cheek
Is apter than thy tongue to tell thy errand.

e lo sprone del giovane Harry Percy era ormai freddo.[16]
Quindi mollò le briglie al buon cavallo
e chinandosi affondò i talloni aguzzi
nei fianchi ansimanti del povero animale
fino all'asta dello sprone, dando un tal balzo
che sembrò divorare la strada nella corsa,
senza indugiare per altre domande.

NORTHUMBERLAND Ah! Ripeti.
Ha detto che lo sprone di Harry Percy era ormai freddo?
Da Hotspur, Coldspur?[17] La ribellione
aveva avuto mala sorte?

LORD BARDOLPH Signore, lasciatemi dire.
Se il giovane Lord vostro figlio non ha vinto,
sul mio onore, per un nastro di seta
mi vendo la baronia. Non parlatene nemmeno.

NORTHUMBERLAND
Perché allora l'uomo che passò Travers
avrebbe raccontato quei disastri?

LORD BARDOLPH Chi, lui?
Era un ometto che aveva rubato
il cavallo che montava e, per la mia vita,
parlava a vanvera. Ecco altre notizie.

Entra Morton.

NORTHUMBERLAND
Sì, il viso di quest'uomo, come un frontespizio,
annuncia il carattere di un volume tragico.
Così appare la spiaggia su cui la marea imperiosa
ha lasciato i segni dell'usurpazione.
Di', Morton, sei venuto da Shrewsbury?

MORTON
Sono fuggito da Shrewsbury, nobile mio signore,
dove la morte odiosa ha messo la maschera più orrenda
per spaventare i nostri.

NORTHUMBERLAND Che ne è di mio figlio e mio fratello?[18]
Tu tremi, e il pallore della tua guancia
meglio della tua lingua fa l'ambasciata.

Even such a man, so faint, so spiritless,
So dull, so dead in look, so woebegone,
Drew Priam's curtain in the dead of night,
And would have told him half his Troy was burnt.
But Priam found the fire ere he his tongue,
And I my Percy's death ere thou report'st it.
This thou wouldst say, 'Your son did thus and thus;
Your brother thus. So fought the noble Douglas' –
Stopping my greedy ear with their bold deeds.
But in the end, to stop my ear indeed,
Thou hast a sigh to blow away this praise,
Ending with 'Brother, son, and all are dead.'

MORTON

Douglas is living, and your brother, yet;
But, for my lord your son –

NORTHUMBERLAND Why, he is dead

See what a ready tongue suspicion hath!
He that but fears the thing he would not know
Hath by instinct knowledge from others' eyes
That what he feared is chancèd. Yet speak, Morton.
Tell thou an earl his divination lies,
And I will take it as a sweet disgrace
And make thee rich for doing me such wrong.

MORTON

You are too great to be by me gainsaid.
Your spirit is too true, your fears too certain.

NORTHUMBERLAND

Yet, for all this, say not that Percy's dead.
I see a strange confession in thine eye.
Thou shakest thy head and hold'st it fear or sin
To speak a truth. If he be slain, [say so.]
The tongue offends not that reports his death;
And he doth sin that doth belie the dead,
Not he which says the dead is not alive.
Yet the first bringer of unwelcome news
Hath but a losing office, and his tongue
Sounds ever after as a sullen bell,
Rememb'red tolling a departing friend.

Un uomo simile, altrettanto debole e confuso,
spento, smorto d'aspetto, addolorato,
scostò la tenda di Priamo a notte fonda
per dirgli che mezza Troia era bruciata.
Ma Priamo trovò il fuoco prima che lui la lingua,
e io la morte del mio Percy prima che tu la racconti.
Questo vorresti dire: "Tuo figlio fece questo e questo;
tuo fratello quest'altro. Così si batté il nobile Douglas..."
assordando l'orecchio ansioso con le loro imprese ardite.
Ma alla fine, per assordarmi veramente,
riservi un sospiro che basterà a soffiar via le lodi,
e concludi: "Fratello, figlio e tutti, morti".

MORTON

Douglas è vivo, e vostro fratello, ancora;
ma il mio Lord vostro figlio...

NORTHUMBERLAND

Ecco, è morto.
Vedi bene come il timore ha lingua pronta!
Basta che uno tema quel che non vuol sapere
e apprende per istinto dagli occhi d'altri
che quel che temeva è accaduto. Ma parla, Morton.
Di' a un conte che il suo pronostico è falso,
e io lo prenderò come un disonore grato
e ti farò ricco in cambio di un tale sgarbo.

MORTON

Siete troppo grande perché io vi contraddica.
Avete intùito troppo profetico, paure troppo vere.

NORTHUMBERLAND

Ma tuttavia non dire che Percy è morto.
Vedo nei tuoi occhi una conferma riluttante.
Scuoti la testa e ritieni pauroso o malvagio
pronunciare la verità. Se è ucciso, [dillo.]
La lingua che riferisce la sua morte non offende;
e pecca colui che nega i morti,
non chi dice che il morto non vive più.
Eppure il primo a portare notizie ingrate
non ne ha guadagno e la sua lingua
in seguito suona sempre come una campana tetra,[19]
di cui rammentiamo i rintocchi per un amico dipartito.

LORD BARDOLPH
I cannot think, my lord, your son is dead.
MORTON
I am sorry I should force you to believe
That which I would to God I had not seen.
But these mine eyes saw him in bloody state,
Rendering faint quittance, wearied and outbreathed,
To Harry Monmouth, whose swift wrath beat down
The never-daunted Percy to the earth,
From whence with life he never more sprung up.
In few, his death, whose spirit lent a fire
Even to the dullest peasant in his camp,
Being bruited once, took fire and heat away
From the best-tempered courage in his troops.
For from his metal was his party steeled,
Which once in him abated, all the rest
Turned on themselves, like dull and heavy lead.
And as the thing that's heavy in itself,
Upon enforcement flies with greatest speed,
So did our men, heavy in Hotspur's loss,
Lend to this weight such lightness with their fear
That arrows fled not swifter toward their aim
Than did our soldiers, aiming at their safety,
Fly from the field. Then was that noble Worcester
So soon ta'en prisoner; and that furious Scot,
The bloody Douglas, whose well-labouring sword
Had three times slain the appearance of the king,
'Gan vail his stomach and did grace the shame
Of those that turned their backs, and in his flight,
Stumbling in fear, was took. The sum of all
Is that the king hath won, and hath sent out
A speedy power to encounter you, my lord,
Under the conduct of young Lancaster
And Westmoreland. This is the news at full.
NORTHUMBERLAND
For this I shall have time enough to mourn.
In poison there is physic; and these news,
Having been well, that would have made me sick,

LORD BARDOLPH
Non posso credere, signore, che vostro figlio è morto.

MORTON
Mi addolora dovervi costringere a credere
quel che volesse Iddio che non avessi visto.
Ma questi miei occhi lo videro coperto di sangue
che si difendeva debolmente, allo stremo e sfiatato,
da Harry Monmouth, la cui furia impetuosa schiacciò
l'indomabile Percy fin giù a terra,
donde vivo mai più si sollevò.
In breve, la morte di lui, il cui spirito prestava
fuoco anche al più spento zotico dei suoi,
saputa che fu, tolse fuoco e calore
anche al più coraggioso e vigoroso dei suoi uomini.
Poiché la tempra di lui rendeva i suoi di acciaio,
e una volta che essa si perse, tutti gli altri
ricaddero su di sé, vile piombo pesante.
E come quella cosa che pesa di per sé
se spinta fugge con velocità maggiore,
così i nostri, appesantiti dalla perdita di Hotspur,
resero questo peso tanto leggero con la paura
che le frecce non volarono più veloci al bersaglio
di come i nostri soldati, mirando alla salvezza,
fuggirono dal campo. Allora il nobile Worcester
fu in un attimo prigioniero, e il furioso scozzese,
il sanguinario Douglas, la cui spada operosa
aveva tre volte ucciso il simulacro del Re,[20]
perse coraggio e riabilitò la vergogna
di quelli che avevano voltato le spalle, e nella fuga,
cadendo per la paura, fu catturato. La conclusione
è che il Re ha vinto e ha inviato
un esercito veloce contro voi, signore,
sotto il comando del giovane Lancaster
e di Westmoreland. Queste le notizie, tutte.

NORTHUMBERLAND
Avrò tempo sufficiente per dolermene.
Nel veleno è medicina, e le notizie che
da sano mi farebbero ammalare

Being sick, have in some measure made me well.
And as the wretch whose fever-weakened joints,
Like strengthless hinges, buckle under life,
Impatient of his fit, breaks like a fire
Out of his keeper's arms, even so my limbs,
Weakened with grief, being now enraged with grief,
Are thrice themselves. Hence, therefore, thou nice crutch!
A scaly gauntlet now with joints of steel
Must glove this hand. And hence, thou sickly quoif!
Thou art a guard too wanton for the head
Which princes, fleshed with conquest, aim to hit.
Now bind my brows with iron, and approach
The ragged'st hour that time and spite dare bring
To frown upon the enraged Northumberland!
Let heaven kiss earth! Now let not Nature's hand
Keep the wild flood confined! Let order die!
And let this world no longer be a stage
To feed contention in a lingering act.
But let one spirit of the first-born Cain
Reign in all bosoms, that, each heart being set
On bloody courses, the rude scene may end,
And darkness be the burier of the dead!

[TRAVERS]

This strainèd passion doth you wrong, my lord.

LORD BARDOLPH

Sweet earl, divorce not wisdom from your honour.

MORTON

The lives of all your loving complices
Lean on your health, the which, if you give o'er
To stormy passion, must perforce decay.
[You cast the event of war, my noble lord,
And summed the account of chance, before you said,
'Let us make head.' It was your presurmise
That, in the dole of blows, your son might drop.
You knew he walked o'er perils, on an edge,
More likely to fall in than to get o'er.
You were advised his flesh was capable
Of wounds and scars and that his forward spirit

ora che son malato mi hanno quasi guarito.
E come il disgraziato i cui arti deboli di febbre
quali cardini senza forza non reggono il corpo vivo,
reagisce a un attacco del male, e si sprigiona come fiamma
dalle braccia dell'infermiere, così le mie membra
indebolite dal dolore, e ora dal dolore infuriate,
son tre volte se stesse. Via dunque, vile stampella!
Un guanto di scaglie con giunture di acciaio
deve coprire questa mano. Via anche, berretta da malato!
Proteggi troppo debolmente la testa che
principi, incitati dalla vittoria, vogliono colpire.
Le mie tempie siano ora cinte di ferro, e sopraggiunga
l'ora più cupa che il tempo e l'odio ardiscano
opporre all'infuriato Northumberland!
Il cielo baci la terra! La mano della natura
non più trattenga l'oceano sconvolto! L'ordine muoia![21]
E questo mondo non sia più un teatro
che nutra contese per un lungo atto.
Invece solo l'animo del primogenito Caino
regni nei petti, affinché, teso ogni cuore
a azioni sanguinarie, la scena violenta finisca,
e l'oscurità provveda a seppellire i morti![22]

[TRAVERS]

Questo eccesso di passione vi fa male, monsignore.

LORD BARDOLPH

Caro Conte, non disgiungete la saggezza dal vostro onore.

MORTON

Le vite di tutti i vostri alleati fedeli
poggiano sulla vostra salute, la quale, se cedete
all'ira tempestosa, per forza peggiorerà.
[Conoscevate, signore, le conseguenze di una guerra,
avevate calcolato le probabilità, prima di dire:
"Armiamoci". Era vostra presupposizione che,
nella sorte della battaglia, vostro figlio potesse perire.
Sapevate che egli camminava fra pericoli, su un filo sottile,
con più probabilità di cadere che di salvarsi.
Eravate avvertito che la sua carne poteva ricevere
ferite e cicatrici e che il suo spirito ardito

Would lift him where most trade of danger ranged.
Yet did you say, 'Go forth.' And none of this,
Though strongly apprehended, could restrain
The stiff-borne action. What hath then befallen,
Or what hath this bold enterprise brought forth,
More than that being which was like to be?]

LORD BARDOLPH

We all that are engagèd to this loss
Knew that we ventured on such dangerous seas
That if we wrought out life 'twas ten to one.
And yet we ventured for the gain proposed,
Choked the respect of likely peril feared,
And since we are o'erset, venture again.
Come, we will all put forth, body and goods.

MORTON

'Tis more than time. And, my most noble lord,
I hear for certain, and dare speak the truth,
[The gentle Archbishop of York is up
With well-appointed powers. He is a man
Who with a double surety binds his followers.
My lord your son had only but the corpse,
But shadows and the shows of men, to fight.
For that same word 'rebellion' did divide
The action of their bodies from their souls,
And they did fight with queasiness, constrained,
As men drink potions, that their weapons only
Seemed on our side. But for their spirits and souls,
This word 'rebellion,' it had froze them up,
As fish are in a pond. But now the bishop
Turns insurrection to religion.
Supposed sincere and holy in his thoughts,
He's followed both with body and with mind,
And doth enlarge his rising with the blood
Of fair King Richard, scraped from Pomfret stones;
Derives from heaven his quarrel and his cause;
Tells them he doth bestride a bleeding land,
Gasping for life under great Bolingbroke;
And more and less do flock to follow him.]

l'avrebbe portato dove era maggior pericolo.
Eppure diceste: "Parti". E nessuna di queste cose,
per quanto evidentissime, poté trattenere
l'azione ostinata. Dunque, cosa è avvenuto,
la nostra audace impresa cosa ha generato,
più di quel che era probabile accadesse?]

LORD BARDOLPH

Tutti noi coinvolti in questa perdita
sapevamo di affrontare mari tanto rischiosi
che dieci contro uno ci avremmo rimesso la vita.
Eppure rischiammo per il guadagno promesso,
soffocammo la considerazione del pericolo temuto,
e ora che abbiamo perso, rischiamo ancora.
Suvvia, impegniamo tutto, corpi e beni.

MORTON

È più che tempo. Mio nobile signore,
sento per certo, e oso dire il vero,
[che il buon Arcivescovo di York è in armi
con forze ben provviste. È uno
che si lega i seguaci a doppio filo.
Monsignore vostro figlio non aveva che cadaveri,
ombre e simulacri di uomini, per combattere.
Poiché la stessa parola "ribellione" separava
l'azione dei loro corpi dalle anime,
e combattevano nauseati, controvoglia,
come chi prende una medicina, e solo le loro armi
sembravano stare con noi: ché l'ardimento e l'anima,
il termine "ribellione" sembrava averli gelati,
come pesci in uno stagno. Ora però il Vescovo
rende l'insurrezione sacrosanta.
Stimato sincero e religioso nel pensiero,
è seguito e col corpo e con la mente,
e nobilita la sua insurrezione invocando il sangue
del buon re Riccardo, grattato dalle pietre di Pomfret,[23]
giustifica con il cielo la propria causa e contesa,
dice che difende una terra sanguinante
che implora vita sotto il superbo Bolingbroke;
e grandi e piccoli accorrono a seguirlo.]

NORTHUMBERLAND
I knew of this before; but, to speak truth,
This present grief had wiped it from my mind.
Go in with me, and counsel every man
The aptest way for safety and revenge.
Get posts and letters, and make friends with speed.
Never so few, and never yet more need. *Exeunt.*

Scene II

Enter Sir John [*Falstaff*] *alone, with his Page bearing his sword and buckler.*

FALSTAFF Sirrah, you giant, what says the doctor to my water?

PAGE He said, sir, the water itself was a good healthy water; but, for the party that owed it, he might have more diseases than he knew for.

FALSTAFF Men of all sorts take a pride to gird at me. The brain of this foolish compounded clay-man is not able to invent anything that intends to laughter more than I invent or is invented on me. I am not only witty in myself, but the cause that wit is in other men. I do here walk before thee like a sow that hath overwhelmed all her litter but one. If the prince put thee into my service for any other reason that to set me off, why then I have no judgment. Thou whoreson mandrake, thou art fitter to be worn in my cap than to wait at my heels. I was never manned with an agate till now. But I will inset you neither in gold nor silver, but in vile apparel, and send you back again to your master, for a jewel – the juvenal, the prince your master, whose chin is not yet fledged. I will sooner have a beard grow in the palm of my hand than he shall get one off his cheek, and yet he will not stick to say his face is a face-royal. God may finish it when he will, 'tis not a hair amiss yet. He may keep it still

NORTHUMBERLAND
Questo già lo sapevo, ma a dire il vero
il dolore attuale me lo ha tolto di mente.[24]
Entrate con me e ognuno consigli
la via migliore per la sicurezza e la vendetta.
Preparate corrieri e lettere, fatevi subito alleati.
Mai tanto pochi, mai tanto necessari. *Escono.*

Scena II[25]

Entra Sir John [Falstaff] solo, con il paggio che gli porta spada e scudo.

FALSTAFF Ehi tu, gigante, che dice il dottore della mia acqua?

PAGGIO Ha detto, signore, che l'acqua di per sé è bell'e sana, ma quanto al suo proprietario legittimo, può avere più malattie che lui non sappia.

FALSTAFF Uomini di tutte le risme fanno a gara a punzecchiarmi. Il cervello di questa argilla impastata di sciocchezze, l'uomo, non è capace di inventare niente che faccia ridere più di quel che invento io, o si inventa su di me. Sono spiritoso non solo per me stesso, ma anche causa dello spirito ch'è negli altri. Son qui che cammino davanti a te come una scrofa che ha schiacciato tutti i suoi porcellini tranne uno.[26] Se il Principe ti ha messo al mio servizio per altro motivo che quello di farmi da contrasto, non capisco più niente. Disgraziato mandragolino,[27] sei più adatto a far da fregio sul mio cappello che da paggio alle mie calcagna. Sinora non mi era mai capitato di avere per attendente un cammeo. Però non ti incastonerò d'oro o d'argento, ma di vecchi stracci, e ti rimanderò come un gioiello al tuo padrone... quel tuo padroncino del Principe, che non ha ancora un pelo sul mento. Farà prima a crescermi la barba sul palmo della mano che a lui un pelo sulla guancia, eppure non si fa scrupolo di dire che la sua è la faccia di un reale.[28] Dio la rifinirà quando vuole, per ora non ha un pelo di troppo.

at a face-royal, for a barber shall never earn sixpence out of it; and yet he'll be crowing as if he had writ man ever since his father was a bachelor. He may keep his own grace, but he's almost out of mine, I can assure him. What said Master Dommelton about the satin for my short cloak and my slops?

PAGE He said, sir, you should procure him better assurance than Bardolph. He would not take his bond and yours; he liked not the security.

FALSTAFF Let him be damned, like the glutton! Pray God his tongue be hotter! A whoreson Achitophel! A rascally yea-forsooth knave! To bear a gentleman in hand, and then stand upon security! The whoreson smooth-pates do now wear nothing but high shoes, and bunches of keys at their girdles; and if a man is through with them in honest taking up, then they must stand upon security. I had as lief they would put ratsbane in my mouth as offer to stop it with security. I looked 'a should have sent me two-and-twenty yards of satin, as I am a true knight, and he sends me security. Well, he may sleep in security, for he hath the horn of abundance, and the lightness of his wife shines through it. And yet cannot he see, though he have his own lanthorn to light him. Where's Bardolph?

PAGE He's gone in Smithfield to buy your worship a horse.

FALSTAFF I bought him in Paul's, and he'll buy me a horse in Smithfield. An I could get me but a wife in the stews, I were manned, horsed, and wived.

Enter Lord Chief Justice [*and Servant*].

PAGE Sir, here comes the nobleman that committed the prince for striking him about Bardolph.

FALSTAFF Wait close; I will not see him.

CHIEF JUSTICE What's he that goes there?

Può tenersela al valore di un reale, non c'è barbiere che ci guadagnerà sei soldi; e poi fa il galletto come se fosse uomo da quando suo padre era scapolo. La sua grazia se la tenga pure, la mia però l'assicuro che l'ha quasi persa.[29] Che ha detto mastro Dommelton[30] del raso per la mia mantella e le mie brache?

PAGGIO Signore, ha detto che dovete procurargli una malleveria migliore di quella di Bardolph.[31] Non ha voluto accettare né la sua né la vostra obbligazione; non gli garbava la garanzia.

FALSTAFF Vada al diavolo, come il ricco Epulone! Anzi, Dio gli faccia bruciare la lingua anche di più![32] Figlio di puttana d'un Achitofel![33] Furfante d'un baciapile tutto salamelecchi! Incoraggiare un gentiluomo e poi far storie sulla garanzia! Ecco che questi bastardi di teste lisce[34] se ne vanno in giro con le loro scarpe alte e con mazzi di chiavi alla cintola, e quando hai combinato con loro un onesto acquisto a credito saltan su con la garanzia. Mi va bene che mi mettano in bocca del veleno per topi se lascio che me la riempiano di garanzie. Pensavo che doveva mandarmi ventidue iarde di raso, come è vero che sono un cavaliere, e invece lui mi manda... garanzie. Be', dorma pure sodo con le sue garanzie, visto che il corno dell'abbondanza già ce l'ha, e la leggerezza di sua moglie ne traspare chiara e tonda.[35] E dire che lui non se ne accorge, nonostante la lanterna che si ritrova in testa. Dov'è Bardolph?

PAGGIO È andato a Smithfield[36] a comprare un cavallo a vossignoria.

FALSTAFF Io ho ingaggiato lui in San Paolo,[37] ora lui mi compera un cavallo a Smithfield. Se solo trovo moglie in un bordello sarò servito, accavallato e ammogliato.

Entra il Lord Primo Giudice [*con un servo*].

PAGGIO Signore, arriva il nobiluomo che mandò in prigione il Principe per averlo schiaffeggiato a causa di Bardolph.[38]

FALSTAFF Filiamocela, non lo voglio incontrare.

GIUDICE Chi è quell'uomo laggiù?

SERVANT Falstaff, an't please your lordship.

CHIEF JUSTICE He that was in question for the robbery?

SERVANT He, my lord. But he hath since done good service at Shrewsbury, and, as I hear, is now going with some charge to the Lord of Lancaster.

CHIEF JUSTICE What, to York? Call him back again.

SERVANT Sir John Falstaff!

FALSTAFF Boy, tell him I am deaf.

PAGE You must speak louder; my master is deaf.

CHIEF JUSTICE I am sure he is, to the hearing of anything good. Go, pluck him by the elbow; I must speak with him.

SERVANT Sir John!

FALSTAFF What! A young knave, and begging! Is there not wars? Is there not employment? Doth not the king lack subjects? Do not the rebels need soldiers? Though it be a shame to be on any side but one, it is worse shame to beg than to be on the worst side, were it worse than the name of rebellion can tell how to make it.

SERVANT You mistake me, sir.

FALSTAFF Why, sir, did I say you were an honest man? Setting my knighthood and my soldiership aside, I had lied in my throat if I had said so.

SERVANT I pray you, sir, then set your knighthood and your soldiership aside and give me leave to tell you you lie in your throat if you say I am any other than an honest man.

FALSTAFF I give thee leave to tell me so! I lay aside that which grows to me! If thou get'st any leave of me, hang me; if thou tak'st leave, thou wert better be hanged. You hunt counter. Hence! Avaunt!

SERVANT Sir, my lord would speak with you.

CHIEF JUSTICE Sir John Falstaff, a word with you.

FALSTAFF My good lord! God give your lordship good time of day. I am glad to see your lordship abroad. I heard say your lordship was sick. I hope your lordship goes abroad by advice. Your lordship, though not clean past your youth, have yet some smack of age in you,

SERVO Falstaff, se piace a vossignoria.

GIUDICE Quello che era sospettato della rapina?[39]

SERVO Lo stesso, signore. Ma poi ha combattuto bene a Shrewsbury,[40] e ora, a quanto ho sentito, sta per andare con un comando da Lord John di Lancaster.

GIUDICE A York, dunque?[41] Chiamalo un po'.

SERVO Sir John Falstaff!

FALSTAFF Ragazzo, digli che sono sordo.

SERVO Dovete parlare più forte, il mio padrone è sordo.

GIUDICE Sono certo che è sordo, a ogni buona causa. Vai, tiralo per il gomito; devo parlargli.

SERVO Sir John!

FALSTAFF Come! Un furfantello, e chiede l'elemosina! Non ci sono guerre? Non c'è da lavorare? Al Re non mancano uomini? E ai ribelli non servono soldati? Sarebbe una vergogna stare da qualsiasi parte tranne una, ma mendicare è più vergognoso che stare dalla parte peggiore, fosse anche peggiore di quanto il nome di ribellione possa farla credere.[42]

SERVO Signore, mi prendete per un altro.

FALSTAFF Perché, ho forse detto che sei un onest'uomo? Se l'avessi detto, avrei mentito per la gola, mettendo da parte la mia qualità di cavaliere e di soldato.[43]

SERVO Allora, signore, mettete da parte la vostra qualità di cavaliere e di soldato e datemi licenza di dirvi che mentite per la gola se affermate che sono altro che un onest'uomo.

FALSTAFF Io darti licenza di parlarmi così! Io mettere da parte la dignità che mi si conviene! Se ottieni da me una licenza di questa specie, impiccami; se te la prendi, meglio che t'impicchi tu. Sei sulla pista sbagliata. Via, fuori dai piedi!

SERVO Signore, il mio padrone vuole parlarvi.

GIUDICE Sir John Falstaff, una parola.

FALSTAFF Mio caro signore! Che Dio conceda a vossignoria una buona giornata. Sono felice di vedere vossignoria a spasso. Avevo sentito dire che vossignoria era ammalata. Mi auguro che vossignoria esca col parere del medico. Anche se vossignoria non è ancora del tutto fuori dalla giovinezza, pure ha già un certo sentore di vecchiaia, un po' del condi-

some relish of the saltness of time in you; and I most humbly beseech your lordship to have a reverent care of your health.

CHIEF JUSTICE Sir John, I sent for you before your expedition to Shrewsbury.

FALSTAFF An't please your lordship, I hear his majesty is returned with some discomfort from Wales.

CHIEF JUSTICE I talk not of his majesty. You would not come when I sent for you.

FALSTAFF And I hear, moreover, his highness is fallen into this same whoreson apoplexy.

CHIEF JUSTICE Well, God mend him! I pray you, let me speak with you.

FALSTAFF This apoplexy, as I take it, is a kind of lethargy, an't please your lordship, a kind of sleeping in the blood, a whoreson tingling.

CHIEF JUSTICE What tell you me of it? Be it as it is.

FALSTAFF It hath it original from much grief, from study and perturbation of the brain. I have read the cause of his effects in Galen. It is a kind of deafness.

CHIEF JUSTICE I think you are fallen into the disease, for you hear not what I say to you.

FALSTAFF Very well, my lord, very well. Rather, an't please you, it is the disease of not listening, the malady of not marking, that I am troubled withal.

CHIEF JUSTICE To punish you by the heels would amend the attention of your ears, and I care not if I do become your physician.

FALSTAFF I am as poor as Job, my lord, but not so patient. Your lordship may minister the potion of imprisonment to me in respect of poverty; but how I should be your patient to follow your prescriptions, the wise may make some dram of a scruple, or indeed a scruple itself.

CHIEF JUSTICE I sent for you, when there were matters against you for your life, to come speak with me.

FALSTAFF As I was then advised by my learned counsel in the laws of this land-service, I did not come.

mento del salino del tempo; e prego con tutta umiltà vossignoria di avere una cura assai riguardosa della vostra salute.

GIUDICE Sir John, vi ho mandato a chiamare prima della vostra partenza per Shrewsbury.

FALSTAFF Se piace a vossignoria, sento che sua maestà ha avuto qualche disturbo di salute tornando dal Galles.[44]

GIUDICE Non parlo di sua maestà. Non siete venuto quando vi ho mandato a chiamare.

FALSTAFF E sento anche che sua altezza si è presa questa bastarda apoplessia.

GIUDICE Be', Dio gli renda la salute! Vi prego, lasciate che vi parli.

FALSTAFF Questa apoplessia, a mio avviso, è una sorta di letargo, se piace a vossignoria, una sorta di sonnolenza del sangue, un accidenti di formicolio.

GIUDICE Perché me ne parlate? Sia quel che sia.

FALSTAFF Si origina dal troppo penare, dal rimuginare e dalla perturbazione del cervello. Ho letto in Galeno le cause dei suoi effetti. È una specie di sordità.

GIUDICE Penso che vi siate presa la stessa malattia, infatti non sentite quel che vi dico.

FALSTAFF Benissimo, signor mio, benissimo. Piuttosto, se vi piace, mi è venuta la malattia del non ascoltare, il morbo del non intendere.

GIUDICE A mettervi i ceppi alle caviglie forse si migliorerebbe la sensibilità delle vostre orecchie, e non mi dispiacerebbe diventare il vostro medico.

FALSTAFF Sono povero come Giobbe, monsignore, ma non altrettanto paziente. Vossignoria può prescrivermi la medicina della prigione a causa della mia povertà, ma i dotti avranno un pizzico di dubbio, o un dubbio vero e proprio,[45] che io mi faccia vostro paziente e mi adatti alle vostre ricette.

GIUDICE Vi mandai a chiamare, per parlarvi, quando contro di voi c'erano delle accuse che avrebbe potuto costarvi la vita.

FALSTAFF Seguendo il consiglio datomi allora da un avvocato edotto delle leggi militari, non venni.

CHIEF JUSTICE Well, the truth is, Sir John, you live in great infamy.

FALSTAFF He that buckles himself in my belt cannot live in less.

CHIEF JUSTICE Your means are very slender and your waste is great.

FALSTAFF I would it were otherwise. I would my means were greater and my waist slender[er].

CHIEF JUSTICE You have misled the youthful prince.

FALSTAFF The young prince hath misled me. I am the fellow with the great belly, and he my dog.

CHIEF JUSTICE Well, I am loath to gall a new-healed wound. Your day's service at Shrewsbury hath a little gilded over your night's exploit on Gad's Hill. You may thank the unquiet time for your quiet o'erposting that action.

FALSTAFF My lord?

CHIEF JUSTICE But since all is well, keep it so. Wake not a sleeping wolf.

FALSTAFF To wake a wolf is as bad as smell a fox.

CHIEF JUSTICE What! You are as a candle, the better part burnt out.

FALSTAFF A wassail candle, my lord, all tallow. If I did say of wax, my growth would approve the truth.

CHIEF JUSTICE There is not a white hair in your face but should have his effect of gravity.

FALSTAFF His effect of gravy, gravy, gravy.

CHIEF JUSTICE You follow the young prince up and down like his ill angel.

FALSTAFF Not so, my lord. Your ill angel is light, but I hope he that looks upon me will take me without weighing. And yet, in some respects, I grant, I cannot go. I cannot tell. Virtue is of so little regard in these costermongers' times that true valour is turned bearherd. Pregnancy is made a tapster, and [hath] his quick wit wasted in giving reckonings. All the other gifts apper-

GIUDICE Insomma, Sir John, la verità è che vivete in grande infamia.

FALSTAFF Chi usa cinture larghe come la mia non può vivere in infamie più ridotte.

GIUDICE I vostri mezzi sono assai ristretti, ma fate un grande spendere e spandere.

FALSTAFF Magari fosse diversamente! Vorrei avere mezzi da gran signore e una vita più ristretta.[46]

GIUDICE Avete traviato il giovane Principe.

FALSTAFF Il giovane Principe ha traviato me. Io sono il pancione, lui il mio cane.[47]

GIUDICE Be', non mi va di irritare una ferita da poco sanata. Il servizio da voi reso di giorno a Shrewsbury ha messo in qualche modo in miglior luce la vostra impresa notturna a Gad's Hill. Ringraziate i tempi inquieti se da quella faccenda siete uscito quietamente.

FALSTAFF Mio signore?

GIUDICE Ma ora che tutto è tranquillo, lasciate le cose come stanno. Non svegliate il lupo che dorme.

FALSTAFF Svegliare un lupo è brutto come fiutare una volpe.[48]

GIUDICE Ma cosa! Siete come una candela, per buona parte consumata.

FALSTAFF Un bel candelone da cerimonia, mio signore, tutto sego. Se dicessi di cera, il mio bell'incarnato mi darebbe ragione.[49]

GIUDICE Non c'è pelo bianco sul vostro viso che non dovrebbe darvi più sussiego.

FALSTAFF Più sugo, sugo, sugo.[50]

GIUDICE Andate in su e in giù dietro al giovane Principe come foste il suo angelo cattivo.

FALSTAFF Non è così, signore. L'angelo cattivo è una moneta leggera,[51] ma spero bene che chi mi vede mi prenderà senza pesarmi. Pure, sotto certi aspetti, lo ammetto, non ho circolazione. Non so dire.[52] La virtù è così poco considerata in questi tempi di bottegai che il valore vero mena gli orsi ammaestrati per le fiere. La prontezza d'ingegno si riduce a taverniere e spreca il cervello a far conti. Tutte le altre quali-

tinent to man, as the malice of this age shapes them, are not worth a gooseberry. You that are old consider not the capacities of us that are young; you do measure the heat of our livers with the bitterness of your galls. And we that are in the vaward of our youth, I must confess, are wags too.

CHIEF JUSTICE Do you set down your name in the scroll of youth, that are written down old with all the characters of age? Have you not a moist eye? A dry hand? A yellow cheek? A white beard? A decreasing leg? An increasing belly? Is not your voice broken? Your wind short? Your chin double? Your wit single? And every part about you blasted with antiquity? And will you yet call yourself young? Fie, fie, fie, Sir John!

FALSTAFF My lord, I was born about three of the clock in the afternoon, with a white head and something a round belly. For my voice, I have lost it with halloing and singing of anthems. To approve my youth further, I will not. The truth is, I am only old in judgment and understanding; and he that will caper with me for a thousand marks, let him lend me the money, and have at him! For the box of the ear that the prince gave you, he gave it like a rude prince, and you took it like a sensible lord. I have checked him for it, and the young lion repents; marry, not in ashes and sackcloth, but in new silk and old sack.

CHIEF JUSTICE Well, God send the prince a better companion!

FALSTAFF God send the companion a better prince! I cannot rid my hands of him.

CHIEF JUSTICE Well, the king hath severed you [and Prince Harry]. I hear you are going with Lord John of Lancaster against the archbishop and the Earl of Northumberland.

FALSTAFF Yea, I thank your pretty sweet wit for it. But look you pray, all you that kiss my lady Peace at home, that our armies join not in a hot day, for, by the Lord, I take but two shirts out with me, and I mean not to sweat extraordinarily. If it be a hot day, and I brandish any-

tà che si confanno a un uomo, a sentire quest'età malevola, non valgono un fico secco. Voi che siete vecchi non considerate le capacità di noi che siamo giovani, misurate il caldo dei nostri fegati con l'amaro della vostra bile. E noi che siamo nell'avanguardia della giovinezza, lo ammetto, siamo pure birbanti.

GIUDICE Mettete il vostro nome fra i giovani, voi che avete vecchio scritto in faccia con tutti i caratteri dell'età? Non avete l'occhio umido? La mano secca? La guancia giallognola? La barba bianca? La gamba che si raccorcia? La pancia che cresce? La vostra voce non è tremula? Il fiato corto? Il mento doppio? Lo spirito impoverito? E ogni vostro organo devastato dall'età? E ancora vi definite giovane? Via, via, via, Sir John!

FALSTAFF Monsignore, nacqui verso le tre del pomeriggio, con la testa bianca e la pancia già un po' tonda. Quanto alla voce l'ho persa a forza di incitare all'attacco e cantare inni.[53] Altre prove della mia gioventù non le darò. La verità è che sono vecchio solo nel giudizio e nell'intelletto, e se qualcuno vuol fare con me una gara di ballo per mille marchi, mi dia prima i soldi, e poi sotto! Quanto al ceffone in faccia che vi ha dato il Principe, l'ha dato da principe maleducato e voi ve lo siete preso da Lord assennato. L'ho rimproverato a riguardo, e il leoncino fa penitenza, ma perdio non con cenere e saio, bensì con seta nuova e vino vecchio.[54]

GIUDICE Ebbene, Iddio mandi al Principe un compagno migliore!

FALSTAFF Iddio mandi al compagno un principe migliore![55] Non riesco a togliermelo di torno.

GIUDICE Be', il Re vi ha separato [dal principe Harry]. Sento che andrete con Lord John di Lancaster contro l'Arcivescovo e il Conte di Northumberland.

FALSTAFF Proprio così, ne ringrazio la vostra bella e cara intelligenza.[56] Ma tutti voi che restate a casa a baciare madama Pace, pregate che i nostri eserciti non si scontrino in una giornata troppo calda, perché ho portato con me due sole camicie, e perdio non ho intenzione di sudare troppo.[57] Se è un giorno caldo, e brandisco altro che una bottiglia, che io

thing but a bottle, I would I might never spit white again. There is not a dangerous action can peep out his head but I am thrust upon it. Well, I cannot last ever. But it was always yet the trick of our English nation, if they have a good thing, to make it too common. If ye will needs say I am an old man, you should give me rest. I would to God my name were not so terrible to the enemy as it is. I were better to be eaten to death with a rust than to be scoured to nothing with perpetual motion.

CHIEF JUSTICE Well, be honest, be honest, and God bless your expedition!

FALSTAFF Will your lordship lend me a thousand pound to furnish me forth?

CHIEF JUSTICE Not a penny, not a penny. You are too impatient to bear crosses. Fare you well. Commend me to my cousin Westmoreland.

[*Exeunt Chief Justice and Servant.*]

FALSTAFF If I do, fillip me with a three-man beetle. A man can no more separate age and covetousness than 'a can part young limbs and lechery. But the gout galls the one and the pox pinches the other, and so both the degrees prevent my curses. Boy!

PAGE Sir?

FALSTAFF What money is in my purse?

PAGE Seven groats and two pence.

FALSTAFF I can get no remedy against this consumption of the purse. Borrowing only lingers and lingers it out, but the disease is incurable. Go bear this letter to my Lord of Lancaster, this to the prince, this to the Earl of Westmoreland, and this to old Mistress Ursula, whom I have weekly sworn to marry since I perceived the first white hair of my chin. About it. You know where to find me. [*Exit Page.*] A pox of this gout! Or a gout of this pox! For the one or the other plays the rogue with my great toe. 'Tis no matter if I do halt; I have the wars for my colour, and my pension shall seem the more reasonable. A good wit will make use of anything. I will turn diseases to commodity. [*Exit.*]

non possa mai più sputare bianco.[58] Non c'è impresa pericolosa che faccia capolino, e subito tocca a me. Be', non posso durare in eterno. Però è sempre stato un vizio della nostra Inghilterra, che se ha qualcosa di buono, lo rende comune. Se insistete a dire che sono vecchio, allora lasciatemi riposare. Volesse Dio che il mio nome non facesse tanta paura al nemico. Preferirei essere mangiato dalla ruggine piuttosto che consumato a morte dal moto perpetuo.

GIUDICE Va be', siate onesto, siate onesto, e Dio benedica la vostra spedizione!

FALSTAFF Vostra signoria può prestarmi mille sterline per equipaggiarmi?

GIUDICE Non un soldo, non un soldo. Siete troppo impaziente di portare croci.[59] Buon viaggio. Salutatemi l'amico Westmoreland.[60] [*Escono il Primo Giudice e il servo.*]

FALSTAFF Se lo faccio, schiacciatemi con un maglio che ci voglion tre uomini a sollevarlo. Non si può separare la vecchiaia dall'avidità più di quanto non si possa dividere la carne giovane dalla lussuria.[61] Ma la gotta acciacca l'una e la sifilide rode l'altra, sicché tutte e due prevengono le mie maledizioni. Ragazzo!

PAGGIO Signore?

FALSTAFF Quanto c'è nella mia borsa?

PAGGIO Sette grossi e due soldi.[62]

FALSTAFF Non mi riesce di trovare rimedio a questa consunzione della borsa. I prestiti non fanno che prolungarla e prolungarla, ma la malattia è incurabile. Vai e porta questa lettera al mio Lord di Lancaster, questa al Principe, questa al Conte di Westmoreland, e questa qui alla vecchia madama Ursula, che ho promesso di sposare tutte le settimane da quando mi sono scoperto sul mento il primo pelo bianco.[63] Presto. Sai dove trovarmi. [*Esce il paggio.*] Una sifilide a questa gotta! Oppure una gotta a questa sifilide! Perché l'una o l'altra sta facendo il diavolo a quattro con l'alluce del mio piede. Ma non importa se zoppico, ho la scusa della guerra, e la mia pensione sembrerà tanto più giustificata. Un buon cervello trae profitto da tutto. Io muterò le malattie in vantaggi. [*Esce.*]

Scene III

Enter the Archbishop, Thomas Mowbray [*Earl Marshal*], *the Lords Hastings and Bardolph.*

ARCHBISHOP
Thus have you heard our cause and know our means;
And, my most noble friends, I pray you all,
Speak plainly your opinions of our hopes.
And first, lord marshal, what say you to it?

MOWBRAY
I well allow the occasion of our arms,
But gladly would be better satisfied
How in our means we should advance ourselves
To look with forehead bold and big enough
Upon the power and puissance of the king.

HASTINGS
Our present musters grow upon the file
To five-and-twenty thousand men of choice;
And our supplies live largely in the hope
Of great Northumberland, whose bosom burns
With an incensèd fire of injuries.

LORD BARDOLPH
The question then, Lord Hastings, standeth thus:
Whether our present five-and-twenty thousand
May hold up head without Northumberland?

HASTINGS
With him, we may.

LORD BARDOLPH Yea, marry, there's the point.
But if without him we be thought too feeble,
My judgment is, we should not step too far
[Till we had his assistance by the hand.
For in a theme so bloody-faced as this,
Conjecture, expectation, and surmise
Of aids uncertain should not be admitted.]

ARCHBISHOP
'Tis very true, Lord Bardolph, for indeed
It was young Hotspur's case at Shrewsbury.

Scena III[64]

Entrano l'Arcivescovo, [il Lord Cerimoniere] Thomas Mowbray, Lord Hastings e Lord Bardolph.

ARCIVESCOVO
Dunque avete udito le nostre ragioni e i nostri mezzi;
perciò, nobili amici, vi prego tutti, esprimete
francamente il vostro pensiero sulle nostre prospettive.
E primo voi, Lord Cerimoniere, cosa dite?

MOWBRAY
Concordo interamente sulle ragioni per cui ci armiamo,
ma gradirei spiegazioni più convincenti
su come con i nostri mezzi pensiamo di giungere
a opporci con fronte abbastanza ardita e fiera
al potere e alle forze del Re.

HASTINGS
Le nostre forze ammontano sulla carta
a venticinquemila soldati scelti;
i rinforzi dipendono in buona parte
dal grande Northumberland, il cui petto brucia
d'ira furiosa per i torti subiti.

LORD BARDOLPH
Lord Hastings, allora la questione è qui:
i venticinquemila uomini che abbiamo adesso
possono tenere testa senza Northumberland?

HASTINGS
Con lui, possiamo farcela.

LORD BARDOLPH Perdio, ecco il punto.
Ma se senza di lui sembriamo troppo deboli
la mia opinione è che non dovremmo andare troppo oltre
[finché non abbiamo i suoi rinforzi a portata di mano.
Infatti in una faccenda sanguinosa come questa,
le congetture, le aspettative e le promesse
di aiuti incerti non dovrebbero essere ammesse.]

ARCIVESCOVO
Verissimo, Lord Bardolph, fu questo appunto
il caso del giovane Hotspur a Shrewsbury.

LORD BARDOLPH

It was, my lord, who lined himself with hope,
Eating the air and promise of supply,
Flattering himself in project of a power
Much smaller than the smallest of his thoughts,
And so, with great imagination
Proper to madmen, led his powers to death
And winking leaped into destruction.

HASTINGS

But, by your leave, it never yet did hurt
To lay down likelihoods and forms of hope.

LORD BARDOLPH

[Yes, if this present quality of war,
Indeed the instant action, a cause on foot,
Lives so in hope as in an early spring
We see the appearing buds, which to prove fruit,
Hope gives not so much warrant as despair
That frosts will bite them. When we mean to build,
We first survey the plot, then draw the model.
And when we see the figure of the house,
Then must we rate the cost of the erection,
Which if we find outweighs ability,
What do we then but draw anew the model
In fewer offices, or at least desist
To build at all? Much more, in this great work,
Which is almost to pluck a kingdom down
And set another up, should we survey
The plot of situation and the model,
Consent upon a sure foundation,
Question surveyors, know our own estate,
How able such a work to undergo,
To weigh against his opposite. Or else]
We fortify in paper and in figures,
Using the names of men instead of men,
Like one that draws the model of a house
Beyond his power to build it, who, half through,
Gives o'er and leaves his part-created cost
A naked subject to the weeping clouds

LORD BARDOLPH
Proprio così, signore: si fece forte di speranze,
mangiando aria e promesse di soccorso,
illudendosi sulla grandezza delle sue forze,
più piccole in realtà della sua stima più piccina,
e così, con la fantasia eccessiva
propria dei pazzi, condusse i suoi alla morte
e a occhi chiusi si tuffò nella disfatta.

HASTINGS
Però, consentitemi, non ha mai recato danno
considerare le probabilità e le speranze.

LORD BARDOLPH
[Sì invece, se la natura di questa guerra,
dico, l'azione imminente, l'impresa in corso,
si nutre di speranza come le gemme che vediamo
a inizio di primavera, dalle quali non tanto si sperano frutti
quanto si dispera per il gelo che le ucciderà.
Se pensiamo di costruire, prima misuriamo il terreno,
poi disegniamo il progetto. Visto il modello della casa,
dobbiamo valutare il prezzo della costruzione,
e se troviamo che questo supera le possibilità,
che altro facciamo se non ridisegnare il modello
con minore ampiezza, o almeno desistiamo
del tutto dal costruire? Tanto più in questa
opera grande, quasi tirar giù un regno
e metterne su un altro, dovremmo considerare
luogo, posizione e progetto,
accordarci su fondamenta solide,
interrogare architetti, conoscere i nostri mezzi,
quanto capaci di sostenere tali lavori,
di affrontare gli ostacoli. Altrimenti]
ci facciamo forti di carte e figure,
usando i nomi degli uomini anziché gli uomini,
come uno che fa il progetto di una casa
oltre la sua capacità di realizzarla, e, a metà,
rinuncia e lascia il suo investimento inconcluso
nuda preda del pianto delle nuvole,

And waste for churlish winter's tyranny.

HASTINGS
Grant that our hopes, yet likely of fair birth,
Should be still-born, and that we now possessed
The utmost man of expectation,
I think we are a body strong enough,
Even as we are, to equal with the king.

LORD BARDOLPH
What, is the king but five-and-twenty thousand?

HASTINGS
To us no more, nay, not so much, Lord Bardolph.
For his divisions, as the times do brawl,
Are in three heads; one power against the French,
And one against Glendower, perforce a third
Must take up us. So is the unfirm king
In three divided, and his coffers sound
With hollow poverty and emptiness.

ARCHBISHOP
That he should draw his several strengths together
And come against us in full puissance
Need not to be dreaded.

HASTINGS If he should do so,
[He leaves his back unarmed, the French and Welsh]
Baying him at the heels. Never fear that.

LORD BARDOLPH
Who is it like should lead his forces hither?

HASTINGS
The Duke of Lancaster and Westmoreland.
Against the Welsh, himself and Harry Monmouth.
But who is substituted against the French,
I have no certain notice.

[ARCHBISHOP Let us on,
And publish the occasion of our arms.
The commonwealth is sick of their own choice;
Their overgreedy love hath surfeited.
An habitation giddy and unsure
Hath he that buildeth on the vulgar heart.
O thou fond many, with what loud applause

rovina su cui l'inverno rude incrudelisce.

HASTINGS

Se anche le nostre speranze di un parto fausto,
dovessero nascere morte, e ora possedessimo
fino all'ultimo degli uomini previsti,
penso che siamo un corpo abbastanza forte,
già come siamo, per tener testa al Re.

LORD BARDOLPH

Come, il Re ha solo venticinquemila uomini?

HASTINGS

Non di più per noi, Lord Bardolph, anzi, neppure tanti.
Infatti le sue truppe, in questi tempi inquieti,
hanno tre avversari: un terzo tiene testa ai francesi,
uno a Glendower, per forza un terzo
deve affrontare noi. Così il Re, infermo,
è spaccato in tre, e le sue casse risuonano
vacuamente di povertà e vuoto.

ARCIVESCOVO

Che egli unisca le sue forze disgiunte
e ci attacchi in tutta la sua potenza
non è da temere.

HASTINGS Se lo facesse

[si lascerebbe scoperte le spalle, mentre francesi e gallesi]
gli latrano alle calcagna. Niente paura.

LORD BARDOLPH

Chi dovrebbe condurre le sue forze qui?

HASTINGS

Il Duca di Lancaster e Westmoreland.
Contro i gallesi, lui stesso e Harry Monmouth.
Ma chi sia stato inviato contro i francesi
non lo so con certezza.

[ARCIVESCOVO Procediamo,

e rendiamo note le cause della nostra sollevazione.
Il popolo è disgustato del suo eletto,
il suo amore troppo ingordo ha ecceduto.
Una casa pericolante ed insicura
si fa chi costruisce sul cuore del volgo.
O folla sciocca, quali applausi scroscianti

Didst thou beat heaven with blessing Bolingbroke,
Before he was what thou wouldst have him be!
And being now trimmed in thine own desires,
Thou, beastly feeder, art so full of him
That thou provok'st thyself to cast him up.
So, so, thou common dog, didst thou disgorge
Thy glutton bosom of the royal Richard;
And now thou wouldst eat thy dead vomit up,
And howl'st to find it. What trust is in these times?
They that when Richard lived would have him die
Are now become enamoured on his grave.
Thou that threw'st dust upon his goodly head
When through proud London he came sighing on
After the admired heels of Bolingbroke
Criest now, 'O earth, yield us that king again,
And take thou this!' O thoughts of men accursed!
Past and to come seems best, things present worst.]

[MOWBRAY]
Shall we go draw our numbers and set on?

HASTINGS
We are time's subjects, and time bids be gone.

[*Exeunt*.]

levasti al cielo osannando Bolingbroke,
prima che fosse quel che volevi divenisse!
E ora che ti sei addobbata come desideravi,
bestiale divoratrice, ne sei tanto sazia
che ti stuzzichi da sola per rivomitarlo.
Proprio così, cagna volgare, ti liberasti
lo stomaco ingordo del regale Riccardo;
e ora vorresti rimangiarti il vomito morto,
e ululi nel cercarlo. Come fidarsi di questi tempi?
Coloro che, Riccardo vivo, lo volevano morto
si sono ora innamorati della sua tomba.
Tu che gettasti polvere sulla sua santa testa
quando per l'orgogliosa Londra passò gemendo
alle calcagna dell'ammirato Bolingbroke,
ora gridi: "Terra, ridacci quel re,
e prenditi questo!" Maledetti pensieri umani!
Passato e avvenire paiono migliori, il presente un male.]

[MOWBRAY]
Riuniamo le truppe e ci mettiamo in marcia?

HASTINGS
Siamo sudditi del tempo, e il tempo ordina di partire.
[*Escono.*]

Scene I

Enter Hostess of the Tavern and an Officer or two [*Fang and another, followed by Snare*].

HOSTESS Master Fang, have you entered the action?

FANG It is entered.

HOSTESS Where's your yeoman? Is't a lusty yeoman? Will 'a stand to't?

FANG [*to Officer*] Sirrah, where's Snare?

HOSTESS O Lord, ay! Good Master Snare.

SNARE Here, here.

FANG Snare, we must arrest Sir John Falstaff.

HOSTESS Yea, good Master Snare, I have entered him and all.

SNARE It may chance cost some of us our lives, for he will stab.

HOSTESS Alas the day! Take heed of him. He stabbed me in mine own house, [and that] most beastly. In good faith, he cares not what mischief he does, if his weapon be out. He will foin like any devil; he will spare neither man, woman, nor child.

FANG If I can close with him, I care not for his thrust.

HOSTESS No, nor I neither. I'll be at your elbow.

FANG An I but fist him once, an 'a come but within my vice –

HOSTESS I am undone by his going. I warrant you, he's an infinitive thing upon my score. Good Master Fang, hold him sure. Good Master Snare, let him not 'scape. 'A comes continuantly to Pie Corner – saving your manhoods – to buy a saddle; and he is indited to dinner to

Dialogo Principe - Poins - Si ricorda la malattia del padre e l'imminente eredità del regno. Bardolph e il paggio portano una lettera da parte di Falstaff e il Principe decide di andare a sorprenderlo mentre cena con una prostituta -

---

Dialogo Northumberland e consorte e nuora
Egli deve partire e la ~~moglie~~ nuora lo riprende ricordandogli che già un'altra volta lo disse e che suo ~~figlio~~ marito morì x questo - Lady North. appoggia la nuora

Trarsi d'impaccio quando arriva una chiamata x loro uomini guerrieri ma all'ultimo momento Falstaff decide di non partire senza aver prima passato la notte con Doll.

Scena IV → la + lunga
Dialogo dei tavernieri, arrivo dell'ostessa
e Doll, la prostituta - Falstaff entra cercando
pranzo x la cena e subito ha un battibecco
con lei che Quickly provvede subito a
~~ca~~ calmare → sta agendo da ruffiana e Falstaff
Arriva Pistol, alfiere di Falstaff che a sua
volta attacca briga con Doll e ne viene fuori
un'accesa discussione fra tutti quanti che
poi si placa - Il Principe e Poins assistono
agli amoreggiamenti tra Doll e Falstaff
Dialogo Principe - Falstaff, rinfaccia la rapina
a Gad's hill ma Falstaff sa prontamente

ATTO II

l'ostessa chiama due gendarmi x aiutarla a regolare il conto con Falstaff. Arriva ancora il Primo Giudice per mettere fine al litigio, dove vengono fuori le promesse fatte da Falstaff a [illegible] Quickly e si ribadisce la sua abilità nel ribaltare le carte in tavola a proprio favore infatti ottiene da lei un altro prestito.
Nel frattempo il Giudice parla con Gower del Re ignorando volutamente Falstaff che si vendica subito dopo.

ATTO II[65]

Scena I

Entrano l'ostessa della locanda e uno o due gendarmi [Fang e un altro, seguiti da Snare].[66]

OSTESSA Mastro Fang, avete registrata la mia denuncia?[67]

FANG È stata registrata.

OSTESSA Dov'è il vostro sbirro? È uno sbirro robusto? Ce la farà?

FANG [*al gendarme*] Ehi tu, dov'è Snare?

OSTESSA Giusto, perdio! Il buon mastro Snare.

SNARE Eccomi, eccomi.

FANG Snare, dobbiamo arrestare Sir John Falstaff.

OSTESSA Sì, buon mastro Snare, ho fatto la denuncia contro lui e tutto il resto.

SNARE Potrebbe anche costare la vita a qualcuno di noi, è uno che infilza.

OSTESSA Povera me! State in guardia. Mi ha infilzato nella mia stessa casa, e nel modo più bestiale. Giuro che non gli importa cosa diavolo combina, una volta sguainata l'arma. Ci dà dentro come un diavolo; non risparmia uomo, donna o bambino.

FANG Se solo gli metto le mani addosso, non mi curo delle sue infilzate.

OSTESSA No, e io nemmeno. Vi starò a gomito.

FANG Se solo riesco a dargli un pugno, se solo mi viene a tiro...

OSTESSA La sua partenza è la mia rovina.[68] Lui sul mio conto, ve lo giuro, è una cosa infinitiva.[69] Buon mastro Fang, tenetelo forte. Buon mastro Snare, non lasciate che se la svigni. Viene incontinente[70] all'Angolo del Norcino, con rispetto parlando,[71] per comperare una sella, ed è intimato

the Lubber's Head in Lumbert Street, to Master Smooth's the silkman. I pray you, since my exion is entered and my case so openly known to the world, let him be brought in to his answer. A hundred mark is a long one for a poor lone woman to bear, and I have borne, and borne, and borne, and have been fubbed off, and fubbed off, and fubbed off, from this day to that day, that it is a shame to be thought on. There is no honesty in such dealing, unless a woman should be made an ass and a beast, to bear every knave's wrong. Yonder he comes, and that arrant malmsey-nose knave, Bardolph, with him. Do your offices, do your offices. Master Fang and Master Snare, do me, do me, do me your offices.

Enter Sir John [*Falstaff*] *and Bardolph, and the Boy* [*Page*].

FALSTAFF How now! Whose mare 's dead? What's the matter?

FANG Sir John, I arrest you at the suit of Mistress Quickly.

FALSTAFF Away, varlets! Draw, Bardolph. Cut me off the villain's head. Throw the quean in the channel.

HOSTESS Throw me in the channel! I'll throw thee in the channel. Wilt thou? Wilt thou? Thou bastardly rogue! Murder, murder! Ah, thou honeysuckle villain! Wilt thou kill God's officers and the king's? Ah, thou honeyseed rogue! Thou art a honeyseed, a man-queller, and a woman-queller.

FALSTAFF Keep them off, Bardolph.

FANG A rescue! A rescue!

HOSTESS Good people, bring a rescue or two. Thou wo't, wo't thou? Thou wo't, wo't ta? Do, do, thou rogue! Do, thou hempseed!

PAGE Away, you scullion! You rampallian! You fustilarian! I'll tickle your catastrophe.

Enter Lord Chief Justice and his Men.

a cena alla Testa di Lardo in Via dei Lombardi[72] da mastro Smooth il setaiolo. Fatemi la grazia, ora che il mio procedimento è avviato e il mio caso fatto noto a tutto il mondo, che egli sia costretto a risponderne. Cento marchi è un bel po' da sopportare per una povera donna sola, e io ho sopportato e sopportato e sopportato, e sono stata turlupinata e turlupinata e turlupinata a forza di rinvii di giorno in giorno, che è una vergogna pensarci. Non c'è giustizia a trattare così, a meno che una donna non diventi un'asina o una bestia da soma per sopportare le malefatte di ogni furfante. Eccolo che arriva, insieme a quello scellerato col naso rosso di malvasia, Bardolph. Fate il vostro dovere, fate il vostro dovere. Mastro Fang e mastro Snare, fatemi, fatemi, fatemi il vostro dovere.

Entrano Sir John [Falstaff], Bardolph e il paggio.

FALSTAFF Ohibò! A chi è morta la cavallina? Cosa c'è?

FANG Sir John, vi arresto su denuncia di madama Quickly.

FALSTAFF Fuori dai piedi, schiavi! Bardolph, sfodera. Tagliami la testa a questo mascalzone. E quella megera gettala nel fosso.

OSTESSA Gettarmi nel fosso! Ti ci butto io nel fosso! È questo che vuoi, questo? Furfante bastardo! Assassinio, assassinio! Ah! disgraziato uomicida![73] Sei capace di uccidere i gendarmi di Dio e del Re? Ah, furfante uomicida! Sei un uomicida, un accoppauomini e un accoppadonne.[74]

FALSTAFF Tienili a distanza, Bardolph.

FANG Chiamate rinforzi! Rinforzi!

OSTESSA Brava gente, portate uno o due rinforzi. Vorresti, eh, vorresti? E provaci, dai, provaci! Forza, forza, disgraziato! Provaci, ceffo da forca!

PAGGIO Via, servaccia! Ruffianaccia! Grassaccia! Ti solletico la catastrofe.[75]

Entra il Primo Giudice con i suoi uomini.

CHIEF JUSTICE
What is the matter? Keep the peace here, ho!

HOSTESS Good my lord, be good to me. I beseech you, stand to me.

CHIEF JUSTICE
How now, Sir John! What are you brawling here?
Doth this become your place, your time and business?
You should have been well on your way to York.
Stand from him, fellow. Wherefore hang'st upon him?

HOSTESS O my most worshipful lord, an't please your grace, I am a poor widow of Eastcheap, and he is arrested at my suit.

CHIEF JUSTICE For what sum?

HOSTESS It is more than for some, my lord; it is for all, all I have. He hath eaten me out of house and home; he hath put all my substance into that fat belly of his. But I will have some of it out again, or I will ride thee o' nights like the mare.

FALSTAFF I think I am as like to ride the mare, if I have any vantage of ground to get up.

CHIEF JUSTICE How comes, this, Sir John? Fie! what man of good temper would endure this tempest of exclamation? Are you not ashamed to enforce a poor widow to so rough a course to come by her own?

FALSTAFF What is the gross sum that I owe thee?

HOSTESS Marry, if thou wert an honest man, thyself and the money too. Thou didst swear to me upon a parcel-gilt goblet, sitting in my Dolphin chamber, at the round table, by a sea-coal fire, upon Wednesday in Wheeson week, when the prince broke thy head for liking his father to a singing-man of Windsor, thou didst swear to me then, as I was washing thy wound, to marry me and make me my lady thy wife. Canst thou deny it? Did not goodwife Keech, the butcher's wife, come in then and call me gossip Quickly? Coming in to borrow a mess of vinegar, telling us she had a good dish of prawns, whereby thou didst desire to eat some, whereby I told thee they were ill

GIUDICE
Cosa accade? Mantenete l'ordine, oh!

OSTESSA Mio buon signore, siate buono con me. Vi supplico, datemi aiuto.

GIUDICE
Ma come, Sir John! Vi mettete qui a far rissa?
Si addice ciò alla vostra condizione, età e incarico?
Dovreste già essere da un pezzo sulla via di York.
Lascialo andare, tu. Perché gli stai addosso?

OSTESSA O monsignore onorevolissimo, se piace a vossignoria, sono una povera vedova di Eastcheap,[76] e lui è arrestato per mia denuncia.

GIUDICE Per quale somma?

OSTESSA Per più di una somma,[77] mio signore: per tutto, ecco, tutto quel che ho. Mi ha mangiato via casa e focolare, ha messo tutti i miei averi in quel suo grasso pancione. Ma un po' te lo voglio ritirare fuori, sennò verrò a cavalcarti di notte come un incubo.[78]

FALSTAFF Penso che è più probabile che sia io a cavalcare la giumenta, se trovo un rialzo per montarci sopra.

GIUDICE Come si spiega tutto questo, Sir John? Vergogna! Quale uomo dabbene resisterebbe a questa tempesta di vituperi? Non vi vergognate di costringere una povera vedova a mezzi così violenti per ottenere il suo?

FALSTAFF Quant'è che ti devo in tutto?

OSTESSA Maria Vergine, se tu fossi un uomo onesto, il denaro e anche te stesso. Mi hai giurato su un calice mezzo indorato, standotene seduto da me nella Sala del Delfino, alla tavola tonda, accanto a un fuoco di carbone marino, il mercoledì di Pentecoste, quando il Principe ti aveva rotto la testa per aver paragonato suo padre a un cantore di Windsor... mi giurasti allora, mentre ti lavavo la ferita, che mi avresti sposato e avresti fatto di me la lady tua moglie. Puoi negarlo? Non entrò forse giusto allora quella brava comare Cicciola, la moglie del macellaio, e non mi chiamò comare Quickly? Era venuta a chiedere in prestito un po' di aceto, dicendo che aveva un bel piatto di gamberetti, al che tu hai detto che ne volevi mangiare qualcuno, al che io ti ho

for a green wound? And didst thou not, when she was gone down stairs, desire me to be no more so familiarity with such poor people, saying that ere long they should call me madam? And didst thou not kiss me and bid me fetch thee thirty shillings? I put thee now to thy book-oath. Deny it, if thou canst.

FALSTAFF My lord, this is a poor mad soul, and she says up and down the town that her eldest son is like you. She hath been in good case, and the truth is, poverty hath distracted her. But for these foolish officers, I beseech you I may have redress against them.

CHIEF JUSTICE Sir John, Sir John, I am well acquainted with your manner of wrenching the true cause the false way. It is not a confident brow, nor the throng of words that come with such more than impudent sauciness from you, can thrust me from a level consideration. You have, as it appears to me, practiced upon the easy-yielding spirit of this woman, and made her serve your uses both in purse and in person.

HOSTESS Yea, in truth, my lord.

CHIEF JUSTICE Pray thee, peace. Pay her the debt you owe her and unpay the villainy you have done with her. The one you may do with sterling money, and the other with current repentance.

FALSTAFF My lord, I will not undergo this sneap without reply. You call honourable boldness impudent sauciness. If a man will make curtsy and say nothing, he is virtuous. No, my lord, my humble duty remembered, I will not be your suitor. I say to you, I do desire deliverance from these officers, being upon hasty employment in the king's affairs.

CHIEF JUSTICE You speak as having power to do wrong. But answer in the effect of your reputation, and satisfy the poor woman.

FALSTAFF Come hither, hostess.

Enter a Messenger [*Gower*].

detto che facevano male a una ferita fresca? E poi quando quella andò dabbasso non mi hai forse chiesto di non essere tanto familiarità[79] con gente così meschina, dicendo che in breve mi avrebbero chiamato signora? E non mi hai baciato e detto di portarti trenta scellini? Ti sfido a giurarlo sulla Bibbia. Negalo, se puoi.

FALSTAFF Signor mio, questa è una povera matta, e va in su e in giù per la città dicendo che il suo primogenito vi assomiglia. Ha visto tempi migliori e a dire il vero la povertà le ha dato di volta al cervello. Ma per quanto riguarda questi sciocchi gendarmi, vi chiedo soddisfazione contro di loro.

GIUDICE Ser John, ser John, conosco bene il vostro modo di capovolgere una giusta causa facendola apparire storta.[80] Non sarà una faccia tosta né un mare di parole pronunciate con sfrontatezza peggio che impudente a farmi desistere da un giudizio obiettivo. Per quanto vedo, voi vi siete approfittato dell'animo cedevole di questa donna, e ne avete fatto uso a vostro piacere sia nella borsa che nella persona.

OSTESSA Sì, mio signore, è la verità.

GIUDICE Silenzio, prego. Pagate il debito che le dovete e riprendetevi il torto che le avete fatto. La prima cosa la potete fare con denaro sonante, la seconda con un pentimento corrente.

FALSTAFF Mio signore, non subirò questa ramanzina senza rispondere. Voi chiamate l'ardimento onorevole sfrontatezza impudente. Se un uomo fa la riverenza e non dice niente è virtuoso. No, signor mio, anche tenuto conto del rispetto che vi debbo, non mi farò vostro postulante. Io vi dico che desidero essere liberato da questi gendarmi, avendo degli affari urgenti per conto del Re.[81]

GIUDICE Parlate come se aveste licenza di agire disonestamente. Ma rispondete come si conviene alla vostra reputazione, e date soddisfazione a questa povera donna.

FALSTAFF Ostessa, vieni qui.

Entra un messaggero [*Gower*].

CHIEF JUSTICE Now, Master Gower, what news?

GOWER
The king, my lord, and Harry Prince of Wales
Are near at hand. The rest the paper tells.

FALSTAFF As I am a gentleman.

HOSTESS Faith, you said so before.

FALSTAFF As I am a gentleman. Come, no more words of it.

HOSTESS By this heavenly ground I tread on, I must be fain to pawn both my plate and the tapestry of my dining-chambers.

FALSTAFF Glasses, glasses, is the only drinking. And for thy walls, a pretty slight drollery, or the story of the Prodigal, or the German hunting in water-work, is worth a thousand of these bed-hangings and these fly-bitten tapestries. Let it be ten pound, if thou canst. Come, an 'twere not for thy humours, there's not a better wench in England. Go, wash thy face, and draw the action. Come, thou must not be in this humour with me. Dost not know me? Come, come, I know thou wast set on to this.

HOSTESS Pray thee, Sir John, let it be but twenty nobles. I' faith, I am loath to pawn my plate, so God save me, la!

FALSTAFF Let it alone; I'll make other shift. You'll be a fool still.

HOSTESS Well, you shall have it, though I pawn my gown. I hope you'll come to supper. You'll pay me all together?

FALSTAFF Will I live? [*to Bardolph*] Go, with her, with her. Hook on, hook on.

HOSTESS Will you have Doll Tearsheet meet you at supper?

FALSTAFF No more words. Let's have her.

Exeunt Hostess and Sergeant [*Fang, Bardolph, and others*].

CHIEF JUSTICE I have heard better news.

FALSTAFF What's the news, my lord?

CHIEF JUSTICE Where lay the king last night?

GOWER At Basingstoke, my lord.

FALSTAFF I hope, my lord, all's well. What is the news, my lord?

GIUDICE Ordunque, messer Gower, che notizie?

GOWER
Il Re, signore, e Harry Principe di Galles
sono vicini. Il resto è scritto qui.

FALSTAFF Com'è vero che sono un gentiluomo.[82]

OSTESSA Questo l'hai già detto, giuro.

FALSTAFF Com'è vero che sono un gentiluomo. Vieni, non parliamone più.

OSTESSA Per questa terra celeste sulla quale cammino,[83] sarò costretta a dare in pegno sia la mia argenteria che gli arazzi delle sale da banchetto.

FALSTAFF Bicchieri, solo bicchieri vanno oggi per bere.[84] Quanto alle pareti, un bel quadretto buffo, o la storia del Figliol Prodigo,[85] o una scena di caccia tedesca ad acquerello,[86] valgono mille di quelle tende da letto e di quegli arazzi mangiati dalle tarme. Cerca di arrivare a dieci sterline, se puoi. Suvvia, se non fosse per i tuoi capricci, non c'è donna migliore in tutta l'Inghilterra. Vai, lavati la faccia, e ritira la denuncia.[87] Avanti, non devi tenermi il broncio a questo modo. Non mi conosci? Via, via, so che qualcuno ti ha istigato in questa faccenda.

OSTESSA Ti prego, ser John, facciamo solo venti nobili.[88] Giuro che mi manca il cuore di impegnare l'argenteria, che Dio mi salvi, ecco!

FALSTAFF Lascia perdere allora; troverò un altro modo. Sei sempre stata una stupida.[89]

OSTESSA Bene, l'avrete, dovessi pure impegnarmi la gonna. Spero verrete a cena. Mi pagherete tutto in una volta?

FALSTAFF Quant'è vero che starò in vita. [*a Bardolph*] Vai, stalle dietro, stalle dietro. Non la mollare, non la mollare.[90]

OSTESSA Volete vedere a cena Doll Tearsheet?[91]

FALSTAFF Basta così. Che venga.

Escono l'ostessa, il gendarme [*Fang, Bardolph e gli altri*].

GIUDICE Ho udito notizie migliori.[92]

FALSTAFF Che notizie, mio signore?

GIUDICE Dov'ha dormito il Re la notte scorsa?

GOWER A Basingstoke,[93] monsignore.

FALSTAFF Spero che vada tutto bene, signore. Che notizie, signore?

CHIEF JUSTICE Come all his forces back?

GOWER
No. Fifteen hundred foot, five hundred horse,
Are marched up to my lord of Lancaster,
Against Northumberland and the archbishop.

FALSTAFF
Comes the king back from Wales, my noble lord?

CHIEF JUSTICE
You shall have letters of me presently.
Come, go along with me, good Master Gower.

FALSTAFF My lord!

CHIEF JUSTICE What's the matter?

FALSTAFF Master Gower, shall I entreat you with me to dinner?

GOWER I must wait upon my good lord here, I thank you, good Sir John.

CHIEF JUSTICE Sir John, you loiter here too long, being you are to take soldiers up in counties as you go.

FALSTAFF Will you sup with me, Master Gower?

CHIEF JUSTICE What foolish master taught you these manners, Sir John?

FALSTAFF Master Gower, if they become me not, he was a fool that taught them me. This is the right fencing grace, my lord – tap for tap, and so part fair.

CHIEF JUSTICE Now the Lord lighten thee! Thou art a great fool. [*Exeunt*.]

Scene II

Enter the Prince [*Henry*], *and Poins.*

PRINCE Before God, I am exceeding weary.

POINS Is't come to that? I had thought weariness durst not have attached one of so high blood.

PRINCE Faith, it does me, though it discolours the complexion of my greatness to acknowledge it. Doth it not show vilely in me to desire small beer?

GIUDICE Sono tutte ritornate le sue forze?

GOWER
No. Millecinquecento fanti e cinquecento cavalli
si sono uniti a monsignore di Lancaster
contro Northumberland e l'Arcivescovo.

FALSTAFF
Nobile mio signore, il Re torna dal Galles?

GIUDICE
Vi darò subito delle lettere.
Venite via con me, buon messer Gower.

FALSTAFF Monsignore!

GIUDICE Cosa c'è?

FALSTAFF Messer Gower, posso invitarvi a cena con me?

GOWER Grazie, caro Sir John, ma devo andare con monsignore qui.

GIUDICE Sir John, voi indugiate qui troppo tempo, visto che lungo il viaggio dovete arruolare soldati nelle contee.

FALSTAFF Cenate con me, messer Gower?

GIUDICE Sir John, ma quale sciocco maestro vi ha insegnato queste maniere?

FALSTAFF Messer Gower, se non mi si addicono, sciocco è colui che me le ha insegnate.[94] È così che si usa a perfezione il fioretto, signor mio: colpo per colpo, e si resta amici.

GIUDICE Ma che Dio ti illumini! Sei proprio un grande sciocco. [*Escono.*]

Scena II[95]

Entrano il principe [*Henry*] *e Poins.*

PRINCIPE Come Dio mi vede, sono terribilmente stanco.

POINS Siamo a questo punto? Pensavo che la stanchezza non osasse attaccare uno di sangue così nobile.

PRINCIPE Me sì, ti giuro, anche se l'incarnato della mia grandezza impallidisce ad ammetterlo. Forse che non mi avvilisce desiderare della birra annacquata?

POINS Why, a prince should not be so loosely studied as to remember so weak a composition.

PRINCE Belike, then, my appetite was not princely got, for, by my troth, I do now remember the poor creature, small beer. But indeed these humble considerations make me out of love with my greatness. What a disgrace is it to me to remember thy name! Or to know thy face to-morrow! Or to take note how many pair of silk stockings thou hast, viz. these, and those that were thy peach-coloured once! Or to bear the inventory of thy shirts, as, one for superfluity, and another for use! But that the tennis-court-keeper knows better than I; for it is a low ebb of linen with thee when thou keepest not racket there, as thou hast not done a great while, because the rest of thy low countries have made a shift to eat up thy holland. And God knows whether those that bawl out the ruins of thy linen shall inherit his kingdom. But the midwives say the children are not in the fault, whereupon the world increases, and kindreds are mightily strengthened.

POINS How ill it follows, after you have laboured so hard, you should talk so idly! Tell me, how many good young princes would do so, their fathers being so sick as yours at this time is?

PRINCE Shall I tell thee one thing, Poins?

POINS Yes, faith, and let it be an excellent good thing.

PRINCE It shall serve among wits of no higher breeding than thine.

POINS Go to. I stand the push of your one thing that you will tell.

PRINCE Marry, I tell thee, it is not meet that I should be sad, now my father is sick. Albeit I could tell to thee, as to one it pleases me, for fault of a better, to call my friend, I could be sad, and sad indeed too.

POINS Very hardly upon such a subject.

PRINCE By this hand, thou thinkest me as far in the devil's book as thou and Falstaff for obduracy and persistency. Let the end try the man. But I tell thee, my heart bleeds

POINS Certo, un principe non dovrebbe essere così trascurato da ricordarsi di una bevanda così debole.

PRINCIPE Forse allora il mio appetito fu procreato in modo poco principesco, infatti ti assicuro che ora mi ricordo di quella poverina, la birra leggera. Ma davvero queste considerazioni umili mi fanno disamorare della mia grandezza. Che vergogna è per me ricordare il tuo nome! O riconoscere la tua faccia domani! O tenere in mente quante paia di calze di seta hai, cioè queste,[96] e quelle che erano color di pesca, un tempo! O rammentare l'inventario delle tue camicie, vale a dire una di ricambio e una da portare! Ma questo il custode del campo da tennis lo sa meglio di me, perché la tua biancheria è in fase calante quando non stai lì a scalmanarti con la racchetta,[97] come non fai da parecchio tempo, perché il resto dei tuoi paesi bassi si è dato da fare per far fuori la tua stoffa d'Olanda.[98] Dio solo sa se quelli che frignano dalle rovine della tua biancheria erediteranno il suo regno.[99] Ma le levatrici dicono che i bambini non hanno colpa, e così il mondo cresce e le famiglie sono sempre più forti.

POINS Come sta male faticare con tanta lena per poi parlare con tanta leggerezza! Ditemi,[100] quanti principini ammodo farebbero così se avessero i padri tanto ammalati com'è il vostro di questi tempi?

PRINCIPE Vuoi che ti dica una cosa, Poins?

POINS Sì, perdio, e che sia buona davvero.

PRINCIPE Sarà buona per ingegni non meglio educati del tuo.

POINS Andate avanti. Saprò tener testa a quell'una cosa che mi direte.

PRINCIPE Per la Madonna, ti dico che non è opportuno che io sia triste ora che mio padre è malato. Anche se potrei dirti, a te che in mancanza di meglio mi garba di chiamare amico, che potrei essere triste, e anche molto triste.

POINS Difficilmente, per un tale motivo.

PRINCIPE Per questa mano, tu mi vedi già scritto nel libro del diavolo quanto te e Falstaff, per durezza e pervicacia. L'uomo si giudichi dalla fine. Però ti dico, il cuore mi sanguina

inwardly that my father is so sick. And keeping such vile company as thou art hath in reason taken from me all ostentation of sorrow.

POINS The reason?

PRINCE What wouldst thou think of me if I should weep?

POINS I would think thee a most princely hypocrite.

PRINCE It would be every man's thought, and thou art a blessed fellow to think as every man thinks. Never a man's thought in the world keeps the roadway better than thine. Every man would think me an hypocrite indeed. And what accites your most worshipful thought to think so?

POINS Why, because you have been so lewd and so much engraffed to Falstaff.

PRINCE And to thee.

POINS By this light, I am well spoke on; I can hear it with mine own ears. The worst that they can say of me is that I am a second brother and that I am a proper fellow of my hands, and those two things I confess I cannot help. By the mass, here comes Bardolph.

Enter Bardolph and Boy [*Page*].

PRINCE And the boy that I gave Falstaff. 'A had him from me Christian, and look if the fat villain have not transformed him ape.

BARDOLPH God save your grace!

PRINCE And yours, most noble Bardolph!

POINS Come, you virtuous ass, you bashful fool, must you be blushing? Wherefore blush you now? What a maidenly man-at-arms are you become! Is't such a matter to get a pottle-pot's maidenhead?

PAGE 'A calls me e'en now, my lord, through a red lattice, and I could discern no part of his face from the window. At last I spied his eyes, and methought he had made two holes in the ale-wife's [new] petticoat and so peeped through.

PRINCE Has not the boy profited?

dentro che mio padre sia tanto malato. E stare con gentaglia come te mi ha tolto a ragione ogni voglia di esibire il mio dolore.

POINS La ragione?

PRINCIPE Cosa penseresti di me se mi mettessi a piangere?

POINS Vi penserei un ipocrita assolutamente principesco.

PRINCIPE Lo penserebbero tutti, e tu hai una bella fortuna a pensarla come tutti gli altri.[101] Non c'è pensiero al mondo che si tenga alla strada maestra più del tuo. Ognuno mi giudicherebbe senz'altro un ipocrita. E cos'è che spinge il tuo pensiero degnissimo a pensare così?

POINS Ma, perché siete stato sempre così scostumato, e così attaccato a Falstaff.

PRINCIPE Anche a te.

POINS Perdinci, di me si parla bene; lo sento con le mie orecchie. Il peggio che di me possano dire è che sono un fratello minore e che so menare le mani come si deve, e a queste due cose confesso che non posso farci niente. Per la messa, ecco Bardolph.

Entrano Bardolph e il paggio.

PRINCIPE E il paggio che ho dato a Falstaff. Da me lo ha avuto che era un cristiano, e guarda se quel gaglioffo di grassone non l'ha trasformato in uno scimmiotto.[102]

BARDOLPH Dio conservi vostra grazia!

PRINCIPE E la vostra, nobilissimo Bardolph!

POINS Di' un po', somaro virtuoso, pagliaccio vergognoso, devi sempre avvampare? Che hai ora da arrossire? [103] Che verginella d'un uomo d'armi sei diventato? È un'impresa tanto grossa sverginare un boccale di birra?

PAGGIO Signore, costui mi ha chiamato or ora attraverso delle imposte rosse e non vedevo nessuna parte della sua faccia nella finestra. Alla fine scovai i suoi occhi, e mi è parso che avesse fatto due buchi nella sottana nuova della birraia e che mi guardasse da lì.[104]

PRINCIPE Ha fatto progressi il ragazzino, vero?

BARDOLPH Away, you whoreson upright rabbit, away!

PAGE Away, you rascally Althaea's dream, away!

PRINCE Instruct us, boy. What dream, boy?

PAGE Marry, my lord, Althaea dreamed she was delivered of a firebrand, and therefore I call him her dream.

PRINCE A crown's worth of good interpretation. There 'tis, boy.

POINS O, that this [good] blossom could be kept from cankers! Well, there is sixpence to preserve thee.

BARDOLPH An you do not make him hanged among you, the gallows shall have wrong.

PRINCE And how doth thy master, Bardolph?

BARDOLPH Well, my lord. He heard of your grace's coming to town. There's a letter for you.

POINS Delivered with good respect. And how doth the martlemas, your master?

BARDOLPH In bodily health, sir.

POINS Marry, the immortal part needs a physician, but that moves not him. Though that be sick, it dies not.

PRINCE I do allow this wen to be as familiar with me as my dog, and he holds his place, for look you how he writes.

POINS [*reads*] 'John Falstaff, knight' – every man must know that, as oft as he has occasion to name himself. Even like those that are kin to the king, for they never prick their finger but they say, 'There's some of the king's blood spilt.' 'How comes that?' says he that takes upon him not to conceive. The answer is as ready as a borrower's cap, 'I am the king's poor cousin, sir.'

PRINCE Nay, they will be kin to us, or they will fetch it from Japhet. But the letter. [*reads*] 'Sir John Falstaff, knight, to the son of the king, nearest his father, Harry Prince of Wales, greeting.'

POINS Why, this is a certificate.

BARDOLPH Fuori dai piedi, figlio di puttana d'un coniglio ritto su due zampe, fuori dai piedi!

PAGGIO Fuori dai piedi, gaglioffo d'un sogno di Altea, fuori dai piedi!

PRINCIPE Istruiscici, ragazzo. Un sogno di che, ragazzo?

PAGGIO Per la Madonna, monsignore, Altea sognò di aver partorito una torcia, e perciò dico che lui è il suo sogno.[105]

PRINCIPE Quest'ottima spiegazione vale una corona. Eccola, ragazzo.

POINS Oh, se solo si potesse salvare questo fiorellino dai vermi! Be', ecco sei soldi per conservarti.

BARDOLPH Se fra voialtri due non lo fate finire impiccato, la forca subirà un torto.

PRINCIPE E il tuo padrone come sta, Bardolph?

BARDOLPH Bene, mio signore. Ha saputo dell'arrivo di vostra grazia in città. Eccovi una lettera.

POINS Consegnata col dovuto rispetto. E come sta quel manzo di San Martino del tuo padrone?[106]

BARDOLPH Bene nel corpo, signore.

POINS Per la Madonna, è per la parte immortale che gli serve un medico, ma questo non gli fa né caldo né freddo. Tanto l'anima per quanto malata non muore.

PRINCIPE Io permetto a questo foruncolaccio di prendersi con me le stesse confidenze del mio cane,[107] e lui sa stare al suo posto, perché sentite cosa scrive.

POINS [*legge*] "John Falstaff cavaliere" – questo tutti lo devono sapere, ogniqualvolta ha occasione di nominarsi. Proprio come quelli che sono parenti del re, che non si pungono mai un dito che non dicano: "Ecco versata una goccia del sangue del re". "Come mai?" dice un altro che recita la parte di chi non capisce. La risposta è pronta come il cappello di un postulante: "Signore, sono il cugino povero del re".

PRINCIPE Sicuro, devono essere a ogni costo nostri parenti, dovessero pure risalire a Jafet.[108] Ma la lettera. [*legge*] "Sir John Falstaff, cavaliere, al figlio del Re più prossimo al padre, Harry principe di Galles, salute".

POINS Ma questo è un certificato.

PRINCE Peace! [*reads*] 'I will imitate the honourable Romans in brevity.'

POINS He sure means brevity in breath, short-winded.

[PRINCE *reads*] 'I commend me to thee, I commend thee, and I leave thee. Be not too familiar with Poins, for he misuses thy favours so much that he swears thou art to marry his sister Nell. Repent at idle times as thou mayest, and so farewell.

'Thine, by yea and no, which is as much as to say, as thou usest him, JACK FALSTAFF with my familiars, JOHN with my brothers and sisters, and SIR JOHN with all Europe.'

POINS My lord, I'll steep this letter in sack and make him eat it.

PRINCE That's to make him eat twenty of his words. But do you use me thus, Ned? Must I marry your sister?

POINS God send the wench no worse fortune! But I never said so.

PRINCE Well, thus we play the fools with the time, and the spirits of the wise sit in the clouds and mock us. Is your master here in London?

BARDOLPH Yea, my lord.

PRINCE Where sups he? Doth the old boar feed in the old frank?

BARDOLPH At the old place, my lord, in Eastcheap.

PRINCE What company?

PAGE Ephesians, my lord, of the old church.

PRINCE Sup any women with him?

PAGE None, my lord, but old Mistress Quickly and Mistress Doll Tearsheet.

PRINCE What pagan may that be?

PAGE A proper gentlewoman, sir, and a kinswoman of my master's.

PRINCE Even such kin as the parish heifers are to the town bull. Shall we steal upon them, Ned, at supper?

POINS I am your shadow, my lord; I'll follow you.

PRINCE Sirrah, you boy, and Bardolph, no word to your

PRINCIPE Zitto! [*legge*] "Imiterò i nobili romani nella brevità".[109]

POINS Certo intende la brevità di fiato, l'affanno.

[PRINCIPE *legge*] "Mi raccomando a te, ti raccomando, ti lascio. Non dare troppa confidenza a Poins, perché egli abusa della tua benevolenza tanto da giurare che sposerai sua sorella Nell. Pentiti come puoi quando non hai di meglio da fare, e con questo addio.

"Tuo, per il sì o per il no, cioè secondo come lo tratti, JACK FALSTAFF per gli intimi, JOHN per fratelli e sorelle, e SIR JOHN per l'Europa tutta".

POINS Monsignore, questa lettera la inzupperò nel vino bianco e gliela farò ingoiare.

PRINCIPE Così gli faresti rimangiare una ventina delle sue parole. Ma è vero che mi tratti così, Ned? Devo sposare tua sorella?

POINS Dio non le mandi fortuna peggiore! Io però non l'ho mai detto.

PRINCIPE Be', così ci gingilliamo col tempo, e gli spiriti dei saggi siedono sulle nuvole e ridono di noi. Il tuo padrone è qui a Londra?

BARDOLPH Sì, mio signore.

PRINCIPE Dove cena? Il vecchio cinghiale mangia sempre nel vecchio porcile?

BARDOLPH Al solito posto, mio signore, a Eastcheap.[110]

POINS Con che compagnia?

PAGGIO Efesii, mio signore, della chiesa vecchia.[111]

PRINCIPE Ha delle donne a cena con sé?

PAGGIO Nessuna, monsignore, salvo la vecchia madama Quickly e madama Doll Tearsheet.[112]

PRINCIPE E questa che razza di baldracca sarà?

PAGGIO Una donna ammodo, signore, parente del mio padrone.

PRINCIPE Sì, parente come lo sono le giovenche della parrocchia con il toro del paese. Vogliamo sorprenderli mentre stanno a tavola, Ned?

POINS Sono la vostra ombra, signore, vi seguirò.

PRINCIPE Tu, birbantello, e tu Bardolph, non una parola al

master that I am yet come to town. There's for your silence.

BARDOLPH I have no tongue, sir.

PAGE And for mine, sir, I will govern it.

PRINCE Fare you well; go. [*Exeunt Bardolph and Page.*] This Doll Tearsheet should be some road.

POINS I warrant you, as common as the way between Saint Alban's and London.

PRINCE How might we see Falstaff bestow himself tonight in his true colours, and not ourselves be seen?

POINS Put on two leathern jerkins and aprons, and wait upon him at his table as drawers.

PRINCE From a God to a bull? A heavy descension! It was Jove's case. From a prince to a prentice? A low transformation! That shall be mine, for in everything the purpose must weigh with the folly. Follow me, Ned.

Exeunt.

Scene III

Enter Northumberland, his Wife [*Lady Northumberland*],
and the Wife to Harry Percy [*Lady Percy*].

NORTHUMBERLAND
I pray thee, loving wife, and gentle daughter,
Give even way unto my rough affairs.
Put not you on the visage of the times
And be like them to Percy troublesome.

LADY NORTHUMBERLAND
I have given over, I will speak no more.
Do what you will, your wisdom be your guide.

NORTHUMBERLAND
Alas, sweet wife, my honour is at pawn,
And, but my going, nothing can redeem it.

LADY PERCY
O yet, for God's sake, go not to these wars!

vostro padrone che sono già arrivato in città. Ecco, per il vostro silenzio.[113]

BARDOLPH Non ho lingua, signore.

PAGGIO E la mia, signore, la imbriglierò.

PRINCIPE Statemi bene; andate.

[*Escono Bardolph e il paggio.*]

Questa Doll Tearsheet dev'essere una bella strada maestra.

POINS Ve lo assicuro, aperta a tutti come la strada fra Saint Albans e Londra.[114]

PRINCIPE Cosa potrema fare stasera per vedere Falstaff comportarsi secondo la sua vera natura, senza essere visti?

POINS Possiamo metterci due giacche di cuoio e due grembiuli e servirlo a tavola come sguatteri.

PRINCIPE Da Dio a toro? Discesa pesante! Fu il caso di Giove. Da principe a principiante? Metamorfosi vile! Sarà il caso mio, perché in ogni cosa la pazzia deve corrispondere allo scopo.[115] Seguimi, Ned. *Escono.*

Scena III[116]

Entrano Northumberland, sua moglie [*Lady Northumberland*], *e la moglie di Harry Percy* [*Lady Percy*].

NORTHUMBERLAND

Ti prego, moglie amorevole, e gentile figlia,
appianate la strada alle mie difficoltà.
Non assumete il volto dei tempi
e non date come essi inquietudini a Percy.[117]

LADY NORTHUMBERLAND

Mi sono rassegnata, non dirò più nulla.
Fa' quel che vuoi, ti guidi il tuo giudizio.

NORTHUMBERLAND

Ahimè, dolce moglie, il mio onore è in pegno,
e solo partendo posso riscattarlo.

LADY PERCY[118]

Però, in nome di Dio, non andate a questa guerra!

The time was, father, that you broke your word,
When you were more endeared to it than now,
When your own Percy, when my heart's dear Harry,
Threw many a northward look to see his father
Bring up his powers, but he did long in vain.
Who then persuaded you to stay at home?
There were two honours lost, yours and your son's.
For yours, the God of heaven brighten it!
For his, it stuck upon him as the sun
In the grey vault of heaven, and by his light
Did all the chivalry of England move
To do brave acts. He was indeed the glass
Wherein the noble youth did dress themselves.
[He had no legs that practiced not his gait;
And speaking thick, which nature made his blemish,
Became the accents of the valiant,
For those that could speak low and tardily
Would turn their own perfection to abuse,
To seem like him. So that in speech, in gait,
In diet, in affections of delight,
In military rules, humours of blood,
He was the mark and glass, copy and book,
That fashioned others. And him – O wondrous him!
O miracle of men! – him did you leave,
Second to none, unseconded by you,
To look upon the hideous god of war
In disadvantage, to abide a field
Where nothing but the sound of Hotspur's name
Did seem defensible. So you left him.
Never, O never, do his ghost the wrong
To hold your honour more precise and nice
With others than with him! Let them alone.
The marshal and the archbishop are strong.
Had my sweet Harry had but half their numbers,
To-day might I, hanging on Hotspur's neck,
Have talked of Monmouth's grave.]

NORTHUMBERLAND Beshrew your heart,
Fair daughter, you do draw my spirits from me

Un'altra volta, padre, mancaste alla parola,
quando dovevate tenerla più di adesso,
quando il vostro stesso Percy, quando il mio amato Harry,
guardò molte volte a nord per vedere il padre
giungere coi rinforzi, ma vi attese invano.[119]
Chi vi persuase allora di restare a casa?
Due onori furono perduti, vostro e del figlio.
Il vostro, il Dio del cielo lo illumini!
Il suo, era fermo su di lui come il sole
nella volta azzurra del cielo, e alla sua luce
tutta la cavalleria d'Inghilterra andava
a compiere prodezze. Egli era davvero lo specchio
davanti a cui si armava la giovine nobiltà.
[Chi non gli stava al passo era senza gambe;
e il parlare impetuoso, suo difetto naturale,
diventava il modo di ogni valoroso,
poiché chi parlava piano e lentamente
mutava questa sua qualità in imperfezione
per somigliargli. Così nella parola, nel passo,
nel cibo, nei piaceri preferiti,
nelle abitudini guerriere, nel temperamento,
egli era l'esempio e specchio, testo e modello,
che foggiava gli altri. E lui, lui straordinario!
miracolo tra gli uomini! lui voi lasciaste,
secondo a nessuno, non secondato da voi,
ad affrontare il dio orrendo della guerra
svantaggiato, a scendere in campo
quando nulla se non il nome di Hotspur
pareva sostenerlo. Così lo lasciaste.
Mai, mai, non fate al suo spirito il torto
di serbare il vostro onore con più puntiglio e scrupolo
verso altri che lui! Lasciateli soli.
Il Cerimoniere e l'Arcivescovo sono forti.
Avesse avuto il mio Harry anche metà dei loro uomini,
oggi, abbracciando il mio dolce Hotspur,
parlerei della tomba di Monmouth.]

NORTHUMBERLAND Ah per l'anima tua,
bella figlia, mi togli ogni coraggio

With new lamenting ancient oversights.
But I must go and meet with danger there,
Or it will seek me in another place
And find me worse provided.

LADY NORTHUMBERLAND O, fly to Scotland,
Till that the nobles and the armèd commons
Have of their puissance made a little taste.

LADY PERCY
If they get ground and vantage of the king,
Then join you with them, like a rib of steel,
To make strength stronger. But, for all our loves,
First let them try themselves. So did your son;
He was so suffered. So came I a widow,
And never shall have length of life enough
To rain upon remembrance with mine eyes,
That it may grow and sprout as high as heaven,
For recordation to my noble husband.

NORTHUMBERLAND
Come, come, go in with me. 'Tis with my mind
As with the tide swelled up unto his height,
That makes a still-stand, running neither way.
Fain would I go to meet the archbishop,
But many thousand reasons hold me back.
I will resolve for Scotland. There am I,
Till time and vantage crave my company. *Exeunt.*

Scene IV

Enter a Drawer or two [*Francis and a second*].

FRANCIS What the devil hast thou brought there? Apple-johns? Thou knowest Sir John cannot endure an apple-john.

2. DRAWER Mass, thou sayest true. The prince once set a dish of apple-johns before him, and told him there were five more Sir Johns, and, putting off his hat, said, 'I will

lamentando di nuovo gli errori del passato.
Ma io devo andare lì e affrontare il pericolo,
altrimenti esso mi cercherà altrove
e mi troverà più impreparato.

LADY NORTHUMBERLAND Oh fuggi in Scozia,
finché i nobili e il popolo armato
abbiano un poco messo a prova la loro potenza.

LADY PERCY
Se guadagnano terreno e vantaggio sul Re,
allora unitevi a loro, come una costola di acciaio,
per rafforzare la loro forza. Ma, per tutto il nostro amore,
prima lasciate che provino. Così fece vostro figlio;
consentiste che così facesse. Così divenni vedova,
e mai avrò vita abbastanza lunga
per innaffiare coi miei occhi quel ricordo,
che germogli e cresca alto come il cielo,
a memoria del mio nobile marito.[120]

NORTHUMBERLAND
Suvvia, suvvia, venite dentro. Il mio spirito
è come la marea giunta al suo culmine,
che resta immobile, senza fluire né rifluire.
Vorrei andare a unirmi all'Arcivescovo,
ma mille e mille ragioni mi trattengono.
Deciderò per la Scozia. Starò là
finché il tempo e il vantaggio mi cercherà. *Escono.*

Scena IV[121]

Entrano uno o due tavernieri [*Francis e un altro*].

FRANCIS Che diavolo hai portato lì? Mele di San Giovanni? Lo sai che Sir John non sopporta le mele vizze.[122]

SECONDO TAVERNIERE Sacramento, è vero. Il Principe una volta gli mise davanti un piatto di mele di San Giovanni, gli disse che erano altri cinque Sir John, e, scappellandosi, par-

now take my leave of these six dry, round, old, withered knights.' It angered him to the heart. But he hath forgot that.

FRANCIS Why, then, cover, and set them down. And see if thou canst find out Sneak's noise; Mistress Tearsheet would fain hear some music.

Enter Will [a third Drawer].

WILL Dispatch. The room where they supped is too hot; they'll come in straight.

FRANCIS Sirrah, here will be the prince and Master Poins anon, and they will put on two of our jerkins and aprons, and Sir John must not know of it. Bardolph hath brought word.

2. DRAWER By the mass, here will be old Utis. It will be an excellent stratagem.

FRANCIS I'll see if I can find out Sneak. *Exit.*

Enter Mistress Quickly [the Hostess]
and Doll Tearsheet.

HOSTESS I' faith, sweetheart, methinks now you are in an excellent good temperality. Your pulsidge beats as extraordinarily as heart would desire, and your colour, I warrant you, is as red as any rose, in good truth, la! But, i' faith, you have drunk too much canaries, and that's a marvellous searching wine, and it perfumes the blood ere one can say, 'What's this?' How do you now?

DOLL Better than I was. Hem!

HOSTESS Why, that's well said. A good heart 's worth gold. Lo, here comes Sir John.

Enter Sir John [Falstaff].

FALSTAFF [*sings*] 'When Arthur first in court' – Empty the jordan. [*Exit 2. Drawer.*] – [*sings*] 'And was a worthy king.' – How now, Mistress Doll!

lò così: "Ora prenderò congedo da questi sei cavalieri rinsecchiti, panciuti, vecchi, vizzi". Lui andò su tutte le furie. Ma se n'è dimenticato.

FRANCIS Be' allora apparecchia e posale lì. E vedi se riesci a trovare l'orchestrina di Sneak; madama Tearsheet vuol sentire musica.

Entra Will [*un terzo taverniere*].

WILL Sbrigatevi. La stanza dove hanno cenato è troppo calda; arriveranno subito.

FRANCIS Bello mio, il Principe e messer Poins saranno qui a momenti, e indosseranno due delle nostre giacche e grembiuli, e Sir John non lo deve sapere. È venuto a dirmelo Bardolph.

SECONDO TAVERNIERE Per la messa, sarà la solita baldoria. Proprio una trovata eccellente.

FRANCIS Andrò a vedere se riesco a scovare Sneak. *Esce.*

Entrano madama Quickly [*l'ostessa*]
e Doll Tearsheet.

OSTESSA In verità, bellezza, mi pare che adesso hai un'ottima temperalità. Il tuo impulso batte anormale come meglio non potrebbe, e il tuo incarnato, ti garantisco, è rosso come una rosa, veramente, là. Ma, in fede mia, hai bevuto troppo vin di Canarie, che come vino è un gran traditore, e ti perfuma il sangue prima che una possa dire: "Che succede?". Adesso come ti senti?

DOLL Meglio di prima, hic!

OSTESSA Brava, ecco che dici bene. Un buon cuore vale il suo peso in oro. Guarda, arriva Sir John.

Entra Sir John [*Falstaff*].

FALSTAFF [*canta*] "Quando Arturo il primo a corte..."[123] Vuota il pitale. [*Esce il secondo taverniere.*] – [*canta*] "Ed era un degno re". Come va, madama Doll!

HOSTESS Sick of a calm, yea, good faith.

FALSTAFF So is all her sect. An they be once in a calm, they are sick.

DOLL A pox damn you, you muddy rascal, is that all the comfort you give me?

FALSTAFF You make fat rascals, Mistress Doll.

DOLL I make them! Gluttony and diseases make [them]; I make them not.

FALSTAFF If the cook help to make the gluttony, you help to make the diseases, Doll. We catch of you, Doll, we catch of you. Grant that, my poor virtue, grant that.

DOLL Yea, joy, our chains and our jewels.

FALSTAFF 'Your brooches, pearls, and ouches.' For to serve bravely is to come halting off, you know. To come off the breach with his pike bent bravely, and to surgery bravely; to venture upon the charged chambers bravely –

DOLL Hang yourself, you muddy conger, hang yourself!

HOSTESS By my troth, this is the old fashion. You two never meet but you fall to some discord. You are both, i' good truth, as rheumatic as two dry toasts; you cannot one bear with another's confirmities. What the good-year! One must bear, and that must be you [*to Doll*]. You are the weaker vessel, as they say, the emptier vessel.

DOLL Can a weak empty vessel bear such a huge full hogshead? There's a whole merchant's venture of Bordeaux stuff in him; you have not seen a hulk better stuffed in the hold. Come, I'll be friends with thee, Jack. Thou art going to the wars, and whether I shall ever see thee again or no, there is nobody cares.

Enter Drawer [*Francis*].

FRANCIS Sir, Ancient Pistol 's below and would speak with you.

DOLL Hang him, swaggering rascal! Let him not come hither. It is the foul-mouthed'st rogue in England.

HOSTESS If he swagger, let him not come here. No, by my

OSTESSA Ha un po' di pausa di stomaco, in fede mia.[124]

FALSTAFF Tutte così quelle della sua setta. Ogni volta che fanno una pausa, stanno male.

DOLL Che tu possa restare impestato, lurida bestia, è tutta qui la consolazione che mi dai?

FALSTAFF Sei tu che gonfi le bestie, madama Doll.

DOLL Io gonfiarle! L'ingordigia e le malattie le gonfiano, non io.[125]

FALSTAFF Se il cuoco aiuta a fare l'ingordigia, tu aiuti a fare le malattie, Doll. Le prendiamo da te, Doll, le prendiamo da te. Ammettilo, mia povera santarellina, ammettilo.

DOLL Ma sicuro, tesoro mio: le nostre collane e i nostri gioielli.

FALSTAFF "Le vostre spille perle e carbonchi".[126] Perché combattere valorosamente significa tornarsene zoppi, lo sai. Tornarsene dalla breccia con l'alabarda piegata, valorosamente, e correre dal chirurgo valorosamente, sfidare i cannoni carichi, valorosamente...

DOLL Ma vatti a impiccare, capitone melmoso, vatti a impiccare!

OSTESSA Perdiana, i vecchi modi di sempre! Mai che voi due vi vediate e non cominciate a battibeccare. In fede mia, siete tutti e due reumatici come crostini secchi;[127] non sapete sopportare l'uno le confermità dell'altro. Ma che diavolo! Uno deve sopportare, e spetta a te [*a Doll*]. Sei tu il vaso più fragile, come dicono, il vaso più vuoto.[128]

DOLL E un vaso fragile e vuoto dovrebbe sopportare un barilone grosso e pieno così? C'è in lui tutto un carico di Bordeaux; non si è mai visto uno scafo con la stiva più colma. Suvvia, Jack, voglio far la pace con te. Stai partendo per la guerra, e se ti rivedo o no non importa a nessuno.

Entra taverniere [*Francis*].

FRANCIS Signore, c'è giù l'alfiere Pistol e vorrebbe parlarvi.

DOLL Vada sulla forca, maledetto spaccone![129] Non lasciarlo entrare. È la canaglia con la bocca più sconcia d'Inghilterra.

OSTESSA Se fa lo spaccone, non farlo salire. No, per la mia

faith. I must live among my neighbours, I'll no swaggerers. I am in good name and fame with the very best. Shut the door, there comes no swaggerers here. I have not lived all this while to have swaggering now. Shut the door, I pray you.

FALSTAFF Dost thou hear, hostess?

HOSTESS Pray ye, pacify yourself, Sir John. There comes no swaggerers here.

FALSTAFF Dost thou hear? It is mine ancient.

HOSTESS Tilly-fally, Sir John, ne'er tell me: and your ancient swaggerer comes not in my doors. I was before Master Tisick, the debuty, t' other day, and, as he said to me, 'twas no longer ago than Wednesday last, 'I' good faith, neighbour Quickly,' says he – Master Dumbe, our minister, was by then – 'neighbour Quickly,' says he, 'receive those that are civil, for,' said he, 'you are in an ill name.' Now 'a said so, I can tell whereupon. 'For,' says he, 'you are an honest woman, and well thought on; therefore take heed what guests you receive. Receive,' says he, 'no swaggering companions.' There comes none here. You would bless you to hear what he said. No, I'll no swaggerers.

FALSTAFF He's no swaggerer, hostess; a tame cheater, i' faith; you may stroke him as gently as a puppy greyhound. He'll not swagger with a Barbary hen, if her feathers turn back in any show of resistance. Call him up, drawer. [*Exit Francis.*]

HOSTESS Cheater, call you him? I will bar no honest man my house, nor no cheater. But I do not love swaggering, by my troth; I am the worse when one says swagger. Feel, masters, how I shake, look you, I warrant you.

DOLL So you do, hostess.

HOSTESS Do I? Yea, in very truth, do I, an 'twere an aspen leaf. I cannot abide swaggerers.

Enter Ancient Pistol, [*Bardolph,*] *and Bardolph's Boy* [*Page*].

fede. Devo vivere coi miei vicini, non voglio spacconi. Ho buon nome e buona fama con la gente più distinta. Chiudi la porta, spacconi qui non entrano. Non ho vissuto finora per cominciare adesso a sopportare le spacconate. Chiudi la porta, ti dico.

FALSTAFF Mi senti, ostessa?

OSTESSA Vi prego, Sir John, mettetevi il cuore in pace. Qui spacconi non ne entrano.

FALSTAFF Mi senti? È il mio alfiere.

OSTESSA Sciocchezze, Sir John, non ditemi niente, e il vostro alfiere spaccone non entra dalla mia porta. Ero da messer Tisick, il debutato, l'altro giorno, e, come lui mi disse – non era più lontano di mercoledì scorso – "In fede mia", mi disse, "vicina Quickly", – era presente anche messer Dumbe, il vostro vicario –, "vicina Quickly", dice, "badate ad ospitare gente civile, perché", dice lui, "avete cattiva fama". Proprio così ha detto, so io la causa. "Infatti siete una donna onesta", mi dice, "e ben considerata; perciò fate attenzione ai clienti che ricevete. Non ricevete", dice, "degli spacconi litigiosi". Ecco, qui non ne vengono. Ci sareste rimasti di stucco a sentire ciò che ha detto. No, spacconi non ne voglio.

FALSTAFF Non è uno spaccone, ostessa; un piccolo imbroglione, in fede; potete accarezzarlo tranquillamente come un cucciolo di levriero. Non farà lo spaccone con una gallina faraona, se le piume le si rizzano come segno che non ci sta. Fallo salire, taverniere. [*Esce Francis.*]

OSTESSA Imbroglione, lo chiami? La mia taverna non la chiuderò a nessun onest'uomo, né a nessun imbroglione. Ma non mi piacciono le spacconate, per la mia anima; già mi sento male a sentir dire "spaccone". Sentite, signori, come tremo, ecco, ve lo dico io.

DOLL Tremate davvero, ostessa.

OSTESSA Vedete? Sì, è la pura verità, tremo, come una foglia di pioppo. Io non li reggo gli spacconi.

Entrano l'alfiere Pistol, [*Bardolph,*] *e il paggio.*

PISTOL God save you, Sir John!

FALSTAFF Welcome, Ancient Pistol. Here, Pistol, I charge you with a cup of sack. Do you discharge upon mine hostess.

PISTOL I will discharge upon her, Sir John, with two bullets.

FALSTAFF She is pistol-proof, sir; you shall not hardly offend her.

HOSTESS Come, I'll drink no proofs nor no bullets. I'll drink no more than will do me good, for no man's pleasure, I.

PISTOL Then to you, Mistress Dorothy; I will charge you.

DOLL Charge me! I scorn you, scurvy companion. What! You poor, base, rascally, cheating, lack-linen mate! Away, you mouldy rogue, away! I am meat for your master.

PISTOL I know you, Mistress Dorothy.

DOLL Away, you cut-purse rascal! You filthy bung, away! By this wine, I'll thrust my knife in your mouldy chaps, an you play the saucy cuttle with me. Away, you bottle-ale rascal! You basket-hilt stale juggler, you! Since when, I pray you, sir? God's light, with two points on your shoulder? Much!

PISTOL God let me not live but I will murder your ruff for this.

FALSTAFF No more, Pistol; I would not have you go off here. Discharge yourself of our company, Pistol.

HOSTESS No, good Captain Pistol, not here, sweet captain.

DOLL Captain! Thou abominable damned cheater, art thou not ashamed to be called captain? An captains were of my mind, they would truncheon you out for taking their names upon you before you have earned them. You a captain! You slave, for what? For tearing a poor whore's ruff in a bawdy-house? He a captain! Hang him, rogue! He lives upon mouldy stewed prunes and dried cakes. A captain! God's light, these villains will make the word as odious as the word 'occupy', which was an

PISTOL Dio vi salvi, Sir John!

FALSTAFF Benvenuto, alfiere Pistol. Ecco, Pistol, ti carico con una coppa di vino. Tu scarica sull'ostessa.

PISTOL Le scaricherò addosso, Sir John, le due palle.

FALSTAFF È a prova di pistola, vecchio mio; sarà difficile che le faccia del male.

OSTESSA Ma va', non mi bevo né prove né palle. Non mi bevo più di quel che mi fa bene, io, piaccia o no a qualcun altro.

PISTOL A voi dunque, madama Dorothy; vi voglio caricare.

DOLL Caricarmi! Ti disprezzo, sporco mascalzone. Come! Miserabile canaglia schifosa, imbroglione scamiciato. Ma vai via, furfante ammuffito, vai via! Io sono pietanza per il tuo padrone.

PISTOL Vi conosco, madama Dorothy.

DOLL Via, furfante tagliaborse! Ladro fetente, via! Per questo vino, ti infilo il mio coltello nelle mascelle marce, se fai il tagliagole impertinente con me. Fuori dai piedi, canaglia piena di birra! Noioso buffone da fiera con la spada fasulla! Da quando, sentiamo, signore? Luce di Dio, con quelle due stringhe sopra le spalle? Puh!

PISTOL Dio mi faccia crepare se non ti distruggo quel collettone per ciò che hai detto.

FALSTAFF Basta così, Pistol; non mi va che ti scarichi proprio qui. Scaricati dalla nostra compagnia, Pistol.

OSTESSA No, caro capitano Pistol, qui no, buon capitano.[130]

DOLL Capitano! Dannato imbroglione schifoso, non ti vergogni di farti chiamare capitano? Se i capitani la pensassero come me, te le suonerebbero di santa ragione perché gli rubi il grado prima di essertelo guadagnato. Tu capitano! Schiavo che sei, a che titolo? Per aver strappato il colletto a una povera puttana in un bordello? Capitano! Impiccatelo, mascalzone! Vive di prugne cotte marce e di dolciumi secchi. Un capitano! Luce di Dio, queste canaglie ci faranno odiare la parola "capitano" come la parola "coprire",[131] che

excellent good word before it was ill sorted. Therefore captains had need look to't.

BARDOLPH Pray thee, go down, good ancient.

FALSTAFF Hark thee hither, Mistress Doll.

PISTOL Not I. I tell thee what, Corporal Bardolph, I could tear her. I'll be revenged of her.

PAGE Pray thee, go down.

PISTOL I'll see her damned first, to Pluto's damned lake, by this hand, to the infernal deep, with Erebus and tortures vile also. Hold hook and line, say I. Down, down, dogs! Down, faitors! Have we not Hiren here?

HOSTESS Good Captain Peesel, be quiet; 'tis very late, i' faith. I beseek you now, aggravate your choler.

PISTOL

These be good humours, indeed! Shall pack-horses
And hollow pampered jades of Asia,
Which cannot go but thirthy mile a-day,
Compare with Caesars, and with Cannibals,
And Trojan Greeks? Nay, rather damn them with
King Cerberus, and let the welkin roar.
Shall we fall foul for toys?

HOSTESS By my troth, captain, these are very bitter words.

BARDOLPH Be gone, good ancient. This will grow to a brawl anon.

PISTOL [Die] men like dogs! Give crowns like pins! Have we not Hiren here?

HOSTESS O' my word, captain, there's none such here. What the good-year! Do you think I would deny her? For God's sake, be quiet.

PISTOL

Then feed, and be fat, my fair Calipolis.
Come, give's some sack.
'Si fortune me tormente, sperato me contento.'
Fear we broadsides? No, let the fiend give fire.
Give me some sack. And, sweetheart, lie thou there.
[*Lays down his sword.*]
Come we to full points here, and are etceteras nothings?

FALSTAFF Pistol, I would be quiet.

era un'ottima parola prima di essere usata male. Perciò i capitani dovrebbero stare in guardia.

BARDOLPH Ti prego, torna giù, buon alfiere.

FALSTAFF Senti qua, madama Doll.

PISTOL No, non esco. Ti dico una cosa, caporale Bardolph, potrei farla a pezzi. Gliela farò pagare.

PAGGIO Suvvia, vattene.

PISTOL No, prima la vedrò dannata nell'infernale lago di Plutone, spedita da questa mano nel fondo dell'inferno, con l'Erebo e ogni infame tortura. Amo e lenza, dico. Giù, cani, giù! Giù, canaglie! Non havvi forse qui Irene?[132]

OSTESSA Buon capitan Pisello, calmatevi; è molto tardi, veramente. Vi congiuro, aggravate la vostra collera.[133]

PISTOL

Begli umori davvero! I cavalli da soma
e i ronzini bolsi e satolli dell'Asia
che non san fare che trenta miglia al giorno,[134]
saranno paragonati ai Cesari e ai Cannibali,[135]
e ai troiani greci? No, piuttosto dannateli
con re Cerbero, e ruggisca il firmamento!
Forse che per quisquilie ci azzufferemo?

OSTESSA In fede mia, capitano, queste sono parole molto dure.

BARDOLPH Vattene, buon alfiere. Qui da un momento all'altro finisce in una rissa.

PISTOL Muoiano gli uomini come cani! Donate corone come spilli! Non havvi forse qui Irene?

OSTESSA Parola mia, capitano, qui non c'è nessuna con questo nome. Alla buon'ora! Credete che ve la negherei se ci fosse? Per l'amor di Dio, state quieto.

PISTOL

Nutriti dunque e ingrassa, Callipoli mia bella.[136]
Suvvia, dateci del vino.
"Se fortuna me tormenta, sperare me contenta".[137]
Forse temiam le bordate? No, faccia pur fuoco il diavolo.
Del vino! E tu riposa lì, bellezza. [*Depone la spada.*]
Qui facciam punto, e son gli eccetera zeri?[138]

FALSTAFF Pistol, vorrei star quieto.

PISTOL Sweet knight, I kiss thy neif. What! We have seen the seven stars.

DOLL For God's sake, thrust him down stairs. I cannot endure such a fustian rascal.

PISTOL Thrust him down stairs! Know we not Galloway nags?

FALSTAFF Quoit him down, Bardolph, like a shove-groat shilling. Nay, an 'a do nothing but speak nothing, 'a shall be nothing here.

BARDOLPH Come, get you down stairs.

PISTOL [*Snatches up his sword.*]
What! shall we have incision? Shall we imbrue?
Then death rock me asleep, abridge my doleful days!
Why, then, let grievous, ghastly, gaping wounds
Untwine the Sisters Three! Come, Atropos, I say!

HOSTESS Here's goodly stuff toward!

FALSTAFF Give me my rapier, boy.

DOLL I pray thee, Jack, I pray thee, do not draw.

FALSTAFF Get you down stairs.

[*Draws, and drives Pistol out.*]

HOSTESS Here's a goodly tumult! I'll forswear keeping house afore I'll be in these tirrits and frights. So, murder, I warrant now. Alas, alas! Put up your naked weapons, put up your naked weapons.

[*Exeunt Pistol and Bardolph.*]

DOLL I pray thee, Jack, be quiet; the rascal 's gone. Ah, you whoreson little valiant villain, you!

HOSTESS Are you not hurt i' the groin? Methought 'a made a shrewd thrust at your belly.

[*Enter Bardolph.*]

FALSTAFF Have you turned him out o' doors?

BARDOLPH Yea, sir. The rascal 's drunk. You have hurt him, sir, i' the shoulder.

FALSTAFF A rascal! to brave me!

DOLL Ah, you sweet little rogue, you! Alas, poor ape, how thou sweatest! Come, let me wipe thy face; come on,

PISTOL Dolce cavaliere, vi bacio il pugno. E che! Abbiamo visto le sette stelle.[139]

DOLL Per amor di Dio, buttalo giù per le scale. Un fanfarone così non lo sopporto.

PISTOL Giù per le scale! E che, non le conosciamo le cavallacce di Galloway?[140]

FALSTAFF Fallo rotolare giù, Bardolph, come uno scellino a rimbalzello. Se non sa far nient'altro che dir niente, qui non ha niente da fare.

BARDOLPH Avanti, giù per le scale.

PISTOL [*Sguaina la spada.*]
Ohibò! Dobbiamo incidere? Dobbiamo cavar sangue?
Morte, conciliami il sonno, accorcia i tristi miei giorni!
Apran le Tre Sorelle spaventose ferite
atroci, spalancate! Vieni, Atropo, dico![141]

OSTESSA Questo ci farà finir male!

FALSTAFF La mia spada, ragazzo.

DOLL Ti prego, Jack, ti prego, non sguainare.

FALSTAFF Avanti, vattene giù.

[*Sguaina la spada e caccia Pistol.*]

OSTESSA Questa sì ch'è una baraonda! Rinuncerò a tenere una locanda piuttosto che trovarmi ancora in simili tremori e spaventi. Ecco,[142] ci scappa il morto, ve lo dico io. Ahi! Ahi! Rinfoderate i vostri arnesi nudi, rinfoderate i vostri arnesi nudi.[143] [*Escono Pistol e Bardolph.*]

DOLL Ti prego, Jack, calmati; quella canaglia non c'è più. Ah, bastardo d'un bricconcello valoroso, tu!

OSTESSA Non siete ferito all'inguine? Mi è parso che tentasse un tiro mancino alla vostra pancia.

[*Entra Bardolph.*]

FALSTAFF L'hai cacciato fuori dalla porta?

BARDOLPH Sissignore. Quel mascalzone è ubriaco. L'avete ferito, signore, alla spalla.

FALSTAFF Mascalzone! Sfidare me!

DOLL Ah mia dolce canaglietta! Ahimè, povera scimmietta, quanto sudi! Vieni, lascia che ti asciughi la faccia; vieni,

you whoreson chops. Ah, rogue! i' faith, I love thee. Thou art as valourous as Hector of Troy, worth five of Agamemnon, and ten times better than the Nine Worthies. Ah, villain!

FALSTAFF A rascally slave! I will toss the rogue in a blanket.

DOLL Do, an thou darest for thy heart. An thou dost, I'll canvass thee between a pair of sheets.

Enter Music.

PAGE The music is come, sir.

FALSTAFF Let them play. Play, sirs. Sit on my knee, Doll. A rascal bragging slave! The rogue fled from me like quicksilver.

DOLL I' faith, and thou followedst him like a church. Thou whoreson little tidy Bartholomew boar-pig, when wilt thou leave fighting o' days and foining o' nights, and begin to patch thine old body for heaven?

Enter [*behind*] *Prince* [*Henry*] *and Poins* [*disguised*].

FALSTAFF Peace, good Doll! Do not speak like a death's-head. Do not bid me remember mine end.

DOLL Sirrah, what humour 's the prince of?

FALSTAFF A good shallow young fellow. 'A would have made a good pantler, a would ha' chipped bread well.

DOLL They say Poins has a good wit.

FALSTAFF He a good wit? Hang him, baboon! His wit 's as thick as Tewkesbury mustard. There's no more conceit in him than is in a mallet.

DOLL Why does the prince love him so, then?

FALSTAFF Because their legs are both of a bigness, and 'a plays at quoits well, and eats conger and fennel, and drinks off candles' ends for flap-dragons, and rides the

pappagorgia figlio di puttana. Ah briccone, in fede mia ti voglio bene. Sei valoroso come Ettore di Troia, vali cinque Agamennoni, sei dieci volte meglio dei Nove Prodi.[144] Ah, farabutto!

FALSTAFF Miserabile schiavo! Lo farò ballare su una coperta, quel mascalzone.

DOLL Sì, fallo, ché il cuore non ti manca. Se lo fai, io ti farò ballare fra due lenzuola.

Entrano i musicisti.

PAGGIO Signore, è arrivata la musica.

FALSTAFF Che suonino. Suonate, messeri. Siedi qua sulle mie ginocchia, Doll. Uno schiavo miserabile e fanfarone! Quel mascalzone è scappato davanti a me come argento vivo.

DOLL Verissimo perdio, e tu gli correvi dietro come una chiesa.[145] Figlio di puttana di un lindo cinghialetto da fiera di San Bartolomeo,[146] quando la smetterai di dar botte di giorno e menar colpi di notte, e comincerai a rattoppare per il cielo questa tua vecchia carcassa?

Entrano [dietro] il Principe [Henry] e Poins [travestiti da tavernieri].

FALSTAFF Zitta, buona Doll! Non parlare come una testa di morto. Non dirmi di ricordare la mia fine.

DOLL Senti un po', che tipo è il Principe?

FALSTAFF Un bravo giovanotto, senza carattere. Avrebbe fatto un buon dispensiere, avrebbe affettato bene il pane.

DOLL Dicono che Poins è un tipo spiritoso.

FALSTAFF Lui spiritoso? Sulla forca, babbuino! Il suo spirito è denso come la mostarda di Tewkesbury.[147] In lui non c'è più spirito che in una mazzuola.

DOLL Allora perché il Principe gli vuole tanto bene?

FALSTAFF Perché hanno le gambe grosse allo stesso modo, e perché gioca bene agli anelli, e mangia le anguille col finocchio, e si beve l'acquavite con dentro degli stoppini ac-

wild-mare with the boys, and jumps upon joined-stools, and swears with a good grace, and wears his boots very smooth, like unto the sign of the leg, and breeds no bate with telling of discreet stories; and such other gambol faculties 'a has, that show a weak mind and an able body, for the which the prince admits him. For the prince himself is such another; the weight of a hair will turn the scales between their avoirdupois.

PRINCE Would not this nave of a wheel have his ears cut off?

POINS Let's beat him before his whore.

PRINCE Look, whether the withered elder hath not his poll clawed like a parrot.

POINS Is it not strange that desire should so many years outlive performance?

FALSTAFF Kiss me, Doll.

PRINCE Saturn and Venus this year in conjunction! What says the almanac to that?

POINS And look whether the fiery Trigon, his man, be not lisping to his master's old tables, his note-book, his counsel-keeper.

FALSTAFF Thou dost give me flattering busses.

DOLL By my troth, I kiss thee with a most constant heart.

FALSTAFF I am old, I am old.

DOLL I love thee better than I love e'er a scurvy young boy of them all.

FALSTAFF What stuff wilt have a kirtle of? I shall receive money o' Thursday. Shalt have a cap to-morrow. A merry song, come. It grows late; we'll to bed. Thou'lt forget me when I am gone.

DOLL By my troth, thou'lt set me a-weeping, an thou sayest so. Prove that ever I dress myself handsome till thy return. Well, hearken a' th' end.

FALSTAFF Some sack, Francis.

PRINCE, POINS Anon, anon, sir.

[*Come forward.*]

FALSTAFF Ha! a bastard son of the king's? And art not

cesi,[148] e corre la cavallina coi ragazzi,[149] e salta sui panchetti, e bestemmia con bella grazia, e porta stivali attillati come nell'insegna dei calzolai, e non fa arrabbiare nessuno perché racconta storielle discrete, e ha tante altre qualità da giocherellone, che mostrano mente fiacca in corpo sano, e per questo il Principe lo sopporta. Perché il Principe è anche lui della stessa pasta, basterebbe il peso di un capello a far pencolare la bilancia dalla parte dell'uno o dell'altro.

PRINCIPE A questo mozzo di ruota non gli si dovrebbero tagliare le orecchie?[150]

POINS Suoniamogliele davanti alla sua puttana.

PRINCIPE Ma guarda un po' quanto gode questo sambuco vizzo a farsi grattare la capoccia come un pappagallo.[151]

POINS Non è strano che il desiderio sopravviva tanti anni alle prestazioni?

FALSTAFF Baciami, Doll.

PRINCIPE Saturno e Venere in congiunzione quest'anno![152] L'almanacco cosa ne dice?

POINS E guarda se quell'infuocato Trigono[153] del suo servo non fa il cascamorto con il vecchio libro d'appuntamenti del suo padrone,[154] la sua lavagnetta, la sua confidente.

FALSTAFF Sono baci adulatori quelli che mi dai.

DOLL In fede mia, ti bacio perché ti ho sempre voluto bene.

FALSTAFF Son vecchio, son vecchio.

DOLL A te voglio bene più che a uno qualsiasi di quei ragazzacci scorbutici.

FALSTAFF Di che stoffa vorresti farti una gonna? Deve arrivarmi del denaro giovedì. Domani avrai una cuffietta. Suvvia, una canzone allegra. Si fa tardi, ce ne andremo a letto. Ti dimenticherai di me quando sarò partito.

DOLL In fede mia, mi fai piangere, se parli così. Dimostrami che mi faccio elegante prima del tuo ritorno. Be', aspetta e vedrai.

FALSTAFF Francis, porta del vino.

PRINCIPE, POINS Subito, subito, signore.[155]

[*Vengono avanti.*]

FALSTAFF Però! Un figlio bastardo del Re? E tu non sei

thou Poins his brother?

PRINCE Why, thou globe of sinful continents, what a life dost thou lead!

FALSTAFF A better than thou. I am a gentleman, thou art a drawer.

PRINCE Very true, sir, and I come to draw you out by the ears.

HOSTESS O, the Lord preserve thy good grace! By my troth, welcome to London. Now, the Lord bless that sweet face of thine! O Jesu, are you come from Wales?

FALSTAFF Thou whoreson mad compound of majesty, by this light flesh and corrupt blood, thou art welcome.

DOLL How, you fat fool! I scorn you.

POINS My lord, he will drive you out of your revenge and turn all to a merriment, if you take not the heat.

PRINCE You whoreson candle-mine you, how vilely did you speak of me [even] now before this honest, virtuous, civil gentlewoman!

HOSTESS God's blessing of your good heart! And so she is, by my troth.

FALSTAFF Didst thou hear me?

PRINCE Yea, and you knew me, as you did when you ran away by Gad's Hill. You knew I was at your back, and spoke it on purpose to try my patience.

FALSTAFF No, no, no; not so. I did not think thou wast within hearing.

PRINCE I shall drive you then to confess the willful abuse, and then I know how to handle you.

FALSTAFF No abuse, Hal, o' mine honour, no abuse.

PRINCE Not to dispraise me and call me pantler and bread-chipper and I know not what?

FALSTAFF No abuse, Hal.

POINS No abuse?

FALSTAFF No abuse, Ned, i' the world, Honest Ned, none. I dispraised him before the wicked, that the wicked might not fall in love with thee. In which doing, I have done the part of a careful friend and a true subject, and

Poins, suo fratello?

PRINCIPE Guarda un po', globo di continenti peccaminosi, è questa la vita che fai?

FALSTAFF Migliore della tua. Io sono un gentiluomo, tu un cavabirra.

PRINCIPE Verissimo, signore, e vengo a cavarti di qui per le orecchie.

OSTESSA Oh, Dio s'abbia in cura la tua grazia! In fede mia, benvenuti a Londra. Orbene, Dio benedica quella tua cara faccia! O Gesù, venite dal Galles?

FALSTAFF Figlio di puttana, miscuglio matto di maestà, giuro su questa carne frivola e sangue corrotto, sei il benvenuto.

DOLL Ma che dici, grasso babbeo! Ti disprezzo.

POINS Mio signore, smonterà i vostri propositi di vendetta e volterà tutto in riso se non fate le cose a caldo.

PRINCIPE Miniera di strutto d'un figlio di puttana, in che modo sconcio hai parlato di me or ora davanti a questa gentildonna onesta, virtuosa e discreta!

OSTESSA Dio benedica il vostro buon cuore! Lei è proprio così, in fede mia.

FALSTAFF Perché, mi hai sentito?

PRINCIPE Sicuro, e tu mi avevi riconosciuto, come hai fatto quando scappasti a Gad's Hill.[156] Sapevi che ero alle tue spalle, e l'hai detto apposta per mettere alla prova la mia pazienza.

FALSTAFF No, no, no; non è così. Non pensavo che tu fossi a portata d'orecchio.

PRINCIPE Allora ti costringerò a confessare di avermi insultato intenzionalmente e poi saprò come trattarti.

FALSTAFF Nessun insulto, Hal, sul mio onore, nessun insulto.

PRINCIPE Non lo è denigrarmi, e darmi del dispensiere e affettapane e non so che altro?

FALSTAFF Nessun insulto, Hal.

POINS Nessun insulto?

FALSTAFF Nessun insulto, assolutamente, Ned. Onesto Ned, proprio nessuno. Lo ho sminuito davanti ai malvagi, affinché i malvagi non si invaghiscano di te. Nel far la qual cosa ho recitato la parte di un amico premuroso e di un suddito

thy father is to give me thanks for it. No abuse, Hal. None, Ned, none. No, faith, boys, none.

PRINCE See now, whether pure fear and entire cowardice doth not make thee wrong this virtuous gentlewoman to close with us. Is she of the wicked? Is thine hostess here of the wicked? Or is thy boy of the wicked? Or honest Bardolph, whose zeal burns in his nose, of the wicked?

POINS Answer, thou dead elm, answer.

FALSTAFF The fiend hath pricked down Bardolph irrecoverable, and his face is Lucifer's privy-kitchen, where he doth nothing but roast malt-worms. For the boy, there is a good angel about him, but the devil blinds him too.

PRINCE For the women?

FALSTAFF For one of them, she is in hell already, and burns poor souls. For the other, I owe her money, and whether she be damned for that, I know not.

HOSTESS No, I warrant you.

FALSTAFF No, I think thou art not. I think thou art quit for that. Marry, there is another indictment upon thee, for suffering flesh to be eaten in thy house, contrary to the law, for the which I think thou wilt howl.

HOSTESS All victuallers do so. What's a joint of mutton or two in a whole Lent?

PRINCE You, gentlewoman –

DOLL What says your grace?

FALSTAFF His grace says that which his flesh rebels against.

Peto knocks at door.

HOSTESS Who knocks so loud at door? Look to the door there, Francis.

[*Enter Peto.*]

PRINCE
Peto, how now! What news?

PETO
The king your father is at Westminster,

fedele, e tuo padre me ne deve rendere grazie. Nessun insulto, Hal. Nessuno, Ned, nessuno. No, in fede, ragazzi, nessuno.

PRINCIPE Guarda un po' se la paura più schietta e la vigliaccheria più completa non ti portano a far torto a questa gentildonna virtuosa per rabbonirci. Perché, lei sarebbe fra i malvagi? E la tua ostessa qui sarebbe fra i malvagi? E questo tuo ragazzo è fra i malvagi? E l'onesto Bardolph, il cui zelo gli arde nel naso, è fra i malvagi?

POINS Rispondi, ceppo secco di olmo,[157] rispondi.

FALSTAFF Il diavolo ha segnato Bardolph irrevocabilmente, e la sua faccia è la cucina privata di Lucifero, dove non fa altro che arrostire gli avvinazzati. Quanto al ragazzo, c'è un angelo buono che gli sta accanto, ma il diavolo acceca anche lui.

PRINCIPE E le donne?

FALSTAFF Una è già all'inferno, e brucia le povere anime. All'altra io devo dei soldi, e se si danna per questo non so.

OSTESSA No di certo, ve lo posso garantire.

FALSTAFF No, penso che non ti dannerai. Da quel peccato sei assolta. Ma per la Madonna, c'è un'altra accusa che ti riguarda: lasci che si mangi carne nella tua locanda, contro la legge, per la qual ragione penso che ti toccherà ululare.[158]

OSTESSA Tutti gli osti lo fanno. Cos'è un cosciotto o due di montone in tutta una quaresima?

PRINCIPE Voi, gentildonna...

DOLL Cosa dice vostra grazia?

FALSTAFF La sua grazia dice ciò a cui la sua carne si ribella.[159]

Peto bussa alla porta.

OSTESSA Chi bussa così forte alla porta? Vai alla porta, Francis.

[*Entra Peto.*]

PRINCIPE

Peto, ordunque! Che notizie?

PETO

Il Re tuo padre è a Westminster,[160]

And there are twenty weak and wearied posts
Come from the north. And as I came along
I met and overtook a dozen captains,
Bareheaded, sweating, knocking at the taverns,
And asking every one for Sir John Falstaff.

PRINCE

By heaven, Poins, I feel me much to blame,
So idly to profane the precious time,
When tempest of commotion, like the south
Borne with black vapour, doth begin to melt
And drop upon our bare unarmèd heads.
Give me my sword and cloak. Falstaff, good night.

Exeunt Prince Henry, Poins [*, Peto, and Bardolph*].

FALSTAFF Now comes in the sweetest morsel of the night, and we must hence and leave it unpicked. [*Knocking within.*] More knocking at the door!

[*Enter Bardolph.*]

How now! What's the matter?

BARDOLPH

You must away to court, sir, presently.
A dozen captains stay at door for you.

FALSTAFF [*to the Page*] Pay the musicians, sirrah. Farewell, hostess. Farewell, Doll. You see, my good wenches, how men of merit are sought after. The undeserver may sleep when the man of action is called on. Farewell, good wenches. If I be not sent away post, I will see you again ere I go.

DOLL I cannot speak. If my heart be not ready to burst – well, sweet Jack, have a care of thyself.

FALSTAFF Farewell, farewell.

[*Exeunt Falstaff and Bardolph.*]

HOSTESS Well, fare thee well. I have known thee these twenty-nine years, come peascod-time, but an honester and truer-hearted man – well, fare thee well.

BARDOLPH [*within*] Mistress Tearsheet!

HOSTESS What's the matter?

BARDOLPH [*within*] Bid Mistress Tearsheet come to my master.

e vi sono venti messaggeri deboli e trafelati
giunti dal nord. E mentre venivo qui
ho incontrato e sorpassato dodici capitani,
senza cappello, sudati, che bussavano alle taverne,
e ognuno chiedeva di Sir John Falstaff.

PRINCIPE

Perdio, Poins, mi sento molto in colpa
a profanare con queste sciocchezze il tempo prezioso,
quando la tempesta dell'insurrezione, vento del sud
carico di nubi nere, comincia a sciogliersi
e a piovere sulle nostre teste nude e inermi.
Dammi la spada e il mantello. Falstaff, buona notte.

Escono il Principe Henry, Poins [, *Peto e Bardolph*].

FALSTAFF Ora arriva il bocconcino più dolce della notte, e noi dobbiamo andarcene senza coglierlo. [*Bussano.*] Di nuovo bussano alla porta!

[*Entra Bardolph.*]

E allora! Cosa c'è?

BARDOLPH

Signore, dovete recarvi a corte subito.
Una dozzina di capitani vi attendono alla porta.

FALSTAFF [*al paggio*] Paga i suonatori, briccone.[161] Ostessa, addio. Addio, Doll. Vedete, buone donne, come le persone di merito sono ricercate. L'immeritevole può dormire mentre l'uomo d'azione viene chiamato. Addio, mie buone donne. Se non mi mandano via su due piedi, vi rivedrò prima di partire.

DOLL Non posso parlare. Se il mio cuore non sta per scoppiare... Be', dolce Jack, abbi cura di te.

FALSTAFF Addio, addio.

[*Escono Falstaff e Bardolph.*]

OSTESSA Be', stammi bene. Quando rifioriscono i piselli saranno ventinove anni che ti conosco, ma un uomo più onesto, dal cuore più sincero... Be', addio.

BARDOLPH [*fuori scena*] Madama Tearsheet!

OSTESSA Cosa c'è?

BARDOLPH [*fuori scena*] Di' a madama Tearsheet di venire dal mio padrone.

HOSTESS O, run, Doll, run. Run, good Doll. Come. [*to Bardolph within*] She comes blubbered. Yea, will you come, Doll? *Exeunt*.

OSTESSA Oh corri, Doll, corri. Corri, cara Doll. Vieni. [*a Bardolph fuori scena*] Sta arrivando, con la faccia tutta pesta. Allora, Doll, ti decidi a venire?[162] *Escono.*

ACT III

Scene I

Enter the King in his nightgown, alone [*with a Page*].

KING
Go call the Earls of Surrey and of Warwick.
But, ere they come, bid them o'erread these letters
And well consider of them. Make good speed.
[*Exit Page.*]
How many thousand of my poorest subjects
Are at this hour asleep! O sleep, O gentle sleep,
Nature's soft nurse, how have I frighted thee,
That thou no more wilt weigh my eyelids down
And steep my senses in forgetfulness?
Why rather, sleep, liest thou in smoky cribs,
Upon uneasy pallets stretching thee
And hushed with buzzing night-flies to thy slumber,
Than in the perfumed chambers of the great,
Under the canopies of costly state,
And lulled with sound of sweetest melody?
O thou dull god, why liest thou with the vile
In loathsome beds, and leavest the kingly couch
A watch-case or a common 'larum-bell?
Wilt thou upon the high and giddy mast
Seal up the ship-boy's eyes, and rock his brains
In cradle of the rude imperious surge
And in the visitation of the winds,
Who take the ruffian billows by the top,
Curling their monstrous heads and hanging them
With deafening clamour in the slippery clouds,

ATTO III[163]

Scena I[164]

Entra il Re in vestaglia, solo [*con un paggio*].

RE

Va' a chiamare i Conti di Surrey e Warwick,
Ma, prima di venire, che leggano questa lettera
e la meditino bene. Affrettati.

[*Esce il paggio.*]

Quante migliaia dei miei sudditi più poveri
a quest'ora dormono! O sonno, dolce sonno,
tenera nutrice di natura, come ti ho spaventato,
che più non vuoi appesantire le mie palpebre
e affondare i miei sensi nell'oblio?
Perché, sonno, ti corichi in tuguri fumosi,
steso su paglericci scomodi,
conciliato da mosche ronzanti al tuo sopore,
piuttosto che nelle sale profumate dei grandi,
sotto i baldacchini del lusso e dello sfarzo,
e blandito dal suono delle melodie più dolci?
O torpido dio, perché ti corichi con gli umili
in letti sordidi, e fai del giaciglio regale
una guardiola o campanella d'allarme?[165]
Forse che tu, sull'albero alto e vertiginoso,
non chiudi gli occhi al mozzo e gli addormenti il cervello
nella culla dei cavalloni prepotenti
e nelle folate turbinose dei venti,
che afferrano le onde brutali per la cima,
arricciandone le teste mostruose e appendendole
con clamore assordante fra nubi fuggenti,

That, with the hurly, death itself awakes?
Canst thou, O partial sleep, give thy repose
To the wet sea-son in an hour so rude,
And in the calmest and most stillest night,
With all appliances and means to boot,
Deny it to a king? Then happy low, lie down!
Uneasy lies the head that wears a crown.

Enter Warwick, Surrey, and Sir John Blunt.

WARWICK
Many good morrows to your majesty!

KING
Is it good morrow, lords?

WARWICK
'Tis one o'clock, and past.

KING
Why, then, good morrow to you all, my lords.
Have you read o'er the letters that I sent you?

WARWICK
We have, my liege.

KING
Then you perceive the body of our kingdom
How foul it is, what rank diseases grow,
And with what danger, near the heart of it.

WARWICK
It is but as a body yet distempered,
Which to his former strength may be restored
With good advice and little medicine.
My Lord Northumberland will soon be cooled.

KING
O God! that one might read the book of fate,
And see the revolution of the times
Make mountains level, and the continent,
Weary of solid firmness, melt itself
Into the sea! And other times to see
The beachy girdle of the ocean
Too wide for Neptune's hips; how chance's mocks

sicché il tumulto desta anche la morte?
Puoi tu, sonno ingiusto, donare il tuo riposo
al figlio del mare fradicio in un'ora così tremenda,
e invece nella notte più calma e più silente,
a cui si aggiungono tutti i mezzi e arredi adatti,
negarlo a un re? Dunque, o felici poveri, riposate!
Inquiete giacciono le teste coronate.

Entrano Warwick, Surrey e Sir John Blunt.[166]

WARWICK
Molte volte buongiorno a vostra maestà!

RE
È già buongiorno, signori?

WARWICK
È l'una passata.

RE
Dunque buongiorno a tutti voi, signori.
Avete considerato la lettera che vi ho mandato?

WARWICK
L'abbiamo fatto, maestà.

RE
Allora sapete quanto il corpo del nostro regno
è marcio, che malattie vi crescono rigogliose,
e con quale pericolo, vicine al suo stesso cuore.[167]

WARWICK
È solo come un corpo ancora indisposto
che può essere restituito all'antico vigore
con buoni consigli e alcune medicine.
Lord Northumberland sarà presto smorzato.

RE
Dio! se si potesse leggere il libro del destino,
e vedere il rivolgimento dei tempi
spianare le montagne, e il continente,
stanco di solidità e fermezza, sciogliersi
nel mare! E altre volte vedere la cintura
di spiagge dell'oceano star troppo larga ai fianchi
di Nettuno;[168] e come le beffe e i mutamenti

And changes fill the cup of alteration
With divers liquors! O, if this were seen,
The happiest youth, viewing his progress through,
What perils past, what crosses to ensue,
Would shut the book, and sit him down and die.
'Tis not ten years gone
Since Richard and Northumberland, great friends,
Did feast together, and in two years after
Were they at wars. It is but eight years since
This Percy was the man nearest my soul,
Who like a brother toiled in my affairs
And laid his love and life under my foot,
Yea, for my sake, even to the eyes of Richard
Gave him defiance. But which of you was by –
[*To Warwick*] You, cousin Nevil, as I may remember –
When Richard, with his eye brimful of tears,
Then checked and rated by Northumberland,
Did speak these words, now proved a prophecy?
'Northumberland, thou ladder by the which
My cousin Bolingbroke ascends my throne' –
Though then, God knows, I had no such intent,
But that necessity so bowed the state
That I and greatness were compelled to kiss –
'The time shall come,' thus did he follow it,
'The time will come that foul sin, gathering head,
Shall break into corruption.' So went on,
Foretelling this same time's condition
And the division of our amity.

WARWICK
There is a history in all men's lives,
Figuring the nature of the times deceased,
The which observed, a man may prophesy,
With a near aim, of the main chance of things
As yet not come to life, who in their seeds
And weak beginning[s] lie intreasurèd.
Such things become the hatch and brood of time,
And by the necessary form of this
King Richard might create a perfect guess

del caso colmino la coppa dell'instabilità
con liquori diversi! Ah, se ciò si vedesse,
il giovane più felice, mirando il suo cammino,
i pericoli scampati, le croci che lo attendono,
chiuderebbe quel libro e si disporrebbe a morire.
Non sono passati nemmeno dieci anni
dacché Riccardo e Northumberland, grandi amici,
banchettavano insieme, e solo due anni dopo
erano in guerra. Sono appena otto anni
che questo Percy era l'uomo più prossimo al mio cuore,
come un fratello si adoperava nelle mie imprese
e deponeva il suo amore e la sua vita ai miei piedi:
sì, per me, fin sotto gli occhi di Riccardo
lo disfidava.[169] Ma chi di voi era presente –
[*A Warwick*] voi, cugino Nevil,[170] se ricordo bene –
quando Riccardo, gli occhi colmi di lacrime,
contraddetto e insultato da Northumberland,
pronunciò queste parole, che ora appaiono profetiche:[171]
"Northumberland, tu scala con la quale
mio cugino Bolingbroke ascende al mio trono"
(sebbene allora, Dio lo sa, io non avessi tale intento,
se non che la necessità tanto piegò lo stato
che la grandezza e io fummo costretti a baciarci),
"Verrà un tempo", lui proseguì, "verrà
un tempo in cui il lurido peccato, rafforzandosi,
scoppierà come un bubbone marcio". E continuò,
annunciando la condizione di questi nostri tempi
e la rottura della nostra amicizia.

WARWICK

Vi è una storia nella vita di tutti gli uomini,
che riproduce le forme dei tempi passati,
osservando la quale, un uomo può predire,
con buona approssimazione, gli eventi principali
non ancora venuti alla luce, raccolti come sono
nello scrigno dei loro semi e inizi fiochi.
Tali eventi divengono la prole e nidiata del tempo,
e per il carattere necessario di questo sviluppo
re Riccardo poté indovinare a perfezione

That great Northumberland, then false to him,
Would of that seed grow to a greater falseness,
Which should not find a ground to root upon,
Unless on you.

KING Are these things then necessities?
Then let us meet them like necessities.
And that same word even now cries out on us.
They say the bishop and Northumberland
Are fifty thousand strong.

WARWICK It cannot be, my lord.
Rumour doth double, like the voice and echo,
The numbers of the feared. Please it your grace
To go to bed. Upon my soul, my lord,
The powers that you already have sent forth
Shall bring this prize in very easily.
To comfort you the more, I have received
A certain instance that Glendower is dead.
Your majesty hath been this fortnight ill,
And these unseasoned hours perforce must add
Unto your sickness.

KING I will take your counsel.
And were these inward wars once out of hand,
We would, dear lords, unto the Holy Land.

Exeunt.

Scene II

Enter Justice Shallow and Justice Silence [*with Mouldy, Shadow, Wart, Feeble, Bullcalf*].

SHALLOW Come on, come on, come on, sir. Give me your hand, sir, give me your hand, sir; an early stirrer, by the rood! And how doth my good cousin Silence?

SILENCE Good morrow, good cousin Shallow.

SHALLOW And how doth my cousin, your bedfellow? And your fairest daughter and mine, my god-daughter Ellen?

che il grande Northumberland, allora a lui infedele,
da quel seme sarebbe cresciuto a maggiore infedeltà,
la quale non avrebbe trovato terreno in cui allignare
se non in voi.

RE Queste cose sono dunque necessità?
Affrontiamole allora come necessità.
Proprio questa parola adesso fa appello a noi.
Dicono che il Vescovo e Northumberland
sono forti di cinquantamila uomini.[172]

WARWICK Non può essere, signore.
La fama raddoppia, come la voce e l'eco,
il numero di ciò che si teme. Piaccia a vostra grazia
andare a letto. Per l'anima mia, signore,
le forze che avete già inviato sul campo
conquisteranno con grande facilità questa preda.
Per confortarvi ancor più, ho ricevuto
prove sicure che Glendower è morto.[173]
Vostra maestà è malata da due settimane,
e questi orari inopportuni non possono che aggravare
la vostra condizione.

RE Accetterò il consiglio.
E se mai questa guerra intestina fosse terminata
vorremmo, cari signori, andare in Terrasanta.[174]

Escono.

Scena II[175]

Entrano il giudice Shallow e il giudice Silence
[*con Muffa, Ombra, Porro, Fiacco, Torello*].

SHALLOW Venite, venite, venite, signore.[176] Datemi la vostra mano, signore, datemi la vostra mano, signore. Per la croce, proprio mattiniero! Dunque come sta il mio caro cugino Silence?[177]

SILENCE Buon giorno, caro cugino Shallow.

SHALLOW E come sta mia cugina la vostra compagna di letto? E la bellissima figlia vostra e mia, Ellen la mia figlioccia?

SILENCE Alas, a black woosel, cousin Shallow!

SHALLOW By yea and no, sir, I dare say my cousin William is become a good scholar. He is at Oxford still, is he not?

SILENCE Indeed, sir, to my cost.

SHALLOW 'A must, then, to the Inns o' Court shortly. I was once of Clement's Inn, where I think they will talk of mad Shallow yet.

SILENCE You were called 'lusty Shallow' then, cousin.

SHALLOW By the mass, I was called anything. And I would have done anything indeed too, and roundly too. There was I, and little John Doit of Staffordshire, and black George Barnes, and Francis Pickbone, and Will Squele, a Cotswold man; you had not four such swingebucklers in all the Inns o' Court again. And I may say to you we knew where the bona-robas were and had the best of them all at commandment. Then was Jack Falstaff, now Sir John, a boy, and page to Thomas Mowbray, Duke of Norfolk.

SILENCE This Sir John, cousin, that comes hither anon about soldiers?

SHALLOW The same Sir John, the very same. I see him break Scoggin's head at the court-gate, when 'a was a crack not thus high. And the very same day did I fight with one Sampson Stockfish, a fruiterer, behind Gray's Inn. Jesu, Jesu, the mad days that I have spent! And to see how many of my old acquaintance are dead!

SILENCE We shall all follow, cousin.

SHALLOW Certain, 'tis certain, very sure, very sure. Death, as the Psalmist saith, is certain to all, all shall die. How a good yoke of bullocks at Stamford fair?

SILENCE By my troth, I was not there.

SHALLOW Death is certain. Is old Double of your town living yet?

SILENCE Dead, sir.

SHALLOW Jesu, Jesu, dead! 'A drew a good bow, and

SILENCE Ahimè, cugino Shallow, nera come un merlo![178]

SHALLOW Per il sì e per il no,[179] signore, scommetto che mio cugino William è diventato un bravo studente. È sempre a Oxford, non è così?

SILENCE Infatti, signore, a mie spese.

SHALLOW Allora dovrà presto iscriversi ai Collegi di Legge. Io ai miei tempi sono andato al Clement's Inn,[180] dove penso parlino ancora di quella testa matta di Shallow.

SILENCE Allora, cugino, vi chiamavano Shallow l'ardente.

SHALLOW Per la messa, mi chiamavano di tutto. E ne avrei combinate di tutti i colori, anche, e senza fermarmi a mezza strada. C'eravamo io e il piccolo John Doit dello Staffordshire e George Barnes il nero e Francis Pickbone e Will Squele, che veniva dai Cotswold;[181] in tutte le scuole di legge non si sono più visti quattro scalmanati così. E vi dirò che sapevamo dove trovare la roba buona, e avevamo le migliori fra tutte a disposizione. Allora Jack Falstaff, oggi Sir John, era un ragazzo e paggio del Duca di Norfolk, Thomas Mowbray.[182]

SILENCE È lo stesso Sir John, cugino, che viene fra poco per arruolare soldati?

SHALLOW Lo stesso Sir John, proprio lo stesso. Gli vidi spaccare la testa a Scoggin all'ingresso del Collegio, quando era un monello non più alto di così. E quello stesso giorno me le sono date con un certo Sansone Stoccafisso,[183] fruttivendolo, dietro al Gray's Inn. Gesù, Gesù, i giorni matti che ho vissuto! E pensare quante mie vecchie conoscenze sono morte!

SILENCE Li seguiremo anche noi, cugino.

SHALLOW Certo, è certo, sicurissimo, sicurissimo. La morte, come dice il salmista, è certa per tutti, tutti devono morire.[184] Quanto viene un buon paio di manzi alla fiera di Stamford?[185]

SILENCE In verità, non ci sono stato.

SHALLOW La morte è certa. Il vecchio Double tuo concittadino è ancora vivo?

SILENCE Morto, amico mio.

SHALLOW Gesù Gesù, morto! Tirava bene coll'arco, e adesso

dead! 'A shot a fine shoot. John a Gaunt loved him well and betted much money on his head. Dead! 'A would have clapped i' the clout at twelve score, and carried you a forehand shaft a fourteen and fourteen and a half, that it would have done a man's heart good to see. How a score of ewes now?

SILENCE Thereafter as they be. A score of good ewes may be worth ten pounds.

SHALLOW And is old Double dead?

SILENCE Here come two of Sir John Falstaff's men, as I think.

Enter Bardolph and one with him.

[SHALLOW] Good morrow, honest gentlemen.

BARDOLPH I beseech you, which is Justice Shallow?

SHALLOW I am Robert Shallow, sir, a poor esquire of this county, and one of the king's justices of the peace. What is your good pleasure with me?

BARDOLPH My captain, sir, commends him to you, my captain, Sir John Falstaff, a tall gentleman, by heaven, and a most gallant leader.

SHALLOW He greets me well, sir. I knew him a good backsword man. How doth the good knight? May I ask how my lady his wife doth?

BARDOLPH Sir, pardon, a soldier is better accommodated than with a wife.

SHALLOW It is well said, in faith, sir, and it is well said indeed too. Better accommodated! It is good, yea, indeed, is it. Good phrases are surely, and ever were, very commendable. Accommodated! It comes of 'accommodo'. Very good, a good phrase.

BARDOLPH Pardon me, sir. I have heard the word. Phrase call you it? By this good day, I know not the phrase, but I will maintain the word with my sword to be a soldierlike word, and a word of exceeding good command, by heaven. Accommodated, that is, when a man is, as they say, accommodated; or when a man is, being, whereby 'a

è morto! Aveva buona mira. Giovanni il Magro[186] gli voleva un gran bene, e scommetteva parecchio su di lui. Morto! Sapeva far centro a duecentocinquanta passi, e poteva arrivare con una freccia grossa a duecentottanta-trecento passi, che faceva bene al cuore vederlo. E una ventina di pecore quanto viene oggi?

SILENCE Secondo come sono. Una ventina di pecore buone può valere dieci sterline.

SHALLOW Dunque il vecchio Double è morto?

SILENCE Ecco che arrivano due degli uomini di Sir John Falstaff, penso.

Entra Bardolph e un altro con lui.

[SHALLOW] Buongiorno, miei signori.

BARDOLPH Di grazia, chi è il giudice Shallow?

SHALLOW Sono io, signore, Robert Shallow, povero scudiere di questa contea, e uno dei giudici di pace del Re. In cosa posso servirvi?

BARDOLPH Il mio capitano, signore, vi manda a salutare, il mio capitano Sir John Falstaff, gentiluomo gagliardo, perbacco, e comandante valorosissimo.

SHALLOW È molto gentile da parte sua, signore. Lo conoscevo come un buon tiratore di bastone. Come sta il nostro cavaliere? E posso domandarvi come sta la signora sua moglie?

BARDOLPH Perdonatemi, monsignore, un soldato s'accomoda meglio che con una moglie.

SHALLOW Ben detto, in fede, signore, proprio ben detto, proprio. S'accomoda meglio! Proprio buona, sì, è proprio buona. Le buone frasi sono altamente lodevoli, sicuro, lo sono sempre state. Accomodarsi! Viene da "accomodo". Benissimo, una frase molto bella.

BARDOLPH Scusate, signore, è solo una parola che ho sentito dire. Frase la chiamate? Per la luce del giorno, non conosco la frase, ma sosterrò con la mia spada che la parola è una parola degna di un soldato, e una parola straordinariamente soldatesca, cribbio. Accomodarsi, cioè, quando uno, come

may be thought to be accommodated, which is an excellent thing.

Enter Sir John Falstaff.

SHALLOW It is very just. Look, here comes good Sir John. Give me your good hand, give me your worship's good hand. By my troth, you like well and bear your years very well. Welcome, good Sir John.

FALSTAFF I am glad to see you well, good Master Robert Shallow. Master Surecard, as I think?

SHALLOW No, Sir John, it is my cousin Silence, in commission with me.

FALSTAFF Good Master Silence, it well befits you should be of the peace.

SILENCE Your good worship is welcome.

FALSTAFF Fie! This is hot weather, gentlemen. Have you provided me here half a dozen sufficient men?

SHALLOW Marry, have we, sir. Will you sit?

FALSTAFF Let me see them, I beseech you.

SHALLOW Where's the roll? Where's the roll? Where's the roll? Let me see, let me see, let me see. So, so, so, so, so, so, so. Yea, marry, sir. Ralph Mouldy! Let them appear as I call, let them do so, let them do so. Let me see, where is Mouldy?

MOULDY Here, an't please you.

SHALLOW What think you, Sir John? A good-limbed fellow, young, strong, and of good friends.

FALSTAFF Is thy name Mouldy?

MOULDY Yea, an't please you.

FALSTAFF 'Tis the more time thou wert used.

SHALLOW Ha, ha, ha! most excellent, i' faith! Things that are mouldy lack use. Very singular good! In faith, well said, Sir John, very well said.

[FALSTAFF Prick him.]

MOULDY I was pricked well enough before, an you could have let me alone. My old dame will be undone now for

si dice, s'accomoda, o quando uno è in condizione tale che si può pensare che sia accomodato; che è cosa ottima.

Entra Sir John Falstaff.

SHALLOW Verissimo. Guardate, ecco che arriva il buon Sir John. Datemi la vostra cara mano, datemi la cara mano di vossignoria. In fede, avete buon aspetto e portate i vostri anni benissimo. Benvenuto, caro Sir John.

FALSTAFF Sono contento di trovarvi bene, caro messer Robert Shallow. Messer Surecard, se non erro?[187]

SHALLOW No, Sir John, è mio cugino Silence, giudice di pace come me.

FALSTAFF Caro messer Silence, è ben giusto che siate di pace.[188]

SILENCE Vossignoria è il benvenuto.

FALSTAFF Uffa! È proprio caldo, signori. Mi avete procurato qui una mezza dozzina di uomini abili?

SHALLOW Per la Madonna, certo che sì, signore. Volete sedervi?

FALSTAFF Fatemeli vedere, vi prego.

SHALLOW Dov'è il ruolino? Dov'è il ruolino? Dov'è il ruolino? Vediamo un po', vediamo un po', vediamo un po'. Ecco, ecco, ecco, ecco, ecco, ecco, ecco. Sì, per la Madonna, signore. Ralph Muffa! Si facciano avanti quando li chiamo, faccian così, faccian così. Vediamo un po', dov'è Muffa?

MUFFA Presente, col vostro permesso.

SHALLOW Che pensate, Sir John? Un uomo ben messo, giovane, forte, e di buona famiglia.

FALSTAFF Il tuo nome è Muffa?

MUFFA Sì, con vostra licenza.

FALSTAFF Tanto più ora di usarti.

SHALLOW Ha ha ha! Straordinario, in fede mia! Le cose ammuffite mancano d'uso. È buonissima! In fede, ben detto, Sir John, molto ben detto.

[FALSTAFF Spuntatelo.]

MUFFA Ero già abbastanza spuntato prima[189] e avreste potuto anche lasciarmi stare. La mia vecchia ora sarà rovinata,

one to do her husbandry and her drudgery. You need not to have pricked me. There are other men fitter to go out than I.

FALSTAFF Go to. Peace, Mouldy, you shall go. Mouldy, it is time you were spent.

MOULDY Spent!

SHALLOW Peace, fellow, peace. Stand aside. Know you where you are? For the other, Sir John, let me see. Simon Shadow!

FALSTAFF Yea, marry, let me have him to sit under. He's like to be a cold soldier.

SHALLOW Where's Shadow?

SHADOW Here, sir.

FALSTAFF Shadow, whose son art thou?

SHADOW My mother's son, sir.

FALSTAFF Thy mother's son! Like enough, and thy father's shadow. So the son of the female is the shadow of the male. It is often so, indeed, but much of the father's substance!

SHALLOW Do you like him, Sir John?

FALSTAFF Shadow will serve for summer. Prick him, for we have a number of shadows [to] fill up the muster-book.

SHALLOW Thomas Wart!

FALSTAFF Where's he?

WART Here, sir.

FALSTAFF Is thy name Wart?

WART Yea, sir.

FALSTAFF Thou art a very ragged wart.

SHALLOW Shall I prick him down, Sir John?

FALSTAFF It were superfluous, for his apparel is built upon his back and the whole frame stands upon pins. Prick him no more.

SHALLOW Ha, ha, ha! you can do it, sir, you can do it. I commend you well. Francis Feeble!

FEEBLE Here, sir.

SHALLOW What trade art thou, Feeble?

FEEBLE A woman's tailor, sir.

SHALLOW Shall I prick him, sir?

senza nessuno per il campo e per le altre necessità. Non mi dovevate spuntare. Ci sono altri più adatti di me a partire.

FALSTAFF Via, taci, Muffa, devi partire. Muffa, è ora che tu venga consumato.

MUFFA Consumato!

SHALLOW Zitto, giovanotto, zitto. Mettiti lì da parte. Non lo sai dove ti trovi? Quanto agli altri, Sir John, vediamo qua. Simone Ombra!

FALSTAFF Giusto, accidenti, mi servirà per starci seduto sotto. Scommetto che risulterà soldato fresco.

SHALLOW Dov'è Ombra?

OMBRA Presente, signore.

FALSTAFF Ombra, di chi sei figlio?

OMBRA Figlio di mia madre, signore.

FALSTAFF Figlio di tua madre! Probabile, e ombra di tuo padre. Così il figlio della femmina è l'ombra del maschio. Spesso è proprio così, ben poco della sostanza del padre!

SHALLOW Vi va bene, Sir John?

FALSTAFF Ombra andrà bene per l'estate. Spuntatelo, che ci servono parecchie ombre per riempire il ruolino.[190]

SHALLOW Tommaso Porro!

FALSTAFF Dov'è?

PORRO Presente, signore.

FALSTAFF Il tuo nome è Porro?

PORRO Sissignore.

FALSTAFF Sei un porro molto sbrindellato.

SHALLOW Devo spuntarlo, Sir John?

FALSTAFF Sarebbe inutile, i suoi stracci gli stanno appuntati sulla schiena, e tutto l'insieme si regge con gli spilli. Non spuntatelo affatto.

SHALLOW Ha ha ha! Ve ne intendete, signore, ve ne intendete! Vi faccio i miei complimenti. Franco Fiacco!

FIACCO Presente, signore.

SHALLOW Qual è il tuo mestiere, Fiacco?

FIACCO Sarto da donna, signore.

SHALLOW Devo spuntarlo, signore?

FALSTAFF You may. But if he had been a man's tailor, he'd a' pricked you. Wilt thou make as many holes in an enemy's battle as thou hast done in a woman's petticoat?

FEEBLE I will do my good will, sir. You can have no more.

FALSTAFF Well said, good woman's tailor! Well said, courageous Feeble! Thou wilt be as valiant as the wrathful dove or most magnanimous mouse. Prick the woman's tailor well, Master Shallow, deep, Master Shallow.

FEEBLE I would Wart might have gone, sir.

FALSTAFF I would thou wert a man's tailor, that thou mightst mend him and make him fit to go. I cannot put him to a private soldier that is the leader of so many thousands. Let that suffice, most forcible Feeble.

FEEBLE It shall suffice, sir.

FALSTAFF I am bound to thee, reverend Feeble. Who is next?

SHALLOW Peter Bullcalf o' the green!

FALSTAFF Yea, marry, let's see Bullcalf.

BULLCALF Here, sir.

FALSTAFF 'Fore God, a likely fellow! Come, prick Bullcalf till he roar again.

BULLCALF O Lord! good my lord captain –

FALSTAFF What, dost thou roar before thou art pricked?

BULLCALF O Lord, sir! I am a diseased man.

FALSTAFF What disease hast thou?

BULLCALF A whoreson cold, sir, a cough, sir, which I caught with ringing in the king's affairs upon his coronation day, sir.

FALSTAFF Come, thou shalt go to the wars in a gown. We will have away thy cold, and I will take such order that thy friends shall ring for thee. Is here all?

SHALLOW Here is two more called than your number. You must have but four here, sir. And so, I pray you, go in with me to dinner.

FALSTAFF Come, I will go drink with you, but I cannot tarry dinner. I am glad to see you, by my troth, Master Shallow.

FALSTAFF Potete farlo. Ma se fosse un sarto da uomo, sarebbe lui ad appuntare voi. Sei capace di fare tanti buchi nell'esercito nemico quanti ne hai fatti nelle sottane delle donne?

FIACCO Farò quel che potrò, signore. Di più non posso fare.

FALSTAFF Ben detto, bravo sarto da donna! Ben detto, coraggioso Fiacco! Sarai valoroso come la colomba irata o come un arditissimo topo. Spuntate ben bene il sarto da donna, messer Shallow, con un segno profondo, messer Shallow.[191]

FIACCO Signore, vorrei che fosse partito Porro.

FALSTAFF E io vorrei che tu fossi un sarto da uomo, per ricucirlo in modo che potesse partire. Non posso avere come soldato semplice chi è capitano di tante migliaia di pidocchi. Basta così, fortissimo Fiacco.

FIACCO Basterà, signore.

FALSTAFF Ti sono obbligato, reverendo Fiacco. A chi tocca?

SHALLOW Pietro Torello del Prato!

FALSTAFF Sì, per la Madonna, vediamo Torello.

TORELLO Presente, signore.

FALSTAFF Dio m'è testimone, un tipo in gamba! Avanti, spuntami Torello fino a farlo muggire per risposta.

TORELLO O signore! Mio buon signor capitano...

FALSTAFF Come, muggisci già prima di essere spuntato?

TORELLO O Dio, signore! Sono malato.

FALSTAFF Che malattia hai?

TORELLO Un raffreddore fottuto, signore, una tosse, signore, che mi son preso suonando le campane in onore del Re, signore, per l'anniversario dell'incoronazione.

FALSTAFF Va be', andrai in guerra in camicione. Ti faremo passare il raffreddore, e darò ordine che i tuoi amici suonino la campana per te.[192] Questi sono tutti?

SHALLOW Ne abbiamo già chiamati due di più del vostro numero. Dovete prenderne solo quattro da noi, signore.[193] Dunque, vi prego, venite a pranzo con me.

FALSTAFF Sentite, verrò a bere con voi, ma non posso fermarmi a pranzo. Sono lieto di vedervi, in fede mia, messer Shallow.

SHALLOW O, Sir John, do you remember since we lay all night in the Windmill in Saint George's Field?

FALSTAFF No more of that, [good] Master Shallow [, no more of that].

SHALLOW Ha! 'Twas a merry night. And is Jane Nightwork alive?

FALSTAFF She lives, Master Shallow.

SHALLOW She never could away with me.

FALSTAFF Never, never, she would always say she could not abide Master Shallow.

SHALLOW By the mass, I could anger her to the heart. She was then a bona-roba. Doth she hold her own well?

FALSTAFF Old, old, Master Shallow.

SHALLOW Nay, she must be old. She cannot choose but be old. Certain she's old, and had Robin Nightwork by old Nightwork before I came to Clement's Inn.

SILENCE That's fifty-five year ago.

SHALLOW Ha, cousin Silence, that thou hadst seen that that this knight and I have seen! Ha, Sir John, said I well?

FALSTAFF We have heard the chimes at midnight, Master Shallow.

SHALLOW That we have, that we have, that we have, in faith, Sir John, we have. Our watchword was 'Hem, boys!' Come, let's to dinner, come, let's to dinner. Jesus, the days that we have seen! Come, come.

Exeunt [*Falstaff and the Justices*].

BULLCALF Good Master Corporate Bardolph, stand my friend, and here's four Harry ten shillings in French crowns for you. In very truth, sir, I had as lief be hanged, sir, as go. And yet for mine own part, sir, I do not care, but rather, because I am unwilling, and, for mine own part, have a desire to stay with my friends. Else, sir, I did not care, for mine own part, so much.

BARDOLPH Go to, stand aside.

MOULDY And, good Master Corporal Captain, for my old dame's sake, stand my friend. She has nobody to do anything about her when I am gone, and she is old, and

SHALLOW Oh, Sir John, vi ricordate quando passammo tutta la notte al Mulino, a Campo San Giorgio?[194]

FALSTAFF Non dite altro, caro messer Shallow, non dite altro.

SHALLOW Ah! Una notte coi fiocchi. E Jane Lavoradinotte è viva?

FALSTAFF Vive, messer Shallow.

SHALLOW Non mi poteva sopportare, mai.

FALSTAFF Mai, mai, diceva sempre che non poteva soffrire messer Shallow.

SHALLOW Sacramento, sapevo farla imbestialire. Era roba buona a quei tempi. Si tiene su bene?

FALSTAFF Vecchia, messer Shallow, vecchia.

SHALLOW Certo, deve essere vecchia. Non può fare a meno di essere vecchia. Sicuro che è vecchia, aveva avuto Robertino Lavoradinotte dal vecchio Lavoradinotte prima che io venissi in collegio al Clement's Inn.

SILENCE Cioè cinquantacinque anni fa.[195]

SHALLOW Ah, cugino Silence, sapeste quello che abbiamo visto questo cavaliere ed io! Eh, Sir John, dico bene?

FALSTAFF Abbiamo udito le scampanate di mezzanotte, messer Shallow.

SHALLOW Sì che l'abbiamo, sì che l'abbiamo, sì che l'abbiamo, in fede mia Sir John, sì che l'abbiamo. La nostra parola d'ordine era "Su il bicchiere, ragazzi!". Venite, andiamo a pranzo, venite, andiamo a pranzo. Gesù, i giorni che abbiamo visto! Venite, venite. *Escono [Falstaff e i giudici]*.

TORELLO Buon messer corporale Bardolph, siatemi amico, ed ecco quattro pezzi da dieci scellini di Enrico in corone francesi, per voi.[196] In verità, signore, preferirei andare sulla forca piuttosto che partire. Eppure, per parte mia, signore, non me ne importa, ma è che non ne ho voglia e, per parte mia, vorrei restare con i miei amici. Altrimenti, signore, per parte mia non me ne importerebbe tanto.

BARDOLPH Va' là, mettiti da parte.

MUFFA E buon messer caporale capitano, per amore della mia vecchia, siatemi amico. Non ha nessuno che le possa far i lavori quando sono partito, ed è vecchia e non può cavar-

cannot help herself. You shall have forty, sir.

BARDOLPH Go to, stand aside.

FEEBLE By my troth, I care not. A man can die but once. We owe God a death. I'll ne'er bear a base mind. An't be my destiny, so. An't be not, so. No man is too good to serve's prince. And let it go which way it will, he that dies this year is quit for the next.

BARDOLPH Well said. Th'art a good fellow.

FEEBLE Faith, I'll bear no base mind.

Enter Falstaff and the Justices.

FALSTAFF Come, sir, which men shall I have?

SHALLOW Four of which you please.

BARDOLPH Sir, a word with you. I have three pound to free Mouldy and Bullcalf.

FALSTAFF Go to, well.

SHALLOW Come, Sir John, which four will you have?

FALSTAFF Do you choose for me.

SHALLOW Marry, then, Mouldy, Bullcalf, Feeble, and Shadow.

FALSTAFF Mouldy and Bullcalf. For you, Mouldy, stay at home till you are past service. And for your part, Bullcalf, grow till you come unto it. I will none of you.

SHALLOW Sir John, Sir John, do not yourself wrong. They are your likeliest men, and I would have you served with the best.

FALSTAFF Will you tell me, Master Shallow, how to choose a man? Care I for the limb, the thews, the stature, bulk, and big assemblance of a man! Give me the spirit, Master Shallow. Here's Wart. You see what a ragged appearance it is. 'A shall charge you and discharge you with the motion of a pewterer's hammer, come off and on swifter than he that gibbets on the brewer's bucket. And this same half-faced fellow, Shadow. Give me this man. He presents no mark to the enemy; the foeman may with as great aim level at the edge of a penknife. And for a retreat, how swiftly will this Feeble

sela. Ne avrete quaranta,[197] signore.

BARDOLPH Va' là, mettiti da parte.

FIACCO In fede mia, non me ne importa. Un uomo muore una volta sola. Siamo in debito di una morte con Dio. Non sarò mai un vigliacco. Se è mio destino, bene. Se non lo è, bene. Nessuno vale tanto da non servire il suo principe. Vada come vada, chi muore quest'anno è già pari per l'anno prossimo.[198]

BARDOLPH Ben detto, sei un brav'uomo.

FIACCO Parola mia, non sono un vigliacco.

Entrano Falstaff e i giudici.

FALSTAFF Dunque, signor mio, quali debbo prendere?

SHALLOW Quattro a vostra scelta.

BARDOLPH Signore, una parola. Ho qui tre sterline per mandar liberi Muffa e Torello.

FALSTAFF Va bene, va bene.

SHALLOW Dunque, Sir John, quali sono i quattro che volete?

FALSTAFF Sceglïete voi per me.

SHALLOW Per la Madonna, allora: Muffa, Torello, Fiacco e Ombra.

FALSTAFF Muffa e Torello. Quanto a te, Muffa, resta a casa finché non puoi più prestare servizio. E quanto a te, Torello, cresci pure finché ne avrai l'età. Di voi due non ne voglio sapere.

SHALLOW Sir John, Sir John, non fate torto a voi stesso. Sono gli uomini più in gamba, e vorrei che prendeste i migliori.

FALSTAFF Volete insegnare a me, messer Shallow, a scegliere un uomo? Che m'importa del braccio, dei muscoli, della statura e della corporatura robusta di un uomo! Datemi lo spirito, messer Shallow. Prendiamo Porro. Vedete che aspetto sbrindellato che ha. Questo vi caricherà e scaricherà il moschetto con la rapidità dei colpi di martello di un lavoratore di peltro, lo solleverà e abbasserà più svelto di quello che appende al bastone i secchi del birraio. E quest'altro tipo smunto, Ombra. Ecco uno che mi piace. Non presenta bersaglio al nemico: l'avversario può mirare altrettanto fa-

the woman's tailor run off! O, give me the spare men, and spare me the great ones. Put me a caliver into Wart's hand, Bardolph.

BARDOLPH Hold, Wart, traverse. Thus, thus, thus.

FALSTAFF Come, manage me your caliver. So. Very well. Go to. Very good, exceeding good. O, give me always a little, lean, old, chopped, bald shot. Well said, i' faith, Wart. Th' art a good scab. Hold, there's a tester for thee.

SHALLOW He is not his craft's master, he doth not do it right. I remember at Mile-end Green, when I lay at Clement's Inn – I was then Sir Dagonet in Arthur's show – there was a little quiver fellow, and 'a would manage you his piece thus, and 'a would about and about, and come you in and come you in. 'Rah, tah, tah,' would 'a say, 'Bounce,' would 'a say, and away again would 'a go, and again would 'a come. I shall ne'er see such a fellow.

FALSTAFF These fellows will do well, Master Shallow. God keep you, Master Silence. I will not use many words with you. Fare you well, gentlemen both. I thank you. I must a dozen mile to-night. Bardolph, give the soldiers coats.

SHALLOW Sir John, the Lord bless you! God prosper your affairs! God send us peace! At your return visit our house, let our old acquaintance be renewed. Peradventure I will with ye to the court.

FALSTAFF 'Fore God, would you would, Master Shallow.

SHALLOW Go to, I have spoke at a word. God keep you.

FALSTAFF Fare you well, gentle gentlemen. *Exeunt* [*Justices*]. On, Bardolph, lead the men away. [*Exeunt all but Falstaff.*] As I return, I will fetch off these justices. I do see the bottom of Justice Shallow. Lord, Lord, how subject we old men are to this vice of lying! This same starved justice hath done nothing but prate to me of the wildness of his youth and the feats he hath done about Turnbull Street, and every third word a lie, duer paid to

cilmente al filo d'un temperino. Quanto poi alla ritirata, con che velocità correrà questo Fiacco che è sarto da donna! Oh, datemi uomini sparuti, e risparmiatemi i dotati. Bardolph, mettimi un moschetto in mano a Porro.

BARDOLPH Tieni, Porro, prendi la mira. Così, così, così.

FALSTAFF Orsù, maneggiami il tuo moschetto. Così. Benissimo. Ancora. Benissimo, eccellente. Oh, datemi sempre un tiratore piccolo, magrolino, vecchio, rinsecchito, pelato. Ben fatto davvero, Porro. Sei una buona crosta di rogna. Aspetta, eccoti sei soldi.

SHALLOW Non è padrone del mestiere, non fa bene. Ricordo che al campo di Mile End, quando stavo al Clement's Inn – a quei tempi facevo la parte di Sir Dagonet nello spettacolo di re Artù[199] – c'era un tipetto sottile, che maneggiava il suo pezzo così, e correva indietro e correva avanti, e si faceva sotto e si rifaceva sotto. "Ra-ta-ta", faceva, "Bum", faceva, e di nuovo se ne scappava, e di nuovo rieccolo lì. Uno così non lo vedrò più.

FALSTAFF Questi uomini andranno bene, messer Shallow. Dio vi abbia in cura, messer Silence; con voi non userò molte parole. Addio, miei due signori. Vi sono obbligato. Devo fare dodici miglia prima di notte. Bardolph, dai ai soldati le giubbe.

SHALLOW Sir John, Dio vi benedica! Dio renda prospere le vostre imprese! Dio ci mandi pace! Sulla via del ritorno visitate la nostra casa per rinnovare la nostra amicizia. Chissà che io non venga con voi a corte.

FALSTAFF Davanti a Dio, vorrei proprio che veniste, messer Shallow.

SHALLOW Andate, dicevo per dire.[200] Dio vi conservi.

FALSTAFF Statevi bene, gentiluomini gentili. *Escono* [*i giudici*]. Avanti, Bardolph, porta via gli uomini. [*Escono tutti tranne Falstaff.*] Al mio ritorno, voglio fare il pelo a questi giudici. Vedo bene il fondo del giudice Shallow. Dio, Dio, come siamo soggetti noi vecchi al vizio della menzogna! Questo giudice morto di fame non ha fatto altro che cianciare delle pazzie della sua gioventù e delle prodezze che ha fatto dalle parti di Turnbull Street, e una parola su tre era una bugia,

the hearer than the Turk's tribute. I do remember him at Clement's Inn like a man made after supper of a cheese-paring. When 'a was naked, he was, for all the world, like a forked radish, with a head fantastically carved upon it with a knife. 'A was so forlorn that his dimensions to any thick sight were invincible. 'A was the very genius of famine, yet lecherous as a monkey, and the whores called him mandrake. 'A came ever in the rearward of the fashion, and sung those tunes to the overscutched huswives that he heard the carmen whistle, and sware they were his fancies or his good-nights. And now is this Vice's dagger become a squire, and talks as familiarly of John a Gaunt as if he had been sworn brother to him, and I'll be sworn 'a ne'er saw him but once in the Tilt-yard, and then he burst his head for crowding among the marshal's men. I saw it, and told John a Gaunt he beat his own name, for you might have thrust him and all his apparel into an eel-skin, the case of a treble hautboy was a mansion for him, a court. And now has he land and beefs. Well, I'll be acquainted with him, if I return, and 't shall go hard but I will make him a philosopher's two stones to me. If the young dace be a bait for the old pike, I see no reason in the law of nature but I may snap at him. Let time shape, and there an end. *Exit.*

data a bere a chi ascolta più regolarmente del tributo del Gran Turco. Me lo ricordo al Clement's Inn, pareva un omino ricavato dopo cena da una crosta di formaggio. Da nudo, era tal quale un ravanello a due radici, con sopra una testa bislacca tagliata con un coltello. Era tanto minuto che le sue forme a una vista debole risultavano invisibili. Era lo spirito stesso della carestia, ma anche lascivo come una scimmia, le puttane lo chiamavano mandragola.[201] Era sempre in ritardo sulla moda, e cantava alle vecchie bagasce le canzoni che udiva fischiare ai carrettieri, e giurava che erano invenzioni e serenate sue. E adesso questa sciaboletta da Vizio di palcoscenico[202] è diventato scudiere, e parla di Giovanni il Magro familiarmente come se ne fosse fratello giurato, e scommetto che non l'ha mai visto che una volta, al torneo, quando quello gli ruppe la testa per essersi intrufolato fra gli uomini del Cerimoniere. Io c'ero, e dissi a Giovanni il Magro che picchiava il proprio nome,[203] perché avresti potuto infilare lui e tutta la sua roba in una pelle d'anguilla: per lui l'astuccio di un clarino era un palazzo, una reggia. E ora ha terre e manzi. Be', approfondirò la sua conoscenza, se ritorno, e sarà difficile che non ne cavi più che da due pietre filosofali.[204] Se la giovane laschetta fa gola al vecchio luccio, non vedo perché, secondo legge di natura, io non possa farne un boccone.[205] Diamo tempo al tempo, e basta. *Esce.*

ACT IV

Scene I

Enter the Archbishop [*of York*], *Mowbray, Hastings* [*and others*], *within the Forest of Gaultree.*

ARCHBISHOP
What is this forest called?
HASTINGS
'Tis Gaultree Forest, an't shall please your grace.
ARCHBISHOP
Here stand, my lords, and send discoverers forth
To know the numbers of our enemies.
HASTINGS
We have sent forth already.
ARCHBISHOP
'Tis well done.
My friends and brethren in these great affairs,
I must acquaint you that I have received
New-dated letters from Northumberland,
Their cold intent, tenor, and substance, thus:
Here doth he wish his person, with such powers
As might hold sortance with his quality,
The which he could not levy. Whereupon
He is retired, to ripe his growing fortunes,
To Scotland, and concludes in hearty prayers
That your attempts may overlive the hazard
And fearful meeting of their opposite.
MOWBRAY
Thus do the hopes we have in him touch ground
And dash themselves to pieces.

ATTO IV[206]

Scena I[207]

Entrano l'Arcivescovo [di York], Mowbray, Hastings [e altri], nella Foresta di Gaultree.

ARCIVESCOVO
Qual è il nome di questa foresta?
HASTINGS
La foresta di Gaultree, se piace a vostra grazia.
ARCIVESCOVO
Fate sosta qui, signori miei, e mandate esploratori
per scoprire il numero dei nostri nemici.
HASTINGS
Li abbiamo già inviati.
ARCIVESCOVO Avete fatto bene.
Amici miei, fratelli in questa grande impresa,
devo informarvi che ho ricevuto
da Northumberland una lettera di data recente,
fredda per intento, tenore e sostanza:
qui egli vorrebbe essere, con forze
che si addicano al suo rango,
le quali non ha potuto arruolare. Perciò
si è ritirato in Scozia, a maturare
le sue fortune, e conclude con voti cordiali
che i vostri sforzi sopravvivano al rischio
e allo scontro temibile col nemico.[208]
MOWBRAY
Così le speranze che riponevamo in lui crollano
e vanno in pezzi.

Enter a Messenger.

HASTINGS Now, what news?

MESSENGER
West of this forest, scarcely off a mile,
In goodly form comes on the enemy,
And, by the ground they hide, I judge their number
Upon or near the rate of thirty thousand.

MOWBRAY
The just proportion that we gave them out.
Let us sway on and face them in the field.

ARCHBISHOP
What well-appointed leader fronts us here?

Enter Westmoreland.

MOWBRAY
I think it is my Lord of Westmoreland.

WESTMORELAND
Health and fair greeting from our general,
The prince, Lord John and Duke of Lancaster.

ARCHBISHOP
Say on, my Lord of Westmoreland, in peace.
What doth concern your coming?

WESTMORELAND Then, my lord,
Unto your grace do I in chief address
The substance of my speech. If that rebellion
Came like itself, in base and abject routs,
Led on by bloody youth, guarded with rage,
And countenanced by boys and beggary,
I say, if damned commotion so appeared,
In his true, native and most proper shape,
You, reverend father, and these noble lords
Had not been here, to dress the ugly form
Of base and bloody insurrection
With your fair honours. You, lord archbishop,
Whose see is by a civil peace maintained,
Whose beard the silver hand of peace hath touched,

Entra un messaggero.

HASTINGS Dunque, che notizie?

MESSAGGERO

A occidente di questa foresta, meno di un miglio da qui,
in buon ordine avanzano i nemici,
e, dal terreno che coprono, valuto il loro numero
a trentamila uomini o poco meno.

MOWBRAY

Giusto il numero che avevamo calcolato.
Muoviamo innanzi e affrontiamoli sul campo.

ARCIVESCOVO

Quale capo, armato di tutto punto, viene avanti?

Entra Westmoreland.

MOWBRAY

Credo sia il signore di Westmoreland.

WESTMORELAND

Salute e sinceri omaggi dal nostro generale,
il principe Lord John, Duca di Lancaster.

ARCIVESCOVO

Parlate tranquillamente, monsignore di Westmoreland.
A cosa dobbiamo la vostra visita?

WESTMORELAND Allora, signore,
a vostra grazia rivolgo principalmente
la sostanza del mio discorso. Se la ribellione
venisse nel suo vero aspetto, con turbe abbiette e vili,
condotta da giovani sanguinari, difesa con rabbia,
e fomentata da monelli e mendicanti,
dico, se la rivolta dannata così apparisse,
nella sua forma vera, più propria e originale,
voi, reverendo padre, e questi nobili signori,
non sareste qui, a ornare la forma laida
dell'insurrezione vile e sanguinaria
con i vostri onori intatti. Voi, Lord Arcivescovo,
il cui seggio posa sulla pace civile,
la cui barba è inargentata dalla mano della pace,

Whose learning and good letters peace hath tutored,
Whose white investments figure innocence,
The dove and very blessèd spirit of peace,
Wherefore do you so ill translate yourself
Out of the speech of peace that bears such grace,
Into the harsh and boisterous tongue of war,
Turning your books to graves, your ink to blood,
Your pens to lances, and your tongue divine
To a loud trumpet and a point of war?

ARCHBISHOP

Wherefore do I this? So the question stands.
Briefly to this end: we are all diseased,
[And with our surfeiting and wanton hours
Have brought ourselves into a burning fever,
And we must bleed for it. Of which disease
Our late king, Richard, being infected, died.
But, my most noble Lord of Westmoreland,
I take not on me here as a physician,
Nor do I as an enemy to peace
Troop in the throngs of military men,
But rather show awhile like fearful war,
To diet rank minds sick of happiness
And purge the obstructions which begin to stop
Our very veins of life. Hear me more plainly.
I have in equal balance justly weighed
What wrongs our arms may do, what wrongs we suffer,
And find our griefs heavier than our offenses.
We see which way the stream of time doth run,
And are enforced from our most quiet there
By the rough torrent of occasion,
And have the summary of all our griefs,
When time shall serve, to show in articles;
Which long ere this we offered to the king,
And might by no suit gain our audience.
When we are wronged and would unfold our griefs,
We are denied access unto his person
Even by those men that most have done us wrong.]
The dangers of the days but newly gone,

la cui dottrina e belle lettere ha educato la pace,
i cui bianchi paramenti rappresentano l'innocenza,
la colomba e lo stesso spirito benedetto della pace,
perché traducete voi stesso così malamente
dalla loquela tanto armoniosa della pace
nell'idioma stonato e violento della guerra,
mutando i vostri libri in tombe, l'inchiostro in sangue,
le penne in lance e la vostra divina lingua
in una tromba rumorosa e in un segnale di guerra?

ARCIVESCOVO

Perché faccio così? Questa la vostra domanda.
La ragione in breve: siamo tutti malati,
[e con le ore spese nell'ingordigia e nei piaceri
ci siamo procurati una febbre bruciante,
per cui dobbiamo cavarci sangue. Di questo male
il nostro defunto re Riccardo, contagiato, morì.
Ma, nobilissimo Lord di Westmoreland,
io non mi assumo qui ruolo di medico
e nemmeno quale nemico della pace
marcio nelle schiere degli uomini d'armi,
ma indosso brevemente l'aspetto pauroso della guerra,
per imporre una dieta alle menti gonfie e sazie d'agio
e rimuovere gli ostacoli che cominciano a bloccare
le vene stesse della nostra vita. Parlerò più chiaro.
Ho pesato attentamente con una giusta bilancia
i torti che le nostre armi possono fare e i torti che subiamo,
e trovo che i nostri mali pesano più delle nostre offese.
Vediamo in che senso corre il flusso del tempo,
e siamo strappati dal luogo quieto che in esso abbiamo
dal torrente impetuoso dell'occasione,
e abbiamo l'elenco di tutte le nostre lagnanze
da mostrare, a tempo opportuno, in una serie di articoli;
elenco che già da gran tempo offrimmo al Re,
ma non potemmo con nessuna istanza ottenere udienza.
Quando subiamo torti e vogliamo esporre lamentele,
ci è negato accesso alla sua persona,
proprio da coloro che più ci hanno fatto torto.]
I pericoli dei giorni or ora trascorsi,

Whose memory is written on the earth
With yet appearing blood, and the examples
Of every minute's instance, present now,
Hath put us in these ill-beseeming arms,
Not to break peace or any branch of it,
But to establish here a peace indeed,
Concurring both in name and quality.

WESTMORELAND

When ever yet was your appeal denied?
Wherein have you been gallèd by the king?
What peer hath been suborned to grate on you,
That you should seal this lawless bloody book
Of forged rebellion with a seal divine
And consecrate commotion's bitter edge?

ARCHBISHOP

My brother general, the commonwealth,
To brother born an household cruelty,
I make my quarrel in particular.

WESTMORELAND

There is no need of any such redress,
Or if there were, it not belongs to you.

MOWBRAY

Why not to him in part, and to us all
That feel the bruises of the days before,
And suffer the condition of these times
To lay a heavy and unequal hand
Upon our honours?

WESTMORELAND [O, my good Lord Mowbray,
Construe the times to their necessities,
And you shall say indeed, it is the time,
And not the king, that doth you injuries.
Yet for your part, it not appears to me
Either from the king or in the present time
That you should have an inch of any ground
To build a grief on. Were you not restored
To all thc Duke of Norfolk's signories,
Your noble and right well remembered father's?

la cui memoria è scritta sulla terra
con sangue ancora visibile, e gli esempi
che occorrono ogni minuto, anche adesso,
ci hanno fatto indossare queste armi disdicevoli,
non per rompere la pace o un qualsiasi suo ramo,
ma per stabilire qui una pace vera,
in cui al nome corrisponda il fatto.

WESTMORELAND
Quando mai il vostro appello fu respinto?
In che modo siete stato offeso dal Re?
Quale nobile è stato subornato per angariarvi,
sicché ora sigillate il libro fuorilegge e sanguinario
della ribellione menzognera con un sigillo divino
e consacrate la lama amara della sommossa?

ARCIVESCOVO
Il mio fratello generale, il popolo,
la crudeltà privata al mio fratello carnale,[209]
sono queste, specialmente, le mie vertenze.

WESTMORELAND
Non vi è necessità di queste riparazioni,
e se vi fosse, non toccherebbero a voi.

MOWBRAY
Perché non a lui in parte, e a noi tutti,
che sentiamo le ferite dei giorni passati,
e sopportiamo che la situazione presente
gravi con mano pesante e ingiusta
sul nostro onore?

WESTMORELAND [Mio buon Lord Mowbray,
interpretate i tempi secondo le loro necessità,
e direte invero che sono i tempi,
non già il Re, a recarvi offesa.
Eppure quanto a voi, non mi sembra
sia nei confronti del Re che del presente tempo
che abbiate anche un solo pollice di terreno
su cui basare le vostre lagnanze. Non foste reintegrato
in tutte le signorie del Duca di Norfolk,
il vostro nobile padre di ottima memoria?[210]

MOWBRAY

What thing, in honour, had my father lost,
That need to be revived and breathed in me?
The king that loved him, as the state stood then,
Was force perforce compelled to banish him.
And then that Henry Bolingbroke and he,
Being mounted and both rousèd in their seats,
Their neighing coursers daring of the spur,
Their armèd staves in charge, their beavers down,
Their eyes of fire sparkling through sights of steel,
And the loud trumpet blowing them together,
Then, then, when there was nothing could have stayed
My father from the breast of Bolingbroke,
O, when the king did throw his warder down,
His own life hung upon the staff he threw.
Then threw he down himself and all their lives
That by indictment and by dint of sword
Have since miscarried under Bolingbroke.

WESTMORELAND

You speak, Lord Mowbray, now you know not what.
The Earl of Hereford was reputed then
In England the most valiant gentleman.
Who knows on whom fortune would then have smiled?
But if your father had been victor there,
He ne'er had borne it out of Coventry.
For all the country in a general voice
Cried hate upon him, and all their prayers and love
Were set on Hereford, whom they doted on
And blessed and graced indeed, more than the king.]
But this is mere digression from my purpose.
Here come I from our princely general
To know your griefs, to tell you from his grace
That he will give you audience, and wherein
It shall appear that your demands are just,
You shall enjoy them, everything set off
That might so much as think you enemies.

MOWBRAY

But he hath forced us to compel this offer,

MOWBRAY

Cosa aveva perduto mio padre nell'onore,
che dovesse essere risuscitato e rianimato in me?
Il Re che lo amava, come stavano le cose,
fu per forza costretto a bandirlo.
E allorché lui e Henry Bolingbroke,
entrambi montati e ardenti in sella
dei corsieri che nitrivano sfidando lo sprone,
le lance in resta, le visiere calate,
gli occhi di fuoco scintillanti dall'acciaio,
mentre la tromba sonora li spingeva allo scontro,
allora, allora, quando nulla avrebbe potuto trattenere
mio padre dal petto di Bolingbroke,
oh, quando il Re gettò a terra la mazza,
la sua vita stessa dipendeva dallo scettro che gettò.
Allora abbatté se stesso e la vita di tutti quelli
che per vie legali e forza di spada
sono poi periti sotto Bolingbroke.

WESTMORELAND

Lord Mowbray, ora parlate senza sapere cosa dite.
A quel tempo il Conte di Hereford era stimato
in Inghilterra il gentiluomo più valoroso.
Chi sa a chi allora avrebbe arriso la fortuna?
Ma se là vostro padre fosse stato vincitore,
non sarebbe mai uscito vivo da Coventry.
Poiché tutta la nazione con una sola voce
gli gridava odio, e tutti i voti e affetti
erano posti su Hereford, che essi amavano invero
e benedivano e riverivano, più del Re.][211]
Ma tutto ciò è solo una digressione dal mio compito.
Qui vengo per incarico del Principe nostro generale
per conoscere le vostre lagnanze, per dirvi da parte sua
che vi darà udienza e che là dove
appariranno giuste le vostre richieste,
avrete soddisfazione e tutto sarà ovviato
che possa anche soltanto farvi pensare nemici.

MOWBRAY

Ma egli ci ha costretti a forzarlo a questa offerta,

And it proceeds from policy, not love.

WESTMORELAND

Mowbray, you overween to take it so.
This offer comes from mercy, not from fear.
For, lo! within a ken our army lies,
Upon mine honour, all too confident
To give admittance to a thought of fear.
Our battle is more full of names than yours,
Our men more perfect in the use of arms,
Our armour all as strong, our cause the best.
Then reason will our hearts should be as good.
Say you not then our offer is compelled.

MOWBRAY

Well, by my will we shall admit no parley.

WESTMORELAND

That argues but the shame of your offense.
A rotten case abides no handling.

HASTINGS

Hath the Prince John a full commission,
In very ample virtue of his father,
To hear and absolutely to determine
Of what conditions we shall stand upon?

WESTMORELAND

That is intended in the general's name.
I muse you make so slight a question.

ARCHBISHOP

Then take, my Lord of Westmoreland, this schedule,
For this contains our general grievances.
Each several article herein redressed,
All members of our cause, both here and hence,
That are insinewed to this action,
Acquitted by a true substantial form
And present execution of our wills,
To us and to our purposes confined,
We come within our awful banks again
And knit our powers to the arm of peace.

WESTMORELAND

This will I show the general. Please you, lords,

ed essa proviene da calcolo, non amore.

WESTMORELAND

Mowbray, siete arrogante a interpretarla così.
L'offerta viene da clemenza, non da paura.
Poiché, guardate, il nostro esercito ci è sotto gli occhi,
e sul mio onore, è troppo sicuro di sé
per ammettere alcun pensiero di paura.
Le nostre schiere hanno nomi maggiori delle vostre,
i nostri uomini sono più provetti nell'uso delle armi,
le nostre armi altrettanto efficaci, la nostra causa migliore.
Dunque ragione vuole che i nostri cuori siano tranquilli.
Non dite perciò che la nostra offerta è forzata.

MOWBRAY

Per me non dovremmo ammettere nessun negoziato.

WESTMORELAND

Questo dimostra solo la vergogna del vostro delitto.
Causa debole non ama discussioni.

HASTINGS

Il principe John ha piena commissione,
per ampi poteri conferitigli da suo padre,
di sentire e decidere definitivamente
sulle condizioni che proporremo?

WESTMORELAND

Ciò è implicito nel titolo di generale.
Mi sorprende che poniate una domanda così ovvia.

ARCIVESCOVO

Prendete dunque, Lord Westmoreland, questo documento,
poiché esso contiene le nostre lagnanze generali.
Soddisfatta che sia ogni singola richiesta qua dentro,
e quando tutti gli aderenti alla nostra causa, qui e altrove,
che si sono congiunti a questa impresa
siano stati assolti con formali accordi
e pronta esecuzione del nostro volere,
allora limitandoci a noi e ai nostri scopi
rientreremo entro l'alveo dell'obbedienza
e legheremo le nostre forze al braccio della pace.

WESTMORELAND

Lo mostrerò al generale. Signori, piaccia a voi

In sight of both our battles we may meet,
And either end in peace – which God so frame –
Or to the place of difference call the swords
Which must decide it.

ARCHBISHOP My lord, we will do so.

Exit Westmoreland.

MOWBRAY

There is a thing within my bosom tells me
That no conditions of our peace can stand.

HASTINGS

Fear you not that. If we can make our peace
Upon such large terms and so absolute
As our conditions shall consist upon,
Our peace shall stand as firm as rocky mountains.

MOWBRAY

Yea, but our valuation shall be such
That every slight and false-derivèd cause,
Yea, every idle, nice, and wanton reason
Shall to the king taste of this action,
That, were our royal faiths martyrs in love,
We shall be winnowed with so rough a wind
That even our corn shall seem as light as chaff
And good from bad find no partition.

ARCHBISHOP

No, no, my lord. Note this. The king is weary
Of dainty and such picking grievances.
For he hath found to end one doubt by death
Revives two greater in the heirs of life,
And therefore will he wipe his tables clean
And keep no tell-tale to his memory
That may repeat and history his loss
To new remembrance. For full well he knows
He cannot so precisely weed this land
As his misdoubts present occasion.
His foes are so enrooted with his friends
That, plucking to unfix an enemy,
He doth unfasten so and shake a friend.
So that this land, like an offensive wife

che ci incontriamo davanti a entrambi i nostri eserciti,
e concludiamo la pace – Dio lo voglia! –
oppure chiamiamo al campo di battaglia le spade
che dovranno decidere.[212]

ARCIVESCOVO Signore, così faremo.

Esce Westmoreland.

MOWBRAY

Qualcosa nell'animo mi dice che nessuna
delle nostre condizioni di pace reggerà.

HASTINGS

Non temete. Se possiamo fare la pace
con clausole così ampie e ferme
come quelle su cui si fonda la nostra proposta
la nostra pace starà salda come un monte roccioso.

MOWBRAY

Sì, ma la loro opinione di noi sarà tale
che ogni occasione lieve e pretestuosa,
sì, ogni motivo futile, frivolo e balzano
per il Re avrà il sapore di questa rivolta,
sicché, fossimo pure martiri per fedeltà al Re,
saremo vagliati da un vento così violento
che persino il nostro grano parrà leggero come pula
e il bene non verrà distinto dal male.

ARCIVESCOVO

No, no, mio signore. Considerate. Il Re è stanco
di sospetti tanto sottili e capziosi.
Poiché ha scoperto che risolvere un dubbio con la morte
ne suscita due maggiori in chi sopravvive,
e pertanto cancellerà dai suoi libri i vecchi conti
e non conserverà testimonianza nella mente
che possa ripetere e raccontare le sue perdite
a nuova memoria. Infatti sa benissimo
che non può liberare dalle erbacce la sua terra
con l'ampiezza che i suoi sospetti suggerirebbero.
I nemici sono così radicati fra gli amici
che, strappando per estirpare un nemico,
svelle egualmente e scuote un amico.
Così che questa terra, come una moglie ingiuriosa

That hath enraged him on to offer strokes,
As he is striking, holds his infant up
And hangs resolved correction in the arm
That was upreared to execution.

HASTINGS

Besides, the king hath wasted all his rods
On late offenders, that he now doth lack
The very instruments of chastisement.
So that his power, like to a fangless lion,
May offer, but not hold.

ARCHBISHOP 'Tis very true.

And therefore be assured, my good lord marshal,
If we do now make our atonement well,
Our peace will, like a broken limb united,
Grow stronger for the breaking.

MOWBRAY Be it so.

Here is returned my Lord of Westmoreland.

Enter Westmoreland.

WESTMORELAND

The prince is here at hand. Pleaseth your lordship
To meet his grace just distance 'tween our armies.

MOWBRAY

Your grace of York, in God's name then, set forward.

ARCHBISHOP

Before, and greet his grace. My lord, we come.

Scene II

Enter Prince John [*of Lancaster*] *and his army.*

LANCASTER

You are well encountered here, my cousin Mowbray.
Good day to you, gentle lord archbishop.
And so to you, Lord Hastings, and to all.

che l'ha fatto adirare fino a spingerlo alle percosse,
mentre egli vuol batterla tiene alto il figlioletto
e sospende la punizione incombente
nel braccio levato per somministrarla.

HASTINGS

Inoltre il Re ha spezzato tutte le sue verghe
sui ribelli recenti, e ora gli manca
lo strumento stesso per punire.
Così la sua forza, come un leone sdentato,
può minacciare ma non mantenere.

ARCIVESCOVO Verissimo.

E pertanto siate certo, mio buon Lord Cerimoniere,
che se ora concludiamo la nostra riconciliazione,
questa pace, come un arto spezzato e ricongiunto,
sarà più forte per essere stata rotta.

MOWBRAY Così sia.

Ecco che torna il mio Lord di Westmoreland.

Entra Westmoreland.

WESTMORELAND

Il Principe è qui vicino. Piaccia alle vostre signorie
incontrare sua grazia a distanza eguale fra i nostri eserciti.

MOWBRAY

Vostra grazia di York, il nome di Dio, fatevi avanti.

ARCIVESCOVO

Precedetemi e salutate sua grazia. Mio Lord, veniamo.

Scena II

Entra il principe John [di Lancaster] e il suo esercito.[213]

LANCASTER

Ben lieto di incontrarvi, cugino Mowbray.
Buon giorno a voi, gentile Lord Arcivescovo.
Egualmente a voi, Lord Hastings, e a tutti.

My Lord of York, it better showed with you
When that your flock, assembled by the bell,
Encircled you to hear with reverence
Your exposition on the holy text
Than now to see you here an iron man,
Cheering a rout of rebels with your drum,
Turning the word to sword and life to death.
That man that sits within a monarch's heart
And ripens in the sunshine of his favour,
Would he abuse the countenance of the king,
Alack, what mischiefs might he set abroach
In shadow of such greatness. With you, lord bishop,
It is even so. Who hath not heard it spoken
How deep you were within the books of God?
To us the speaker in His parliament,
To us the imagined voice of God himself,
The very opener and intelligencer
Between the grace, the sanctities of heaven
And our dull workings. O, who shall believe
But you misuse the reverence of your place,
Imply the countenance and grace of heaven,
As a false favourite doth his prince's name,
In deeds dishonourable? You have ta'en up,
Under the counterfeited zeal of God,
The subjects of His substitute, my father,
And both against the peace of heaven and him
Have here upswarmed them.

ARCHBISHOP Good my Lord of Lancaster,
I am not here against your father's peace,
But, as I told my Lord of Westmoreland,
The time misordered doth, in common sense,
Crowd us and crush us to this monstrous form,
To hold our safety up. I sent your grace
The parcels and particulars of our grief,
The which hath been with scorn shoved from the court,
Whereon this Hydra son of war is born,
Whose dangerous eyes may well be charmed asleep
With grant of our most just and right desires,

Mio Lord di York, stavate meglio
quando il vostro gregge, radunato dalla campana,
vi circondava per udire con reverenza
la vostra esposizione del testo sacro,
di ora che vi vediamo fatto uomo di ferro,
incitare una turba di ribelli col vostro tamburo,
volgendo il verbo[214] in spada, la vita in morte.
L'uomo che siede nel cuore di un monarca
e matura al sole del suo favore,
se abusa della protezione di quel re,
ahimè, quali malanni può suscitare
all'ombra di tanta grandezza. Per voi, Lord Vescovo,
è lo stesso. Chi non ha sentito dire
quanto eravate addentro ai libri di Dio?
Per noi eravate l'oratore nel suo parlamento,
per noi la voce immaginata di Dio stesso,
l'interprete medesimo e il messaggero
fra la grazia, la santità del Cielo
e le nostre povere menti. Oh! chi potrà credere
che voi abusate della reverenza del vostro stato,
e coinvolgete l'ausilio e la grazia del Cielo,
come un favorito falso usa il nome del principe,
in opere disonorevoli? Avete arruolato
sotto pretesto di zelo per Iddio
i sudditi del Suo vicario, di mio padre,
e insieme contro la pace del Cielo e di lui
li avete qui fatti sollevare.

ARCIVESCOVO Caro Lord di Lancaster
non sono qui contro la pace di vostro padre,
ma, come già dissi al Lord di Westmoreland,
i tempi disordinati, lo vedono tutti,
ci premono e costringono a un abito innaturale,
in difesa della nostra sicurezza. Inviai a vostra grazia
i dettagli e i particolari delle nostre lagnanze,
le quali la corte ha respinto con disprezzo:
da ciò è nata questa guerra, figlia dalle teste d'Idra,
i cui occhi tremendi possono facilmente indursi al sonno
concedendo le nostre richieste sacrosante,[215]

And true obedience, of this madness cured,
Stoop tamely to the foot of majesty.

MOWBRAY

If not, we ready are to try our fortunes
To the last man.

HASTINGS And though we here fall down,
We have supplies to second our attempt.
If they miscarry, theirs shall second them,
And so success of mischief shall be born
And heir from heir shall hold his quarrel up
Whiles England shall have generation.

LANCASTER

You are too shallow, Hastings, much too shallow,
To sound the bottom of the after-times.

WESTMORELAND

Pleaseth your grace to answer them directly
How far forth you do like their articles.

LANCASTER

I like them all, and do allow them well,
And swear here, by the honour of my blood,
My father's purposes have been mistook,
And some about him have too lavishly
Wrested his meaning and authority.
My lord, these griefs shall be with speed redressed,
Upon my soul, they shall. If this may please you,
Discharge your powers unto their several counties,
As we will well ours. And here between the armies
Let's drink together friendly and embrace,
That all their eyes may bear those tokens home
Of our restorèd love and amity.

ARCHBISHOP

I take your princely word for these redresses.

[LANCASTER]

I give it you, and will maintain my word.
And thereupon I drink unto your grace.

[HASTINGS]

Go, captain, and deliver to the army
This news of peace. Let them have pay, and part.

e la fedele obbedienza, guarita da questa follia,
si piegherà sottomessa ai piedi della maestà.

MOWBRAY

Se no, siamo pronti a tentare la fortuna
fino all'ultimo uomo.

HASTINGS E anche se qui cadiamo,
abbiamo rinforzi per rinnovare il nostro tentativo.
Se anche questi falliscono, subentreranno i loro amici,
e così nascerà una successione di malanni,
e l'erede continuerà la contesa dell'altro erede
finché l'Inghilterra genererà figli.

LANCASTER

Siete troppo superficiale, Hastings, troppo superficiale,
per sondare a fondo i tempi futuri.[216]

WESTMORELAND

Piaccia a vostra grazia dir loro apertamente
fino a che punto vi aggradano le loro richieste.

LANCASTER

Tutte mi aggradano, e le concedo volentieri,
e giuro, sull'onore del mio sangue,
le intenzioni di mio padre sono state fraintese
e alcuni della sua corte hanno troppo liberamente
abusato dei suoi propositi e della sua autorità.
Monsignore, questi torti saranno prontamente riparati,
per l'anima mia, lo saranno. Se vi aggrada,
rinviate le vostre forze alle loro diverse contee,
come noi le nostre. E qui in mezzo ai due eserciti
beviamo insieme da amici e abbracciamoci,
che tutti i loro occhi possano portare a casa i segni
del nostro amore e amicizia ricomposti.

ARCIVESCOVO

Accetto la vostra parola principesca che riparerete i torti.

[LANCASTER][217]

Io ve la do, e manterrò la parola:
su questo bevo alla grazia vostra.

[HASTINGS]

Andate, capitano, e comunicate all'esercito
queste notizie di pace. Che abbiano la paga, e partano.

I know it will well please them. Hie thee, captain.
Exit [*Officer*].

ARCHBISHOP
To you, my noble Lord of Westmoreland.

WESTMORELAND
I pledge your grace, and, if you knew what pains
I have bestowed to breed this present peace,
You would drink freely. But my love to ye
Shall show itself more openly hereafter.

ARCHBISHOP
I do not doubt you.

WESTMORELAND I am glad of it.
Health to my lord and gentle cousin, Mowbray.

MOWBRAY
You wish me health in very happy season,
For I am, on the sudden, something ill.

ARCHBISHOP
Against ill chances men are ever merry,
But heaviness foreruns the good event.

WESTMORELAND
Therefore be merry, coz, since sudden sorrow
Serves to say thus, 'Some good thing comes to-morrow.'

ARCHBISHOP
Believe me, I am passing light in spirit.

MOWBRAY
So much the worse, if your own rule be true.
Shouts [*within*].

LANCASTER
The word of peace is rendered. Hark, how they shout!

MOWBRAY
This had been cheerful after victory.

ARCHBISHOP
A peace is of the nature of a conquest,
For then both parties nobly are subdued,
And neither party loser.

LANCASTER Go, my lord,
And let our army be dischargèd too.
[*Exit Westmoreland.*]

So che ne avranno piacere. Presto, capitano.
Esce [*capitano*].

ARCIVESCOVO
A voi, mio nobile Lord di Westmoreland.

WESTMORELAND
Brindo a vostra grazia e, se conosceste le fatiche
che ho posto nel generare la pace presente
berreste liberamente. Ma l'amore che vi porto
si mostrerà più apertamente in seguito.

ARCIVESCOVO
Non dubito di voi.

WESTMORELAND Ciò mi rallegra.
Salute al mio Lord e gentile cugino, Mowbray.

MOWBRAY
Mi augurate salute in un momento assai opportuno,
poiché d'improvviso mi sento male.

ARCIVESCOVO
Alla vigilia dei malanni gli uomini son sempre allegri,
ma il malessere precorre i buoni eventi.[218]

WESTMORELAND
Perciò state allegro, cugino, ché l'improvviso affanno
serve a dire: "Cosa buona vien domani".

ARCIVESCOVO
Credetemi, sono molto allegro di spirito.

MOWBRAY
Tanto peggio, se la vostra regola è vera.
Grida [*fuori scena*].

LANCASTER
La notizia della pace è data. Sentite che grida!

MOWBRAY
Sarebbero state grida di gioia dopo la vittoria.

ARCIVESCOVO
Una pace ha la natura di una conquista,
poiché allora entrambe le parti sono nobilmente sottomesse,
e nessuna delle due è sconfitta.

LANCASTER Andate, signore,
e fate congedare anche il nostro esercito.
[*Esce Westmoreland*.]

And, good my lord, so please you, let our trains
March by us, that we may peruse the men
We should have coped withal.

ARCHBISHOP Go, good Lord Hastings,
And, ere they be dismissed, let them march by.
[*Exit Hastings.*]

LANCASTER
I trust, lords, we shall lie to-night together.

Enter Westmoreland.

Now cousin, wherefore stands our army still?

WESTMORELAND
The leaders, having charge from you to stand,
Will not go off until they hear you speak.

LANCASTER
They know their duties.

Enter Hastings.

HASTINGS
My lord, our army is dispersed already.
Like youthful steers unyoked, they take their courses
East, west, north, south, or, like a school broke up,
Each hurries toward his home and sporting-place.

WESTMORELAND
Good tidings, my Lord Hastings, for the which
I do arrest thee, traitor, of high treason.
And you, lord archbishop, and you, Lord Mowbray,
Of capital treason I attach you both.

MOWBRAY
Is this proceeding just and honourable?

WESTMORELAND
Is your assembly so?

ARCHBISHOP
Will you thus break your faith?

LANCASTER I pawned thee none.
I promised you redress of these same grievances
Whereof you did complain, which, by mine honour,
I will perform with a most Christian care.

E, mio buon signore, se non vi dispiace, le nostre truppe
sfilino dinanzi a noi, affinché possiamo osservare
gli uomini che avremmo dovuto combattere.

ARCIVESCOVO Andate, buon Lord Hastings,
e prima di essere congedati sfilino qui davanti.

[*Esce Hastings.*]

LANCASTER
Confido, signori, che stanotte dormiremo insieme.

Entra Westmoreland.

Orbene, cugino, perché il nostro esercito è fermo?

WESTMORELAND
I capi, avendo da voi l'ordine di attendere,
non partiranno prima di avervi udito parlare.

LANCASTER
Conoscono il loro dovere.

Entra Hastings.

HASTINGS
Signore, il nostro esercito è già disciolto.
Come vitelli liberati dal giogo, si incamminano
a est, nord, sud, e, come una scolaresca congedata,
ognuno corre verso la casa e i giochi.

WESTMORELAND
Buone notizie, mio Lord Hastings, per le quali
io ti arresto, traditore, per alto tradimento.
E voi, Lord Arcivescovo, e voi, Lord Mowbray,
vi accuso entrambi di tradimento capitale.

MOWBRAY
È giusto e onorevole questo modo di agire?

WESTMORELAND
Lo è forse la vostra assemblea?

ARCIVESCOVO
Mancherete alla parola?

LANCASTER Non te ne ho data alcuna.
Vi ho promesso riparazione di quelle lagnanze
che lamentavate, il che, sul mio onore,
attuerò con cura cristianissima.

But for you, rebels, look to taste the due
Meet for rebellion [and such acts as yours].
Most shallowly did you these arms commence,
Fondly brought here and foolishly sent hence.
Strike up our drums, pursue the scattered stray.
God, and not we, hath safely fought to-day.
Some guard these traitors to the block of death,
Treason's true bed and yielder up of breath.

[*Exeunt.*]

Scene III

Alarum. Excursions. Enter Falstaff
[*and Coleville, meeting*].

FALSTAFF What's your name sir? Of what condition are you, and of what place?

COLEVILLE I am a knight, sir, and my name is Coleville of the dale.

FALSTAFF Well, then, Coleville is your name, a knight is your degree, and your place the dale. Coleville shall be still your name, a traitor your degree, and the dungeon your place, a place deep enough. So shall you be still Coleville of the dale.

COLEVILLE Are not you Sir John Falstaff?

FALSTAFF As good a man as he, sir, whoe'er I am. Do ye yield, sir, or shall I sweat for you? If I do sweat, they are the drops of thy lovers, and they weep for thy death. Therefore rouse up fear and trembling, and do observance to my mercy.

COLEVILLE I think you are Sir John Falstaff, and in that thought yield me.

FALSTAFF I have a whole school of tongues in this belly of mine, and not a tongue of them all speaks any other word but my name. An I had but a belly of any indifferency, I were simply the most active fellow in Europe. My womb, my womb undoes me. Here comes our general.

Ma quanto a voi, ribelli, preparatevi
ad assaggiare quel che spetta alla ribellione.
Stoltissimamente avete arruolato queste forze,
scioccamente qui condotte, stupidamente congedate.
Rullino i nostri tamburi, inseguite i dispersi.
Dio, non noi, ha oggi combattuto sicuramente.
Si portino questi traditori al ceppo della morte,
vero letto del tradimento, dove esso rende l'anima.

[*Escono.*]

Scena III[219]

Squilli di trombe, Scorrerie. Entra Falstaff
[*e Coleville, uno incontro all'altro*].

FALSTAFF Quale è il vostro nome, signore? Di quale grado siete, e di quale luogo?

COLEVILLE Sono un cavaliere, signore, il mio nome è Coleville della Valle.

FALSTAFF Bene, dunque Coleville è il vostro nome, cavaliere è il vostro grado, e il vostro luogo una valle. Coleville resterà il vostro nome, traditore il vostro grado, e la galera il vostro luogo, un luogo abbastanza profondo. Così sarete sempre Coleville della Valle.

COLEVILLE Non siete voi Sir John Falstaff?

FALSTAFF Uomo buono quanto lui, signore, chiunque io sia. Vi arrendete, signore, o devo sudare per voi? Se sudo, sono le lacrime di chi ti vuol bene, e piangono la tua morte. Pertanto fatti venire un terrore e tremore, e implora la mia misericordia.

COLEVILLE Penso che siate Sir John Falstaff, e così pensando mi arrendo.[220]

FALSTAFF Ho tutta una folla di lingue in questa mia pancia, e non ce n'è una che non pronunci il mio nome. Se avessi appena una pancia qualsiasi, sarei l'uomo più valoroso d'Europa e basta. La mia rovina è il ventre, il ventre, il ventre. Ecco venire il nostro generale.

Enter [*Prince*] *John* [*of Lancaster*], *Westmoreland,* [*Blunt,*] *and the rest. Retreat* [*sounded*].

LANCASTER
The heat is past, follow no further now.
Call in the powers, good cousin Westmoreland.
[*Exit Westmoreland.*]
Now, Falstaff, where have you been all this while?
When everything is ended, then you come.
These tardy tricks of yours will, on my life,
One time or other break some gallows' back.

FALSTAFF I would be sorry, my lord, but it should be thus. I never knew yet but rebuke and check was the reward of valour. Do you think me a swallow, an arrow, or a bullet? Have I, in my poor and old motion, the expedition of thought? I have speeded hither with the very extremest inch of possibility. I have foundered nine score and odd posts, and here, travel-tainted as I am, have, in my pure and immaculate valour, taken Sir John Coleville of the dale, a most furious knight and valorous enemy. But what of that? He saw me, and yielded, that I may justly say, with the hook-nosed fellow of Rome, 'I came, saw, and overcame.'

LANCASTER It was more of his courtesy than your deserving.

FALSTAFF I know not. Here he is, and here I yield him. And I beseech your grace, let it be booked with the rest of this day's deeds, or, by the Lord, I will have it in a particular ballad else, with mine own picture on the top on't, Coleville kissing my foot. To the which if I be enforced, if you do not all show like gilt twopences to me, and I in the clear sky of fame o'ershine you as much as the full moon doth the cinders of the element, which show like pins' heads to her, believe not the word of the noble. Therefore let me have right, and let desert mount.

LANCASTER Thine's too heavy to mount.

FALSTAFF Let it shine, then.

Entra [il principe] John [di Lancaster], Westmoreland [, Blunt] e gli altri. Suona la ritirata.

LANCASTER
La furia è passata, non inseguite più.
Richiamate le truppe, caro cugino Westmoreland.
[*Esce Westmoreland.*]
Dunque, Falstaff, dove eravate tutto questo tempo?
Quando tutto è finito, allora venite.
Questi vostri trucchi e indugi, per la mia vita,
un giorno o l'altro spezzeranno la schiena a una forca.

FALSTAFF Mi dispiacerebbe, signore, se non fosse così. Finora non ho mai visto che rimproveri e critiche ricompensare il valore.[221] Pensate che io sia una rondine, una freccia, una pallottola? Ho forse, coi miei movimenti vecchi e miserevoli, la velocità del pensiero? Sono arrivato qui di corsa, al limite estremo delle possibilità. Cavalli da posta ne ho azzoppato nove ventine e rotti, e qui, impolverato dal viaggio come sono, ma immacolato e puro nel mio onore, ho fatto prigioniero Sir John Coleville della Valle, cavaliere furiosissimo e nemico valoroso. Ma a che sorprendersi? Mi ha visto e si è arreso, così che posso dire a ragione, come quel romano col naso a uncino: "Venni, vidi e vinsi".

LANCASTER È stato più per cortesia sua che per merito vostro.

FALSTAFF Non so. Eccolo qui, qui ve lo consegno. E prego vostra grazia che la cosa venga registrata fra le altre imprese della giornata, altrimenti perdio la farò mettere in una ballata apposta, con sopra il mio ritratto e Coleville che mi bacia i piedi. Qualora mi costringerete a tale passo, se non sembrerete tutti a mio confronto dei soldini dorati, e se nel cielo chiaro della fama non vi supererò in luminosità quanto la luna supera le ceneri dell'elemento,[222] che a suo confronto paiono capocchie di spillo, non credete più alla parola di un gentiluomo. Perciò fate che io abbia giustizia, e che il merito s'innalzi.

LANCASTER Il tuo è troppo pesante per alzarsi.

FALSTAFF Che brilli allora.

LANCASTER Thine's too thick to shine.

FALSTAFF Let it do something, my good lord, that may do me good, and call it what you will.

LANCASTER Is thy name Coleville?

COLEVILLE It is, my lord.

LANCASTER A famous rebel art thou, Coleville.

FALSTAFF And a famous true subject took him.

COLEVILLE
I am, my lord, but as my betters are
That led me hither. Had they been ruled by me,
You should have won them dearer than you have.

FALSTAFF I know not how they sold themselves. But thou, like a kind fellow, gavest thyself away gratis, and I thank thee for thee.

Enter Westmoreland.

LANCASTER
Now, have you left pursuit?

WESTMORELAND
Retreat is made and execution stayed.

LANCASTER
Send Coleville with his confederates
To York, to present execution.
Blunt, lead him hence, and see you guard him sure.
[*Exeunt Blunt and others with Coleville.*]
And now dispatch we toward the court, my lords.
I hear the king my father is sore sick.
Our news shall go before us to his majesty,
Which, cousin, you shall bear to comfort him,
And we with sober speed will follow you.

FALSTAFF
My lord, I beseech you give me leave to go
Through Gloucestershire. And when you come to court,
Stand my good lord, pray, in your good report.

LANCASTER
Fare you well, Falstaff. I, in my condition,
Shall better speak of you than you deserve.

LANCASTER Il tuo è troppo opaco per brillare.

FALSTAFF Faccia allora qualcosa che mi porti bene, caro signor mio, e chiamatelo come volete.

LANCASTER Il tuo nome è Coleville?

COLEVILLE Lo è, mio signore.

LANCASTER Tu sei un famoso ribelle, Coleville.

FALSTAFF E un suddito famoso e fedele lo ha catturato.

COLEVILLE
Lo sono, signore, solo quanto i miei superiori
che qui mi condussero. Fossi stato io a comandarli
voi li avreste vinti a ben più caro prezzo.[223]

FALSTAFF Non so a che prezzo si sono venduti. Ma tu, da persona gentile, ti sei dato via gratis, e te ne ringrazio.

Entra Westmoreland.

LANCASTER
Avete cessato l'inseguimento?

WESTMORELAND
È stata ordinata la ritirata, la carneficina è sospesa.

LANCASTER
Mandate Coleville e i suoi complici
a York per essere subito giustiziati.
Blunt, portatelo via e custoditelo bene.
[*Escono Blunt e altri con Coleville.*]
E ora affrettiamoci a corte, signori.
Sento che il Re mio padre è gravemente ammalato.
Le nostre notizie ci precederanno da sua maestà:
voi, cugino, le porterete per confortarlo.
E noi con misurata premura vi seguiremo.

FALSTAFF
Monsignore, vi chiedo l'autorizzazione di passare
per il Gloucestershire.[224] E quando arrivate a corte
favoritemi, vi prego, con le vostre buone parole.

LANCASTER
State bene, Falstaff. Per quel che mi compete
parlerò di voi meglio di quanto meritate.

[*Exeunt all but Falstaff.*]

FALSTAFF I would you had but the wit. 'Twere better than your dukedom. Good faith, this same young sober-blooded boy doth not love me, nor a man cannot make him laugh. But that's no marvel, he drinks no wine. There's never none of these demure boys come to any proof, for thin drink doth so overcool their blood, and making many fish-meals, that they fall into a kind of male-green-sickness, and then, when they marry, they get wenches. They are generally fools and cowards, which some of us should be too, but for inflammation. A good sherris-sack hath a twofold operation in it. It ascends me into the brain, dries me there all the foolish and dull and crudy vapors which environ it, makes it apprehensive, quick, forgetive, full of nimble, fiery, and delectable shapes, which, delivered o'er to the voice, the tongue, which is the birth, becomes excellent wit. The second property of your excellent sherris is the warming of the blood, which, before cold and settled, left the liver white and pale, which is the badge of pusillanimity and cowardice. But the sherris warms it and makes it course from the inwards to the parts extremes. It illumineth the face, which as a beacon gives warning to all the rest of this little kingdom, man, to arm, and then the vital commoners and inland petty spirits muster me all to their captain, the heart, who, great and puffed up with this retinue, doth any deed of courage, and this valour comes of sherris. So that skill in the weapon is nothing without sack, for that sets it a-work, and learning a mere hoard of gold kept by a devil, till sack commences it and sets it in act and use. Hereof comes it that Prince Harry is valiant, for the cold blood he did naturally inherit of his father, he hath, like lean, sterile, and bare land, manured, husbanded, and tilled with excellent endeavour of drinking good and good store of fertile sherris, that he is become very hot and valiant. If I had a thousand sons, the first humane principle I would teach them should be to forswear thin potations and to addict themselves to sack.

[*Escono tutti tranne Falstaff.*]

FALSTAFF Vorrei solo che aveste abbastanza spirito. Sarebbe meglio del vostro titolo di duca. In fede, questo ragazzetto sanguefreddo non mi vuol bene, e non c'è chi riesca a farlo ridere. Ma non è meraviglia, non beve vino. Non ce n'è mai uno di questi tipetti riservati che dimostri di valere qualcosa, perché l'acqua fresca gli raffredda tanto il sangue, e anche il mangiar sempre pesce, che gli prende una sorta di maschile anemia delle donne[225] e poi, quando si sposano, fanno figlie femmine. Generalmente sono sciocchi e vigliacchi, come sarebbe anche qualcuno di noi se non fosse per le bevute che lo infiammano. Un buono sherry ha in sé un duplice effetto. Ti sale su nel cervello, ti ci prosciuga tutti i vapori sciocchi e smorti e raggrumati che lo circondano, te lo rende perspicace, pronto, fantasioso, pieno di forme agili, ardenti e dilettevoli, le quali trasmesse alla voce e alla lingua che le fa nascere si mutano in spirito eccellente. La seconda proprietà dell'ottimo sherry è che riscalda il sangue, che prima, freddo e fermo, lasciava il fegato bianco e pallido, che è l'insegna della pusillanimità e della vigliaccheria. Ma lo sherry lo riscalda e lo fa correre dalle interiora alle parti estreme. Esso illumina la faccia, che come un faro dà avviso a tutto il resto di quella piccola nazione che è l'uomo, di armarsi, e allora il popolo degli umori vitali e gli spiritelli dell'interno passano tutti in parata davanti al loro capitano, il cuore, che, grande e gonfio per tale seguito, compie qualsiasi prodezza, e questo valore viene dallo sherry. Sicché l'abilità nelle armi non è niente senza il vino, che è ciò che la mette in opera, e il sapere non è che un cumulo d'oro custodito da un diavolo, finché il vino non vi dà la stura e lo pone in movimento e funzione. Da ciò deriva che il principe Harry è gagliardo, perché il sangue freddo che ereditò naturalmente dal padre, come una terra magra, sterile e nuda, egli lo ha zappato, sarchiato e coltivato con l'eccellente pratica del bere bene e abbondantemente dello sherry fertilizzante, e così si è fatto valente e focoso. Se io avessi mille figli, il primo principio di umanità che gli insegnerei sarebbe di ripudiare le bevande leggere e attaccarsi al vino.

Enter Bardolph.

How now, Bardolph?

BARDOLPH The army is discharged all and gone.

FALSTAFF Let them go. I'll through Gloucestershire, and there will I visit Master Robert Shallow, esquire. I have him already tempering between my finger and my thumb, and shortly will I seal with him. Come away.

[*Exeunt.*]

Scene IV

Enter the King, Warwick, Thomas Duke of Clarence, Humphrey [*Duke*] *of Gloucester* [*, and others*].

KING

Now, lords, if God doth give successful end
To this debate that bleedeth at our doors,
We will our youth lead on to higher fields
And draw no swords but what are sanctified.
Our navy is addressed, our power collected,
Our substitutes in absence well invested,
And everything lies level to our wish.
Only, we want a little personal strength,
And pause us, till these rebels, now afoot,
Come underneath the yoke of government.

WARWICK

Both which we doubt not but your majesty
Shall soon enjoy.

KING Humphrey, my son of Gloucester,
Where is the prince your brother?

GLOUCESTER

I think he's gone to hunt, my lord, at Windsor.

KING

And how accompanied?

GLOUCESTER I do not know, my lord.

KING

Is not his brother, Thomas of Clarence, with him?

Entra Bardolph.

Che c'è Bardolph?

BARDOLPH L'esercito è stato sciolto e tutti sono partiti.

FALSTAFF Che vadano. Io passerò per il Gloucestershire, e lì visiterò messer Robert Shallow, scudiere. Me lo sto già lavorando fra il pollice e l'indice, come cera, e in breve ci metterò il sigillo. Vieni via.

[*Escono.*]

Scena IV[226]

Entrano il Re, Warwick, Thomas Duca di Clarence, Humphrey [*Duca*] *di Gloucester* [*e altri*].

RE

Ora, signori, se Dio concede un esito felice
al dissidio che sanguina alle nostre porte
condurremo la nostra gioventù a campi più nobili
e impugneremo solo spade santificate.[227]
La nostra flotta è pronta, le truppe raccolte,
coloro che ci sostituiranno nell'assenza nominati,
e tutto si accorda ai nostri desideri.
Solo ci manca un poco di forza personale,
e sostiamo finché i ribelli adesso in armi
siano ridotti sotto il giogo del governo.

WARWICK

Due cose di cui non dubitiamo vostra maestà
presto godrà.

RE Humphrey, figlio mio Gloucester,[228]
Dov'è il Principe tuo fratello?

GLOUCESTER

Credo, signore, sia andato a caccia a Windsor.

RE

E per compagni?

GLOUCESTER Non so, signore.

RE

Non è con lui suo fratello, Thomas di Clarence?

GLOUCESTER
No, my good lord, he is in presence here.
CLARENCE
What would my lord and father?
KING
Nothing but well to thee, Thomas of Clarence.
How chance thou art not with the prince thy brother?
He loves thee, and thou dost neglect him, Thomas;
Thou hast a better place in his affection
Than all thy brothers. Cherish it, my boy,
And noble offices thou mayst effect
Of mediation, after I am dead,
Between his greatness and thy other brethren.
Therefore omit him not, blunt not his love,
Nor lose the good advantage of his grace
By seeming cold or careless of his will.
For he is gracious, if he be observed.
He hath a tear for pity and a hand
Open as day for meting charity.
Yet notwithstanding, being incensed, he is flint,
As humourous as winter and as sudden
As flaws congealèd in the spring of day.
His temper, therefore, must be well observed.
Chide him for faults, and do it reverently,
When you perceive his blood inclined to mirth,
But, being moody, give him time and scope,
Till that his passions, like a whale on ground,
Confound themselves with working. Learn this, Thomas,
And thou shalt prove a shelter to thy friends,
A hoop of gold to bind thy brothers in,
That the united vessel of their blood,
Mingled with venom of suggestion –
As, force perforce, the age will pour it in –
Shall never leak, though it do work as strong
As aconitum or rash gunpowder.
CLARENCE
I shall observe him with all care and love.

GLOUCESTER
No, caro signore, egli è qui presente.
CLARENCE
Cosa desidera il signore mio padre?
RE
Null'altro che il tuo bene, Thomas di Clarence.
Com'è che non sei col Principe tuo fratello?
Egli ti ama, e tu lo trascuri, Thomas;
hai un luogo migliore nel suo affetto
di tutti i tuoi fratelli. Conservalo, figlio mio,
e potrai compiere nobili uffici
di mediazione, quando io sarò morto,
fra la grandezza di lui e gli altri tuoi fratelli.
Perciò non trascurarlo, non ottundere il suo affetto,
e non perdere i vantaggi del suo favore
sembrando freddo e incurante dei suoi desideri.
Infatti, se rispettato, è generoso,
ha lacrime di pietà e una mano
aperta come il giorno alla carità.
Però, se provocato, diventa duro come la pietra,
capriccioso come l'inverno e violento
come nevischio gelato al sorgere del giorno.
Il suo umore, pertanto, va osservato con cura.
Rimproveragli le colpe, ma con rispetto,
quando il suo sangue ti appare incline all'allegria;
ma quando è ombroso, dagli tempo e spazio,
finché le sue passioni, come una balena arenata,
si consumino dal dibattersi. Impara questo, Thomas,
e ti dimostrerai un riparo per i tuoi amici,
un cerchio d'oro per legare i tuoi fratelli
affinché la coppa unica del loro sangue,
anche se mescolato col veleno delle calunnie
che inevitabilmente i tempi vi verseranno,
mai s'incrinerà, per quanto esso operi con la forza
dell'aconito o della polvere da sparo.
CLARENCE
Lo rispetterò con ogni cura e affetto.

KING
Why art thou not at Windsor with him, Thomas?
CLARENCE
He is not there to-day; he dines in London.
KING
And how accompanied? [Can't thou tell that?]
CLARENCE
With Poins and other his continual followers.
KING
Most subject is the fattest soil to weeds,
And he, the noble image of my youth,
Is overspread with them. Therefore my grief
Stretches itself beyond the hour of death.
The blood weeps from my heart when I do shape
In forms imaginary the unguided days
And rotten times that you shall look upon
When I am sleeping with my ancestors.
For when his headstrong riot hath no curb,
When rage and hot blood are his counsellors,
When means and lavish manners meet together,
O, with what wings shall his affections fly
Towards fronting peril and opposed decay!
WARWICK
My gracious lord, you look beyond him quite.
The prince but studies his companions
Like a strange tongue, wherein, to gain the language,
'Tis needful that the most immodest word
Be looked upon and learned, which once attained,
Your highness knows, comes to no further use
But to be known and hated. So, like gross terms,
The prince will in the perfectness of time
Cast off his followers, and their memory
Shall as a pattern or a measure live,
By which his grace must mete the lives of other,
Turning past evils to advantages.
KING
'Tis seldom when the bee doth leave her comb
In the dead carrion.

RE
Perché, Thomas, non sei con lui a Windsor?
CLARENCE
Non è là oggi; pranza a Londra.
RE
E con chi? [Puoi dirmelo?]
CLARENCE
Con Poins e altri suoi compagni perpetui.
RE
Il terreno più fertile è più soggetto alle erbacce,
e lui, nobile immagine della mia giovinezza,
ne è tutto invaso. Perciò il mio dolore
si estende oltre l'ora della morte.
Il mio cuore piange sangue quando mi figuro
nella fantasia i giorni sregolati
e i tempi marci che voi dovrete vedere
quando dormirò accanto ai miei antenati.
Ché quando la sua ostinata sregolatezza non avrà freno,
quando furia e sangue caldo saranno suoi consiglieri,
quando ricchezza e sperpero si incontreranno,
ahimé con che ali i suoi desideri voleranno
verso il pericolo che lo minaccia e la rovina che lo attende!
WARWICK
Mio buon signore, voi lo fraintendete.
Il Principe studia solo i suoi compagni
come una lingua straniera in cui, per impararla,
è necessario che la parola più scabrosa
sia cercata e appresa: la quale posseduta,
come sa vostra signoria, non viene poi usata
che per conoscerla e odiarla. Così, come parole grossolane,
il Principe nella maturità dei tempi
scaccerà i suoi seguaci, e la memoria di loro
vivrà come un esempio e una misura,
con cui la sua grazia valuterà la vita d'altri,
volgendo il male passato a suo vantaggio.
RE
Di rado l'ape abbandona l'alveare
nella carogna.

Enter Westmoreland.

Who's here? Westmoreland?

WESTMORELAND

Health to my sovereign, and new happiness
Added to that that I am to deliver.
Prince John your son doth kiss your grace's hand.
Mowbray, the Bishop Scroop, Hastings and all
Are brought to the correction of your law.
There is not now a rebel's sword unsheathed,
But Peace puts forth her olive everywhere.
The manner how this action hath been borne
Here at more leisure may your highness read,
With every course in his particular.

KING

O Westmoreland, thout art a summer bird,
Which ever in the haunch of winter sings
The lifting up of day.

Enter Harcourt.

Look, here's more news.

HARCOURT

From enemies heaven keep your majesty,
And, when they stand against you, may they fall
As those that I am come to tell you of!
The Earl Northumberland and the Lord Bardolph,
With a great power of English and of Scots,
Are by the shrieve of Yorkshire overthrown.
The manner and true order of the fight
This packet, please it you, contains at large.

KING

And wherefore should these good news make me sick?
Will Fortune never come with both hands full,
But write her fair words still in foulest letters?
She either gives a stomach and no food –
Such are the poor, in health – or else a feast
And takes away the stomach – such are the rich,
That have abundance and enjoy it not.
I should rejoice now at this happy news,
And now my sight fails, and my brain is giddy.

Entra Westmoreland.
Chi arriva? Westmoreland?

WESTMORELAND
Salute al mio sovrano, e nuova felicità
si aggiunga a quella che devo comunicargli.
Il principe John vostro figlio vi bacia la mano.
Mowbray, il vescovo Scroop, Hastings e tutti
sono stati assoggettati al rigore della vostra legge.
Non vi è più una spada di ribelle sguainata,
ma la pace fa fiorire l'ulivo dappertutto.
Il modo in cui questa impresa è stata condotta
qui vostra altezza può leggerlo con comodo,
con ogni evento nei suoi particolari.

RE
O Westmoreland, sei come un uccello d'estate,
che sempre sul finire dell'inverno canta
il sorgere del giorno.
Entra Harcourt.
Ecco altre notizie.

HARCOURT
Il cielo protegga vostra maestà dai nemici
e quando essi si sollevano, possano cadere
come quelli di cui vengo a dirvi!
Il conte di Northumberland e Lord Bardolph,
con un grande esercito di inglesi e di scozzesi,
sono stati sconfitti dallo sceriffo dello Yorkshire.
I momenti e le fasi esatte della battaglia
questo plico, se vi piace, li contiene per esteso.[229]

RE
Perché queste buone notizie mi fan star male?
La Fortuna non viene mai con due mani piene,
ma scrive belle parole con brutte lettere?
Essa dà stomaco capace e niente cibo,
come ai poveri sani, oppure un festino
e toglie lo stomaco, come ai ricchi
che hanno abbondanza e non la godono.[230]
Ora dovrei gioire di queste felici nuove,
e ora mi manca la vista, la mia mente vacilla.

O me! Come near me. Now I am much ill.

GLOUCESTER

Comfort, your majesty!

CLARENCE O my royal father!

WESTMORELAND

My sovereign lord, cheer up yourself, look up.

WARWICK

Be patient, princes. You do know these fits
Are with his highness very ordinary.
Stand from him, give him air, he'll straight be well.

CLARENCE

No, no, he cannot long hold out these pangs.
The incessant care and labour of his mind
Hath wrought the mure that should confine it in
So thin that life looks through [and will break out].

GLOUCESTER

The people fear me, for they do observe
Unfathered heirs and loathly births of nature.
The seasons change their manners, as the year
Had found some months asleep and leaped them over.

CLARENCE

The river hath thrice flowed, no ebb between,
And the old folk, time's doting chronicles,
Say it did so a little time before
That our great-grandsire, Edward, sicked and died.

WARWICK

Speak lower, princes, for the king recovers.

GLOUCESTER

This apoplexy will certain be his end.

KING

I pray you, take me up, and bear me hence
Into some other chamber. [Softly, pray.]

[*They bear him to another place*.]

Ahimè! Venitemi accanto. Sto assai male.

GLOUCESTER

Coraggio, maestà!

CLARENCE

O mio regale padre!

WESTMORELAND

Mio signore sovrano, fatevi animo, alzate gli occhi.

WARWICK

Pazienza, principi. Sapete che questi attacchi
sono per sua altezza assai comuni.
Lasciatelo, dategli aria, starà subito meglio.

CLARENCE

No, non può resistere a lungo a queste fitte.
La cura e la fatica incessante della mente
ha reso il muro che dovrebbe contenerla
tanto sottile che la vita ne traspare.[231]

GLOUCESTER

Il popolo m'impaurisce, poiché esso nota
nascite senza paternità e aborti di natura.
Le stagioni mutano le loro maniere, come se l'anno,
trovando alcuni mesi assopiti, li avesse saltati.

CLARENCE

Il fiume ha avuto tre piene senza bassa marea,
come i vecchi, che sono gli annali senili dei tempi,
dicono che abbia fatto qualche tempo prima
che nostro bisnonno Edward si ammalò e morì.[232]

WARWICK

Parlate piano, principi, poiché il Re si riprende.

GLOUCESTER

Questa apoplessia sarà certo la sua fine.

RE

Vi prego, prendetemi e portatemi da qui
in qualche altra camera. [Piano, per piacere.]

[*Lo portano in un'altra parte del palcoscenico*.]

Scene v

KING
Let there be no noise made, my gentle friends,
Unless some dull and favourable hand
Will whisper music to my weary spirit.
WARWICK
Call for the music in the other room.
KING
Set me the crown upon my pillow here.
CLARENCE
His eye is hollow, and he changes much.
WARWICK
Less noise, less noise!

Enter [*Prince*] *Henry.*

PRINCE Who saw the Duke of Clarence?
CLARENCE
I am here, brother, full of heaviness.
PRINCE
How now! Rain within doors, and none abroad!
How doth the king?
GLOUCESTER
Exceeding ill.
PRINCE Heard he the good news yet?
Tell it him.
GLOUCESTER
He altered much upon the hearing it.
PRINCE
If he be sick with joy, he'll recover without physic.
WARWICK
Not so much noise, my lords. Sweet prince, speak low.
The king your father is disposed to sleep.
CLARENCE
Let us withdraw into the other room.
WARWICK
Will't please your grace to go along with us?

Scena v[233]

RE
Non fate nessun rumore, amici miei gentili,
a meno che una mano lenta e propizia
non sussurri musica al mio animo stanco.

WARWICK
Che facciano musica nell'altra stanza.

RE
Mettete la corona qui, sul cuscino.

CLARENCE
Ha l'occhio spento, e impallidisce molto.

WARWICK
Meno rumore, meno rumore!

Entra [il principe] Henry.

PRINCIPE
Chi ha visto il Duca di Clarence?

CLARENCE
Son qui, fratello, pieno di tristezza.

PRINCIPE
Ma come! Piove in casa, e fuori no!
Come sta il Re?

GLOUCESTER
Molto male.

PRINCIPE
Ha già udito le buone nuove?
Ditegliele.

GLOUCESTER
Si è alterato molto sentendole.

PRINCIPE
Se sta male per la gioia, guarirà senza medicine.

WARWICK
Meno rumore, signori. Dolce Principe, parlate piano.
Il Re vostro padre desidera dormire.

CLARENCE
Ritiriamoci nell'altra stanza.

WARWICK
Se piace a vostra grazia, venite con noi.

PRINCE
No, I will sit and watch here by the king.
[*Exeunt all but the Prince.*]
Why doth the crown lie there upon his pillow,
Being so troublesome a bedfellow?
O polished perturbation! Golden care!
That keep'st the ports of slumber open wide
To many a watchful night! Sleep with it now!
Yet not so sound and half so deeply sweet
As he whose brow with homely biggen bound
Snores out the watch of night. O majesty!
When thou dost pinch thy bearer, thou dost sit
Like a rich armour worn in heat of day,
That scald'st with safety. By his gates of breath
There lies a downy feather which stirs not.
Did he suspire, that light and weightless down
Perforce must move. My gracious lord! my father!
This sleep is sound indeed. This is a sleep
That from this golden rigol hath divorced
So many English kings. Thy due from me
Is tears and heavy sorrows of the blood,
Which nature, love, and filial tenderness
Shall, O dear father, pay thee plenteously.
My due from thee is this imperial crown,
Which, as immediate from thy place and blood,
Derives itself to me. [*Puts on the crown.*] Lo, where it sits,
Which God shall guard. And put the world's whole [strength
Into one giant arm, it shall not force
This lineal honour from me. This from thee
Will I to mine leave, as 'tis left to me. [*Exit.*]

KING
Warwick! Gloucester! Clarence!

Enter Warwick, Gloucester, Clarence.

CLARENCE
Doth the king call?

PRINCIPE
No, siederò qui a vegliare accanto al Re.
[*Escono tutti eccetto il Principe.*]
Perché è posata lì sul suo guanciale la corona,
compagna di letto così inquietante?
O turbamento fulgido! Ansia dorata!
Che tieni le porte del sonno spalancate
a molte notti di veglia! Le dorme accanto, adesso!
Ma non così sodo o con metà la profonda dolcezza
di chi con la testa avvolta da una comune berretta
russa tutta la notte.[234] O regalità!
Quando tormenti chi ti porta, stringi
come una ricca corazza indossata nella calura,
che protegge ma brucia. Accanto alle sue labbra
è posata una piuma che non si muove.
Se respirasse, quella lieve piuma senza peso
si dovrebbe agitare. Mio grazioso signore! Padre mio!
Questo è un sonno davvero profondo. È il sonno
che da questo cerchio d'oro ha separato
tanti re d'Inghilterra. A te io devo
lacrime e greve tristezza del sangue,
che affetto, amore e tenerezza filiale
ti tributeranno, caro padre, in abbondanza.
A me tu devi questa corona imperiale
che, in quanto più prossimo al tuo sangue e stato,
a me è trasmessa. [*Si mette in testa la corona.*] Ecco che siede
dove Dio la custodirà. Entrasse pure tutta la forza del mondo
in un braccio gigante, esso non mi strapperà
questo onore ereditario. Questo che ebbi da te
io lascerò ai miei, come esso è lasciato a me. [*Esce.*]

RE
Warwick! Gloucester! Clarence!

Entrano Warwick, Gloucester, Clarence.

CLARENCE
Il Re ci chiama?

WARWICK

What would your majesty? [How fares your grace?]

KING

Why did you leave me here alone, my lords?

CLARENCE

We left the prince my brother here, my liege,
Who undertook to sit and watch by you.

KING

The Prince of Wales! Where is he? Let me see him.
He is not here.

WARWICK

The door is open; he is gone this way.

GLOUCESTER

He came not through the chamber where we stayed.

KING

Where is the crown? Who took it from my pillow?

WARWICK

When we withdrew, my liege, we left it here.

KING

The prince hath ta'en it hence. Go, seek him out.
Is he so hasty that he doth suppose
My sleep my death?
Find him, my Lord of Warwick, chide him hither.

[*Exit Warwick.*]

This part of his conjoins with my disease
And helps to end me. See, sons, what things you are!
How quickly nature falls into revolt
When gold becomes her object!
For this the foolish overcareful fathers
Have broke their sleep with thoughts, their brains with [care,
Their bones with industry.
For this they have engrossed and pilèd up
The cankered heaps of strange-achievèd gold;
For this they have been thoughtful to invest
Their sons with arts and martial exercises;
When, like the bee, tolling from every flower
[The virtuous sweets],

WARWICK

Cosa desidera sua maestà? [Come sta vostra grazia?]

RE

Perché, signori, mi avete lasciato qui solo?

CLARENCE

Maestà, abbiamo lasciato qui il Principe mio fratello,
che si era impegnato a restare a vegliarvi.

RE

Il Principe di Galles! Dov'è? Voglio vederlo.
Egli non è qui.

WARWICK

La porta è aperta: di qua è passato.

GLOUCESTER

Non ha attraversato la camera in cui eravamo.

RE

Dov'è la corona? Chi l'ha presa dal mio cuscino?

WARWICK

Quando ci ritirammo, maestà, la lasciammo qui.

RE

Il Principe l'ha portata via. Andate, cercatelo.
Ha tanta fretta che pensa che il mio sonno
sia la mia morte? Trovatelo,
mio Lord di Warwick, rimproveratelo perché venga.
[*Esce Warwick.*]
Questa sua condotta si congiunge alla mia malattia
e aiuta a finirmi. Vedete, figli, cosa siete!
Come rapidamente la natura si rivolta
quando l'oro diviene il suo scopo!
Per questo i padri, sciocchi e troppo solleciti,
si rovinano il sonno coi pensieri, la mente
con l'ansia, le ossa col lavoro.
Per questo essi hanno accumulato mucchi
malsani di oro ottenuto per vie traverse;
per questo si sono dati pena di insegnare
ai figli le arti e gli esercizi militari:
quando, raccogliendo come le api da ogni fiore
[la sua dolcezza e virtù], le zampe

Our thighs packed with wax, our mouths with honey,
We bring it to the hive, and, like the bees,
Are murdered for our pains. This bitter taste
Yields his engrossments to the ending father.

Enter Warwick.

Now, where is he that will not stay so long
Till his friend sickness have determined me?

WARWICK

My lord, I found the prince in the next room,
Washing with kindly tears his gentle cheeks,
With such a deep demeanour in great sorrow
That tyranny, which never quaffed but blood,
Would, by beholding him, have washed his knife
With gentle eye-drops. He is coming hither.

KING

But wherefore did he take away the crown?

Enter [Prince] Henry.

Lo, where he comes. Come hither to me, Harry.
Depart the chamber, leave us here alone.

Exeunt [Warwick and the rest].

PRINCE

I never thought to hear you speak again.

KING

Thy wish was father, Harry, to that thought.
I stay too long by thee, I weary thee.
Dost thou so hunger for mine empty chair
That thou wilt needs invest thee with my honours
Before thy hour be ripe? O foolish youth!
Thou seek'st the greatness that will overwhelm thee.
Stay but a little, for my cloud of dignity
Is held from falling with so weak a wind
That it will quickly drop. My day is dim.
Thou hast stolen that which after some few hours
Were thine without offense, and at my death
Thou hast sealed up my expectation.
Thy life did manifest thou lovedst me not,
And thou wilt have me die assured of it.
Thou hidest a thousand daggers in thy thoughts,

cariche di cera, le bocche di miele,
le portiamo all'alveare, come le api siamo
uccisi per la nostra fatica. Questo sapore amaro
le ricchezze accumulate lasciano al padre morente.
Entra Warwick.
Dunque, dov'è colui che non attende nemmeno
che la malattia, sua alleata, mi conduca alla fine?

WARWICK
Maestà, ho trovato il Principe nella stanza accanto,
che bagnava di lacrime filiali le guance gentili
con un atteggiamento così intenso di dolore
che anche la tirannia, avvezza solo a bere sangue,
vedendolo avrebbe lavato il suo coltello
con dolce pianto. Sta venendo qui.

RE
Ma perché ha portato via la corona?
Entra [il principe] Henry.
Ecco che viene. Harry, vieni da me.
Uscite dalla stanza, lasciateci soli.
Escono [Warwick e gli altri].

PRINCIPE
Mai avrei pensato di udirvi parlare ancora.

RE
Il tuo desiderio, Harry, ha generato quel pensiero.
Ti sto accanto troppo a lungo, ti annoio.
Hai tanta fame del mio trono vuoto
che devi investirti dei miei onori
prima che il tempo maturi? Sciocco giovane!
Cerchi la grandezza che ti schiaccerà.
Attendi appena un poco, la nuvola della mia regalità
è trattenuta da un vento tanto debole
che presto cadrà. Il mio giorno è fioco.
Hai rubato quello che dopo poche ore
sarebbe stato tuo senza offesa, e alla mia morte
hai confermato tutte le mie paure.
La tua vita rivelava che non mi amavi,
e tu vuoi che io muoia divenutone certo.
Nascondi mille pugnali nei pensieri,

Whom thou hast whetted on thy stony heart,
To stab at half an hour of my life.
What! Canst thou not forbear me half an hour?
Then get thee gone and dig my grave thyself,
And bid the merry bells ring to thine ear
That thou art crownèd, not that I am dead.
Let all the tears that should bedew my hearse
Be drops of balm to sanctify thy head.
Only compound me with forgotten dust;
Give that which gave thee life unto the worms.
Pluck down my officers, break my decrees,
For now a time is come to mock at form.
Harry the Fifth is crowned. Up, vanity!
Down, royal state! All you sage counsellors, hence!
And to the English court assemble now,
From every region, apes of idleness!
Now, neighbour confines, purge you of your scum.
Have you a ruffian that will swear, drink, dance,
Revel the night, rob, murder, and commit
The oldest sins the newest kind of ways?
Be happy, he will trouble you no more.
England shall double gild his treble guilt,
England shall give him office, honour, might,
For the fifth Harry from curbed license plucks
The muzzle of restraint, and the wild dog
Shall flesh his tooth on every innocent.
O my poor kingdom, sick with civil blows!
When that my care could not withhold thy riots,
What wilt thou do when riot is thy care?
O, thou wilt be a wilderness again,
Peopled with wolves, thy old inhabitants.

PRINCE

O, pardon me, my liege! But for my tears,
The moist impediments unto my speech,
I had forestalled this dear and deep rebuke
Ere you with grief had spoke and I had heard
The course of it so far. There is your crown,
And He that wears the crown immortally

affilati sulla pietra del tuo cuore,
per ferirmi mezz'ora prima della morte.[235]
Come! Non puoi concedermi mezz'ora?
Allora vattene, scava tu stesso la mia tomba
e ordina alle campane allegre di cantarti all'orecchio
la tua incoronazione, non la mia morte.
Che tutte le lacrime che dovrebbero bagnare la mia bara
siano gocce di unguento per consacrare la tua testa.
Mescolami solo con la polvere dimenticata;
da' ai vermi chi ti diede la vita.
Scaccia i miei funzionari, infrangi i miei decreti,
è venuto il tempo di schernire ogni cerimonia.
Harry quinto è incoronato. Viva la vanità!
Abbasso la dignità regale! Saggi consiglieri, fuori!
E nella corte inglese si radunino ora
da ogni regione scimmie scioperate!
Nazioni vicine, purgatevi della feccia.
C'è da voi un mascalzone che beva, balli, bestemmi,
gozzovigli la notte, rubi, uccida e commetta
i peccati più vecchi nei modi più nuovi?
Rallegratevi, non vi darà più fastidio.
L'Inghilterra indorerà due volte la sua triplice colpa,
l'Inghilterra gli darà incarichi, onori, potestà,
poiché il quinto Harry alla licenza sottomessa
strappa la museruola, e il cane rabbioso
pianterà i denti nella carne degli innocenti.
O mio povero regno, malato di ferite intestine!
Se il mio stesso governo non ha curato i tuoi disordini,
che farai quando il disordine ti governerà?
Ahimè, sarai di nuovo una terra selvaggia,
popolata di lupi, i tuoi antichi abitatori.

PRINCIPE

Perdonatemi, maestà! Non fosse stato per le mie lacrime,
umidi impedimenti alle mie parole, avrei
prevenuto questo rimprovero accorato e giusto
prima che voi con pena aveste detto e io ascoltato
tanta parte di esso. Ecco la vostra corona,
e Colui che porta la corona immortale

Long guard it yours. If I affect it more
Than as your honour and as your renown,
Let me no more from this obedience rise,
Which my most inward true and duteous spirit
Teacheth, this prostrate and exterior bending.
God witness with me, when I here came in,
And found no course of breath within your majesty,
How cold it struck my heart. If I do feign,
O, let me in my present wildness die
And never live to show the incredulous world
The noble change that I have purposèd.
Coming to look on you, thinking you dead,
And dead almost, my liege, to think you were,
I spake unto this crown as having sense,
And thus upbraided it: 'The care on thee depending
Hath fed upon the body of my father.
Therefore, thou best of gold art worst of gold.
Other, less fine in carat, is more precious,
Preserving life in medicine potable,
But thou, most fine, most honoured, most renowned,
Hast eat thy bearer up'. Thus, my most royal liege,
Accusing it, I put it on my head,
To try with it, as with an enemy
That had before my face murdered my father,
The quarrel of a true inheritor.
But if it did infect my blood with joy,
Or swell my thoughts to any strain of pride,
If any rebel or vain spirit of mine
Did with the least affection of a welcome
Give entertainment to the might of it,
Let God for ever keep it from my head
And make me as the poorest vassal is
That doth with awe and terror kneel to it.

KING

[O my son,]
God put it in thy mind to take it hence,
That thou mightst win the more thy father's love,
Pleading so wisely in excuse of it!

ve la custodisca a lungo. Se io la desidero più
del vostro onore e della vostra grandezza,
che non mi alzi mai da questo inchino che vi faccio,
che il mio spirito più intimo e più devoto
mi insegna, da questa umile ed esterna genuflessione.
Dio mi sia testimone, quando io qui sono entrato
e non ho trovato più alcun respiro nella maestà vostra,
quale freddo mi ha preso il cuore. Se dico il falso
che io muoia nella mia presente sregolatezza
e non viva per mostrare al mondo incredulo
il nobile mutamento che mi sono proposto.[236]
Venendo a visitarvi, pensandovi morto,
io stesso quasi morto, maestà, a tale pensiero,
ho parlato a questa corona come se mi potesse intendere,
e così l'ho rimproverata: "Le ansie a te congiunte
si sono nutrite del corpo di mio padre.
Pertanto tu, oro dei migliori, sei il peggiore degli ori.
Altri ori, meno fini per carati, sono più preziosi,
perché come farmaci potabili preservano la vita,
ma tu, il più fine, il più onorato e noto,
hai consumato chi ti portava". Così, regia maestà,
accusandola, me la sono posta in testa,
per mettere alla prova con essa, come con un nemico
che avesse sotto i miei occhi ucciso mio padre,
la causa di un legittimo erede.
Ma se essa m'infettò di gioia il sangue,
o mi gonfiò i pensieri di sentimenti di orgoglio,
se un qualche mio spirito ribelle e vanitoso
con la minima inclinazione a un benvenuto
diede accoglienza all'idea del potere che è in essa,
che Dio per sempre la tenga lontana dalla mia testa
e faccia di me il più misero vassallo
che con timore e terrore a lei si inchina.

RE

[O figlio mio,]
Dio ti mise in mente di portarla via,
affinché tu potessi vincere meglio l'affetto di tuo padre,
parlando con tanta saggezza per scusarti!

Come hither, Harry, sit thou by my bed,
And hear, I think, the very latest counsel
That ever I shall breathe. God knows, my son,
By what bypaths and indirect crooked ways
I met this crown, and I myself know well
How troublesome it sat upon my head.
To thee it shall descend with better quiet,
Better opinion, better confirmation,
For all the soil of the achievement goes
With me into the earth. It seemed in me
But as an honour snatched with boisterous hand,
And I had many living to upbraid
My gain of it by their assistances,
Which daily grew to quarrel and to bloodshed
Wounding supposèd peace. All these bold fears
Thou seest with peril I have answerèd,
For all my reign hath been but as a scene
Acting that argument. And now my death
Changes the mode, for what in me was purchased
Falls upon thee in a more fairer sort,
So thou the garland wear'st successively.
Yet, though thou stand'st more sure than I could do,
Thou art not firm enough, since griefs are green.
And all my friends, which thou must make thy friends,
Have but their stings and teeth newly ta'en out,
By whose fell working I was first advanced
And by whose power I well might lodge a fear
To be again displaced. Which to avoid,
I cut them off, and had a purpose now
To lead out many to the Holy Land,
Lest rest and lying still might make them look
Too near unto my state. Therefore, my Harry,
Be it thy course to busy giddy minds
With foreign quarrels, that action, hence borne out,
May waste the memory of the former days.
More would I, but my lungs are wasted so
That strength of speech is utterly denied me.
How I came by the crown, O God forgive,

Vieni qui, Harry, siediti accanto al mio letto,
e ascolta il consiglio estremo, credo,
che mai pronuncerò. Dio sa, mio figlio,
per quali vie traverse e storte deviazioni
ottenni questa corona, e io stesso conosco
con quanta angoscia ha pesato sul mio capo.[237]
A te discenderà con migliore tranquillità,
miglior giudizio, migliore sicurezza,
poiché tutte le macchie dell'ottenerla scendono
sottoterra con me. In me sembrava
solo un titolo afferrato con mano ardita,
e c'erano molti in vita per rimproverarmi
di averla ottenuta con il loro aiuto,
cosa che spesso portò a contese e sangue,
ferendo la pace attesa. Queste gravi calamità
sai con che pericoli le ho affrontate,
poiché tutto il mio regno non è stato che una scena
in cui si recitava questo soggetto. Ora la mia morte
cambia il tono, poiché quello che io presi
a te viene in maniera più legittima,
in quanto porti la corona per diritto ereditario.
Eppure, anche se la tua posizione è più sicura della mia,
non sei abbastanza solido, i dolori essendo recenti.
E tutti i miei amici, che tu devi farti amici,
hanno avuto strappati da poco i pungiglioni e i denti,
la cui durezza mi aveva all'inizio elevato,
e dalla cui forza potevo ben temere
di essere di nuovo cacciato. Per evitare questo
li ho allontanati, e ora avevo intenzione
di condurne molti in Terrasanta, per scongiurare
che il riposo e la quiete li porti a considerare
troppo dappresso il mio stato. Pertanto, Harry,
segui questa via e occupa gli animi incostanti
con guerre straniere, perché le spedizioni lontane
cancellino la memoria dei giorni trascorsi.[238]
Direi di più, ma ho il respiro tanto breve
che la forza di parlare mi è affatto negata.
Come ottenni la corona, Dio lo voglia perdonare,

And grant it may with thee in true peace live!

PRINCE

[My gracious liege,]
You won it, wore it, kept it, gave it me.
Then plain and right must my possession be,
Which I with more than with a common pain
'Gainst all the world will rightfully maintain.

Enter [*Prince John of*] *Lancaster* [*and Warwick*].

KING

Look, look, here comes my John of Lancaster.

LANCASTER

Health, peace, and happiness to my royal father!

KING

Thou bring'st me happiness and peace, son John,
But health, alack, with youthful wings is flown
From this bare withered trunk. Upon thy sight
My worldly business makes a period.
Where is my Lord of Warwick?

PRINCE

My Lord of Warwick!

KING

Doth any name particular belong
Unto the lodging where I first did swoon?

WARWICK

'Tis called Jerusalem, my noble lord.

KING

Laud be to God! Even there my life must end.
It hath been prophesied to me many years
I should not die but in Jerusalem,
Which vainly I supposed the Holy Land.
But bear me to that chamber; there I'll lie.
In that Jerusalem shall Harry die. [*Exeunt*.]

e che tu in vera pace la possa conservare!

PRINCIPE

[Mia graziosa maestà,] voi l'avete
vinta, portata, tenuta, a me data.
Perciò chiaro e giusto dev'essere il mio possesso,
che io con assoluta dedizione
contro il mondo intero giustamente difenderò.

Entra [il principe John di] Lancaster [e Warwick].

RE

Vedi, vedi, viene il mio John di Lancaster.

LANCASTER

Salute, pace e felicità al mio regale padre!

RE

Tu mi porti felicità e pace, figlio John,
ma la salute, ahimè, con ali giovanili è volata via
da questo tronco nudo e rinsecchito. Alla tua vista
le mie occupazioni terrene mettono un punto fermo.
Dov'è il mio Lord di Warwick?

PRINCIPE

Mio Lord di Warwick!

RE

Vi è un nome particolare che appartiene
alla camera dove ebbi il primo svenimento?

WARWICK

Si chiama Gerusalemme, nobile mio signore.[239]

RE

Sia lode a Dio! Proprio lì la mia vita deve finire.
Mi è stato profetato da molti anni
che non sarei morto che in Gerusalemme,
e io erroneamente pensavo fosse la Terrasanta.
Ma conducetemi in quella camera: là riposerò.
In quella Gerusalemme Harry morirà. [*Escono*.]

ACT V

Scene I

Enter Shallow, Falstaff, and Bardolph [*and Page*].

SHALLOW By cock and pie, sir, you shall not away tonight. What, Davy, I say!

FALSTAFF You must excuse me, Master Robert Shallow.

SHALLOW I will not excuse you, you shall not be excused, excuses shall not be admitted, there is no excuse shall serve, you shall not be excused. Why, Davy!

Enter Davy.

DAVY Here, sir.

SHALLOW Davy, Davy, Davy, Davy, let me see, Davy. Let me see, Davy, let me see. Yea, marry, William cook, bid him come hither. Sir John, you shall not be excused.

DAVY Marry, sir, thus, those precepts cannot be served. And, again, sir, shall we sow the headland with wheat?

SHALLOW With red wheat, Davy. But for William cook – are there no young pigeons?

DAVY Yes, sir. Here is now the smith's note for shoeing and plough-irons.

SHALLOW Let it be cast and paid. Sir John, you shall not be excused.

DAVY Now, sir, a new link to the bucket must needs be had. And, sir, do you mean to stop any of William's wages, about the sack he lost [the other day] at Hinckley fair?

ATTO V[240]

Scena I[241]

Entrano Shallow, Falstaff, Bardolph [*e il paggio*].

SHALLOW Per il diavolo e il messale,[242] signore, stanotte non partirete. Ehi, Davy, dico!

FALSTAFF Dovete scusarmi, messer Robert Shallow.

SHALLOW Io non vi scuserò, non sarete scusato, non verranno ammesse scuse, non vi è scusa che tenga, non sarete scusato. Ehi, Davy.

Entra Davy.

DAVY Eccomi, padrone.

SHALLOW Davy, Davy, Davy, Davy, vediamo un po', Davy. Vediamo un po', Davy, vediamo un po'. Ah sì, perdinci, William il cuoco, digli di venire. Ser John, non sarete scusato.

DAVY Per la Vergine, signore, dunque, quei mandati non si possono eseguire. Inoltre, signore, lo sparticampo dobbiamo seminarlo a frumento?

SHALLOW A frumento rosso, Davy. Ma il cuoco William... non ci sono dei piccioncini?

DAVY Sissignore. Ecco la nota del fabbro per i ferri da cavallo e per quelli dell'aratro.

SHALLOW Controlla e paga. Sir John, non sarete scusato.

DAVY E poi signore, ci vuole una nuova catena per la secchia.[243] E, padrone, volete trattenere una parte della paga di William per il sacco che ha perso l'altro giorno alla fiera di Hinckley?[244]

SHALLOW 'A shall answer it. Some pigeons, Davy, a couple of short-legged hens, a joint of mutton, and any pretty little tiny kickshaws, tell William cook.

DAVY Doth the man of war stay all night, sir?

SHALLOW Yea, Davy. I will use him well. A friend i' th' court is better than a penny in purse. Use his men well, Davy, for they are arrant knaves and will backbite.

DAVY No worse than they are backbitten, sir, for they have marvellous foul linen.

SHALLOW Well conceited, Davy. About thy business, Davy.

DAVY I beseech you, sir, to countenance William Visor of Woncot against Clement Perkes o' th' hill.

SHALLOW There is many complaints, Davy, against that Visor. That Visor is an arrant knave, on my knowledge.

DAVY I grant your worship that he is a knave, sir, but yet, God forbid, sir, but a knave should have some countenance at his friend's request. An honest man, sir, is able to speak for himself, when a knave is not. I have served your worship truly, sir, this eight years, and if I cannot once or twice in a quarter bear out a knave against an honest man, I have [but a very] little credit with your worship. The knave is mine honest friend, sir. Therefore, I beseech you, let him be countenanced.

SHALLOW Go to, I say he shall have no wrong. Look about, Davy. [*Exit Davy.*] Where are you, Sir John? Come, come, come, off with your boots. Give me your hand, Master Bardolph.

BARDOLPH I am glad to see your worship.

SHALLOW I thank thee with all my heart, kind Master Bardolph. [*to the Page*] And welcome, my tall fellow. Come, Sir John.

FALSTAFF I'll follow you, good Master Robert Shallow. [*Exit Shallow.*] Bardolph, look to our horses. [*Exeunt Bardolph and Page.*] If I were sawed into quantities, I should make four dozen of such bearded hermits' staves as Master Shallow. It is a wonderful thing to see the semblable coherence of his men's spirits and his. They,

SHALLOW Dovrà risponderne. Qualche piccione, Davy, un paio di galline nane, un cosciotto di pecora e qualche altra cosetta gustosa, dillo al cuoco William.

DAVY L'uomo di guerra si ferma tutta la notte, signore?

SHALLOW Sì, Davy. Lo voglio trattare bene. Un amico a corte val più di un soldo in tasca. Bada a trattare bene i suoi uomini, Davy, sono fior di canaglie e sono capaci di mordere alle spalle.

DAVY Non più di quanto siano morsi loro, signore: hanno la biancheria di un lerciume pauroso.

SHALLOW Buona la battuta, Davy. E ora all'opera, Davy.

DAVY Signore, vi prego di favorire William Visor di Woncote nella sua causa contro Clement Perkes della Collina.[245]

SHALLOW Ci sono state molte lamentele, Davy, contro questo Visor. Questo Visor è un gran furfante, a quel che ne so.

DAVY Sua signoria ha ragione che è un furfante, signore, però Dio non voglia, signore, che un furfante non sia un po' favorito su raccomandazione di un amico. Un uomo onesto, signore, si può difendere da solo, un furfante no. Ho servito vossignoria fedelmente, signore, sono otto anni, e se non mi è concesso un paio di volte l'anno di raccomandare un furfante contro un onest'uomo, vuol dire che ho ben poco credito con vossignoria. Il furfante è un mio amico onesto, signore. Perciò vi prego di favorirlo.

SHALLOW Basta, ti prometto che non subirà torto. Muoviti, Davy. [*Esce Davy.*] Dove siete, Sir John? Suvvia, suvvia, suvvia, levatevi gli stivali. Qua la mano, messer Bardolph.

BARDOLPH Son felice di vedere vossignoria.

SHALLOW Ti ringrazio con tutto il cuore, caro messer Bardolph. [*al paggio*] Benvenuto, spilungone.[246] Venite, Sir John.

FALSTAFF Vengo subito, caro messer Robert Shallow. [*Esce Shallow.*] Bardolph, occupati dei cavalli. [*Escono Bardolph e il paggio.*] Se mi segassero in pezzi, ne verrebbero fuori quattro dozzine di pertiche da eremita con la barba, com'è questo messer Shallow. È straordinario vedere la somiglianza fra il suo comprendonio e quello dei suoi servitori. Que-

by observing him, do bear themselves like foolish justices; he, by conversing with them, is turned into a justice-like serving-man. Their spirits are so married in conjunction with the participation of society that they flock together in consent, like so many wild geese. If I had a suit to Master Shallow, I would humour his men with the imputation of being near their master. If to his men, I would curry with Master Shallow that no man could better command his servants. It is certain that either wise bearing or ignorant carriage is caught, as men take diseases, one of another. Therefore let men take heed of their company. I will devise matter enough out of this Shallow to keep Prince Harry in continual laughter the wearing out of six fashions, which is four terms, or two actions, and 'a shall laugh without intervallums. O, it is much that a lie with a slight oath and a jest with a sad brow will do with a fellow that never had the ache in his shoulders! O, you shall see him laugh till his face be like a wet cloak ill laid up!

SHALLOW [*within*] Sir John!

FALSTAFF I come, Master Shallow, I come, Master Shallow.

[*Exit.*]

Scene II

Enter Warwick, [*meeting the*] *Lord Chief Justice.*

WARWICK
How now, my lord chief justice! whither away?

CHIEF JUSTICE
How doth the king?

WARWICK
Exceeding well. His cares are now all ended.

CHIEF JUSTICE
I hope, not dead.

WARWICK He's walked the way of nature,

sti, a forza di starci assieme, si comportano come giudici stolti; lui, a forza di parlare con loro, si è trasformato in un servo che somiglia a un giudice. I loro spiriti sono così intimamente congiunti a forza di frequentarsi che si muovono in branco all'unisono, come altrettante oche selvatiche. Se avessi da chiedere un favore a messer Shallow, mi concilierei i suoi servi sostenendo che sono in confidenza con il padrone.[247] Se lo dovessi chiedere ai suoi servi, lusingherei messer Shallow dicendogli che nessuno meglio di lui sa comandare i servitori. Certo è che tanto l'intelligenza quanto l'ignoranza si attaccano da una persona all'altra, come le malattie. Pertanto si deve badare a chi si frequenta.[248] Caverò fuori da questo Shallow abbastanza materiale da tenere il principe Harry in una risata perpetua finché la moda sarà cambiata sei volte, ovverosia per quattro sessioni, ovvero per due processi per debiti, e riderà senza sospensioni. Certo, una bugia con una bestemmiuccia, e una buffonata con una faccia seria, ne fanno di effetto su uno che non ha mai avuto il mal di schiena! Oh, lo vedrete ridere finché non avrà la faccia tutta spiegazzata, come un cappotto fradicio!

SHALLOW [*da dentro*] Ser John!

FALSTAFF Vengo, messer Shallow, vengo, messer Shallow.
[*Esce.*]

Scena II[249]

Entra Warwick, [*incontrando il*] *Lord Primo Giudice.*

WARWICK
Ebbene, Lord Primo Giudice! Dove andate?

GIUDICE
Come sta il Re?

WARWICK
Assai bene. I suoi affanni sono ormai tutti finiti.

GIUDICE
Non è morto, spero.

WARWICK Ha preso la via della natura,

And to our purposes he lives no more.

CHIEF JUSTICE

I would his majesty had called me with him.
The service that I truly did his life
Hath left me open to all injuries.

WARWICK

Indeed I think the young king loves you not.

CHIEF JUSTICE

I know he doth not, and do arm myself
To welcome the condition of the time,
Which cannot look more hideously upon me
Than I have drawn it in my fantasy.

Enter [*Prince*] *John* [*of Lancaster*], *Thomas* [*of Clarence*], *and Humphrey* [*of Gloucester, with Westmoreland*].

WARWICK

Here come the heavy issue of dead Harry.
O that the living Harry had the temper
Of he, the worst of these three gentlemen!
How many nobles then should hold their places
That must strike sail to spirits of vile sort!

CHIEF JUSTICE

O God, I fear all will be overturned!

LANCASTER

Good morrow, cousin Warwick, good morrow.

GLOUCESTER, CLARENCE

Good morrow, cousin.

LANCASTER

We meet like men that had forgot to speak.

WARWICK

We do remember, but our argument
Is all too heavy to admit much talk.

LANCASTER

Well, peace be with him that hath made us heavy.

CHIEF JUSTICE

Peace be with us, lest we be heavier.

E per quanto ci riguarda non è più vivo.

GIUDICE

Vorrei che sua maestà mi avesse portato con sé.
Il servizio leale che gli ho reso in vita
mi lascia indifeso da ogni attacco.

WARWICK

Invero penso che il giovane Re non vi ami.

GIUDICE

Io lo so, e armo me stesso
a dare il benvenuto alla nuova situazione
che non può essermi più nemica
di come già l'immagino nella fantasia.

Entrano [*i principi*] *John* [*di Lancaster*], *Thomas* [*di Clarence*] *e Humphrey* [*di Gloucester, con Westmoreland*].

WARWICK

Ecco giungere la triste progenie del defunto Harry.
Oh se Harry vivo avesse il carattere
del peggiore di questi tre uomini!
Quanti nobili allora conserverebbero la loro posizione
che devono ammainare le vele dinanzi a spiriti volgari![250]

GIUDICE

O Dio, temo che tutto sarà sovvertito!

LANCASTER

Buongiorno, cugino Warwick, buongiorno a voi.

GLOUCESTER, CLARENCE

Buongiorno, cugino.

LANCASTER

Ci incontriamo
come uomini che hanno dimenticato l'uso della parola.

WARWICK

No, lo ricordiamo ma il nostro soggetto
è troppo triste per poterne parlare.

LANCASTER

Be', pace a colui che ci ha resi tristi.

GIUDICE

Pace a noi, che non si diventi più tristi.

GLOUCESTER
O, good my lord, you have lost a friend indeed,
And I dare swear you borrow not that face
Of seeming sorrow, it is sure your own.

LANCASTER
Though no man be assured what grace to find,
You stand in coldest expectation.
I am the sorrier. Would 'twere otherwise.

CLARENCE
Well, you must now speak Sir John Falstaff fair,
Which swims against your stream of quality.

CHIEF JUSTICE
Sweet princes, what I did, I did in honour,
Led by the impartial conduct of my soul,
And never shall you see that I will beg
A ragged and forestalled remission.
If truth and upright innocency fail me,
I'll to the king my master that is dead,
And tell him who hath sent me after him.

WARWICK
Here comes the prince.

Enter the Prince [*as King Henry the Fifth*] *and Blunt.*

CHIEF JUSTICE
Good morrow, and God save your majesty!

KING
This new and gorgeous garment, majesty,
Sits not so easy on me as you think.
Brothers, you mix your sadness with some fear.
This is the English, not the Turkish court.
Not Amurath an Amurath succeeds,
But Harry Harry. Yet be sad, good brothers,
For, by my faith, it very well becomes you.
Sorrow so royally in you appears
That I will deeply put the fashion on
And wear it in my heart. Why then, be sad,
But entertain no more of it, good brothers,

GLOUCESTER
Mio buon signore, avete perduto un vero amico,
e oso giurare che il vostro volto addolorato
non è un prestito, ma di sicuro è il vostro.

LANCASTER
Nessuno è sicuro del favore che troverà,
voi però siete colui che ha speranza più fredda.
Ciò mi rende più triste. Vorrei fosse altrimenti.

CLARENCE
Be', ora dovete parlare gentilmente a Sir John Falstaff,
il che, dato il vostro grado, è nuotare controcorrente.

GIUDICE
Cari principi, quel che ho fatto fu onorevole,
vi fui tratto dall'imparzialità dell'animo,
e mai mi vedrete mendicare ignominiosamente
una grazia che è già negata in anticipo.
Se la verità e la coscienza limpida non mi serviranno
mi recherò dal Re mio signore che è morto,
e gli dirò chi mi ha mandato da lui.

WARWICK
Arriva il Principe.

Entra il Principe [*ora nelle vesti di re Enrico* V] *e Blunt.*

GIUDICE
Buongiorno e Dio salvi vostra maestà!

RE
Questa veste spendida e nuova, la maestà,
non mi sta comoda come voi pensate.
Fratelli, alla vostra tristezza unite qualche paura.
Questa è la corte inglese, non quella turca.
Non Amurat succede ad Amurat[251]
bensì Harry a Harry. Eppure siate tristi, cari fratelli,
poiché, in fede mia, ciò molto vi si addice.
Il dolore appare in voi tanto regale[252]
che anch'io adotterò fino in fondo questa maniera
e lo porterò nel cuore. Dunque, siate tristi,
ma non consideratelo in misura maggiore, buoni fratelli,

Than a joint burden laid upon us all.
For me, by heaven, I bid you be assured,
I'll be your father and your brother too.
Let me but bear your love, I'll bear your cares.
Yet weep that Harry's dead, and so will I,
But Harry lives, that shall convert those tears
By number into hours of happiness.

PRINCES
We hope no otherwise from your majesty.

KING
You all look strangely on me.
[*To the Chief Justice*] And you most.
You are, I think, assured I love you not.

CHIEF JUSTICE
I am assured, if I be measured rightly,
Your majesty hath no just cause to hate me.

KING
No?
How might a prince of my great hopes forget
So great indignities you laid upon me?
What! Rate, rebuke, and roughly send to prison
The immediate heir of England! Was this easy?
May this be washed in Lethe, and forgotten?

CHIEF JUSTICE
I then did use the person of your father.
The image of his power lay then in me.
And, in the administration of his law,
Whiles I was busy for the commonwealth,
Your highness pleasèd to forget my place,
The majesty and power of law and justice,
The image of the king whom I presented,
And struck me in my very seat of judgment.
Whereon, as an offender to your father,
I gave bold way to my authority
And did commit you. If the deed were ill,
Be you contented, wearing now the garland,
To have a son set your decrees at naught?
To pluck down justice from your awful bench?

di un peso condiviso che tutti sopportiamo.
Quanto a me, per il cielo, potete stare certi
che sarò per voi un padre oltre che un fratello.
Portatemi il vostro amore, io porterò i vostri affanni.
Eppure piangete che Harry è morto, lo farò anch'io,
ma è vivo lo Harry che muterà ciascuna
delle vostre lacrime in ore di felicità.

PRINCIPI
Altro non ci aspettiamo da vostra maestà.

RE
Mi guardate tutti stranamente.
[*Al Primo Giudice*] Voi soprattutto.
Siete sicuro, credo, che non vi amo.

GIUDICE
Sono sicuro che, se son giudicato equamente,
vostra maestà non ha nessuna giusta ragione di odiarmi.

RE
No? Come può un principe
con le mie grandi aspirazioni dimenticare
le gravi offese che mi avete fatto? Ma come!
Redarguire, rimproverare e imprigionare brutalmente
l'erede diretto al trono d'Inghilterra! Non è nulla?
È cosa che si può lavare nel Lete e dimenticare?

GIUDICE
Allora rappresentavo la persona di vostro padre.
Il simbolo del suo potere era in me riposto.
E mentre amministravo la sua legge
e mi adoperavo nell'interesse di tutti,
piacque a vostra altezza dimenticare il mio grado,
la maestà e il potere di giustizia e legge,
l'immagine del Re che rappresentavo,
e mi percuoteste sul seggio stesso della giustizia.
Perciò, come contro uno che attentasse a vostro padre,
diedi arditamente corso alla mia autorità
e vi misi in prigione. Se l'azione fu ingiusta,
sareste contento, ora che portate la corona,
se un vostro figlio spregiasse i vostri decreti?
Se cacciasse la giustizia dal vostro seggio sovrano?

To trip the course of law and blunt the sword
That guards the peace and safety of your person?
Nay, more, to spurn at your most royal image
And mock your workings in a second body?
Question your royal thoughts, make the case yours.
Be now the father and propose a son,
Hear your own dignity so much profaned,
See your most dreadful laws so loosely slighted,
Behold yourself so by a son disdained,
And then imagine me taking your part
And in your power soft silencing your son.
After this cold considerance, sentence me,
And, as you are a king, speak in your state
What I have done that misbecame my place,
My person, or my liege's sovereignty.

KING

You are right Justice, and you weigh this well.
Therefore still bear the balance and the sword.
And I do wish you honours may increase,
Till you do live to see a son of mine
Offend you and obey you, as I did.
So shall I live to speak my father's words:
'Happy am I, that have a man so bold
That dares do justice on my proper son,
And not less happy, having such a son
That would deliver up his greatness so
Into the hands of justice'. You did commit me.
For which, I do commit into your hand
The unstained sword that you have used to bear,
With this remembrance, that you use the same
With the like bold, just, and impartial spirit
As you have done 'gainst me. There is my hand.
You shall be as a father to my youth.
My voice shall sound as you do prompt mine ear,
And I will stoop and humble my intents
To your well-practiced wise directions.
And, princes all, believe me, I beseech you,
My father is gone wild into his grave,

Se ostacolasse la legge e spuntasse la spada
che protegge la pace e sicurezza della vostra persona?
Di più, se disprezzasse la vostra immagine augusta,
e deridesse le azioni di un vostro rappresentante?
Chiedete ai vostri pensieri di re, fate vostro il caso.
Siate ora il padre e immaginate un figlio,
udite la vostra dignità tanto profanata,
vedete le vostre leggi severe tanto dileggiate,
figuratevi disprezzato così da un figlio,
e poi immaginate che io prenda la vostra parte
e col vostro potere faccia tacere vostro figlio.
Dopo aver pacatamente riflettuto, giudicatemi,
e, in quanto re, dite dal vostro stato
cosa ho fatto che non si addica al mio posto,
alla mia persona o alla maestà del mio sovrano.

RE

Siete la giustizia stessa, e ben considerate.
Pertanto continuate a portare la spada e la bilancia.
E io spero che i vostri onori si accrescano
e che possiate vivere fino a vedere un figlio mio
offendervi e obbedirvi, come me.
Così vivrò per ripetere le parole di mio padre:
"Son fortunato ad avere un uomo tanto ardito
che osa far giustizia sopra il mio stesso figlio,
e non meno fortunato, di avere un figlio
che rimetta la propria grandezza in questo modo
nelle mani della giustizia". Voi mi metteste in prigione.
Per questo io metto nelle vostre mani
la spada senza macchia che eravate solito portare,
con questo monito, che voi la usiate
con lo stesso spirito ardito, giusto e imparziale
che mostraste con me. Ecco la mia mano.
Sarete come un padre alla mia giovinezza.
La mia voce parlerà come suggerirete al mio orecchio,
e io inchinerò e sottoporrò i miei intenti
alle vostre indicazioni sagge e esperte.
Voi principi tutti, credetemi, vi imploro,
mio padre è sceso selvatico nella fossa[253]

For in his tomb lie my affections,
And with his spirit sadly I survive,
To mock the expectation of the world,
To frustrate prophecies and to raze out
Rotten opinion, who hath writ me down
After my seeming. The tide of blood in me
Hath proudly flowed in vanity till now.
Now doth it turn and ebb back to the sea,
Where it shall mingle with the state of floods
And flow henceforth in formal majesty.
Now call we our high court of parliament.
And let us choose such limbs of noble counsel
That the great body of our state may go
In equal rank with the best-governed nation;
That war, or peace, or both at once, may be
As things acquainted and familiar to us,
In which you, father, shall have foremost hand.
Our coronation done, we will accite,
As I before remembered, all our state.
And, God consigning to my good intents,
No prince nor peer shall have just cause to say,
God shorten Harry's happy life one day! *Exeunt.*

Scene III

Enter Sir John [*Falstaff*], *Shallow, Silence, Davy, Bardolph, Page.*

SHALLOW Nay, you shall see my orchard, where, in an arbour, we will eat a last year's pippin of my own graffing, with a dish of caraways, and so forth. Come, cousin Silence. And then to bed.

FALSTAFF 'Fore God, you have here a goodly dwelling and a rich.

SHALLOW Barren, barren, barren. Beggars all, beggars all, Sir John. Marry, good air. Spread, Davy, spread, Davy. Well said, Davy.

perché nella sua tomba giacciono le mie sregolatezze,
e con il suo animo io sobrio sopravvivo
per deludere le aspettative del mondo,
per smentire le profezie e per cancellare
la fama malvagia, che mi ha giudicato
secondo l'apparenza. In me il flusso del sangue
è scorso fin qui con orgoglio e vanità.
Ora si volge e rifluisce nel mare,
dove si mescolerà alla regalità dei flutti
per scorrere d'ora innanzi con solenne maestà.
Convochiamo l'alta corte del nostro parlamento.
E scegliamo membra di saggezza così nobile
che il grande corpo del nostro stato possa procedere
a parità con la nazione meglio governata;
che la guerra o la pace, o entrambe insieme,
siano cose a noi consuete e familiari,
e in esse voi, padre, avrete massima parte.
Avvenuta la nostra incoronazione, convocheremo,
come già dissi, tutta la nobiltà.
E, se Dio acconsente ai miei buoni propositi,
né principe né pari avrà motivo di volere
la vita felice di Harry un solo giorno più breve! *Escono.*

Scena III[254]

Entra Sir John [Falstaff], Shallow, Silence, Davy, Bardolph e il paggio.

SHALLOW No, dovete vedere il mio frutteto, dove, sotto la pergola, mangeremo le mele ranette dell'anno scorso che ho innestato io stesso, con un piatto di semi di finocchio, e così via. Venite, cugino Silence. E poi a letto.

FALSTAFF Perdio, avete qui una bella casa, e una casa ricca.

SHALLOW Nuda, nuda, nuda. Tutti poveracci, Sir John, tutti poveracci. Vergine santa, aria buona. Apparecchia, Davy, apparecchia, Davy. Così, bravo, Davy.

FALSTAFF This Davy serves you for good uses. He is your serving-man and your husband.

SHALLOW A good varlet, a good varlet, a very good varlet, Sir John. By the mass, I have drunk too much sack at supper. A good varlet. Now sit down, now sit down. Come, cousin.

SILENCE Ah, sirrah! quoth-a, we shall
[*Sings*]

Do nothing but eat, and make good cheer,
And praise God for the merry year,
When flesh is cheap and females dear,
And lusty lads roam here and there
So merrily,
And ever among so merrily.

FALSTAFF There's a merry heart! Good Master Silence, I'll give you a health for that anon.

SHALLOW Give Master Bardolph some wine, Davy.

DAVY Sweet sir, sit, I'll be with you anon. Most sweet sir, sit. Master page, good master page, sit. Proface! What you want in meat, we'll have in drink. But you must bear, the heart's all. [*Exit.*]

SHALLOW Be merry, Master Bardolph, and, my little soldier there, be merry.

SILENCE [*sings*]

Be merry, be merry, my wife has all,
For women are shrews, both short and tall.
'Tis merry in hall when beards wags all,
And welcome merry Shrove-tide.
Be merry, be merry.

FALSTAFF I did not think Master Silence had been a man of this mettle.

SILENCE Who, I? I have been merry twice and once ere now.

Enter Davy.

DAVY [*to Bardolph*] There's a dish of leather-coats for you.

FALSTAFF Questo Davy vi serve per molte cose. Vi fa da servo e da fattore.

SHALLOW Un buon servitore, un buon servitore, Sir John, un ottimo servitore. Sacramento, ho bevuto troppo a cena. Un buon servitore. Sedetevi, sedetevi. Venite, cugino.

SILENCE Ah, buon uomo, dice lui, noi
[*Canta*]
“Non faremo che mangiare, e star contenti,
e lodare Dio per l’annata allegra,
quando la carne val poco e le femmine tanto
e i ragazzi robusti girano per di qua e per di là
tanto allegramente,
e tutto il tempo tanto allegramente”.

FALSTAFF Ecco un cuore allegro! Caro messer Silence, fra un momento vi ricambierò bevendo alla vostra salute.

SHALLOW Davy, versa del vino a messer Bardolph.

DAVY Buon signore, sedete, sarò subito da voi. Gentilissimo signore, sedete. Messer paggio, buon messer paggio, sedete. Buon pro vi faccia! Quel che manca di carne lo avremo di vino. Dovete portare pazienza, quel che conta è il cuore. [*Esce*.]

SHALLOW State allegro, messer Bardolph, e, mio soldatino laggiù, stai allegro.

SILENCE [*canta*]
“Sta’ allegro, sta’ allegro, ha tutto mia moglie,
ché le donne brontolano, piccole e grandi.
È allegra la sala quando ballan le barbe,
e ben venga l’allegro Carnevale.
Sta’ allegro, sta’ allegro”.

FALSTAFF Non avrei mai pensato che messer Silence fosse uomo di tale nerbo.

SILENCE Chi, io? Sono stato alticcio due volte e un’altra prima d’ora.

Entra Davy.

DAVY [*a Bardolph*] Ecco a voi un piatto di mele ranette.

SHALLOW Davy!

DAVY Your worship! [*to Bardolph*] I'll be with you straight. – A cup of wine, sir?

SILENCE [*sings*]

A cup of wine that's brisk and fine,
And drink unto the leman mine,
And a merry heart lives long-a.

FALSTAFF Well said, Master Silence.

SILENCE An we shall be merry, now comes in the sweet o' the night.

FALSTAFF Health and long life to you, Master Silence.

SILENCE [*sings*]

Fill the cup, and let it come,
I'll pledge you a mile to the bottom.

SHALLOW Honest Bardolph, welcome. If thou want'st anything, and wilt not call, beshrew thy heart. [*to the Page*] Welcome, my little tiny thief, and welcome indeed too. I'll drink to Master Bardolph, and to all the cabileros about London.

DAVY I hope to see London once ere I die.

BARDOLPH An I might see you there, Davy –

SHALLOW By the mass, you'll crack a quart together, ha! Will you not, Master Bardolph?

BARDOLPH Yea, sir, in a pottle-pot.

SHALLOW By God's liggens, I thank thee. The knave will stick by thee, I can assure that. 'A will not out, he is true bred.

BARDOLPH And I'll stick by him, sir.

One knocks at door.

SHALLOW Why, there spoke a king. Lack nothing. Be merry. Look who's at door there, ho! Who knocks?

[*Exit Davy.*]

FALSTAFF [*to Silence, seeing him drinking*] Why, now you have done me right.

SILENCE [*sings*]

Do me right,
And dub me knight.
Samingo.

SHALLOW Davy!

DAVY Vossignoria! [*a Bardolph*] Sono subito da voi. – Un bricco di vino, signore?

SILENCE [*canta*]

"Un bricco di vino che è brusco e fino,
e bevo al mio amorino,
e un cuore allegro a lungo sta vivo".

FALSTAFF Ben detto, messer Silence.

SILENCE Se siamo allegri, ora arriva il bello della notte.

FALSTAFF Salute e lunga vita a voi, messere Silence.

SILENCE [*canta*]

"Riempite il gotto, e dateci sotto,
fino in fondo anche un miglio ne svuoto".

SHALLOW Benvenuto, galantuomo Bardolph. Se ti manca qualcosa e non la chiedi, tanto peggio per te! [*al paggio*] Benvenuto, mio ladruncolo piccino piccino, e ancora benvenuto davvero. Berrò alla salute di messer Bardolph e a tutti i cabileros che girano per Londra.

DAVY Spero di vedere Londra una volta prima di morire.

BARDOLPH Se ci vediamo lì, Davy...

SHALLOW Sacramento, insieme vi scolerete un quarto, eh! Non è così, messer Bardoph?

BARDOLPH Certo signore, anche due.

SHALLOW Dio buono, grazie. Questo manigoldo non ti lascerà più, stai pur certo. Non si tirerà indietro, è di razza buona.

BARDOLPH E io, signore, non lascerò lui.

Qualcuno bussa alla porta.

SHALLOW Ecco, ha parlato un re. Non fatevi mancare niente. State allegri. Vedete chi è alla porta, ehi! Chi bussa?

[*Esce Davy.*]

FALSTAFF [*a Silence, vedendolo bere*] Ecco, ora sì che mi fate giustizia.

SILENCE [*canta*]

"Fammi giustizia,
Fammi cavaliere.
Samingo".[255]

It's not so?

FALSTAFF 'Tis so.

SILENCE Is't so? Why then, say an old man can do somewhat.

[*Enter Davy.*]

DAVY An't please your worship, there's one Pistol come from the court with news.

FALSTAFF From the court! Let him come in.

Enter Pistol.

How now, Pistol!

PISTOL Sir John, God save you!

FALSTAFF What wind blew you hither, Pistol?

PISTOL Not the ill wind which blows no man to good. Sweet knight, thou art now one of the greatest men in this realm.

SILENCE By'r lady, I think 'a be, but goodman Puff of Barson.

PISTOL Puff!
Puff i' thy teeth, most recreant coward base!
Sir John, I am thy Pistol and thy friend,
And helter-skelter have I rode to thee,
And tidings do I bring and lucky joys
And golden times and happy news of price.

FALSTAFF I pray thee now, deliver them like a man of this world.

PISTOL
A foutra for the world and worldlings base!
I speak of Africa and golden joys.

FALSTAFF
O base Assyrian knight, what is thy news?
Let King Cophetua know the truth thereof.

SILENCE [*sings*]
And Robin Hood, Scarlet, and John.

PISTOL
Shall dunghill curs confront the Helicons?
And shall good news be baffled?

Non è così?

FALSTAFF È così.

SILENCE È così? Be', allora ammettete che un vecchio qualcosa può fare.

[*Entra Davy.*]

DAVY Se piace a vossignoria, c'è un certo Pistol che porta notizie da corte.

FALSTAFF Da corte! Fallo entrare.

Entra Pistol.

Che c'è, Pistol?

PISTOL Sir John, Dio vi abbia in grazia!

FALSTAFF Qual vento ti porta, Pistol?

PISTOL Non certo un vento cattivo, di quello che non fa bene a nessuno. Dolce cavaliere, sei ora uno degli uomini più grandi del reame.

SILENCE Per la Madonna, certo che lo è, a parte il compare Puff di Barson.[256]

PISTOL

Puff un corno, vil rinnegato codardo!
Sir John, sono il tuo Pistol e il tuo amico,
e a rotta di collo son galoppato qui a cavallo,
e novità ti porto e gioie fortunate
e tempi d'oro e impagabili buone nuove.[257]

FALSTAFF Ti prego, riferiscile da uomo di questo mondo.

PISTOL

Me ne fotto del mondo, e dei vili mondani!
Ti parlo d'Africa e di auree gioie.

FALSTAFF

O vil cavaliere assiro, quali son queste notizie?
Fa' che re Cophetua ne conosca la sostanza.[258]

SILENCE [*canta*]

"E Robin Hood, Scarlet e John".[259]

PISTOL

Oseranno dei cani bastardi da letamaio
confrontar gli Eliconii?[260]
Le buone nuove saranno disprezzate?

Then, Pistol, lay thy head in Furies' lap.

SHALLOW Honest gentleman, I know not your breeding.

PISTOL Why then, lament therefore.

SHALLOW Give me pardon, sir. If, sir, you come with news from the court, I take it there's but two ways, either to utter them, or to conceal them. I am, sir, under the king, in some authority.

PISTOL
Under which king, Besonian? Speak, or die.

SHALLOW
Under King Harry.

PISTOL Harry the Fourth? or Fifth?

SHALLOW
Harry the Fourth.

PISTOL A foutra for thine office!
Sir John, thy tender lambkin now is king.
Harry the Fifth 's the man. I speak the truth.
When Pistol lies, do this, and fig me, like
The bragging Spaniard.

FALSTAFF
What, is the old king dead?

PISTOL
As nail in door. The things I speak are just.

FALSTAFF Away, Bardolph! Saddle my horse. Master Robert Shallow, choose what office thou wilt in the land, 'tis thine. Pistol, I will double-charge thee with dignities.

BARDOLPH
O joyful day!
I would not take a knighthood for my fortune.

PISTOL
What! I do bring good news.

FALSTAFF Carry Master Silence to bed. Master Shallow, my Lord Shallow – be what thou wilt, I am fortune's steward – get on thy boots. We'll ride all night. O sweet Pistol! Away, Bardolph! [*Exit Bardolph*.] Come, Pistol, utter more to me, and withal something to do thyself good. Boot, boot, Master Shallow. I know the young king is sick for me. Let us take any man's horses; the

Ma allora, Pistol, poni in grembo alle Furie la testa.

SHALLOW Galantuomo, non conosco il vostro rango.

PISTOL Ebbene, ciò è degno di lamento.

SHALLOW Scusatemi, signore. Se venite, signore, con notizie da corte, mi pare che vi siano solo due possibilità: dirle, o tacerle. Sapete, signore, ho una certa autorità, conferitami dal Re.

PISTOL
Da quale re, babbeo?[261] Parla, o morrai!

SHALLOW
Da re Harry.

PISTOL Harry quarto, o quinto?

SHALLOW
Harry quarto.

PISTOL Me ne fotto della tua autorità![262]
Sir John, il tuo tenero agnellino è ora re.
Harry quinto, ecco chi conta. Dico il vero.
Se Pistol mente, fa' così, fammi le fiche,
come ad uno sbruffone di spagnolo.

FALSTAFF
Cosa, il vecchio Re è morto?

PISTOL
Come un chiodo nell'uscio. Quel che dico è vero.

FALSTAFF In marcia, Bardolph! Sella il mio cavallo. Messer Robert Shallow, scegli l'incarico che vuoi nel regno, è tuo. Pistol, ti caricherò e ricaricherò di onori.

BARDOLPH
O giorno di gioia!
Non scambierei questa fortuna con un cavalierato.

PISTOL
Vi porto buone nuove, nevvero?

FALSTAFF Accompagnate a letto messer Silence. Messer Shallow, anzi Lord Shallow – puoi essere quel che vuoi, sono intendente della fortuna – mettiti gli stivali. Cavalcheremo tutta la notte. O dolce Pistol! Via, Bardolph! [*Esce Bardolph.*] Vieni, Pistol, dimmi di più e intanto pensa a qualche richiesta che ti faccia comodo. Gli stivali, messer Shallow, gli stivali. So che il giovane Re è in pena per la mia assenza. Prendiamo

laws of England are at my commandment. Blessed are they that have been my friends, and woe to my lord chief justice!

PISTOL

Let vultures vile seize on his lungs also!
'Where is the life that late I led?' say they.
Why, here it is. Welcome these pleasant days! *Exeunt.*

Scene IV

Enter Beadle and three or four Officers [*dragging in Hostess Quickly and Doll Tearsheet*].

HOSTESS No, thou arrant knave, I would to God that I might die, that I might have thee hanged. Thou hast drawn my shoulder out of joint.

BEADLE The constables have delivered her over to me, and she shall have whipping-cheer [enough], I warrant her. There hath been a man or two [lately] killed about her.

DOLL Nut-hook, nut-hook, you lie. Come on, I'll tell thee what, thou damned tripe-visaged rascal, an the child I [now] go with do miscarry, thou wert better thou hadst struck thy mother, thou paper-faced villain.

HOSTESS O the Lord, that Sir John were come! He would make this a bloody day to somebody. But I pray God the fruit of her womb miscarry!

BEADLE If it do, you shall have a dozen of cushions again. You have but eleven now. Come, I charge you both go with me, for the man is dead that you and Pistol beat amongst you.

DOLL I'll tell you what, you thin man in a censer, I will have you as soundly swinged for this – you blue-bottle rogue, you filthy famished correctioner, if you be not swinged, I'll forswear half-kirtles.

BEADLE Come, come, you she knight-errant, come.

HOSTESS O God, that right should thus overcome might!

i cavalli a chi capita; le leggi dell'Inghilterra ora le comando io. Beati quelli che sono stati miei amici, o guai al Lord Primo Giudice!

PISTOL

Vili avvoltoi gli rodano i polmoni!
"Dov'è la vita" dicono "che facevo un tempo?".
Eccola qui. Benvenuti, giorni belli! *Escono.*

Scena IV

Entrano un agente parrocchiale e tre o quattro sbirri [trascinandosi dietro l'ostessa Quickly e Doll Tearsheet].[263]

OSTESSA No, furfante scellerato, vorrei che Dio mi facesse morire pur di vederti impiccato. Mi hai slogato la spalla.

AGENTE I sergenti me l'hanno consegnata, e farà una bella scorpacciata di frustate, può star certa. Uno o due uomini sono stati uccisi a causa sua.[264]

DOLL Perticone, perticone infame, tu menti. Ti dico una cosa, farabutto dannato con quella faccia di trippa, se 'sto pupo che porto addosso mi abortisce, sarebbe meglio per te che tu le avessi suonate a tua madre, farabutto, faccia di carta.

OSTESSA Gesù, se fosse qui Sir John! Questa sarebbe davvero una giornata di sangue per qualcuno. Ma Dio voglia che il frutto del suo ventre abortisca![265]

AGENTE Se succede, avrai di nuovo una dozzina di cuscini. Ora ne hai solo undici. Forza, vi ordino a tutt'e due di venire con me, perché l'uomo che avete malmenato tra voi e Pistol è morto.

DOLL Te lo dico io, tu ometto da incensiere, che ti faccio riempire di botte per questa storia – vagabondo d'un moscone blu,[266] morto di fame d'un lurido acchiappaputtane: se non te le faccio suonare, rinuncio a portar sottane.

AGENTE Forza, forza, cavalleressa errante, muoviti.

OSTESSA O Dio, che il diritto debba sopraffare la forza! Be',

Well, of sufferance comes ease.

DOLL Come, you rogue, come, bring me to a justice.

HOSTESS Ay, come, you starved bloodhound.

DOLL Goodman death, goodman bones!

HOSTESS Thou atomy, thou!

DOLL Come, you thin thing, come, you rascal.

BEADLY Very well. [*Exeunt.*]

Scene v

Enter [*Grooms as*] *strewers of rushes.*

1. GROOM More rushes, more rushes.

2. GROOM The trumpets have sounded twice.

3. GROOM 'Twill be two o'clock ere they come from the coronation. Dispatch, dispatch. [*Exeunt.*]

Trumpets sound, and the King and his Train pass over the stage. After them enter Falstaff, Shallow, Pistol, Bardolph, and the Boy [*Page*].

FALSTAFF Stand here by me, Master Shallow, I will make the king do you grace. I will leer upon him as 'a comes by, and do but mark the countenance that he will give me.

PISTOL God bless thy lungs, good knight.

FALSTAFF Come here, Pistol, stand behind me. O, if I had had time to have made new liveries, I would have bestowed the thousand pound I borrowed of you. But 'tis no matter; this poor show doth better. This doth infer the zeal I had to see him.

SHALLOW It doth so.

FALSTAFF It shows my earnestness of affection –

PISTOL It doth so.

FALSTAFF My devotion –

PISTOL It doth, it doth, it doth.

FALSTAFF As it were, to ride day and night, and not to

chi sopporta si dà pace.[267]

DOLL Avanti, pezzente, avanti, portami da un giudice.

OSTESSA Sicuro, avanti, cagnaccio morto di fame.

DOLL Compare faccia di morto, compare quattr'ossa!

OSTESSA Tu scheletro, tu!

DOLL Avanti, stecchino, avanti, carogna.

AGENTE Benissimo. [*Escono.*]

Scena v[268]

Entrano inservienti che stendono per terra delle stuoie.

PRIMO INSERVIENTE Altre stuoie, altre stuoie.

SECONDO INSERVIENTE Le trombe hanno suonato due volte.

TERZO INSERVIENTE Saranno le due prima che arrivano dall'incoronazione. Svelti, svelti. [*Escono.*]

Suonano le trombe, e il Re e il suo seguito passano sul palcoscenico. Dopo entrano Falstaff, Shallow, Pistol, Bardolph e il paggio.

FALSTAFF Statemi qui accanto, messer Shallow, vi procurerò il favore del Re. Gli strizzerò l'occhio quando passa e osservate bene che faccia mi farà.

PISTOL Mio caro cavaliere, Dio benedica i tuoi polmoni.

FALSTAFF Vieni qui, Pistol; stammi alle spalle. Oh, avessi avuto il tempo di fare delle nuove livree, ci avrei speso le mille sterline che mi avete prestato. Ma non importa; quest'aria scalcagnata va meglio. Fa capire lo zelo che avevo di vederlo.

SHALLOW Proprio così.[269]

FALSTAFF Rivela la sincerità del mio affetto.

PISTOL Proprio così.

FALSTAFF La mia devozione...

PISTOL Proprio così, proprio così, proprio così.

FALSTAFF Come dire che ho cavalcato giorno e notte, e

deliberate, not to remember, not to have patience to shift me –

SHALLOW It is best, certain.

FALSTAFF But to stand stained with travel, and sweating with desire to see him, thinking of nothing else, putting all affairs else in oblivion, as if there were nothing else to be done but to see him.

PISTOL 'Tis 'semper idem', for 'obsque hoc nihil est'. 'Tis all in every part.

SHALLOW 'Tis so, indeed.

PISTOL

My knight, I will inflame thy noble liver,
And make thee rage.
Thy Doll, and Helen of thy noble thoughts,
Is in base durance and contagious prison,
Haled thither
By most mechanical and dirty hand.
Rouse up revenge from ebon den with fell Alecto's [snake,
For Doll is in. Pistol speaks nought but truth.

FALSTAFF

I will deliver her.

PISTOL

There roared the sea, and trumpet-clangor sounds.

[*The trumpets sound.*] *Enter the King and his Train* [, *the Lord Chief Justice among them*].

FALSTAFF

God save thy grace, King Hal, my royal Hal!

PISTOL

The heavens thee guard and keep, most royal imp of [fame!

FALSTAFF

God save thee, my sweet boy!

KING

My lord chief justice, speak to that vain man.

non ho deliberato, non ho pensato, non ho avuto la pazienza di cambiarmi...

SHALLOW È meglio così, certo.

FALSTAFF Ma son qui sporco per il viaggio, sudando tutto dal desiderio di vederlo, senza pensare a nient'altro, mettendo ogni altro affare nel dimenticatoio, come se non ci fosse null'altro da fare che vederlo.

PISTOL È *semper idem*, poiché *obsque hoc nihil est*. È tutto in ogni sua parte.[270]

SHALLOW Proprio così, invero.

PISTOL

Mio cavaliere, infiammerò il tuo nobile fegato,
e ti farò infuriare.
La tua Doll, l'Elena dei tuoi nobili pensieri,
è in vile guardina e contagiosa galera,
ivi trascinata
da mano assai meccanica e sozzissima.
Tu da sua tana d'ebano ridesta la vendetta
con il serpente della cruda Aletto.[271]
Ché Doll è dentro. Pistol favella il vero.

FALSTAFF

Io la libererò.

PISTOL

Laggiù ha ruggito il mare, clangor di trombe suona.

[*Suonano le trombe.*] *Entra il Re e il seguito*
[*, fra cui il Lord Primo Giudice.*]

FALSTAFF

Dio salvi la tua grazia, re Hal, mio Hal regale!

PISTOL

I cieli ti proteggano e ti conservino, regale rampollo della [fama!

FALSTAFF

Dio ti salvi, caro il mio ragazzo!

RE

Lord Primo Giudice, parlate a quell'uomo stolto.

CHIEF JUSTICE
Have you your wits? Know you what 'tis you speak?

FALSTAFF
My king! My Jove! I speak to thee, my heart!

KING
I know thee not, old man. Fall to thy prayers.
How ill white hairs become a fool and jester!
I have long dreamed of such a kind of man,
So surfeit-swelled, so old, and so profane,
But, being awaked, I do despise my dream.
Make less thy body hence, and more thy grace.
Leave gormandizing. Know the grave doth gape
For thee thrice wider than for other men.
Reply not to me with a fool-born jest.
Presume not that I am the thing I was,
For God doth know, so shall the world perceive,
That I have turned away my former self.
So will I those that kept me company.
When thou dost hear I am as I have been,
Approach me, and thou shalt be as thou wast,
The tutor and the feeder of my riots.
Till then, I banish thee, on pain of death,
As I have done the rest of my misleaders,
Not to come near our person by ten mile.
For competence of life I will allow you,
That lack of means enforce you not to evils.
And, as we hear you do reform yourselves,
We will, according to your strengths and qualities,
Give you advancement. Be it your charge, my lord,
To see performed the tenor of our word.
Set on. [*Exeunt the King and his Train.*]

FALSTAFF Master Shallow, I owe you a thousand pound.

SHALLOW Yea, marry, Sir John, which I beseech you to let me have home with me.

FALSTAFF That can hardly be, Master Shallow. Do not you grieve at this. I shall be sent for in private to him. Look you, he must seem thus to the world. Fear not your advancements; I will be the man yet that shall make you great.

GIUDICE
Avete cervello? Sapete quel che dite?

FALSTAFF
Mio Re! Mio Giove! Parlo a te, cuor mio![272]

RE
Non ti conosco,[273] vecchio. Inginocchiati e prega.
Quanto male si addicono i capelli bianchi a un buffone!
Ho a lungo sognato un uomo come te,
così gonfio di crapula, così vecchio, così blasfemo,
ma ora, risvegliandomi, quel sogno lo disprezzo.
In futuro riduci il corpo, accresci l'onestà.
Lascia le gozzoviglie. Sappi che la tomba sbadiglia
per te tre volte più ampia che per altri.
Non rispondermi con uno scherzo sciocco.[274]
Non presumere che io sia quello che ero,
poiché Dio sa, e il mondo lo vedrà,
che ho ripudiato il me stesso di un tempo.
Così ripudierò chi mi fu compagno.
Quando sentirai che io sono quale fui,
cercami, e tu sarai quel che sei stato,
tutore e fomentatore dei miei bagordi.
Fino ad allora io ti metto al bando, pena la morte,
come ho bandito gli altri miei corruttori:
non avvicinarti a meno di dieci miglia da noi.
Una rendita vitalizia vi procurerò
perché la penuria non vi spinga al male.
E se sapremo che vi siete riformati,
secondo le vostre capacità e qualità
vi promuoveremo.[275] Sia vostra cura, mio Lord,
provvedere all'esecuzione delle nostre parole.
Si proceda. [*Escono il Re e il seguito*.]

FALSTAFF Messer Shallow, vi devo mille sterline.[276]

SHALLOW Sì, per la Vergine, Sir John, e vi prego di ridarmele da portare a casa.

FALSTAFF Questo sarà difficile, messer Shallow. Non rattristatevene però. Mi manderà a chiamare in privato. Capite, deve comportarsi così davanti al mondo. Non temete per la vostra carriera, sarò pur sempre colui che vi farà grande.

SHALLOW I cannot [well] perceive how, unless you [should] give me your doublet and stuff me out with straw. I beseech you, good Sir John, let me have five hundred of my thousand.

FALSTAFF Sir, I will be as good as my word. This that you heard was but a colour.

SHALLOW A colour that I fear you will die in, Sir John.

FALSTAFF Fear no colours. Go with me to dinner. Come, Lieutenant Pistol, come, Bardolph. I shall be sent for soon at night.

Enter [*the Lord Chief*] *Justice and Prince John* [*of Lancaster, with Officers*].

CHIEF JUSTICE
Go, carry Sir John Falstaff to the Fleet.
Take all his company along with him.

FALSTAFF
My lord, my lord –

CHIEF JUSTICE
I cannot now speak. I will hear you soon.
Take them away.

PISTOL
'Si fortuna me tormenta, spero contenta.'
Exeunt [*all but Prince John and the Chief Justice*].

LANCASTER
I like this fair proceeding of the king's.
He hath intent his wonted followers
Shall all be very well provided for,
But all are banished till their conversations
Appear more wise and modest to the world.

CHIEF JUSTICE
And so they are.

LANCASTER
The king hath called his parliament, my lord.

CHIEF JUSTICE
He hath.

SHALLOW Non vedo bene come, a meno che non mi diate il vostro farsetto e mi imbottiate di paglia. Vi imploro, caro Sir John, datemi cinquecento delle mie mille.

FALSTAFF Signore, manterrò la parola data. Quel che avete udito non è che una verniciatura.

SHALLOW Una verniciatura in cui temo resterete invischiato da morire, ser John.[277]

FALSTAFF Non temete le sbandierate.[278] Venite a pranzare con me. Vieni, luogotenente Pistol, vieni, Bardolph. Mi manderà a chiamare appena è sera.

Entra il [*Lord Primo*] *Giudice e il principe John* [*di Lancaster, con guardie*].

GIUDICE
Andate, conducete Sir John Falstaff in carcere, alla Fleet.[279]
Con lui portate tutti i suoi compagni.

FALSTAFF
Mio signore, mio signore...

GIUDICE
Non posso parlare ora. Vi sentirò presto.
Portateli via.

PISTOL
"Se fortuna me tormenta, sperare me contenta".[280]
Escono [*tutti tranne il principe John e il Primo Giudice*].

LANCASTER
Mi piace questo equo procedere del Re.
Egli desidera che i suoi compagni d'un tempo
siano trattati tutti con molta larghezza,
ma tutti sono banditi finché le loro parole
appariranno al mondo più sagge e più discrete.[281]

GIUDICE
Così è stato.

LANCASTER
Il Re, signore, ha convocato il parlamento.

GIUDICE
Infatti.

LANCASTER

I will lay odds that, ere this year expire,
We bear our civil swords and native fire
As far as France. I heard a bird so sing,
Whose music, to my thinking, pleased the king.
Come, will you hence? [*Exeunt*.]

LANCASTER

Scommetterei che prima che l'anno finisce
porteremo in Francia le spade della guerra civile
e il furore natio. Ho udito un uccellino cantar così[282]
e il Re, penso, quella musica gradì.
Venite, andiamo? [*Escono.*]

EPILOGUE

[Spoken by a Dancer]

First my fear, then my curtsy, last my speech.

My fear is, your displeasure; my curtsy, my duty; and my speech, to beg your pardons. If you look for a good speech now, you undo me, for what I have to say is of mine own making, and what indeed I should say will, I doubt, prove mine own marring. But to the purpose, and so to the venture. Be it known to you, as it is very well, I was lately here in the end of a displeasing play, to pray your patience for it and to promise you a better. I meant indeed to pay you with this, which, if like an ill venture it come unluckily home, I break, and you, my gentle creditors, lose. Here I promised you I would be and here I commit my body to your mercies. Bate me some and I will pay you some and, as most debtors do, promise you infinitely.

If my tongue cannot entreat you to acquit me, will you command me to use my legs? And yet that were but light payment, to dance out of your debt. But a good conscience will make any possible satisfaction, and so would I. All the gentlewomen here have forgiven me. If the gentlemen will not, then the gentlemen do not agree with the gentlewomen, which was never seen in such an assembly.

One word more, I beseech you. If you be not too much cloyed with fat meat, our humble author will continue

EPILOGO[283]

[Recitato da un ballerino]

Prima il mio timore, poi la mia riverenza, in ultimo le mie parole.
Il mio timore è la vostra insoddisfazione; la mia riverenza è il mio dovere; e le mie parole sono il chiedervi perdono. Se ora vi aspettate un bel discorso, mi rovinate, perché quello che ho da dire è di mia fattura, e quello che dovrei dire temo sia la mia disfatta. Ma veniamo al punto, e con ciò al rischio. Sappiate dunque, e lo sapete benissimo, che di recente mi sono trovato qui alla fine di un lavoro che non vi è piaciuto, a chiedervi pazienza per esso e a promettervene uno migliore. Era mia intenzione infatti ripagarvi con questo, il quale se anch'esso fa fiasco come un'impresa sfortunata, io manco alla promessa e faccio fallimento, e voi, gentili creditori miei, ci perdete. Qui vi ho promesso che sarei venuto, e qui affido la mia persona alla vostra generosità. Fatemi un qualche sconto e io vi pagherò qualcosa e, come la maggior parte dei debitori, vi farò un'infinità di promesse.
Se la mia lingua non riesce a convincervi di lasciarmi libero, forse mi comanderete di usare le gambe? Ma questo sarebbe un rimborso ben leggero, se mi sdebitassi ballando. Tuttavia una coscienza tranquilla farà di tutto per dare soddisfazione, e così io. Tutte le dame qui presenti mi hanno perdonato. Se i signori non lo fanno, allora i signori non vanno d'accordo con le dame, cosa che non si è mai vista in una consimile assemblea.
Un'altra parola, se permettete. Se non siete troppo sazi di carne grassa il nostro umile autore continuerà la storia, con den-

the story, with Sir John in it, and make you merry with fair Katherine of France. Where, for anything I know, Falstaff shall die of a sweat, unless already 'a be killed with your hard opinions, for Oldcastle died a martyr, and this is not the man. My tongue is weary. When my legs are too, I will bid you good night, and so kneel down before you, but indeed, to pray for the queen.

tro Sir John, e vi farà divertire con la bella Caterina di Francia.[284] Paese nel quale, per quel che ne so, Falstaff sarà ucciso da una sudata, a meno che non sia stato già ucciso dai vostri giudizi severi, poiché Oldcastle[285] morì martire, e questo qui non è lui. La mia lingua è stanca. Quando lo saranno anche le mie gambe, vi darò la buona notte, e perciò mi inginocchio davanti a voi, ma invero onde pregare per la Regina.[286]

NOTE

[Abbreviazioni: *1* = *1 Henry* IV (*Enrico* IV, *parte prima*); F = testo dell'in-folio (1623); Q = testo dell'in-quarto (1600)]

DATAZIONE

In *Every Man Out of His Humour* (1599) Ben Jonson allude familiarmente al giudice Silence; *Henry* v fu probabilmente iniziato nella primavera del 1599. Da questi e altri elementi A.R. Humphreys conclude che *2 Henry* IV fu scritto entro la fine del 1598, e suggerisce che una prima versione andò in scena, poco dopo la *Parte* I, nella stagione 1596-1597, che nell'aprile 1597 Shakespeare scrisse affrettatamente *The Merry Wives of Windsor*, e che le due parti tornarono sulle scene nella stagione 1597-1598, nel testo riveduto dato alle stampe poco dopo (*Parte* I, 1598, rist. 1599; *Parte* II, 1600).

TESTO

2 Henry IV fu iscritto allo Stationers' Register il 23 agosto 1600 col titolo *The second parte of the history of kinge* HENRY *the iiii*[th] *with the humours of Sir* IOHN FFALLSTAFF: *Wrytten by master Shakespeare.* Un'edizione in-quarto (Q) uscì entro l'anno col titolo *The Second part of Henrie the fourth, continuing to his death, and coronation of Henrie the fift. With the humours of sir Iohn Falstaffe, and swaggering Pistoll.* Di Q si conoscono 21 copie, alcune (Qa) stampate senza la scena i dell'atto III, che fu ripristinata in Qb. Non vi furono ristampe, forse perché la prima stampa era stata di tiratura abbastanza elevata, fino all'in-folio del 1623 (F), dove l'opera appare col titolo *The Second Part of Henry the Fourth, Containing his Death: and the Coronation of King Henry the Fift.* F contiene otto brani (158 versi) omessi da Q vuoi per brevità vuoi per ragioni politiche (alcuni trattano della ribellione e dell'abdicazione di Riccardo II), ristampati nel testo inglese qui incluso fra parentesi quadre. Si tratta di I, i, 166-179, 189-209; I, iii, 21-24, 36-55, 86-108; II, iii, 23-45; IV, i, 55-79, 104-139. D'altra parte F presenta alcuni tagli rispetto a Q, soprattutto di espressioni e periodi sconvenienti e blasfemi. Il testo dell'opera ha suscitato lunghe indagini e discussioni, poiché F sembra non essere basato su Q, come avviene di solito. Mentre Q appare sicuramente fondato sul manoscritto di Shakespeare, è difficile sapere quanto siano autorevoli le frequenti correzioni e

revisioni di singole battute presenti in F. Le correzioni di F mirano di solito a regolarizzare e rendere intelligibili l'ortografia e la sintassi, anche se personaggi come Shallow, Pistol e Falstaff sono evidentemente inclini a modi gergali. Si tratta dunque probabilmente di interventi di uno scriba colto su una trascrizione manoscritta di Q, che potrebbe essere un copione in uso dopo il 1610, contenente anche correzioni e tagli di Shakespeare (J. Jowett). Il testo inglese qui presentato segue di regola Q; è basato su quello curato da A. Chester (v. bibliografia), ma se ne discosta in alcuni punti in cui Chester ha preferito F a Q, ripristinando la lezione di Q. Le parentesi quadre si usano nelle didascalie per tutti gli inserti dei curatori, nel testo inglese per brani e parole presenti in F e non in Q. La divisione in atti e scene, assente in Q, segue per comodità di riferimento quella, a volte illogica, entrata in uso (corrispondente a F, salvo per l'atto I, dove in F il Prologo è anche la scena i, e per l'atto IV, diviso da F in sole due scene, corrispondenti a i-ii-iii e iv-v).

FONTI

Le scene storiche del dramma elaborano episodi e motivi tratti da Raphael Holinshed (m. ca 1580), *Chronicles of England, Scotland and Ireland* (1578, rist. 1587), e dal poema in ottave di Samuel Daniel (1562-1619), *The First Four Books of the Civil Wars between the Two Houses of Lancaster and York* (1595). Per la vicenda dell'educazione del Principe e dei suoi rapporti da una parte con la brigata falstaffiana di bevitori e rapinatori, dall'altra con il Giudice e il Re, Shakespeare tenne presente un dramma anteriore, andato in scena prima del 1588, di cui ci è rimasta una versione forse abbreviata, *The Famous Victories of Henry V*, pubblicata nel 1598, che in venti scene racconta a grandi linee la trama di *Henry IV* e *Henry V* (ad esclusione delle varie congiure). In questo copione figura, assai scarsamente caratterizzato, un John Oldcastle, personaggio storico (ca 1377-1417) legato a Enrico V (1387-1422, re dal 1413) già prima della sua incoronazione, poi arrestato per ordine del Re (1413), fuggito, capo di una congiura lollarda e giustiziato come eretico e traditore. Di questo personaggio Shakespeare fece, probabilmente nel 1596, il Sir John Oldcastle di *Henry IV*, mutandone solo nel 1597 il nome in Sir John Falstaff a causa delle proteste degli eredi e di chi riteneva l'Oldcastle storico un martire. In Q la battuta di Falstaff in I, ii, 116 porta la dicitura *Old.* (anziché *Iohn*, *Sir Iohn* o *Falst.* come le altre), probabilmente tralasciata da chi corresse il manoscritto.

STRUTTURA

La struttura corrisponde quasi perfettamente, nell'alternanza delle scene, a quella della *Parte I*. L'azione drammatica sembra svolgersi in pochi giorni, anche se nella realtà storica intercorrono vari anni fra la battaglia di Shrewsbury di I, i (21 luglio 1405), la congiura dell'Arcivescovo Scroop (1405) e l'incoronazione di Enrico V dell'ultima scena (9 aprile 1413). La continuità drammatica è evidente nella sequenza che inizia nell'atto II:

Quickly cerca di fare arrestare Falstaff e finisce coll'invitarlo a cenare nella sua taverna con Doll (II, i); il Principe apprende della cena e decide di burlarsi di Falstaff (ii); Northumberland decide di ritirarsi in Scozia (iii: l'episodio intercalato si stacca volutamente dal racconto di Holinshed, vedi note relative); cena nell'osteria e beffa, Falstaff si mette in viaggio (iv); il Re accoglie insonne l'alba (III, i); Falstaff arruola dei soldati nella campagna in quella che sembra essere la mattina successiva alla notte nella taverna e nella reggia (III, ii). L'impressione è che gli atti II e III durino poco più di 24 ore. A questa sequenza centrale si affianca quella introduttiva dell'atto I, che la precede di qualche giorno, e quella conclusiva degli atti IV e V, che la segue a ruota e occupa un tempo drammatico di non più di tre giorni (1: battaglia di Gaultree; 2: morte del Re e ravvedimento del Principe; 3: incoronazione). Abbiamo dunque un tempo drammatico totale di circa una settimana (nove giorni "recitati" sull'arco di circa due mesi secondo il diverso calcolo riportato nell'ed. *Temple*).

1) *Personaggi* L'elenco è ripreso da F, dove è stampato al termine del dramma. Fra parentesi quadre nel testo inglese sono le aggiunte del curatore. Il numero dei personaggi è il più alto di tutte le opere del canone shakespeariano.

2) *Prologo* La scena è posta davanti al castello del Conte di Northumberland a Warkworth, vedi v. 35. La Fama veniva di solito rappresentata come una figura coperta di lingue e occhi, cfr. *1*, V, ii, 8; *Eneide* IV 180-95. Il metro, come sempre nelle parti in versi è il *blank verse* o *blank iambic pentameter* (pentapodie giambiche sciolte): òpen / your eàrs / for whìch / of yoù / will stòp (il primo dei cinque piedi è un trocheo anziché un giambo, come non di rado avviene nella prima sede). I due versi conclusivi 39-40, come di regola in Shakespeare, sono a rima baciata. Il prologo ha funzione di raccordo con la *Parte I* e introduce i temi della falsa fama, della fiducia malriposta e dell'inganno che avranno ampio sviluppo in tutta l'opera.

3) *Prologo*, 4-5 Con un gioco di parole la Fama allude insieme agli "atti" della vita e a quelli del teatro, tanto più che la rappresentazione dal 1599 si svolgeva al Globe Theatre (cfr. *this ball of earth*; *2 Henry IV* fu stampato per la prima volta nel 1600).

4) *Prologo*, 12 Nel 1595-97 si ebbero in Inghilterra ripetuti allarmi per una presunta invasione spagnola. «Il 1597 (probabilmente *the big year*) portò non la guerra, ma la pace di Vervins tra Francia e Spagna, ritenuta minacciosa per l'Inghilterra protestante; vedi vv. 9-10» (Wilson, cit. Rota).

5) *Prologo*, 23 Harry è forma familiare di Henry (Enrico IV, 1366-1413, re 1399-1413).

6) *Prologo*, 24 Shrewsbury si trova nello Shropshire, sul confine del Galles. Qui il 21 luglio 1403 Enrico IV sconfisse le truppe ribelli dei Percy. Vedi *1 Henry IV*, IV-V.

7) *Prologo*, 25 Henry Percy (1366-1403), soprannominato Hotspur (sperone ardente), perì nella battaglia di Shrewbury. È uno dei personaggi principali di *1 Henry IV*, dove rappresenta il valore dissennato.

8) *Prologo*, 29 Henry, principe di Galles (1387-1422), re Enrico V (1387-1422), detto Monmouth (pron. /mònmeth/) dal luogo dove era nato, in Galles, e soprannominato Hal dagli amici d'osteria, fra cui Falstaff (vedi sotto, II, iv). In *1 Henry IV* Shakespeare segue la leggenda secondo cui Hal uccise Hotspur a Shrewsbury, e oppone i due personaggi come rivali ignorando il divario di età.

9) *Prologo*, 31 Douglas, capo degli scozzesi, in *1 Henry IV* combatte con i Percy contro il Re a Shrewsbury.

10) *Prologo*, 37 Sulla possibilità che la malattia che impedisce a Northumberland di combattere a Shrewsbury sia falsa vedi *1*, IV, i, 62-65. La fama afferma che essa è senz'altro artefatta, ma questa non è l'impressione suscitata da I, i. In Holinshed (e Daniel) Northumberland è veramente malato prima dello scontro decisivo, ma poi marcia in aiuto del figlio e contro il Re, e si ritira a Warkworth per sfuggire a Westmoreland. Shakespeare ha eliminato questo episodio rendendo più negativa la figura di Northumberland, istigatore impotente per scelta o necessità, traditore del figlio e poi degli altri congiurati (II, iii), responsabile quanto e più del Re della caduta e morte di Riccardo II (III, i, 67-71).

11) I L'atto I è centrato sulle figure del vecchio ribelle Northumberland (i), del millantatore Falstaff favorito dal Principe e del suo oppositore il Primo Giudice, anch'essi entrambi vecchi (ii), e dell'Arcivescovo con gli altri congiurati (iii). Tre scene per tre attentati all'ordine dello stato e quasi all'ordine universale.

12) I, i La scena (in *blank verse* con distico conclusivo), si svolge, come il prologo, a Warkworth, davanti al castello di Northumberland. Essa mostra l'opera ingannatrice della Fama, disegna il personaggio cupo di Northumberland (vedi nota 10) sviluppando i motivi della malattia e della vecchiaia, suscita un clima drammatico di sgomento e confusione atto a colpire l'immaginazione degli spettatori, rievoca vividamente la rivolta sfortunata di Hotspur (1403) e annuncia i caratteri essenziali di quella capeggiata dall'Arcivescovo (1405, cfr. *1*, IV, iv). Questa seconda congiura, centrale nell'opera, è presentata, per ragioni drammatiche (e in contrasto con la cronologia storica) come immediatamente successiva alla prima e ad essa collegata.

13) I, i, 20 Lo spettatore della *Parte I* sa che non una di queste informazioni è vera; anche i parziali successi dei ribelli sono riferiti inesattamente: Douglas ha ucciso un solo Sir John Blunt (*1*, V, iii); e Stafford non è fuggito ma è stato ucciso (ivi). Al v. 19 è il primo riferimento a Sir John Falstaff, evidentemente noto agli spettatori, subito identificato a scanso di equivoci come compagno del Principe, "maiale" e "grasso"; il fatto che Lord Bardolph lo ritenga degno di menzione lascia anche intendere la fama guerresca (immeritata) di cui egli gode.

14) I, i, 21 Ricorda «veni vidi vici», cfr. 23 (Wilson).

15) I, i, 27 Vedi *Prologo*.

16) I, i, 42 Gioco di parole sul soprannome di Henry Percy, Hotspur, vedi nota 7.

17) I, i, 50 *Coldspur* vale "spronefreddo". Vedi nota precedente.

18) I, i, 67 Il Conte di Worcester, fratello di Northumberland e istigatore vero della sommossa dei Percy, condannato a morte da Enrico IV al termine di *1 Henry IV*.

19) I, i, 102 *Sullen bell* è espressione usata in senso analogo in *Sonetti*, LXXXI.

20) I, i, 128 Douglas aveva ucciso tre uomini che indossavano le insegne del Re, vedi *1*, V, iii-iv. Per i dettagli della sua fuga vedi V, v, e il brano relativo di Holinshed (III 26). Per Worcester (pron. /uòster/, bisillabo) vedi sopra, nota 18.

21) I, i, 154 *Order* è l'ordine della natura, secondo i concetti che Shakespeare svilupperà in *Troilus and Cressida*, I, iii. Simili invocazioni del caos si troveranno nelle grandi tragedie. «La ribellione all'ordine del mondo equivale al tradimento al Re. Northumberland lo riconosce, ma è attratto dall'eco cosmica della sfida» (Rota).

22) I, i, 160 I versi 155-60 riprendono la metafora del mondo come teatro già presente nel *Prologo*, 5.

23) I, i, 205 Riccardo II (1367-1400, re dal 1377), era stato fatto uccidere nel castello di Pomfret (Pontefract, Yorkshire) dal cugino Henry Bolingbroke, duca di Lancaster, che gli successe col nome di Enrico IV. L'Arcivescovo "invoca il sangue" di Riccardo II quasi fosse un martire. «Morton invoca, per il proseguimento della guerra, argomenti opposti a quelli di Northumberland (153-60): non ribellione, sovvertimento dell'ordine, ma guerra

religiosa... Le stesse ragioni che avevano indotto Bolingbroke a ribellarsi contro Riccardo, inducono ora i suoi nemici a ribellarsi contro lui» (Rota).

24) I, i, 211 Shakespeare fa così sembrare naturale la necessaria esposizione dei fatti data da Morton (Wilson).

25) I, ii La scena, in prosa, è posta in una strada di Londra. Si ricollega alla precedente in quanto ha per personaggio centrale un vecchio acciaccato nemico giurato di ogni forma di ordine, ordine qui rappresentato dallo stesso Primo Giudice del regno. Troviamo Falstaff assurto a nuovi onori rispetto alla *Parte 1* (il paggio che gli porta la spada, l'acquisto di un cavallo), e tuttavia egualmente squattrinato e risentito nei confronti dei mercanti che non gli vogliono far credito. Egli si esibisce in una serie di attacchi verbali in cui la comicità si mescola al livore: contro il paggio (10-18), il Principe (18-27), il mercante di stoffe (33-46), il servo del Giudice (69-86) e il Giudice stesso (89-225). Con quest'ultimo però Falstaff gioca d'astuzia, attaccandolo indirettamente.

26) I, ii, 12 Falstaff è paragonato a un maiale fin dalla sua prima menzione del dramma (I, i, 19).

27) I, ii, 14 La radice di mandragola, velenosa, era ritenuta simile all'uomo, forse anche a causa del nome (*man-drake*).

28) I, ii, 22 Il *royal* era una moneta da dieci scellini con sopra inciso il volto del re. Il Principe per quanto sbarbato pretende che la sua faccia è già tale da stare sulla moneta (tema dell'ambizione).

29) I, ii, 27 Lo stesso gioco di parole su *grace* appare già nel primo dialogo di Falstaff con Hal (*1*, I, ii, 17). «Insieme ossequioso e maligno, Falstaff si prende gioco in loro assenza di coloro adulando i quali egli vive» (S. Johnson, cit. Wilson).

30) I, ii, 28 *Dommel* (*dummel*, *dumble*) significa "stupido" (Wilson).

31) I, ii, 31 Accompagnatore di Falstaff, da non confondere con il Lord Bardolph della scena precedente. Tuttavia l'identità del nome costituisce uno dei tanti collegamenti ironici fra trama storica e trama comica.

32) I, ii, 34 La parabola del ricco Epulone e del pezzente Lazzaro, i cui ruoli si invertono nell'aldilà (Luca XVI 24), è citata già in *1*, III, iii e *1*, IV, ii.

33) I, ii, 34 Achitofel è il malvagio consigliere di Absalom durante la sua rivolta contro il padre David (2 Samuele XV-XVII). Falstaff allude frequentemente alle Scritture.

34) I, ii, 36 I mercanti della City portavano i capelli corti.

35) I, ii, 45 Gioco di parole su *lightness*, che significa insieme "leggerezza" (scostumatezza) e "luminosità". L'idea della lanterna richiama alla mente di Falstaff Bardolph, il servo paonazzo di *1 Henry IV* citato sopra dal paggio.

36) I, ii, 47 Mercato del bestiame di Londra.

37) I, ii, 49 Nella navata di San Paolo si trattava ogni genere di affari. Cfr. il proverbio: «Chi va a Westminster per cercar moglie, a San Paolo per un servo o a Smithfield per un cavallo, può trovare una puttana, un briccone e un ronzino» (Wilson).

38) I, ii, 53 Insubordinazione attribuita tradizionalmente al Principe, anche nella scena 4 del dramma *The Famous Victories of Henry the Fifth*. Qui il Principe percuote il Giudice per difendere Cutbert Cutter, non Bardolph, convinto che il padre prenderà le sue difese, ma il Re lascia il figlio in prigione. Dell'episodio non è cenno nella *Parte I*, ma qui esso riemerge in quanto la scelta fra Falstaff e il Giudice è quella essenziale che si pone davanti al Principe, e in questo senso verrà rievocato da Principe e Giudice in conclusione (V, ii, 70).

39) I, ii, 57 La rapina a Gad's Hill, vedi *1*, II.

40) I, ii, 59 Dopo la battaglia di Shrewsbury Falstaff si era vantato addirittura di avere ucciso Hotspur (*1*, V, iv).

41) I, ii, 61 Alla fine di *1 Henry IV* il Re invia a York il principe John con Westmoreland, a combattere Northumberland e il vescovo Scroop.

42) I, ii, 74 Rimando intertestuale alle discettazioni di Morton, I, i, 194-200.

43) I, ii, 78 I cavalieri e i soldati non potevano mentire (Wilson), cfr. I, i, 88-90.

44) I, ii, 100 Falstaff continua a fingere di essere sordo. Alla fine della *Parte I* il Re e il Principe si recano a combattere in Galles.

45) I, ii, 126 Nell'originale c'è un gioco di parole su *scruple* (dubbio, misura da farmacista).

46) I, ii, 138 Gioco di parole sugli omofoni *waste* (spreco) e *waist* (cintola), cfr. *Sonetto 129*, v. 1.

47) I, ii, 141 «Non comprendo questo scherzo» (S. Johnson, cit. Wilson).

48) I, ii, 150 *To smell a fox* significa essere sospettosi. Falstaff accusa indirettamente il Giudice di sospettarlo senza ragione. Wilson spiega invece che *fox* è il Giudice e che Falstaff «essendogli vicino si sente in pericolo».

49) I, ii, 154 Gioco di parole su *wax* (cera, crescere).

50) I, ii, 157 Falstaff gioca sull'assonanza fra *gravity* (serietà) e *gravy* (sugo, sudore).

51) I, ii, 160 *Angel* è anche una moneta; per cui un *ill angel* è, oltre al demonio, una moneta difettosa, limata.

52) I, ii, 163 *tell*: insieme nel senso di "dire" e di "contare" (come moneta buona) (S. Johnson).

53) I, ii, 184 *Hallooing*: incitare alla caccia (o alla battaglia). Il cantare inni si confà al lollardo Oldcastle-Falstaff.

54) I, ii, 192 Gioco su *sackcloth* (stoffa ruvida) e *sack* (vino). Con il richiamo all'episodio del ceffone Falstaff passa di nuovo subdolamente all'attacco del rappresentante dell'ordine, presentando se stesso come colui che gode il favore dell'erede al trono e addirittura come suo saggio consigliere.

55) I, ii, 194 Ironia drammatica: Falstaff pensa di scherzare ma le sue parole si riveleranno profetiche.

56) I, ii, 201 Forse Falstaff sospetta che sia una manovra del Giudice e del Re per allontanarlo dal Principe. Forse intende solo: «Come siete caro e bravo a dirmelo».

57) I, ii, 204 «Se è troppo caldo perché egli possa combattere ci saranno poche speranze di vittoria» (Deighton, cit. Wilson).

58) I, ii, 206 La battuta ricorda *1*, V, iii, 39-55. Sputare bianco sarebbe effetto del bere (Wilson): «non voglio più bere».

59) I, ii, 219 Gioco di parole su *cross*, croce (avversità) e moneta incisa con una croce. *Impatient to* ha anche due significati contrari: impaziente per, impaziente di. Con la richiesta di mille sterline Falstaff tocca il massimo dell'impudenza.

60) I, ii, 220 *Cousin* (cugino) indica un rapporto di parentela anche lontana, o semplicemente l'appartenenza allo stesso rango.

61) I, ii, 223 Falstaff accusa il Giudice di avarizia per non avergli concesso il prestito richiesto, e si ostina a dargli del vecchio. Il passo è involontariamente ironico perché vecchiaia e avidità sono anche e soprattutto caratteristiche di Falstaff.

62) I, ii, 228 Un *groat* vale quattro penny. Trenta penny in tutto, dunque.

63) I, ii, 235 C'è un'incongruenza comica nel fatto che Falstaff scriva a personaggi così nobili (probabilmente con richieste di denaro), e che fra essi includa «madama Ursula».

64) I, iii La scena, in *blank verse* con due distici finali, si svolge nel palazzo dell'Arcivescovo di York. Presenta i capi della nuova ribellione, sottolineandone la prudenza (destinata a rivelarsi del tutto insufficiente), che essi contrastano con la sventatezza del loro predecessore Hotspur. L'Arcivescovo, più che animato dall'avversione per il Re, sembra soprattutto disgustato dalla fragilità e infedeltà degli uomini e dei tempi (tema della malattia e della sfiducia), e si richiama (come anticipato in i, 205) agli eventi del *Richard II*. La scena deriva da quello che in Holinshed è poco più che un elenco dei congiurati del 1405, elenco che fra l'altro comprende Northumberland, qui invece di nuovo latitante (12-17). Earl Marshal (Lord Cerimoniere) era titolo ereditario.

65) II L'atto II ripropone il conflitto fra Falstaff e il Giudice (i), introduce il principe Hal e il suo accompagnatore Poins (ii) e, nella scena più lunga del dramma (iv), rappresenta lo scherzo che essi ordiscono a spese di Falstaff (l'unico incontro fra Principe e Falstaff prima di quello conclusivo in v, v). Alcuni personaggi minori del mondo di Falstaff (l'ostessa Quickly, la prostituta Doll, l'alfiere Pistol, il paonazzo Bardolph) fanno il loro ingresso e vengono disegnati con una certa ampiezza. La trama storica è continuata da una sola breve scena intercalata (iii) in cui riappare Northumberland accanto a due donne, moglie e nuora (come Falstaff sarà presentato con due donne, una giovane e una anziana, in iv), ed è rievocata per la terza volta (cfr. I, i e iii) la figura ormai leggendaria di Hotspur.

66) II, i La scena si immagina ambientata nei pressi della taverna di Eastcheap (68, cfr. *1*, I, ii; *1*, II, iv), ritrovo di Falstaff e compagni. Falstaff, a corto di quattrini come il Re (I, iii, 73-75), è come il Re minacciato da una rivolta nel suo piccolo regno (il tentativo di farlo arrestare posto in atto dalla sua creditrice, l'ostessa Quickly), ma riesce a sedare il tumulto con la forza e la furbizia, mettendo a frutto il suo ascendente sulla povera

donna, che qui emerge come un personaggio più caratterizzato che nella *Parte I* (vedi II, iv e soprattutto III, iii, dove essa aveva già chiesto a Falstaff di saldare un debito di almeno ventiquattro sterline, ma si era poi lasciata rabbonire). L'intervento del Giudice porta a un nuovo confronto con Falstaff, meno amichevole del precedente, che tuttavia termina a parità (anche se è il Giudice ad avere significativamente l'ultima parola). I nomi dei due sergenti paurosi significano Zanna o (secondo Wilson) Presa (Fang) e Laccio (Snare). Anche il nome dell'attempata e sprovveduta Quickly ("presto") indica a prima vista la sua professione di ostessa ("Premura", tr. Melchiori), ma ha inoltre un senso osceno: nel 1500 la pronuncia di *lie* (giacere, mentire) si confondeva ancora con quella di *-ly* (cfr. *Midsummer Night's Dream*, II, ii, 50-54), sicché Quickly (*quick-lie*) potrebbe tradursi "Sveltina". La scena è in prosa, salvo per la prima battuta del Giudice (che si esprime in stile adeguato alla sua dignità) e alcune di quelle successive del Giudice e di Gower.

67) II, i, 1 L'ostessa ha denunciato Falstaff per debiti, e la denuncia per avere corso doveva essere prima iscritta alla Corte dello Sceriffo (Wilson).

68) II, i, 22 Secondo Wilson, l'ostessa si riferisce alla partenza di Falstaff per la guerra.

69) II, i, 23 L'ostessa storpia abitualmente le parole difficili che cerca di pronunciare, creando a volte dei doppi sensi, come farà la signora Malaprop in R.B. Sheridan, *The Rivals* (1775), donde il termine inglese *malapropism*, che designa questo tipo di strafalcioni.

70) II, i, 25 Nell'originale *continuantly*, per *continually* = *incontinently* (incontanente, subito).

71) II, i, 26 L'ostessa chiede perdono di citare un luogo maleodorante come il Pie Corner.

72) II, i, 27 *Lubber* (zotico) è errore della Quickly per *Leopard* (leopardo); *Lumbert* per *Lombart* (la Via dei Lombardi).

73) II, i, 49 Nell'originale, *honeysuckle* (caprifoglio) e *honeyseed* sono storpiature di *homicidal* e *homicide*.

74) II, i, 51 *Queller* sta per *killer*.

75) II, i, 59 *Catastrophe* è il sedere.

76) II, i, 68 Del marito della Quickly si parla come vivo in *1*, III, iii. Ora essa è vedova con figli (102). Eastcheap era un quartiere malfamato della City di Londra.

77) II, i, 71 Quickly intende *some* (una parte) per *sum* (somma).

78) II, i, 75 L'incubo (*nightmare*) è popolarmente immaginato nei paesi anglofoni come una cavalla (*mare*), anche se in origine le parole non hanno rapporto.

79) II, i, 97 Quickly confonde il sostantivo con l'aggettivo.

80) II, i, 108 La metamorfosi cui Falstaff sottopone la verità ricorda da vicino l'azione della Fama (*Prologo*).

81) II, i, 125 In tutte le battute di Falstaff è evidente la sua spavalderia e la sua superiorità di ceto rispetto all'ostessa e ai gendarmi.

82) II, i, 133 Mentre il Giudice parla a Gower, Falstaff ha ottenuto la promessa di un nuovo prestito dalla Quickly.

83) II, i, 137 Fusione comica di due formule di giuramento: *By this heavenly light* e *By this ground I tread on* (Wilson).

84) II, i, 140 Anziché i boccali di metallo che l'ostessa impegnerà.

85) II, i, 142 La parabola del Figliol Prodigo (Luca XV 11-32) è citata da Falstaff anche in *1*, IV, ii. Essa ha evidenti analogie con la storia del Re e del Principe.

86) II, i, 142 *water-work*: finto arazzo dipinto ad acquerello.

87) II, i, 146 «Quanto abilmente inserisce la richiesta nel blandirla!» (Wilson). L'ostessa stava piangendo.

88) II, i, 149 *noble*: moneta del valore di 6 scellini e 8 pence. L'ostessa cerca di ridurre la somma richiestale da Falstaff da dieci a circa sette sterline.

89) II, i, 152 «Perdi l'opportunità di avermi per marito a causa di poche sterline» (Deighton, cit. Wilson). Falstaff passa dal tu (*thou*) al voi (*you*), distinzione che s'è voluta mantenere nella traduzione, anche se essa è meno netta in inglese che in italiano.

90) II, i, 156 Intende: fatti dare subito il denaro.

91) II, i, 157 Doll è nome di prostituta. Tearsheet significa "strappalenzuola". La Quickly non solo crede alle proposte di matrimonio e alle promesse di pagare «tutto in una volta» di Falstaff, ma si presta pure a fargli da ruffiana.

92) II, i, 160 La battuta (tema delle notizie) suona a commento comico sull'incontro appena combinato.

93) II, i, 163 Nello Hampshire, 50 miglia a sudovest di Londra, dunque sulla via del Galles. Il Giudice sta conversando con Gower e ignora volutamente i tentativi di Falstaff di unirsi al discorso. Falstaff si vendica subito dopo. Le informazioni sui movimenti del Re e delle truppe smentiscono le previsioni ottimistiche di Hastings nella scena precedente (I, iii, 69-80), secondo il tema ricorrente dell'aspettativa delusa (gli uomini credono vero quel che gli fa più comodo).

94) II, i, 185 Intende il Giudice stesso. «L'ultimo colpo: Falstaff rivolge a Gower la risposta all'osservazione del Giudice e poi si decide a parlare al Giudice per lanciare un'impertinenza: dente per dente è gioco onesto» (Rota).

95) II, ii La scena, in prosa, si svolge a Londra, nella residenza del Principe, che è appena tornato dal Galles (nota 44), il che contribuisce a spiegare la sua stanchezza. Ned Poins è il confidente del Principe, intermediario fra lui e il mondo equivoco di Falstaff, come già in *1*, I, ii; *1*, II, iv. Temi: il disgusto del Principe per la sua vita scioperata, sentimento di colpa nei confronti del padre, rapporto con Falstaff (che ha tratti di insofferenza), progettazione della burla contro l'amico (tema dell'inganno). Le prime battute della scena hanno offerto lo spunto a un importante saggio di E. Auerbach, *Il principe stanco*, in *Mimesis*, Bern 1949 (trad. it., Torino, Einaudi, 1956).

96) II, ii, 15 *Viz.* è abbreviazione comune di *videlicet* (cioè). Q legge invece *with these, and those...* ("con queste, e quelle..."). Wilson ricorda che «era usanza comune dei nobili altezzosi, spesso lamentata nella letteratura contemporanea, di dimenticare o fingere di dimenticare le loro conoscenze più umili».

97) II, ii, 19 Gioco di parole su *racket*: "racchetta" e "baldoria". I giocatori di tennis dovevano cambiarsi durante il gioco, e l'unica camicia di ricambio di Poins non era sufficiente (Humphreys).

98) II, ii, 22 Giochi di parole su *rest* (rimanenti, riposo), *low countries* (Paesi Bassi, gli organi sessuali coi quali Poins genera bastardi, vedi sotto), *to make a shift* (cambiarsi, fare in modo da), *holland* (Olanda, lino). Il senso principale è: «Le tue altre cattive abitudini ti hanno costretto a impegnare le tue camicie» (Shaaber).

99) II, ii, 23 I bastardi di Poins, addobbati dei resti della sua biancheria, non si sa se andranno in Paradiso (l'espressione *inherit the kingdom* è nella

versione autorizzata di Matteo xxv 34, ma vedi anche Matteo v 5: *inherit the earth*). Che il Principe di Galles parli di ereditare un regno non è certo casuale. Nella battuta successiva Poins gli ricorda la malattia del padre, cioè che anch'egli sta per ereditare.

100) II, ii, 28 Poins si rivolge al Principe dandogli sempre del voi (*you*), mentre questi usa invariabilmente il tu (*thou*).

101) II, ii, 52 Le amare e sarcastiche considerazioni del Principe trovano riscontro nel *Sonetto 121*: «Meglio essere vili che vili ritenuti / quando il non esserlo viene accusato di esserlo...»

102) II, ii, 67 Per il piccolo paggio e l'intenzione di Falstaff di rimandarlo al Principe vestito di stracci, vedi I, ii, 12-18.

103) II, ii, 71 Scherzi sul viso fiammeggiante di Bardolph, vedi sopra I, ii, 45 e nota.

104) II, ii, 78 Le imposte delle osterie erano dipinte di rosso. Le sottane rosse erano associate con le sgualdrine, vedi *1*, I, ii, 9.

105) II, ii, 84 In realtà fu Ecuba, moglie di Priamo incinta di Paride, a sognare di partorire una fiaccola. Altea, madre di Meleagro, fu avvertita dai Fati che il figlio sarebbe morto quando si fosse consumato il ceppo che bruciava nel focolare, pertanto lo estrasse dalle fiamme.

106) II, ii, 95 A San Martino (*Martlemas*) si macellavano le bestie, dunque c'era abbondanza di carne.

107) II, ii, 100 Si confronti l'analoga battuta di Falstaff sul Principe, I, ii, 140-41.

108) II, ii, 110 Jafet, figlio di Noè, è il progenitore, secondo la tradizione, degli europei.

109) II, ii, 115 Allude a Cesare e a «veni vidi vici», già citati sopra, I, i, 21-23 (e poi più avanti, IV, iii). Il *Julius Caesar* andò in scena nel 1599, l'anno dopo *2 Henry IV*. «La lettera, inviata in I, ii, 231, è insieme un saluto a Hal tornato dal Galles e un addio mentre Falstaff parte per York, l'incontro in II, iv essendo inaspettato» (Wilson).

110) II, ii, 138 A Eastcheap si trovava nel Cinquecento la Taverna del Cinghiale (Boar's Head Tavern), che secondo la tradizione era quella di Falstaff, alla quale Shakespeare qui alluderebbe direttamente parlando del cinghiale.

111) II, ii, 140 Efesii: buoni bevitori, come i troiani e corinzi di *1*, II, i, 66, e iv, 11. Gli efesii, come i corinzi, richiamano le lettere di S. Paolo, in cui spesso si parla di vecchie e nuove comunità ecclesiali. La parola *old* è ripetuta cinque volte in sette righe.

112) II, ii, 143 Abbiamo assistito ai preparativi per questa cena nella scena precedente, II, i, 154-159.

113) II, ii, 152 Il Principe compra il silenzio dei due uomini di Falstaff, per arrivare di nascosto al pranzo.

114) II, ii, 158 Saint Albans è una cittadina dello Hertfordshire, poco a nord di Londra, sulla via assai frequentata dei Midlands.

115) II, ii, 166 «Uno scopo sciocco richiede un comportamento egualmente sciocco» (Shaaber). Giove si mutò in toro per rapire Europa.

116) II, iii La scena, in *blank verse* con distico finale, si svolge nel castello del Conte di Northumberland, riallacciandosi ad I, i e ai dubbi sulla presenza del Conte espressi dai congiurati in I, iii. Shakespeare attribuisce a Northumberland la decisione disonorevole di ritirarsi in Scozia abbandonando gli altri ribelli e in tal modo si allontana dal racconto di Holinshed, secondo il quale la mancata presenza del Conte a Gaultree (IV) si dovette solo alla precipitazione dell'Arcivescovo, e la fuga in Scozia avvenne dopo la sconfitta dei ribelli, non prima. La scena introduce la pausa necessaria fra la progettazione e l'esecuzione del tentato scherzo a Falstaff, e offre inoltre una parentesi sentimentale dando modo alla vedova di Hotspur di esprimere il suo affetto per il marito; come nella *Parte I*, Hotspur funge implicitamente da pietra di paragone per il Principe, che nelle scene contigue vediamo per sua stessa ammissione sprecare colpevolmente il tempo.

117) II, iii, 4 Il Conte di Northumberland si chiama Henry Percy, come il figlio Hotspur, ucciso a Shrewsbury.

118) II, iii, 9 Lady Percy è la moglie affettuosa e un po' bisbetica di Hotspur già apparsa (col nome apocrifo di Kate) in *1*, II, ii e *1*, III, i.

119) II, iii, 14 Nella *Parte I*, Northumberland aveva mancato di prestare aiuto al figlio impegnato a Shrewsbury contro le forze del Re, a causa di una malattia forse non genuina, vedi sopra, *Prologo*, 37 e note.

120) II, iii, 61 Il ricordo era simboleggiato dal rosmarino, donde la metafora del ricordo come una pianta. Vedi *Hamlet*, IV, v, 173-74 e *Winter's Tale*, IV, iv, 74-76.

121) II, iv La scena, la più lunga del dramma, si svolge nella taverna di Eastcheap. È tutta in prosa, eccettuati gli sproloqui dello smargiasso Pistol e l'improvviso richiamo al dovere del Principe (342-54). Il taverniere Francis compare anche in *1*, II, iv, scena parallela a questa nella struttura e nella lunghezza relativa. Ma in *1*, II, iv, il Principe abbraccia tutta l'azione, è sempre in scena; qui invece appare solo verso la fine ed è presto richiamato al dovere; è Falstaff, in piena forma nonostante gli acciacchi, ad avere l'ultima esilarante parola (o iniziativa, da fuori scena). Episodi: prologo dei camerieri, battibecco di Falstaff e Doll sedato dalla Quickly, fanfaronate verbali, rissa e cacciata di Pistol, amoreggiare di Falstaff e Doll, beffa del Principe e Poins, pronto salvataggio di Falstaff, messaggio di Peto sulla guerra incombente, addio di Falstaff alle donne.

122) II, iv, 2 Mele che maturano il giorno di S. Giovanni, a mezz'estate, e che sono migliori dopo due anni, secche e grinzose. Perciò sono simbolo di un amante vecchio, e quindi sgradite a Falstaff (Wilson). Cfr. *1*, III, iii, 4.

123) II, iv, 32 Brano di una vecchia ballata. Non a caso l'argomento è un passato remoto.

124) II, iv, 35 L'ostessa dice *calm* (calma, bonaccia) per *qualm* (indisposizione), e Falstaff ne approfitta per rispondere che le prostitute se non lavorano stanno male.

125) II, iv, 42 «Ingrassare e gonfiarsi è una delle conseguenze delle malattie veneree» (M. Mason, 1785, cit. Wilson).

126) II, iv, 47 Probabilmente un altro frammento di ballata (le virgolette furono aggiunte da Capell nel 1768). *Ouch* significa insieme gemma e carbonchio (nel senso di pustula); *brooches* e *pearls* hanno doppi sensi analoghi. Doll dice che gli uomini prendono alle donne come lei collane e gioielli; Falstaff ribadisce che i gioielli che Doll distribuisce sono ben altri.

127) II, iv, 54 I crostini «non possono toccarsi senza stridere l'uno contro l'altro» (S. Johnson, cit. Wilson).

128) II, iv, 58 Citazione proverbiale da 1 Pietro III 7: «Voi mariti, convivete secondo conoscenza con le mogli, come con il sesso più debole» (*King James Version*: «giving honour to the wife, as unto the weaker vessel».)

129) II, iv, 67 *Swaggerer* è un fanfarone litigioso. *Ancient* è abbreviazione di *ancient-bearer*, porta-stendardo; *ancient* a sua volta è corruzione di *ensign*, insegna.

130) II, iv, 133 «L'ostessa pensa che Pistol debba scaricare un'arma, e lo promuove di grado per propiziarlo» (Rota).

131) II, iv, 142 *Occupy* aveva anche il senso di "fornicare". Le prugne cotte erano insegna dei bordelli (noti fra l'altro come *stews*), cfr. *1*, III, iii, 111-12.

132) II, iv, 153 Pistol ha dato alla sua spada il nome di Irene (forse da una commedia perduta di George Peele, *The Turkish Mahamet and Hyrin* [Irene] *the Fair Greek*, ca 1594), giocando sull'omofonia parziale fra *Hiren* e *iron* (ferro, spada). Le tirate dell'infingardo Pistol sono composte di citazioni altisonanti e storpiate, che valgono anche a parodia del cattivo teatro elisabettiano. Ma si noti che di per sé Pistol è uno spaccone inoffensivo; sono le insolenze di Doll a renderlo intrattabile.

133) II, iv, 155 L'ostessa, spaventata, storpia con maggiore frequenza le parole: *Peesel* per *Pistol*, *beseek* (cerco) per *beseech* (chiedo), *aggravate* per *moderate*.

134) II, iv, 158 Parodia di alcuni famosi versi di C. Marlowe, *2 Tamburlaine*, IV, iii («Holla, ye pampered Jades of Asia! / What, can ye draw but twenty miles a day?»). Pistol passa dalla prosa ai versi per la sua tirata.

135) II, iv, 159 *Cannibals* potrebbe stare per *Hannibals* (il termine si trova tuttavia già in J. Eliot, *Ortho-epia Gallica*, 1593, dove un fanfarone fa delle tirate simili a quelle di Pistol).

136) II, iv, 171 Parodia di un'altra opera di Peele, *The Battle of Alcazar*, in cui Muly Mahomet offre alla moglie un pezzo di carne di leone infilzata sulla spada. Wilson pensa che Pistol offra all'ostessa una delle mele vizze, avendola raccolta con la spada dal tavolo.

137) II, iv, 173 Pistol storpia un proverbio italiano.

138) II, iv, 176 S. Johnson parafrasa: «Ci fermiamo qui? Non ci sono altri divertimenti?». Ma *etceteras* è eufemismo per la vagina (cfr. *Romeo and Juliet*, Q 1599, II, i, 38: "an open et cetera"), e *nothings* ("nulla" ma anche "zeri", "buchi") ha lo stesso significato traslato, cfr. *Hamlet*, III, ii, 116-119.

139) II, iv, 179 Le Pleiadi, o l'Orsa maggiore. Forse intende, rispondendo a Falstaff, che lui e Sir John hanno spesso fatto tardi.

140) II, iv, 183 Cavalli scozzesi di scarso pregio; *nag* è anche una prostituta. È caratteristica di Pistol la figura vieta della domanda retorica.

141) II, iv, 191 Atropo è una delle tre Parche: Cloto tiene il fuso, Lachesi dipana il filo, Atropo taglia. Il verso 189 contiene citazioni da una canzone di George Boleyn (fratello di Anne), e da Marlowe, *1 Tamburlaine* V ii («abridge thy baneful days»).

142) II, iv, 197 Wilson suggerisce che a questo punto Falstaff fa un affondo contro Pistol. *Territs* forse è parola composta da *terrors* e *fits* (accessi).

143) II, iv, 199 Lo stesso bisticcio osceno involontario di II, i, 13-17.

144) II, iv, 213 I nove eroi senza pari erano, secondo la tradizione, Ettore, Alessandro, Cesare, Giosuè, Davide, Giuda Maccabeo, Artù, Carlomagno e Goffredo di Buglione.

145) II, iv, 222 Secondo alcuni la battuta è ironica e detta da Doll senza farsi sentire da Falstaff. Ma forse con "chiesa" essa intende solo qualcosa di grosso e pesante.

146) II, iv, 223 La Fiera di S. Bartolomeo si teneva a Smithfield il 24 agosto.

147) II, iv, 233 Tewkesbury è una cittadina del Gloucester, sulla Avon e la Severn, che produceva la migliore mostarda.

148) II, iv, 238 Un gioco dei bevitori, consistente nel tracannare dell'acquavite con dentro delle uvette accese (*flap-dragons*) spegnendole in bocca. Poins però si ritrova nel boccale delle candeline.

149) II, iv, 239 *To run the wild-mare* si dice di vari giochi, fra cui l'altalena. Abbiamo preferito tradurre con la frase generica che corrisponde letteralmente all'originale.

150) II, iv, 248 Gioco di parole su *nave* (mozzo) e *knave* (stolto). *Wheel* è allusione alle dimensioni di Falstaff. Il motivo comico della malignità udita casualmente dall'interessato è già presente nella lettura della lettera di Falstaff in II, 2.

151) II, iv, 251 Doll sta scarmigliando i capelli di Falstaff. *Elder* è insieme un vecchio impotente e un sambuco, albero fra i più secchi quando avvizzito.

152) II, iv, 255 «Davvero un prodigio! Saturno e Venere non sono mai in congiunzione» (Johnson).

153) II, iv, 257 Il “Trigono infuocato” sono tre segni di fuoco dello Zodiaco: Ariete, Leone, Sagittario (con allusione al viso di Bardolph).

154) II, iv, 258 Madama Quickly, che fa da tavola e quaderno a Falstaff sia perché ne tiene i conti sia perché gli segna gli appuntamenti amorosi.

155) II, iv, 274 Risposta abituale di cameriere. Nella scena corrispondente a questa nella *Parte I* (*1*, II, iv, 35-82) il Principe e Poins prendono in giro Francis approfittando della sua risposta automatica “Anon, anon”. Vi è dunque una sorta di richiamo intertestuale e contrappasso ironico nella ripresa del motivo.

156) II, iv, 298 Cfr. *1*, II, iv. A Gad’s Hill, sulla via fra Canterbury e Londra, la banda di Falstaff aveva compiuto una rapina (vedi I, ii, 144) ed era poi stata messa in fuga durante la divisione del bottino dal Principe e Poins. In seguito Falstaff aveva sostenuto di essere scappato perché aveva riconosciuto il Principe “per istinto”. In entrambe le scene è in mostra l’ingegnosità di Falstaff nel tirarsi d’impiccio. Fin dalla battuta successiva egli ha pronta la risposta decisiva, ma la tiene in serbo fino a 310, tenendo il Principe e lo spettatore sul chi vive.

157) II, iv, 320 Olmo morto vale “sostegno marcio” (l’olmo sostiene tradizionalmente la vite, ed è spesso immagine dell’uomo che sostiene la donna, in questo caso Doll).

158) II, iv, 333 Ululare: fra i dannati. La legge cui Falstaff allude è quella quaresimale. Ma con “carne” Falstaff intende anche altro (e *mutton* ha anche il senso di prostituta).

159) II, iv, 339 Cioè la chiama gentildonna, con un bisticcio su grazia (cortesia, maestà; cfr. I, ii, 27) (Wilson), laddove il suo corpo vorrebbe trattarla in tutt’altro modo che una gentildonna.

160) II, iv, 343 Westminster, a ovest della City, dove si trova il palazzo reale. I versi seguenti, parodia del *Prologo* e I, i, confermano che Falstaff guerriero gode di una considerazione del tutto immeritata, cfr. I, i, 19.

161) II, iv, 361 Il paggio tiene la borsa del padrone. Wilson ricorda che Falstaff paga in realtà con i soldi della Quickly.

162) II, iv, 379 Falstaff ha deciso all’ultimo momento di non partire senza «cogliere il più dolce bocconcino della notte», e ciò non turba affatto la sentimentale Quickly.

163) III Nelle due scene dell’atto III, il più breve del dramma, fanno

parallelamente la loro prima apparizione due nuovi personaggi di grande rilievo: il Re (la cui condizione precaria è già stata riferita in I, ii; I, iii e II, i), e il giudice Shallow, contraltare del Primo Giudice (I, ii; II, i) in quanto non oppositore ma adulatore di Falstaff, che ha di nuovo ampio spazio in questo atto. La trama storica non è portata avanti ma approfondita nel personaggio del Re, che in quanto sofferente ha analogie con il suo oppositore principale Northumberland, ma anche con il figlio che si autodefinisce "stanco".

164) III, i La scena, in *blank verse* (salvo rari distici), si svolge nel palazzo reale di Westminster. Alla notte di bagordi di Falstaff segue quella inquieta del Re malato, di cui ci viene presentato l'animo turbato dal senso della colpa e dal mutare dei tempi, con ampi riferimenti all'usurpazione narrata in *Richard II* e già citata qui in I, i e I, iii.

165) III, i, 17 *Watch-case* secondo i commentatori significa insieme "torretta da guardia" e "astuccio d'orologio" (che suona la sveglia).

166) III, i, 31 *didascalia*. La menzione di Sir John Blunt è espunta da F, perché nessuna battuta gli è assegnata. «Forse fino al verso 35 Shakespeare pensò di usare Blunt, poi se ne dimenticò» (Humphreys).

167) III, i, 40 Le immagini della carne malata e delle malattie rigogliose sono riprese nel primo monologo di Amleto (*Hamlet*, I, ii, 129-37).

168) III, i, 51 Durante la bassa marea le spiagge atlantiche note a Shakespeare restano scoperte per lungo tratto. Tutto il passo ricorda *Sonetti*, LXIV.

169) III, i, 65 Il Re riepiloga gli eventi narrati in *Richard II*. Northumberland aveva rotto con Riccardo per schierarsi dalla parte dell'esule Bolingbroke. Il computo degli anni messo in bocca al Re è approssimativo: nella realtà storica passarono sei anni fra l'ascesa di Bolingbroke (1399) e la rivolta del cerimoniere Mowbray e dell'arcivescovo Scroop (1405), altri otto anni fra questa e la morte del Re, che invece nel dramma si succedono rapidamente.

170) III, i, 66 Warwick si chiamava Beauchamps, non Nevil, e non appare in *Richard II*; forse Shakespeare si ricordò del Nevil Conte di Warwick di *Henry VI*. Holinshed rammenta che il nome di Westmoreland era Ralph Neville.

171) III, i, 69 Allude a un episodio del *Richard II* al quale Enrico non era presente: l'incontro nelle strade di Londra del Re deposto e prigioniero con la sua regina, interrotto da Northumberland. Le parole citate dal Re

sono una parafrasi di *Richard II*, V, i, 55-68. L'autocitazione fa pensare a un pubblico che doveva aver presente i brani più efficaci dei drammi precedenti. Nella drammaturgia shakespeariana come nella tradizione tragica che inizia con i greci del sec. V a.C. le profezie si realizzano sempre. Il *foul sin* (76) è il tradimento.

172) III, i, 96 Le forze dei ribelli ammontano a 25.000 uomini senza quelle di Northumberland (I, iii, 1-17). I versi 97-103 riprendono il tema della Fama dall'atto I.

173) III, i, 103 Glendower (ca 1359 - ca 1416) era il capo dei gallesi, già citato sopra, I, iii, 72. Holinshed ne data la morte 1408-09.

174) III, i, 108 Il Re annuncia la sua intenzione, sempre rimandata, di farsi crociato in Terrasanta fin da *1*, I, i, 1-27.

175) III, ii La scena si sposta dall'alba cupa del Re insonne a quella idillica del mondo campestre dei giudici Shallow e Silence. Il tema della vecchiaia e della morte è ribadito con toni di finissima ed elegiaca comicità. Occasione del felice cambiamento di scena è l'episodio dell'arruolamento dei soldati, in cui Falstaff, spinto al solito dalla necessità economica ma anche dal suo spirito beffardo, esibisce tutto il suo banditismo. La scena, in prosa, si svolge davanti alla casa del giudice Shallow, che in IV, iii, 80, 123 è collocata nel Gloucestershire, contea agricola dell'Inghilterra centroccidentale, a sud del Warwickshire nativo di Shakespeare. La critica ha spesso notato una presunta incongruenza nel fatto che Falstaff, partito da Londra per York, vada tanto fuori strada per arruolare i suoi soldati. Ma verosimilmente Shakespeare quando scrisse questa scena pensava a una collocazione vaga del paese di Shallow dalle parti di Stamford, sulla strada Londra-York, e solo nell'atto IV decise di porlo nel Gloucestershire (Humphreys). Secondo altri gli episodi concernenti l'arruolamento e Shallow potrebbero essere stati scritti in relazione alla campagna di Shrewsbury (Galles) della *Parte I*, il che ne spiegherebbe l'ubicazione. I personaggi hanno tutti dei nomi comici: Shallow (ristretto [di mente], superficiale), Silence (silenzio), Mouldy (muffito), Shadow (ombra), Wart (porro), Feeble (fiacco), Bullcalf (torello).

176) III, ii, 1 Shallow tende a ripetere le frasi più volte, forse anche a causa della sua anzianità.

177) III, ii, 3 *Cousin* indica parentela generica, come nella scena precedente (66), alla quale quest'avvio si richiama anche nei saluti riferiti alla prima mattina (cfr. III, i, 32-35 e qui *an early stirrer*, 2). Shallow e Silence non si vedono da qualche tempo e si sono dati appuntamento perché entrambi coinvolti nelle pratiche relative al reclutamento dei soldati.

178) III, ii, 7 Le donne bionde erano considerate più belle anche perché la regina Elisabetta era bionda (*fair*, cfr. *fairest*, 6). Silence parla della figlia bruna con falsa modestia di padre. La grafia *woosel* (Q) indica la pronuncia rustica di *ousel* (Ouzell, F).

179) III, ii, 8 *By yea and no*: la stessa imprecazione eufemistica, puritana, che Falstaff usa nella sua lettera al Principe (II, ii, 122), giocandoci sopra.

180) III, ii, 12 Dopo aver lasciato l'università, lo studente agiato andava a Londra a terminare gli studi a uno degli Inns of Court, insieme società di avvocati e facoltà di legge, centro della vita intellettuale del Paese (G.B. Harrison, cit. Humphreys). Shallow ha studiato al Clement's Inn, che era una delle scuole preparatorie alle scuole di legge.

181) III, ii, 19 I Cotswold sono una regione collinosa del Gloucestershire. Lo Staffordshire (17) è più a nord. Anche qui i nomi sono etichette, indicative di attività umili: Doit (moneta, nonnulla), Barnes (da *barn*, fienile), Pickbone (mangia ossi), Squele (da *squeal*, strillo).

182) III, ii, 24 Thomas Mowbray, padre dell'omonimo Lord Cerimoniere di I, iii, è un personaggio del *Richard II*, accusato dell'uccisione (1397) di Thomas Woodstock, Duca di Gloucester (zio di Riccardo II e Enrico IV), e poi mandato in esilio.

183) III, ii, 30 Il nome, Sansone Stoccafisso, è un ossimoro comico in quanto contrappone il grosso e forte al secco e sottile, cfr. *1*, II, iv, 233 (dove *stockfish* è definito il Principe da Falstaff), e, sopra, il riferimento spregiativo ai bottegai (I, ii, 164). Scoggin significava invece "buffone volgare e scurrile".

184) III, ii, 35 Vedi Salmi LXXXIX 49: «Chi è quell'uomo che ora vive, e non vedrà mai la morte?».

185) III, ii, 36 Stamford: città del Lincolnshire, Inghilterra orientale. Vi si tenevano grandi fiere di bestiame a febbraio, in quaresima e ad agosto. Il prezzo che vi si stabiliva valeva fino alla fiera successiva. Shakespeare probabilmente pensò originalmente di porre la dimora di Shallow da queste parti. Nella battuta di Shallow vi è non solo un'incongruenza senile, segno che le parole del salmista non lo toccano più di tanto, ma anche un constrasto non casuale fra il tema della morte e quello della vita anche sessuale rappresentato dai due *bullocks* (in origine, torelli).

186) III, ii, 42 John di Gaunt, padre di Enrico IV, cfr. *Richard II*, dove ha un ruolo di rilievo. «Apparteneva all'età aurea dell'arco, con cui vincemmo in successione Crécy, Poitiers e (in seguito) Agincourt» (Wilson).

187) III, ii, 84 Surecard vuol dire "carta vincente" e può essere uno scherzo suggerito dall'aspetto dimesso di Silence.

188) III, ii, 88 Falstaff fa una freddura sul nome di Silence.

189) III, ii, 109 Falstaff dice di "segnare", "spuntare" (*prick*) Mouldy (sul ruolino). L'interessato risponde di essere già abbastanza "irritato", "inacidito" (*pricked*).

190) III, ii, 132 Le "ombre" iscritte nel ruolino sono nomi di soldati inesistenti (o morti) per cui il comandante riceveva e tratteneva il soldo. Nella battuta precedente Falstaff gioca anche sull'omofonia fra *son* (figlio) e *sun* (sole), cfr. *Hamlet*, I, ii, 67. I figli sono spesso solo ombre della "sostanza" (la paternità) del padre, a causa dell'infedeltà delle mogli.

191) III, ii, 157 Gioco di parole su Shallow, nome che significa il contrario di profondo.

192) III, ii, 180 Intende: al tuo funerale.

193) III, ii, 182 Wilson nota che in realtà solo cinque uomini sono stati ispezionati, e che Falstaff ne prenderà poi solo tre.

194) III, ii, 188 Saint George's Field (oggi St. George's Road) era a sud del Tamigi, presso Southwark. Questo quartiere era noto per i bordelli, uno dei quali si chiamava appunto The Windmill.

195) III, ii, 203 Silence, fedele al suo nome, pronuncia pochissime parole, peraltro significative (Shallow ha più di 70 anni, Falstaff una sessantina, cfr. *1*, II, iv, 407). Si confronti il conto degli anni analogamente preciso fatto dalla Quickly in II, iv, 371; e quelli fatti dal Re nella scena precedente (III, i, 57-60).

196) III, ii, 215 Una maniera rustica e confusionaria di contare una sterlina. Le monete da dieci scellini di Enrico, coniate per la prima volta sotto Enrico VII (dunque ben dopo l'età di Enrico IV!), valevano ai tempi di Shakespeare la metà (5 scellini); la corona francese valeva 4 scellini. Bullcalf offre dunque 20 scellini (una sterlina), pagati in cinque corone. Già nella *Parte I* (IV, ii, 11-46), Falstaff si vanta di aver sfruttato il mandato di reclutamento, scegliendo fin dall'inizio dei benestanti e poi esonerandoli dietro compenso.

197) III, ii, 224 Intende quaranta scellini: due sterline. Wilson suggerisce che Mouldy fa vedere uno scellino a Bardolph.

198) III, ii, 230 Proverbiale, come sopra, *We owe God a death* (dov'è un bisticcio su *death*, morte, e *debt*, debito, cfr. *1*, v, i, 126). Diverso il linguaggio ma simile il ragionamento fatalistico nell'ultima battuta di Hamlet prima del duello con Laertes (*Hamlet*, v, ii, 215-20). Notare il contrasto comico fra il nome (e presumibilmente l'aspetto) del personaggio e il suo ardimento. Sulla scena a volte Feeble viene fatto addirittura balbettare.

199) III, ii, 269 Era la rappresentazione di un gruppo che si esibiva ogni anno con l'arco, i cui membri assumevano i nomi di personaggi arturiani. Dagonet era il buffone di corte. Mile-End Green era un campo per esercitazioni fiere e spettacoli, oggi Stepney Green, a sud di Mile-End Road. Nella battuta successiva Falstaff ignora completamente l'animata rievocazione di Shallow.

200) III, ii, 285 Battuta variamente interpretata: «Ho parlato affrettatamente» (Chester). «Non c'è bisogno che dica altro» (Wilson). «Dico sul serio» (Humphreys). Ci sembra più in carattere che Shallow si schermisca, mezzo pentito di aver confessato la sua ambizione riposta.

201) III, ii, 301 Vedi I, ii, 14. La mandragola, pianta velenosa, era associata col sesso a causa della radice biancastra, «divisa in due o tre parti somiglianti alle gambe d'un uomo con le altre parti annesse» (così un testo del 1597 citato da Wilson; la *Mandragola* di Machiavelli è del 1518 circa). Dalla frase seguente apprendiamo che Shallow non frequentava le *bona robas* (prostitute giovani e belle) ma quelle mal ridotte (*overscutched*, che forse significa anche "spesso frustate", per punizione). Turnbull Street (citata sopra) era una strada malfamata presso Fleet Street.

202) III, ii, 305 Il Vizio era un personaggio allegorico dei vecchi *morality plays*, simile per età e corpulenza a Falstaff.

203) III, ii, 310 Gaunt (da Gent) significa "allampanato", "magro", dando luogo a frequenti giochi di parole. Si noti che Falstaff prima ipotizza l'incontro fra Shallow e John di Gaunt, poi afferma ironicamente di esservi stato presente per il gusto della battuta, prendendo il pubblico in confidenza.

204) III, ii, 315 La pietra filosofale trasformava il metallo in oro; lo stesso termine designava l'*elixir vitae*, che restituiva la giovinezza.

205) III, ii, 317 Eco del proverbio, «Pesce grosso mangia pesce piccolo», con allusione al contrasto di corporatura Falstaff/Shallow.

206) IV L'atto IV, ampio e complesso, conclude la vicenda della congiura (i-iii) e quella del rapporto Principe-Re (iv-v), ignorando gli otto anni in-

tercorsi fra la battaglia di Gaultree (28 maggio 1405) e la morte di Enrico IV (1413). Introduce un nuovo personaggio di spicco, il principe John di Lancaster (che ha già un piccolo ruolo nella conclusione della *Parte I*), esempio di machiavellismo spregiudicato. Falstaff appare brevemente ma efficacemente, ben integrato alla vicenda storica (iii).

207) IV, i-ii Compongono in realtà un'unica lunga scena di 351 pentapodie giambiche sciolte (IV, ii, 83-84 e 118-24 a rima baciata), di poco più corta di II, iv (375 righe). Essa si svolge nell'antica foresta reale di Gaultree, a nord di York, che si dice comprendesse 100.000 acri. Shakespeare segue Holinshed nel riferire le lagnanze e le affermazioni dell'Arcivescovo sulle sue intenzioni pacifiche e la vicenda della trappola tesa ai ribelli. Holinshed tuttavia attribuisce la progettazione e l'attuazione del tranello al solo Westmoreland, e riferisce anche un'altra versione dei fatti, secondo la quale i capi ribelli, ottenuta promessa di grazia, si arrendono, ma vengono giustiziati presso York (8 giugno 1405). Shakespeare utilizza elementi di entrambe le versioni.

208) IV, i, 16 La decisione di Northumberland di non scendere in campo e di ritirarsi preventivamente in Scozia non ha riscontro in Holinshed, vedi II, iii. Anche nella *Parte I*, la notizia della defezione di Northumberland giungeva per lettera all'inizio di IV, i, dando luogo però a un più lungo dibattito (*1*, IV, i, 14-85).

209) IV, i, 95 Allusione al fratello (in realtà cugino) dell'Arcivescovo, Scroop, favorito di Riccardo II, fatto uccidere da Bolingbroke, v. *1*, I, iii, 268 e *Richard II*, III, ii, 142. Il verso, oscuro, è omesso in F e in alcune copie corrette di Q (come pure il v. 93).

210) IV, i, 112-29 Thomas Mowbray Duca di Norfolk e Henry Bolingbroke Conte di Hereford (131) furono banditi da Riccardo II, nel momento che stavano per venire a duello a Coventry (135), vedi *Richard II*, I, i e I, iii, e sopra, III, ii, 24, dove apprendiamo che Falstaff era stato paggio del Duca di Norfolk: sottile collegamento fra trama comica e trama storica e fra due scene successive. Wilson segnala che Holinshed non fa cenno della restituzione dei beni di Mowbray citata qui e in *Richard II*, IV, i, 87-89. La descrizione vivida del duello offerta da Mowbray si addice al suo carattere pugnace.

211) IV, i, 139 Westmoreland ripete quanto lo stesso Re ha affermato del suo rapporto con Riccardo II in *1*, III, ii, 50-84. Inoltre egli si contraddice su Mowbray padre, prima lodandolo per lusingare il figlio (110), poi dicendo che era da tutti odiato.

212) IV, i, 182 Il particolare dell'incontro a metà strada fra i due eserciti

è tratto dalla seconda versione dei fatti riferita da Holinshed, secondo la quale «Il Conte di Westmoreland dichiarò loro che impresa pericolosa avevano preso in mano sollevando uomini e muovendo contro il Re, consigliando loro pertanto di sottomettersi senza indugio alla pietà del Re e di suo figlio Lord John, che era presente sul campo con gli stendardi spiegati, pronto a risolvere la faccenda con la forza delle spade se rifiutavano il consiglio». I ribelli accettano di arrendersi e vengono giustiziati a York.

213) IV, ii Non è una scena nuova ma una continuazione della precedente. In Q la didascalia è inserita dopo il verso IV, i, 226.

214) IV, ii, 10 *Word* ha qui il senso di "sacra scrittura". C'è un gioco di parole su *word* e *sword*, più simili nel suono nel '500 che oggi.

215) IV, ii, 40 Dopo aver paragonato la guerra all'Idra, l'Arcivescovo la paragona ad Argo, il mostro dai cento occhi, e senza saperlo predice l'inganno di cui egli stesso resterà vittima (ironia drammatica): gli occhi della ribellione verranno indotti al sonno dalla concessione dei desideri espressi. Da notare che in I, iii, 33 il ribelle Bardolph aveva accusato Hotspur di essersi «gettato nella rovina ad occhi chiusi».

216) IV, ii, 51 Parole minacciose, che riprendono un bisticcio già impiegato da Falstaff nella scena precedente (III, ii 289) e il nome stesso del suo deuteragonista, Shallow. Cfr. anche V. 118. Sta per nascere un litigio, e a questo punto Westmoreland cortesemente richiama il Principe al nocciolo della questione (Capell, Wilson). In realtà la predizione di Hastings, nonostante l'immediata repressione compiuta da Lancaster, si avvererà con la guerra fra le case di Lancaster e York, cui solo i Tudor avevano posto fine nel 1485, salvando (secondo la versione dei cronisti tudoriani) l'Inghilterra da una lunga guerra civile di cui non si vedeva la fine.

217) IV, ii, 67 In Q i vv. 67-68 sono ancora attribuiti all'Arcivescovo, 69-71 a Lancaster. Seguiamo la distribuzione di F.

218) IV, ii, 82 Un'antitesi analoga è espressa da Northumberland in I, i, 137-39.

219) IV, iii Conclude l'episodio di Gaultree e la vicenda della rivolta e riporta in scena Falstaff soldato, che nel monologo sul vino completa il ritratto di John di Lancaster, paragonandolo sfavorevolmente al Principe Hal. In prosa, salvo per alcuni brani in *blank verse*, di tono più elevato: 24-25, 63-65, 69-83 (79-83 sono stampati come prosa in Q; 80-81 rimano). Shakespeare ha tratto il nome del prigioniero di Falstaff da Holinshed, che riferisce che "Sir Iohn Colleuill of the Dale" fu decapitato con altri a Durham (non York, vedi 72).

220) IV, iii, 17 Cfr. I, ii, 210-12, dove Falstaff lamenta ironicamente il terrore che il suo nome incute al nemico. Qui vediamo che non si trattava di un'esagerazione, non perché Falstaff sia davvero valoroso, ma perché il mondo è vittima della Fama (vedi *Prologo*), al cui abito rimanda anche l'immagine delle lingue della battuta successiva. L'episodio di Coleville vale a parodia della resa incauta dell'Arcivescovo e dei suoi complici.

221) IV, iii, 32 Concetto caro a Falstaff, vedi I, ii, 163-64, e *1*, II, iv, 116-22. Per la successiva allusione a Cesare, v. sopra, II, ii, 115 e nota.

222) IV, iii, 51 Le ceneri o frammenti dell'elemento del fuoco, cioè le stelle. Cfr. *Julius Caesar*, III, i, 63.

223) IV, iii, 65 Ironia drammatica (subito rimarcata da Falstaff): Coleville afferma che lui non avrebbe commesso l'errore tattico dei suoi capi e intanto ne ha commesso uno ancora più marchiano.

224) IV, iii, 80 Il Gloucestershire (pronuncia /glòstershir/, trisillabo), contea dell'Inghilterra sudoccidentale, è piuttosto fuori strada rispetto alla via (orientale) che da York porta a Londra, donde la richiesta esplicita di un'autorizzazione a passarvi.

225) IV, iii, 91 L'anemia era considerata una malattia caratteristica delle ragazze.

226) IV, iv-v Compongono in realtà un'unica scena di 372 pentapodie giambiche sciolte (con rari distici a rima baciata) più lunga dunque di IV, i-ii, e quasi pari a II, iv. La scena si svolge nella reggia, a Westminster, e si articola come segue: tema della crociata (1-7, cfr. III, i, 107-108, la conclusione di *Richard II* e l'inizio di *1 Henry IV*), preoccupazione del Re per il comportamento del Principe alla successione ormai prossima (11-80), notizie della sconfitta dell'Arcivescovo e di Northumberland (81-101), nuovo e più grave accesso del male del Re (102-32; v, 1-6) arrivo del Principe, suo monologo e furto della corona (v, 7-46), ultimo scontro fra Principe e Re (v, 47-137), definitiva riconciliazione, ultimi consigli del padre (v, 138-224), ripresa del tema della Crociata, morte del Re fuori scena (v, 225-40). Gli episodi dell'asportazione della corona e della morte "in Gerusalemme" sono anche in Holinshed; in *Famous Victories* (scena 6) solo quello della corona. Shakespeare offre un ritratto molto articolato del vecchio Re, in cui l'interesse dinastico e il machiavellismo si congiungono a una genuina preoccupazione per le sorti dell'Inghilterra (58-66; v, 117-137), il che ne fa tutto sommato un sovrano esemplare.

227) IV, iv, 4 Finita una guerra, se ne incomincia un'altra, simile e diversa. È una parodia della crociata contro Shallow appena annunciata da Falstaff.

228) IV, iv, 12 Non sembra un caso che la comparsa di Humphrey di Gloucester (pron. /glòster/) segua a così breve distanza la prima menzione del Gloucestershire come residenza di Shallow. La discussione che segue comincia a creare proletticamente nel pubblico un'incertezza su quale sarà il comportamento del Principe al momento della successione.

229) IV, iv, 101 Così Shakespeare si libera abbastanza sbrigativamente di Northumberland (morto storicamente il 19 febbraio 1408, quattro anni prima del Re), dopo avergli dedicato due intere scene, fra cui quella iniziale (I, i; II, iii). Si noti che la notizia della sconfitta dei ribelli giunge subito dopo le parole in cui Warwick assicura il Re che il Principe scaccerà i cattivi compagni, istituendo un rapporto fra le due azioni, una già avvenuta, una per ora solo sperata.

230) IV, iv, 108 Ricorda quanto il Re ha detto nel suo primo monologo sul sonno (III, i), e il discorso sul rapporto inverso fra il carattere della notizia e il sentimento suscitato in IV, ii, 81-86.

231) IV, iv, 120 L'immagine del muro reso sottile dalle preoccupazioni e dalla malattia deriva da S. Daniel, *Civil Wars* III, ottava 116: «Wearing the wall so thin that now the mind / Might well look through, and his frailty find».

232) IV, iv, 121-128 La notizia delle tre piene del Tamigi è tratta da Holinshed (12 ottobre 1411). Il Re morì il 20 marzo 1413. Il tema del rapporto fra il macrocosmo e i rivolgimenti degli stati, e in particolare dei prodigi innaturali che accompagnano morti regali, successioni e usurpazioni, è ricorrente in Shakespeare.

233) IV, v La scena è tutt'uno con quella precedente, e infatti la divisione manca in F. Essa è conservata qui solo per comodità di riferimento.

234) IV, v, 27 Ancora il tema del contrasto fra la quiete del povero e l'affanno del ricco, vedi sopra IV, iv, 105-108, e III, i, 9-31. Il Principe rivela nel monologo (il suo solo nella *Parte II*) i suoi veri sentimenti di affetto per il padre, ignoti al padre stesso, confermando quanto aveva suggerito a Poins in II, ii, 44-45. Il tono contrasta con la «spigliatezza esagerata» affettata da Hal nello scambio iniziale con i fratelli, «come per evitare di esibire un dolore al quale egli sa che nessuno crederà» (Bevington).

235) IV, v, 108 Accusa il Principe di volerlo uccidere, calunnia già accen-

nata e respinta dal Principe in *1*, v, iv, 50-51, dopo aver tratto in salvo il Re dal duello con Douglas. Ma il ravvedimento del Principe nella *Parte I* è per motivi drammatici completamente ignorato nella *Parte II*.

236) IV, v, 154 Il Principe aveva accennato al suo progetto di sorprendere il mondo con un ravvedimento improvviso nel celebre monologo conclusivo di *1*, I, ii.

237) IV, v, 186 Il Re confessa per la prima volta il proprio senso di colpa in relazione all'usurpazione; ancora in III, i, 73-74 aveva affermato la propria innocenza, di essere stato spinto dalla necessità, non dalla volontà di potere. Il brano è assai vicino a Holinshed: «'Bene, caro figlio', disse il Re con un grande sospiro, 'quale diritto avessi ad essa [la corona] lo sa Dio'. 'Bene', disse il Principe, 'se morirete re, avrò la corona e confido di difenderla con la spada contro tutti i miei nemici, come avete fatto voi'». Cfr. sotto, 218-24.

238) IV, v, 215 Lo stesso consiglio viene dato dal Re in Daniel, *Civil Wars* III 127: «A te rimane porre in atto il mio intento [la crociata]: / e per essere sicuro non devi mai restare ozioso, / ma promuovi sempre qualche grande azione / per controllare quelle menti che altrimenti praticherebbero il male» (Wilson).

239) IV, v, 234 Sala nell'Abbazia di Westminster, così chiamata perché tre frasi su Gerusalemme erano scritte sul camino (Wilson). In essa dunque si svolge idealmente IV, iv, mentre IV, v implica uno spostamento sul palcoscenico che significa un'altra stanza. L'episodio della profezia è riferito da Holinshed. Così gli ultimi versi della lunga scena si ricollegano al motivo con cui si era aperta (sopra, iv, 1-7).

240) V L'atto V, l'unico che non presenta personaggi nuovi di rilievo (solo Davy, il fattore di Shallow), risolve l'ultimo nodo della vicenda: il comportamento che terrà il nuovo Re, e con ciò il suo rapporto con Falstaff. Esso alterna di conseguenza gli ozi campestri di Falstaff presso il giudice Shallow (i, iii) con la rappacificazione del Re con il Primo Giudice (assente dalla scena da II, i) e la misera sorte di Quickly e Doll (iv). La tempesta che si è andata addensando sul capo dell'incauto Falstaff si scatena nella scena ultima e decisiva (v).

241) V, i La scena, in prosa, si svolge davanti alla casa del giudice Shallow nel Gloucestershire. Falstaff ha appena messo in atto il suo progetto di visitare Shallow per pelarlo, e il giudice abbocca e insiste perché si trattenga a cena. Vediamo il povero giudice tutto preoccupato di compiacere la sua conoscenza influente, e un quadretto della vita di campagna nel dialogo con il fattore Davy, che approfitta del colloquio col giudice per sottoporgli alcune altre questioni relative alla gestione del podere nonché

della giustizia. I commenti di Falstaff sui rapporti, a suo dire troppo familiari, fra Shallow e Davy riportano al nodo dell'eccessiva familiarità di Falstaff col Principe, nodo che presto verrà al pettine.

242) v, i, 1 *By cock* è imprecazione eufemistica che sta per *By God*. Vedi *Hamlet*, IV, v, 61. *Pie* è un libro contenente le regole delle funzioni cattoliche (Humphreys). La battuta di Shallow sembra rispondere a quella conclusiva della scena precedente, anche con la rima *pie/die*.

243) v, i, 19 *Bucket* significa secchia o giogo, cfr. III, ii, 255.

244) v, i, 21 Hinckley (Hunkly, Q) è una cittadina presso Coventry, trenta miglia a nordest di Stratford-upon-Avon, dove si teneva una fiera il 26 agosto.

245) v, i, 35 Visor e Perkes erano nomi comuni nel Gloucestershire ai tempi di Shakespeare. Woncot è forse la vicina Stinchcombe Hill. Ma Malone identificò Woncot con Wilmcote presso Stratford, dove è anche un luogo detto Hill. Il discorso di Davy che chiede indulgenza al giudice per l'amico prelude all'ultima scena dell'atto, nella quale Falstaff, anch'egli un *arrant knave*, riceverà poca indulgenza.

246) v, i, 53 Ironico, visto che il paggio è un ragazzino, cfr. *giant* (I, ii, 1).

247) v, i, 67 Wilson e Humphreys interpretano curiosamente *with the imputation of being* come se Falstaff parlasse della propria intimità con Shallow («facendo credere loro d'essere intimo del padrone», trad. Meo); per Davison invece egli solletica i servi complimentandosi per la loro familiarità col padrone (*stressing in what close confidence they were with their master*): interpretazione più logica, che si è seguita nella presente traduzione.

248) v, i, 72 C'è un'ironia involontaria nel fatto che Falstaff, cattiva compagnia per eccellenza, ragioni sulla necessità di evitare le cattive compagnie. E infatti la sua mente corre subito al Principe. Notare anche l'ennesimo riferimento alla malattia.

249) v, ii La scena, in *blank verse* salvo per il distico finale, si svolge a corte. L'episodio della riconciliazione del nuovo Re col Giudice timoroso di rappresaglie si trova anche in *Famous Victories* (scena 9), ma segue anziché precedere la rottura con John Oldcastle, ed è risolto in una ventina di righe. In Holinshed invece il nuovo Re, pur decidendo subito di dare esempio di saggezza allontanando i vecchi compagni, non dimentica l'offesa arrecatagli dal Giudice e lo priva dell'incarico, si comporta cioè proprio come teme infondatamente il Primo Giudice di Shakespeare (9-13; si noti il motivo dell'aspettativa delusa). Holinshed accenna anche che nel-

l'episodio dello schiaffo torna a onore del Principe il fatto che egli abbia ubbidito all'ordine di carcerazione, motivo da Shakespeare ripreso di sfuggita, a maggiore onore del suo eroe (110-112).

250) v, ii, 18 Vi è un'incongruenza nel personaggio di Warwick, che in iv, iv, 67-78, aveva difeso il Principe e si era detto sicuro del suo ravvedimento.

251) v, ii, 48 Nel 1574 Amurat iv di Turchia salendo al trono strangolò tutti i suoi fratelli, e lo stesso fece il suo successore, Maometto iii, nel 1596 (Wilson). Le rassicurazioni del Re suonano ancora ambigue e così tengono sulle spine gli spettatori.

252) v, ii, 51 Essi sono vestiti di nero, egli di rosso regale (Holland).

253) v, ii, 123 Intende che ha sepolto tutto il suo disordine con il padre. Enrico iv aveva usato un'espressione analoga, vedi iv, v, 189-90.

254) v, iii La scena si svolge nel giardino di Shallow, alla fine della buona cena campestre che abbiamo visto ordinare in v, i, 23-25. Shallow e Silence sono brilli, illustrazione involontaria dei magici effetti del vino decantati in iv, iii da Falstaff. Questi è di ottimo umore e per la cena e perché il suo piano di alleggerire il giudice sta andando a gonfie vele; e a questo punto riceve la notizia da sempre attesa: il Principe suo amico è ora Re. Prosa, ad eccezione delle spassose canzonette di Silence e delle tirate magniloquenti di Pistol e qualche risposta a Pistol di Falstaff e Shallow.

255) v, iii, 75 Samingo sta forse per Monsieur Mingo, protagonista di una nota canzone omonima, di origine francese, musicata da Orlando di Lasso (1532-1594).

256) v, iii, 90 Silence intende *greatest* nel senso di più corpulento, mentre Bardolph intende che Falstaff ha acquistato autorevolezza in seguito all'incoronazione del Principe suo intimo. Puff rimanda a *to puff up*, *puffed up* (gonfiare, gonfio). Pistol a sua volta si arrabbia per il paragone a un illustre sconosciuto (o intende *puff* nel senso di "sbruffone"). Barson è forse Barcheston (pron. /bàrston/) presso Stratford.

257) v, iii, 96 Le "buone notizie" di Pistol rimandano al tema delle false buone nuove del *Prologo* e i, i.

258) v, iii, 102 Allusione a una ballata che raccontava di un re africano che sposava una mendicante, vedi *Love's Labours Lost*, i, ii, e iv, i; *Romeo and Juliet*, ii, i; *Richard ii*, v, iii. «Assiro» vale "pagano", forse con un bisticcio su *ass*, somaro. Falstaff sta al gioco delle tirate pseudoteatrali care

a Pistol e gli risponde a tono (non per nulla presentandosi come un re).

259) v, iii, 103 Da una ballata.

260) v, iii, 104 Le Muse (o i poeti), cui era sacro l'Elicona. Wilson suggerisce che Pistol si è preparato uno sproloquio per l'occasione fausta ed è contrariato dalle interruzioni e dai riferimenti umili di Silence. I «cani da letamaio» sarebbero cantatori di ballate come quelle di Robin Hood, mentre Pistol sarebbe un "Eliconio".

261) v, iii, 113 *Besonian* (dall'italiano *bisogno*) significa "ignorante", "soldato bisognoso". «Un insulto deliberato contro uno che ha qualche autorità» (Wilson).

262) v, iii, 115 Alla morte di un re scadevano gli incarichi dei giudici di pace (Wilson).

263) v, iv Una strada di Londra. La didascalia e il testo di Q leggono, anziché *Beadle*, *Sincklo*, presumibilmente il nome dell'attore che faceva la parte. La didascalia di F menziona invece i *Beadles* (al plurale) e le due donne: *Enter Hostesse Quickly, Dol Teare-sheete, and Beadles*. Un *beadle* è «una guardia parrocchiale, che eseguiva le fustigazioni, specialmente di vagabondi e prostitute, per incarico degli agenti [*constables*]» (Wilson). In Q le battute di Doll sono precedute non dal suo nome proprio ma dalla designazione *Whoore* (puttana). La scena, oltre a dare il tempo a Falstaff di giungere trafelato a Londra, fa capire (come del resto v, ii) quale sarà la sorte del mondo malavitoso di Falstaff sotto il nuovo Re. Le due donne identificano ripetutamente la guardia parrocchiale dall'aspetto cadaverico con la morte.

264) v, iv, 7 L'agente sta parlando di Doll, di cui l'Ostessa cerca vanamente di impedire l'arresto.

265) v, iv, 14 L'Ostessa dice il contrario di ciò che intende. Doll finge una gravidanza per spaventare le guardie, che non si lasciano ingannare.

266) v, iv, 20 Le guardie vestivano di blu, come oggi.

267) v, iv, 25 Sono due proverbi che l'Ostessa storpia, dicendo involontariamente il vero: nel nuovo regime il diritto (il Primo Giudice) sopraffà la forza della malavita. In *knight-errant* (23) c'è un bisticcio su *knight* e *night* (Wilson).

268) v, v La scena risolutiva (ripudio di Falstaff da parte del nuovo Re, vittoria finale del Giudice nel duello contro il suo oppositore iniziato in I,

ii) si svolge davanti a Westminster Abbey. I giunchi o strami si stendevano sui pavimenti, in questo caso all'aperto per l'occasione solenne, cfr. *1*, III, i, 211. Prosa e versi si alternano, con momenti solenni (culminanti in 47) e colloquiali. La rottura del nuovo Re con i vecchi compagni è anche in Holinshed e nei *Famous Victories* (scena 9), dove però il Re si rivolge direttamente non a Oldcastle ma a Tom e Ned, anch'essi cavalieri, e in maniera abbastanza affabile. Shakespeare sottolinea invece il carattere pubblico, rituale, dell'evento.

269) V, v, 15 Q attribuisce la battuta a Pistol, F a Shallow. Molte edizioni attribuiscono a Shallow anche le due battute successive, per quanto Q e F le diano concordemente a Pistol. La descrizione degli abiti indossati da Falstaff e compagni suggerisce un effetto di contrasto molto marcato che si avrà fra breve e che molti registi hanno sfruttato: da una parte la banda di straccioni, dall'altra il corteo regale. Con la stessa battuta Falstaff ci informa indirettamente di avere ottenuto in prestito da Shallow le mille sterline che egli aveva chiesto invano all'altro Giudice fin da I, ii.

270) V, v, 29 Le frasi proverbiali di Pistol significano: «È sempre lo stesso [il nostro rapporto col Re], poiché senza ciò [la vista di lui] non c'è niente». *Obsque* è errore per *absque*. Q omette *all* nell'ultima frase, che ricorda una definizione corrente di Dio.

271) V, v, 37 Aletto è una delle Furie (Virgilio, *Eneide* VII 324). Gli sbirri sono definiti *mechanical* perché di solito avevano un mestiere (Wilson).

272) V, v, 46 Il Re cerca di evitare l'incontro, ma Falstaff ignora l'intermediario (Wilson).

273) V, v, 47 Ricorda le parole dello Sposo alle Vergini stolte, Matteo XXV 12 («Verily I say unto you, I know you not», *Versione autorizzata*), e quelle di Cristo a Maria alle nozze di Cana, Giovanni II 4 («Woman, what have I to do with thee?»). Si ricordi anche l'analogo avvio del primo monologo di Hal, *1*, I, ii, 185.

274) V, v, 55 Il precedente riferimento alle dimensioni di Falstaff rischia di riportare il discorso sul vecchio piano della presa in giro reciproca, donde il pronto avvertimento (Warburton). In II, iv, 290-291, Poins aveva analogamente messo il Principe in guardia contro l'abilità di Falstaff di volgere ogni accusa in ridere. E in V, i, 76, Falstaff stesso aveva scherzato sull'efficacia di un *jest* su un giovinetto bello sano.

275) V, v, 70 «Quattro i punti: (1) esilio sotto pena di morte, (2) un limite di dieci miglia, (3) una rendita garantita, (4) la possibilità di un ritorno in favore dopo il ravvedimento. Tutti tranne (3) hanno eco in

Famous Victories; tutti tranne (4) in Holinshed, tutti tranne (2) in John Stow [*Annals of England*, 1592]» (Wilson).

276) v, v, 73 «Sarebbe interessante sapere se il Falstaff di Shakespeare diceva queste parole come uno stoico che accetta le realtà della vita, o con una risatina nascosta, felice al pensiero di avere almeno ottenuto mille sterline dallo sciocco giudice» (G.F. Bradby, 1929, cit. Wilson). La seconda ipotesi sembra la più probabile: davanti all'insuccesso, Falstaff si consola pensando a un successo recente, di cui non per nulla il drammaturgo ci ha messo al corrente solo all'inizio di questa scena. C'è chi rimanda anche a *1*, III, iii, 131-35 (e *1*, II, iv, 58-9).

277) v, v, 86 Gioco di parole su *colour* (apparenza/tinta), *collar* (cappio), *choler* (collera) e *dye/die* (tingere/morire). Shallow ha fatto dei bei progressi nell'uso delle «buone frasi» che egli tanto ammira (III, ii, 68-70). Vedi anche la sua battuta precedente.

278) v, v, 87 Un proverbio: "Non temere nemici" (*colours*, insegne), "non temere nulla". Wilson e altri notano la «promozione di Pistol» da alfiere a luogotenente nella frase seguente. Per Wilson «Falstaff non ha altro da dare».

279) v, v, 90 La Fleet era una prigione destinata alla detenzione temporanea e interrogazione di indiziati ragguardevoli. Il Giudice sta mettendo in atto l'ordine del Re, vv. 70-71 (Wilson). «La voce che Falstaff all'inizio finse di non intendere [I, ii] è quella che pronuncerà la sua sentenza finale» (H. Jenkins).

280) v, v, 95 Vedi II, iv, 173, dove Pistol pronuncia la stessa filosofica battuta con minime differenze.

281) v, v, 100 Secondo alcune letture le lodi di un personaggio poco simpatico come Lancaster valgono a implicita critica; per altri (Wilson) le ultime parole del dramma hanno un senso più impersonale e corrispondono all'impressione sul «procedere del Re» che il drammaturgo intende suscitare nello spettatore.

282) v, v, 106 Proverbiale. Le guerre di Francia saranno infatti trattate in *Henry v*, come già in *Famous Victories.* «Anche la Fama, che all'inizio della *Parte II* ha portato un bel po' di caos nel campo dell'informazione, è ricondotta sotto controllo dalle parole di John» (A. Leggatt).

283) *Epilogo* A pronunciarlo potrebbe essere il paggio. Secondo alcuni, l'Epilogo sarebbe troppo lungo per essere recitato tutto, e sarebbe sempre stato tagliato in qualche parte. Il tono scherzoso alleggerisce un finale

altrimenti piuttosto cupo. Il tema del debito e del rimborso su cui è giocato si allaccia alle ultime battute di Falstaff e Shallow.

284) *Epilogo*, 27 Allusione agli argomenti di *Henry* v, nel quale evidentemente Shakespeare programmava di far compiere a Falstaff altre imprese guerresche da par suo, cosa che poi non fece.

285) *Epilogo*, 29 In un primo momento Shakespeare aveva dato al personaggio di Falstaff il nome di John Oldcastle, giustiziato per tradimento nel 1417, suscitando le proteste dei suoi discendenti e dei benpensanti, che ritenevano Oldcastle un protomartire del protestantesimo. Shakespeare e la sua compagnia cambiarono pertanto il nome al personaggio, che tuttavia continuò a essere noto come Oldcastle per mezzo secolo, «per quanto 'Falstaff' sia più frequente e trionfi alla fine» (Wilson). La precisazione dell'Epilogo è un ulteriore tentativo di negare ogni relazione di Falstaff con Oldcastle, ovvero, come si direbbe oggi, con fatti e persone reali.

286) *Epilogo*, 32 Secondo Wilson il danzatore si inchina per chiedere il favore del pubblico e poi protesta sornionamente che lo fa per pregare per la Regina. La Regina era l'anziana Elisabetta I, sul trono da quarant'anni. In Q la battuta (da *and so kneel down*) è posta alla fine del primo paragrafo, dopo *infinitely* (riga 15); seguiamo F.

APPENDICE I

ESTRATTI DALLE «CRONACHE» DI RAPHAEL HOLINSHED E DA «LE FAMOSE VITTORIE DI RE ENRICO V»

Dalle *Cronache di Inghilterra, Scozia e Irlanda* (1587) di Raphael Holinshed

[*Nuova congiura contro Enrico* IV]

Ma allo stesso tempo, a preoccuparlo ulteriormente, una cospirazione interna contro di lui fu iniziata dal Conte di Northumberland, che cospirò con Richard Scroop, Arcivescovo di York, Thomas Mowbray, Lord Cerimoniere, figlio di Thomas Duca di Norfolk, che a causa della sua contesa con re Enrico era stato bandito (come avete udito), i Lord Hastings, Falconbridge, Bardolph e diversi altri. Fu deciso che si sarebbero incontrati tutti insieme con le loro forze nella Foresta di York in un dato giorno, e che il Conte di Northumberland sarebbe stato capo, promettendo egli di portare con sé gran copia di scozzesi.
L'arcivescovo, accompagnato dal Lord Cerimoniere, preparò certi articoli su questioni che riteneva importunassero non solo il popolo ma anche i nobili del regno, i quali articoli essi mostrarono dapprima agli alleati più vicini, poi li inviarono in giro ad amici più lontani, assicurandoli che per porre rimedio a tali oppressioni avrebbero versato anche l'ultima goccia del loro sangue, se necessario.
L'Arcivescovo, non intendendo aspettare dopo essersi visto accompagnato da un gran numero di uomini che venivano in massa a York per prendere parte alla sua contesa, subito scoprì la sua intenzione, facendo affiggere nelle pubbliche vie della città di York i suddetti articoli e sulle porte dei monasteri, perché tutti comprendessero la ragione che lo spingeva a sollevarsi in armi contro il Re, la riforma della quale ragione pure non gli spettava [cfr. IV, i, 97-98]. In seguito a ciò cavalieri, possidenti, gentiluomini, notabili e altri cittadini comuni della città, dei paesi e delle regioni intorno, attratti dal desiderio di mutamento ovvero dal desiderio di vedere porre rimedio agli affari menzionati negli articoli, si riunirono in grande numero. E l'Arcivescovo, venendo fuori fra loro vestito di armatura [IV, ii, 8], li incoraggiò, esortò e con ogni mezzo che poteva li pungolò a dare corso all'impresa e continuare virilmente nell'azione iniziata, promettendo il perdono dei peccati a tutti coloro cui accadesse di morire nella contesa. E così non solo i cittadini di York ma tutti gli altri nelle contee vicine che erano abili a portare armi vennero all'Arcivescovo e al Lord Cerimoniere. Invero, il rispetto che gli uomini portavano all'Arcivescovo fece sì che essi approvassero di più la causa, poiché il peso della sua età, l'integrità della sua vita e l'incomparabile scienza insieme all'aspetto vene-

rabile della sua amabile persona spingevano tutti gli uomini ad averne stima non piccola.
Il Re, informato di queste cose, con l'intento di prevenirle, abbandonò la sua spedizione nel Galles e marciò con ogni velocità verso le parti del nord. Anche Ralph Neville, Conte di Westmoreland, che non era lontano, insieme al principe John di Lancaster, figlio del Re, essendo informati di questa ribellione, riunirono le forze che poterono e insieme a quelli che avevano l'incarico di accompagnare il suddetto Lord John per difendere il confine contro gli scozzesi (come Lord Henry Fitzhugh, Lord Ralph Evers, Lord Robert Umfreville e altri) mossero contro i ribelli, e giungendo in una piana nella foresta di Gaultree, ordinarono che i loro stendardi fossero piantati nello stesso modo che l'Arcivescovo aveva fatto piantare i suoi, contro questi, poiché (come scrivono alcuni) i ribelli contavano non meno di ventimila uomini.
Quando il Conte di Westmoreland vide la forza degli avversari, e che essi si erano fermati e non cercavano di venirgli contro, sottilmente escogitò come reprimerne gli intenti e subito inviò messaggeri all'Arcivescovo per comprendere la causa (contraria alla pace del Re) che essi così venivano in armi. L'Arcivescovo rispose che non prendeva nessuna iniziativa contro la pace del Re [IV, ii, 29, 31], ma che tutto quel che faceva tendeva piuttosto a favorire la pace e tranquillità dello stato. E se lui e i suoi erano in armi ciò era per il timore del Re, al quale egli non poteva avere libero accesso a causa della moltitudine di adulatori che lo circondavano. E pertanto egli affermava che il suo scopo era buono e utile, tanto per il Re quanto per il regno, se gli uomini erano disposti a comprendere la verità. E qui egli mostrò un rotolo in cui erano scritti gli articoli di cui avete udito sopra.
I messaggeri, tornando dal Conte di Westmoreland, gli riferirono quel che avevano udito e portato dall'Arcivescovo. Quando egli ebbe letto gli articoli, mostrò esternamente con le parole e l'aspetto che approvava l'intento e scopo santo e virtuoso dell'Arcivescovo, promettendo che egli e i suoi si sarebbero adoperati per aiutare in tali faccende l'Arcivescovo, il quale, di ciò rallegrandosi, diede credito al Conte e persuase il Lord Cerimoniere (contro la sua volontà) ad andare con lui in un luogo prescelto perché discutessero insieme. Qui, quando si furono incontrati con numeri eguali da entrambe le parti, gli articoli furono letti e, senza altri indugi, il Conte di Westmoreland e quelli con lui promisero di fare del loro meglio perché si avessero dei rimedi secondo quegli stessi articoli.
Il Conte di Westmoreland, usando maggiore astuzia degli altri, disse: «Bene, il nostro viaggio è così giunto al fine desiderato; e visto che i nostri uomini sono stati a lungo in armi, che essi tornino a casa alle loro consuete faccende e mestieri. Intanto beviamo insieme in segno di pace affinché gli uomini di entrambe le parti possano vederlo e sapere che è vero che ci siamo accordati». Appena si furono stretta la mano, l'Arcivescovo inviò un cavaliere a annunziare alla sua gente che pace era stata fatta, ordinando a ogni uomo di deporre le armi e di tornare a casa. I soldati, vedendo segni

di pace come le strette di mano e i brindisi amichevoli dei signori, già stanchi dalla fatica inusitata della guerra, ruppero le file e si diressero a casa. Ma intanto, mentre la gente dell'Arcivescovo si ritirava, il numero della parte avversa aumentava, secondo un ordine dato dal Conte di Westmoreland. Eppure l'Arcivescovo non si accorse di essere stato ingannato finché il Conte di Westmoreland arrestò insieme lui e il Lord Cerimoniere con diversi altri. Così narra Walsingham.

Ma altri scrivono diversamente della faccenda, affermando che in effetti il Conte di Westmoreland e Lord Raph Evers fecero sì che l'Arcivescovo e il Lord Cerimoniere venissero a parlamentare su un terreno proprio a metà fra i loro eserciti, dove il Conte di Westmoreland disse loro quanto era pericolosa l'impresa che avevano iniziato nel sollevare la gente e muovere guerra contro il Re, perciò consigliando loro di sottomettersi senza indugio alla pietà [cfr. IV, iii, 15] del Re e suo figlio Lord John, che era presente sul campo con vessilli spiegati, pronto a risolvere la faccenda con la forza delle spade [*by dint of sword*, cfr. IV, i, 128] se rifiutavano il consiglio. E pertanto augurava che essi meditassero bene e, se non cedevano e non chiedevano il perdono del Re, che badassero a difendersi come meglio potevano.

In seguito a ciò l'Arcivescovo e il Lord Cerimoniere si sottomisero al Re e suo figlio Lord John che era lì presente e non tornarono al loro esercito. Al che le loro truppe si dispersero e andarono per le loro vie ma, dopo un inseguimento, molti furono catturati, molti uccisi, e molti spogliati di ciò che avevano e poi lasciati andare.

Comunque avvennero le cose, è certo che l'Arcivescovo e il Lord Cerimoniere furono condotti a Pomfret dal Re, che nel frattempo vi era giunto con le sue forze, e lì decapitati il giorno dopo Pentecoste [1405] in un luogo fuori dalla città [...] Alle quali persone tutte per quanto fosse stata promessa indennità, pure essa non fu concessa. [...]

L'Arcivescovo sopportò la morte con grande rassegnazione, tanto che il popolo ritenne che fosse morto da martire [...]

Dopo che il Re, secondo gli sembrava giusto, ebbe riscattato e punito con gravi multe i cittadini di York (che avevano portato le armi dalla parte dell'Arcivescovo contro di lui), partì da York con un esercito di trentasettemila combattenti forniti di tutto il necessario, dirigendosi verso nord contro il Conte di Northumberland. Al suo arrivo a Durham, Lord Hastings, Lord Falconbridge, Sir John Coleville di Dale [IV, iii] e Sir John Griffith, trovati colpevoli della congiura, furono là decapitati.

[*Morte di Enrico IV*]

In questo anno [1411], il dodici di ottobre, vi furono tre piene del Tamigi, l'una seguendo l'altra senza una bassa marea intercorrente, la qual cosa nessun uomo vivente ricordava di avere mai visto [IV, iv, 125] [...]

Il giorno dopo la Candelora [1413] iniziò un Parlamento, che egli aveva convocato a Londra, ma egli si dipartì da questa vita prima che questo Parlamento finisse, poiché ora che le provviste erano pronte ed era fornito con sufficienti mezzi, soldati, capitani, viveri, munizioni, alte navi, forti galee, e tutto il necessario per un viaggio così regale come quello che diceva di voler compiere in Terrasanta, fu subito colto da una grave malattia, che non era una lebbra inferta dalla mano di Dio (dice messer Hall), come immaginano certi frati stolti, ma una vera e propria apoplessia della quale languì fino all'ora destinata, e non ebbe altro dolore e malattia [...]
Durante quest'ultima malattia, egli fece porre la corona (secondo scrivono alcuni) su un guanciale in capo al suo letto, e improvvisamente le fitte lo colpirono con tanta forza che giacque come se i suoi spiriti vitali si fossero dipartiti. Quelli che gli erano vicini, pensando invero che si fosse partito, coprirono il suo volto con un panno di lino.
Il Principe suo figlio, di ciò informato, entrò nella stanza, prese con sé la corona e partì. Il padre, destandosi improvvisamente dal suo sopore, subito notò la mancanza della corona e, saputo che il Principe suo figlio l'aveva portata via, ordinò che venisse alla sua presenza, chiedendogli cosa avesse pensato per trattarlo così male. Il Principe con felice audacia rispose: «Signore, a giudizio mio e di tutti sembravate morto a questo mondo, perciò io, come vostro erede presuntivo più prossimo, la presi come mia e non come vostra».
«Bene, caro figlio», disse il Re con un grande sospiro, «che diritto ad essa io avessi, lo sa Dio».
«Bene», disse il Principe, «se morite re, avrò la corona e confido di tenerla con la spada contro tutti i miei nemici, come avete fatto voi».
«Allora», disse il Re, «affido tutto a Dio e ti ricordo di agire rettamente».
Con ciò si volse nel suo letto e poco dopo rese l'anima a Dio in una stanza dell'Abate di Westminster chiamata «Gerusalemme» [...] Fu colto da un malore così forte e improvviso, che coloro che gli erano vicini temevano che morisse subito [cfr. IV, iv, 114-17], perciò per rianimarlo (se possibile) lo portarono in una stanza che era vicina, appartenente all'Abate di Westminster, dove lo coricarono su una stuoia davanti al fuoco e usarono tutti i rimedi per farlo rinvenire. Alla fine, riprendendo la parola e l'intendimento, e vedendosi in un luogo strano che non conosceva, volle sapere se la stanza aveva un nome particolare, al che fu risposto che era chiamata «Gerusalemme». «Allora», disse il Re, «sia data lode al Padre del Cielo, poiché ora so che morirò in questa camera, secondo la profezia a mio riguardo, che avrei lasciato questa vita in Gerusalemme».
Se sia vero che egli così abbia parlato, come uno che dava troppo credito a sciocche profezie e vane storie, o se sia invenzione, come in tali casi avviene comunemente, lo lasciamo giudicare al lettore avvertito.

[*Coronazione di Enrico v*]

Fu coronato il nove aprile [1413], Domenica di Passione, che fu un giorno brutto e tempestoso, con vento, neve e nevischio, sicché gli uomini si meravigliarono assai, dando diverse interpretazioni di cosa ciò potesse significare. Ma il Re, decidendo subito per suo conto che nella sua persona gli onori principeschi avrebbero cambiato i costumi pubblici, risolse di assumere la forma di un uomo nuovo. E mentre in precedenza si era accompagnato con gentaglia indisciplinata di abitudini e vita dissolute ora tutti li bandì dalla sua presenza (ma non senza compenso e favore), proibendo loro sotto grave pena di avvicinarsi una sola volta, abitare o soggiornare entro dieci miglia dalla sua corte e persona; e in loro luogo scelse uomini di serietà, intelletto e alta capacità, con i cui saggi consigli potesse sempre governare a suo onore e dignità, ricordando che una volta, con alta offesa contro il Re suo padre, egli aveva col pugno colpito il Primo Giudice per aver mandato uno dei suoi amici (che l'aveva meritato) in prigione, nella quale occasione il Giudice severamente aveva ordinato che anche lui fosse posto in prigione, ed egli (il Principe) aveva obbedito [cfr. v, ii, 110-12]. Il Re in seguito lo espulse dal suo Consiglio Privato, lo bandì dalla corte, e nominò il Duca di Clarence (suo fratello minore) presidente del Consiglio in luogo suo.

Da *Le famose vittorie di re Enrico* V (1598)

[*Scena* IV. *Lo schiaffo al Giudice*]

Entrano Lord Primo Giudice, ufficiale giudiziario, carceriere, John Calzolaio, Derick [*vetturale*] *e il ladro.*

GIUDICE Carceriere, portate il prigioniero alla sbarra.

DERICK Sentite, signore, vi prego, portate la sbarra al prigioniero.

GIUDICE Alzate la mano alla sbarra.

LADRO Eccola, signore.

GIUDICE Ufficiale giudiziario, leggete le sue imputazioni.

UFFICIALE Qual è il tuo nome?

LADRO Il mio nome era noto prima che venissi qui, e lo sarà quando me ne sarò andato, vi garantisco.

GIUDICE Sì, penso anch'io; ma lo conosceremo meglio prima che tu te ne vada.

DERICK Sangue di Dio, se solo mandate a chiedere alla prossima prigione, siamo sicuri di sapere il suo nome; perché questa non è la prima prigione in cui è stato, ve lo garantisco.

UFFICIALE Qual è il tuo nome?

LADRO Perché me lo chiedi, se ce l'hai scritto?

UFFICIALE Il tuo nome non è Cutbert Cutter?

LADRO Perché diavolo dovete chiedermelo se lo sapete così bene?

UFFICIALE Allora, Cutbert Cutter, ti accuso col nome di Cutbert Cutter di avere derubato un povero vetturale il giorno 20 dello scorso maggio, nell'anno quattordicesimo del regno del nostro sovrano re Enrico IV, di avere assalito un povero vetturale a Gad's Hill, nel Kent, e avere percosso e ferito detto vetturale, e preso le sue merci...

DERICK O signori, basta! No, non mentiamo su quell'uomo, perché non mi ha anche percosso e ferito, ma ha percosso e ferito i miei bagagli, e ha preso la grande radice di zenzero che avrebbe dovuto avere Bess Ballonzolona dalle grosse chiappe. È ciò che più mi addolora.

GIUDICE Ebbene, cosa dici? Sei colpevole, o innocente?

LADRO Innocente, signore.

GIUDICE Da chi vuoi essere processato?

LADRO Dal mio signore il giovane Principe, o da me stesso, se volete.

Entra il giovane Principe, con Ned e Tom.

PRINCIPE Venite, ragazzi. Sangue di Dio, mascalzone, che fai qui? Devo pensare io stesso alle mie faccende e tu te ne stai qui senza far nulla?
LADRO Ma signore, mi hanno legato, non mi vogliono lasciare andare.
PRINCIPE Ti hanno legato, gaglioffo? Come? Che è avvenuto, signore?
GIUDICE Sono felice di vedere vostra grazia in salute tanto buona.
PRINCIPE Ma, signore, questo è un mio uomo. È meraviglia che non l'abbiate riconosciuto da parecchio. Vi dico, è un uomo che ci sa fare con le mani.
LADRO Sì, sangue di Dio, lo sono davvero! Mi metta alla prova chi ne ha il fegato.
GIUDICE Vostra grazia avrà poco onore a riconoscerlo come un uomo vostro.
PRINCIPE Perché, mio signore, cosa ha fatto?
GIUDICE Se piace a vostra maestà, ha derubato un povero vetturale.
DERICK Sentite signore, per la Madonna, un certo Derick, servo del brav'uomo Hobling, del Kent.
PRINCIPE Come! Sei stato tu, brache abbottonate? Sulla mia parola, signore, l'ha fatto solo per scherzo.
DERICK Sentite, signore, è nel carattere del vostro uomo derubare la gente per scherzo? In fede, verrà impiccato sul serio.
PRINCIPE Bene, signore, che intedete fare col mio uomo?
GIUDICE Se piace a vostra grazia, deve essere giudicato secondo giustizia, e poi deve essere giustiziato.
PRINCIPE Come, allora intendete impiccare il mio uomo?
GIUDICE Mi dispiace che debba accadere.
PRINCIPE Ma, signore, vi chiedo, chi sono io?
GIUDICE Se piace a vostra grazia, siete il mio signore il giovane Principe, il mio re futuro dopo la morte del nostro signore sovrano Enrico IV, a cui Dio conceda lungo regno!
PRINCIPE Dite il vero, signore. E impiccherete il mio uomo?
GIUDICE Se piace a vostra grazia, devo fare giustizia.
PRINCIPE Ditemi, signore, mi consegnerete il mio uomo?
GIUDICE Non posso, mio signore.
PRINCIPE Ma non lo lascerete libero?
GIUDICE Mi addolora che il suo caso sia tanto grave.
PRINCIPE Boh, non casatemi dei casi! Mi consegnerete il mio servo?
GIUDICE Non posso, e non mi è consentito, mio signore.
PRINCIPE No, dite anche "Non voglio", e la mia risposta allora qual è?
GIUDICE No.
PRINCIPE No! Allora me lo dovrete dare.

Gli dà un pugno sulla testa.

NED Sangue di Dio, signore, devo tagliargli la testa?
PRINCIPE No. Vi ordino di non sguainare le spade. Ma andatevene. Fate

venire una banda di musicisti. Via, andate! *Escono Ned e Tom.*

GIUDICE Ebbene, signore, sono contento di accettare questo dalle vostre mani.

PRINCIPE Ma se non lo siete ne avrete altri!

GIUDICE Ma vi chiedo, signore, chi sono io?

PRINCIPE Voi, chi non vi conosce? Ma, uomo, siete il Primo Giudice d'Inghilterra.

GIUDICE Vostra grazia dice il vero; pertanto nel colpirmi in questo luogo mi fate un grave torto, non solo a me ma anche a vostro padre, la cui persona viva in questo luogo io rappresento [*whose lively person here in this place I represent*, cfr. v, ii, 73-74]. Pertanto per apprendervi cosa significano le prerogative, vi faccio condurre alla Fleet finché non abbiamo parlato con vostro padre.

PRINCIPE Come, allora volete mandarmi alla Fleet!

GIUDICE Sì, veramente; e pertanto portatelo via.

Esce Enrico v con guardie.

Carceriere, riporta il prigioniero a Newgate fino alla prossima assise.

CARCERIERE Ai vostri ordini, signore, sarà fatto. [...]

[*Scena* VIII. *La morte del Re*]

Entra il Re con i suoi Lord.

RE Venite miei Lord. Vedo che non mi giova prendere alcun medicamento, perché tutti i medici del mondo non possono curarmi, no, neppure uno. Ma, buoni miei signori, ricordate le mie ultime volontà e testamento riguardanti mio figlio; poiché invero, signori, penso che si dimostrerà un re valoroso e vittorioso quanti mai ne ha avuti l'Inghilterra.

ENTRAMBI Che cielo e terra siano testimoni contro noi se non mettiamo in atto le tue volontà fino in ultimo.

RE Vi do i miei grazie più sinceri, buoni signori. Chiudete le cortine, e uscite per un poco dalla mia camera; e fate sì che un po' di musica mi concili il sonno. *Dorme. Escono i Lord.*

Entra il Principe.

PRINCIPE Ah, Harry, tre volte infelice che hai così a lungo trascurato di visitare tuo padre ammalato! Andrò. No, ma perché non vado nella camera di mio padre ammalato per confortare la malinconica anima del suo corpo? La sua anima, dico? Qui invero è il suo corpo, ma l'anima è là dove non ha bisogno di corpo. Ora sii tre volte maledetto, Harry, per avere tanto offeso tuo padre! E non potevo chiedere perdono per tutto? O mio padre morente! Sia maledetto il giorno in cui nacqui, e

maledetta l'ora in cui fui concepito! Ma che farò? Se le lacrime piangenti, che giungono troppo tardi, non possono riscattare la negligenza che ad alcuni ho negletto, piangerò giorno e notte finché la fontana non sarà secca dal piangere. *Esce [portando la corona]*.

Entrano i Lord di Exeter e Oxford.

EXETER Venite piano, mio Lord, per destare il Re.

RE [*Svegliandosi*] Dunque, miei Lord?

OXFORD Come si sente vostra grazia?

RE Un poco meglio dopo il mio sonno. Ma, miei buoni signori, togliete la mia corona. Spostate la mia sedia un poco indietro, e mettetemi a posto.

ENTRAMBI Se piace a vostra grazia, la corona è stata portata via.

RE La corona portata via! Mio buon Lord di Oxford, andate a vedere chi ha compiuto questo gesto. [*Esce Oxford.*] Senza dubbio è qualche vile traditore che l'ha fatto per privare mio figlio. Quelli che lo fanno adesso vogliono cercare di ottenerla a forza dopo la mia morte.

Entra Lord di Oxford col Principe.

OXFORD Qui, se piace a vostra grazia, è il mio signore il giovane Principe con la corona.

RE Come, che c'è, figlio mio? Pensavo che l'ultima volta che ti ho avuto come scolaro ti ho dato una lezione una volta per tutte; e ora ricominci? Ma come, dimmi, figlio mio, giudichi il tempo tanto lungo che vorresti averla prima che il respiro abbia lasciato la mia bocca?

PRINCIPE Sovrano signore e padre amato, sono venuto nella vostra camera per confortare l'anima malinconica del vostro corpo, e trovandovi allora al di là di ogni guarigione e morto a quanto pensavo – Dio mi sia testimone – che cosa potevo fare, se non lamentare con lacrime piangenti la morte di voi, mio padre? E dopo di ciò, vedendo la corona, la presi. E ditemi, mio padre, chi poteva prenderla meglio di me, dopo la vostra morte? Ma, vedendo che vivete, molto umilmente la restituisco nelle mani di vostra maestà, e sono il più felice dei viventi che mio padre viva. E vivete, mio signore e padre, per sempre!

RE Alzati, figlio. La tua risposta è suonata bene nelle mie orecchie, perché debbo confessare che ero profondamente addormentato, e del tutto insensibile alla tua venuta. Ma vieni vicino, figlio mio, e lascia che io ti metta in possesso mentre vivo, affinché nessuno ti deprivi di essa dopo la mia morte.

PRINCIPE Posso ben accettarla dalle mani di vostra maestà; ma essa non toccherà mai la mia testa finché mio padre vive. *Prende la corona.*

RE Dio ti dia gioia, figlio mio. Dio ti benedica e ti faccia suo servo, e ti mandi un regno prospero! Poiché Dio sa, figlio mio come arduamente

io la ottenni, e come arduamente io l'ho conservata.

PRINCIPE Come che sia che l'avete ottenuta non lo so; ma ora l'ho da voi, e come da voi la conserverò. E chi cerca di togliere la corona dalla mia testa, veda che la sua corazza sia più spessa della mia, o gli trapasserò il cuore, fosse anche più dura del bronzo o del metallo prezioso.

RE Detto nobilmente, e come un re! Ora credetemi, miei Lord, sono sicuro che mio figlio sarà un principe guerriero e vittorioso quanti l'Inghilterra ne ha mai avuti per re.

ENTRAMBI I LORD La sua vita precedente non promette altro.

RE Bene, miei signori, non so se sia per il sonno, o per l'avvicinarsi dell'estate sonnolenta della morte, ma sento molto desiderio di dormire. Pertanto, miei buoni Lord, chiudete le cortine, uscite dalla mia camera, e fate sì che una musica mi concili il sonno.

Escono tutti. Il Re muore.

[*Scena* IX. *Il ripudio e la riconciliazione*]

Entra il ladro.

LADRO Ah Dio, ora sono proprio come un uccello fuggito dalla gabbia, perché appena il Lord Primo Giudice ha udito che il vecchio Re era morto era contento di lasciarmi andare per paura del mio Lord il giovane Principe. Ma ecco che vengono alcuni dei suoi compagni. Vedrò se posso cavare qualcosa da loro a causa della vecchia conoscenza [*old acquaintance*, cfr. *1*, v, iv, 101].

Entrano cavalieri, qua e là.

TOM Piaghe di Dio, il Re è morto!

JOHN OLDCASTLE Morto, allora, sangue di Dio, saremo tutti re!

NED Piaghe di Dio, sarò Lord Primo Giudice di Inghilterra.

TOM [*al ladro*] Ma come! Sei scappato di prigione?

NED Piaghe di Dio, come puzza il farabutto!

JOHN OLDCASTLE Come, adesso che ti succederà? Al diavolo, come puzza il mascalzone!

LADRO Madonna, andrò a servire di nuovo il mio padrone.

TOM Sangue di Dio, pensi che vorrà avere un mascalzone scabbioso come te? Ma uomo, adesso è re.

NED [*dandogli denaro*] Aspetta. Ecco un paio di angeli per te. E vattene via, ché non ci vorrà molto prima che il Re passi di qui. Poi io parlerò di te al Re. *Esce il ladro.*

JOHN OLDCASTLE Ah quanto mi ha fatto bene vedere il Re mentre lo coronavano! Mi parve che il suo seggio fosse come la figura del paradiso, e la sua persona era simile a un dio.

NED Ma chi avrebbe pensato che il Re avrebbe tanto cambiato il suo portamento?

JOHN OLDCASTLE Non hai visto con quanta grazia ha mandato la sua ambasciata in Francia per dire al Re francese che Harry d'Inghilterra ha richiesto la corona, e che Harry d'Inghilterra l'avrà?

TOM Ma era solo un po' per far credere alla gente che gli dispiaceva la morte del padre. *Suona la tromba.*

NED Piaghe di Dio, viene il Re! Mettiamoci tutti da questa parte.

Entra il Re con l'Arcivescovo [*di Canterbury*] *e il Lord di Oxford.*

JOHN OLDCASTLE Come state, mio signore?

NED Come va, Harry? Suvvia, mio signore, toglietevi codesta faccia smorta. Siete un re, e tutto il reame è vostro. E che, uomo, non ricordate le vecchie parole? Sapete che io devo diventare il Lord Primo Giudice d'Inghilterra. Credetemi, signore, penso che siate molto cambiato. Ed è solo un po' di dolore, per far credere alla gente che la morte di vostro padre vi rattrista; e così non è nulla.

RE Ti prego, Ned, cambia i tuoi modi, e sii più modesto nelle tue parole; poiché il mio dolore sincero non si piegherà ai tuoi discorsi adulatori e menzogneri. Dici che sono cambiato; e infatti lo sono; e così devi cambiare tu, e anche in fretta, se no devo costringerti io a cambiare.

JOHN OLDCASTLE Piaghe di Dio, che ne dite di questa faccenda? Per Dio, non è musica tanto dolce.

TOM Confido che non abbiamo offeso vostra grazia in alcun modo.

RE Ah, Tom, la vostra vita precedente mi addolora, e mi porta ad abbandonare e cancellare la vostra compagnia per sempre. Pertanto non avvicinatevi a meno di dieci miglia da me sotto pena di morte. Poi, se sentirò buone cose di voi, può essere che farò qualcosa per voi; altrimenti, non aspettatevi da me maggior favore che da chiunque altro. E pertanto, andatevene! Abbiamo altre faccende di cui parlare. *Escono i cavalieri*

[Il Re viene rassicurato sui suoi diritti in Francia dall'Arcivescovo e riceve l'ambasciatore francese con il dono delle palle da tennis, cfr. *Henry V*, I, ii]

RE Ordunque, signori, alle armi, alle armi! Perché giuro per il cielo e per la terra che i francesi più orgogliosi in tutta la Francia rimpiangeranno che queste palle da tennis furono spedite in Inghilterra. Mio signore, desidero che sia preparata una grande flotta di navi con tutta rapidità a Southampton, perché lì intendo imbarcare i miei uomini; vorrei essere laggiù prima di lui, se possibile. Dunque venite... ma attendete! Avevo quasi dimenticato la cosa più importante di tutte per la rabbia di questo ambasciatore francese. Chiamate il Lord Primo Giudice d'Inghilterra.

Entra il Lord Primo Giudice d'Inghilterra.

EXETER Il Re è qui, mio signore.
GIUDICE Dio conservi vostra maestà!
RE Dunque, che c'è, mio signore, che accade?
GIUDICE Vorrei che vostra maestà non lo sapesse.
RE Come, di che soffrite?
GIUDICE Vostra maestà conosce bene il mio dolore.
RE Oh, mio signore, ricordate che mi mandaste alla Fleet, non è così?
GIUDICE Confido che vostra grazia l'abbia dimenticato.
RE Sì, veramente, signore; e per ritorsione vi ho scelto come Protettore del mio reame, finché piacerà a Dio concedermi un veloce ritorno dalla Francia.
GIUDICE Se piace a vostra mestà, sono del tutto indegno di una dignità tanto alta.
RE Basta, signore; non siete indegno perché io vi credo degno; infatti ritengo che voi, che non risparmiaste me, non risparmierete un altro. Così deve essere. Suvvia dunque, partiamo, e prepariamo i nostri uomini.

Exeunt omnes.

APPENDICE II

LA FORTUNA TEATRALE

«Shakespeare non aveva più di 34 anni», scrisse Thomas Davies nel 1785, «quando questi ammirevoli frutti del suo genio [le due parti di *Henry IV*] furono rivelati... Mi pare di vedere e sentire la gioia tumultuosa e l'applauso tonante che il personaggio impareggiabile di Falstaff deve avere provocato alla sua prima apparizione! Un personaggio tanto superiore alla possibilità dell'inventiva più accesa, deve avere riempito di stupore! Avere visto Ben Jonson assumere un'aria di allegria artefatta e, con l'invidia nel cuore, unirsi al gruppo dei ridenti e plaudenti, deve avere aumentato il piacere dei veri amici e ammiratori del nostro autore».

Sul successo immediato delle due parti di *Henry IV* abbiamo anche testimonianze più prossime alla prima (ca 1597). Nei versi premessi a un'edizione delle poesie di Shakespeare del 1640 Leonard Digges ricorda che le opere più spiritose di Ben Jonson stentavano a richiamare il pubblico, laddove «lasciate solo che vengano Falstaff, / Hal, Poins e gli altri, quasi non troverete posto, / tanto il teatro è strapieno».

La *Parte II* ha però avuto in genere fortuna minore della *Parte I*. Si ha notizia di 120 rappresentazioni di questa fra 1704 e 1750, contro 80 della *Parte II* fra il 1720, quando fu ripresa in un adattamento che abbreviava la materia storica, e il 1750. Le due parti, per quanto rimaneggiate, non venivano di solito messe in scena contemporaneamente o a breve distanza, a conferma della loro relativa indipendenza. Un celebre Falstaff fu l'irlandese James Quin (1693-1766), dall'aria altezzosa e dall'allegria assunta ad arte, sarcastica. Quin scelse la *Parte II* anche per la serata benefica a proprio favore, l'11 marzo 1736. Gli successe John Henderson (1747-1785), che recitò nella *Parte II* varie volte fra 1777 e 1784, dopodiché l'opera scomparve dalle scene per un ventennio. «Nell'impudente dignità del personaggio, Quin superò di gran lunga i competitori; nelle situazioni gaie, giocose e umoristiche di Falstaff, Henderson è superiore a chiunque» (Davies). Sono già le due versioni di Falstaff, quella accigliata e rancorosa e quella bonacciona, che continuano tuttora a calcare le scene. Nel 1700 celebri attori predilessero due parti minori dell'opera. Theophilus Cibber (1703-58) divenne così famoso nel ruolo dello sbruffone codardo Pistol, da essere chiamato Pistol per dileggio. Secondo Davies, Pistol è «un'eccellente rappresentazione dei bravi dei giorni della regina Betta, che erano pronti a mostrare coraggio quando non c'era opposizione. Erano i bulli dei teatri ai tempi del nostro autore». Theophilus Cibber

«assumeva una specie particolare di spirito artefatto... con gesti tronfi, e lunghi passi smisurati, tanto che era impossibile non ridere di una figura dal vociferare tanto chiassoso e stravagante». Colley Cibber (1671-1757), padre di Theophilus e drammaturgo in proprio, fu invece uno splendido Shallow. «La sua maniera era tanto stupida, il suo sguardo così vacuo, quando interrogava suo cugino Silence sul prezzo delle pecore, e lamentava, nello stesso fiato, con ridicola sorpresa, la morte del Vecchio Double, che gli spettatori ancora viventi non possono non sorridere pensandoci. La mancanza di idee spinge Shallow a ripetere quasi tutto quello che dice. In Cibber la transizione dal chiedere il prezzo dei manzi a riflessioni trite, ma gravi, sulla mortalità, era così naturale, e accompagnata da un girare così insignificante dei suoi piccoli occhi da maiale, accompagnato da un sussiegoso "ts! ts! ts!", non più forte del bilanciere d'un orologio, che mi chiedo se un attore ha mai superato la concezione ed espressione di una tale solenne insignificanza» (Davies).

David Garrick fu quattro volte il Re morente fra 1758 e 1770, ma sembra non trovasse un Falstaff all'altezza della parte. Il motivo dell'ascesa al trono del Principe diede luogo a riprese in occasione dell'accessione di Giorgio III (Covent Garden, 1761-62) e Giorgio IV. Il 19 luglio 1821, giorno dell'incoronazione di quest'ultimo, e ancora il 7 agosto, lo spettacolo fu ripetuto gratis per ordine reale. In esso era inserita la scena dell'incoronazione vera e propria, il banchetto, e «perfino l'ingresso di uno Sfidante». Il Re fu William Charles Macready, il Principe Charles Kemble. Il fratello di questo, John Philip Kemble, era stato l'artefice della ripresa dell'opera a Covent Garden il 14 gennaio 1804, in cui erano invertite le scene v, ii e v, v, e quest'ultima «terminava con la battuta fiduciosa di Falstaff: 'Mi manderà a chiamare appena è sera'» (H. Child). Il Falstaff, di tipo buontempone, era un terzo fratello Kemble, Stephen. Macready fu di nuovo il Re a New York il 27 febbraio 1827 e a Drury Lane il 14 maggio 1834, tanto efficacemente che secondo una spettatrice «la *Parte II* divenne una tragedia popolare».

Versioni più vicine al testo di Shakespeare furono quelle di Samuel Phelps (1804-1878), che fra 1853 e 1874 mise in scena varie volte la *Parte II* (nel 1853 a Windsor davanti alla Regina), assumendo insieme i due ruoli del Re e di Shallow (un «capolavoro di invenzione comica») e così rendendo più evidente i paralleli fra i due personaggi. Frank Robert Benson (1858-1939), organizzatore di ventisei stagioni shakespeariane a Stratford-upon-Avon, diede l'opera quattordici volte fra 1894 e 1926, nel 1901 e 1906 come parte di un ciclo di drammi storici (dal quale era invece omessa la *Parte I*). Il 23 aprile 1932, sempre a Stratford, le due parti andarono in scena di seguito, nel pomeriggio e nella serata, in occasione dell'inaugurazione del nuovo teatro, e in presenza del Principe di Galles di allora, il futuro Duca di Windsor. Ma già il 23 aprile 1921 Barry Jackson aveva messo in scena le due parti nello stesso giorno, a Birmingham. Nel novembre 1942 la *Parte II* fu recitata al Westminster Theatre, con Robert Atkins

nel ruolo di Falstaff: «tranquillo, meditativo... l'allegria tradiva che i suoi pensieri indugiavano sui giorni passati» (Child). Intanto al Deutsches Theater di Berlino, nel 1912, Max Reinhardt aveva curato un'edizione delle due parti, rimasta celebre.
Nell'immediato dopoguerra le due parti furono riprese dalla compagnia dell'Old Vic, diretta da John Burrell, al New Theatre di Londra. Shallow era uno splendido Laurence Olivier (che nella *Parte I* assumeva il ruolo polarmente opposto di Hotspur); Falstaff era Ralph Richardson. La regia «cercò di subordinare le pressioni della storia all'umanità delle energie comiche del dramma» (D. Bevington). Più attenta alla dimensione storica fu la ripresa integrale della seconda tetralogia a Stratford nel 1951, con Richard Burton nei panni di un Hal riservato ma non troppo severo, Harry Andrews come un Re «grigio, focoso e potente» specie nella scena della morte, e Anthony Quaile come un Falstaff risentito e ancora energico. La *Parte II* era diretta da Michael Redgrave. Quaile ha registrato il suo Falstaff 28 anni dopo nell'edizione televisiva della BBC (1979), abbastanza ridotta (152) minuti), dove Jon Finch è un Re butterato dalla malattia, David Gwillim un Hal piuttosto compunto e amaro, Robert Eddison un felice Shallow e Michele Dotrice una bravissima Lady Percy nella «scena più memorabile [II, iii] della due parti dell'edizione televisiva... ultima testimonianza del tipo di amore che Hotspur poteva ispirare» (T.F. Wharton).
Il Falstaff di Orson Welles domina l'omonima riduzione cinematografica delle due parti realizzata dal regista-attore americano fra molte difficoltà in Spagna nel 1964: un Falstaff sempre padrone della situazione, mirabilmente interdetto e insieme consapevole dell'inevitabile nel momento del ripudio (anche se ad un critico egli è apparso in certe scene un «Santa Claus bofonchiante»). La struttura della riduzione, girata in un bianco e nero "epico", con musica western medievaleggiante, è quella di un lungo flash-back: all'inizio Falstaff e Shallow, attempati, ricordano davanti a un caminetto sufficientemente malconcio le loro «scampanate a mezzanotte» (*Chimes at Midnight* è il titolo originale del film). Ciò non impedì a Welles di mostrare in conclusione la bara massiccia del suo eroe, e di affidare all'ottima Quickly di Margaret Rutherford il toccante racconto della sua dipartita (da *Henry V*, II, iii). Il Principe divide con il suo vecchio maestro di vita i favori della spagnoleggiante Doll Tearsheet di Jeanne Moreau, ma nel complesso risulta scarsamente incisivo, giovane e basta, mentre il Re di John Gielgud è, nel monologo del sonno e nella scena della corona, lucidamente cupo, sognante e severo. Una curiosità è il Silence puramente macchiettistico di Walter Chiari, che balbetta gonfiando le gote ogni volta che cerca di dire qualcosa. Per cercare di movimentare quella che rischiava di essere un'antologia un po' confusionaria dei brani più celebri delle due parti, Welles sciorinò le sue acrobazie registiche, non lasciando in pace per un attimo la cinepresa e gli occhi dello spettatore. Fece scuola, tanto a teatro, dove molti Falstaff risentirono del suo modello, quanto al cinema,

dove la cruda Agincourt dello spettacolare *Enrico v* di Kenneth Branagh (1989) è un omaggio alla Shrewsbury violenta e melmosa di Welles.
La tetralogia ritornò a Stratford nel centenario del 1964, insieme alle tre parti di *Henry vi* (ridotte a due drammi), per la regia brechtiana di Peter Hall, John Barton e Clifford Williams. Ian Holm diede una versione negativa, quasi sadica, di Hal, mentre il Falstaff di Hugh Griffith (Squire Western nel *Tom Jones* di Tony Richardson) era «rumoroso, non molto preciso, ma trascinante». Nella *Parte ii* Griffith «evocò un'inaspettata qualità elegiaca. Nella grande scena della taverna [ii, iv], dopo la cacciata di Pistol, Falstaff siede nella gargantuesca sedia-tinozza che è il suo trono di taverna, con Doll Tearsheet (Susan Engel) sulle ginocchia. La scena di John Bury era carica di dettagli domestici... Sullo sfondo, l'ostessa e Bardolph sonnecchiano sui loro boccali; sul davanti i musicisti, accovacciati sulle scale, suonano motivi malinconici sui flauti dolci. La testa di Doll è posata sulla spalla di Falstaff, gli chiede quando rappezzerà il vecchio corpo per il cielo. Falstaff fissa a lungo il fuoco, nella stanza fumosa e scura. Poi le sue parole 'Sta' quieta, buona Doll, non parlarmi come una testa da morto, non dirmi di ricordare la mia fine', sono d'una tristezza infinita. I suoi insulti contro Hal e Poins sono pieni di un senso della gioventù perduta che essi hanno ancora, e che lui ha lasciato alle spalle da tanto tempo» (Wharton).
In seguito le due parti sono state di regola riprese insieme come un problematico dramma nazionale, ma i registi hanno posto il Principe in una luce più positiva, suggerendo l'inevitabilità del suo ripudio del vecchio amico e dandogli qualche tratto di giovane scapestrato sessantottesco. L'edizione di Stratford del 1975, diretta da Terry Hands, poneva l'accento sulla riconciliazione di Hal (Alan Howard) col Re (un drammatico e irato Emrys James). Nell'episodio del ripudio le scene di Farrah, improvvisamente animate di colori sfarzosi, creavano un contrasto fra il nuovo Re e accompagnatori (a destra) e la truppa stracciata di Falstaff (Brewster Mason), a sinistra; il Re poi scendeva in mezzo alle due file e veniva fermato dalla figura inginocchiata di Falstaff: il ripudio appariva inevitabile. Nell'edizione diretta nel 1982 da Trevor Nunn per l'inaugurazione del Barbican Theatre di Londra, lo Hal di Gerald Murphy era «creatura d'impulso più che di calcolo», ora rabbioso ora affettuoso col vecchio compagno (lo baciava sulla guancia dopo le «proteste sorprendentemente moderate per gli insulti nel dialogo con Doll» di ii, iv). Il Falstaff di Joss Ackland era irascibile e sicuro di sé nel confronto col Primo Giudice (i, ii), che (come nell'edizione televisiva) attirava un grosso crocchio di passanti, scandalizzati dalla sua aggressività. Ackland appariva invece rilassato a casa di Shallow: vi arrivava addormentato su un carro (v, i), dopo cena era sempre lì lì per addormentarsi (v, iii). La sua fondamentale umanità era sottolineata quando reagiva con orrore alla sentenza di morte contro Coleville pronunciata frettolosamente da Lancaster. Questi e Westmoreland erano presentati da Nunn come i malvagi della vicenda: negli ultimi versi

Lancaster appariva entusiasta della prossima guerra in Francia, il Primo Giudice preoccupato. Quella di Nunn era una lettura anticonservatrice, forse anti-Thatcher. Nella scena dell'arresto di Doll i poliziotti cercavano di violentarla.

L'Arcivescovo e i suoi alleati erano invece visti come fondamentalmente benintenzionati. Quando Hal prendeva la corona «egli se la calcava in testa con un gesto goffo e sgraziato... la sua accessione al trono porta solo dolore: in parte per la morte del padre, più ancora per la perdita della sua via di fuga dalla contaminazione della politica... Nella processione dell'incoronazione sembrava come istupidito. Quando condannava Falstaff, usciva deliberatamente dalla fila e, per quei pochi versi, ritrovava espressività, pronunciando il verdetto con un sorriso sforzato, reprimendo un singhiozzo. Quindi riprendeva il suo posto nella processione, il volto di nuovo vuoto. Il momento simboleggiava la perdita d'umanità implicita nel suo nuovo ruolo» (Wharton). Poins (Miles Anderson) era visto come un cinico che ha la capacità di non lasciarsi irritare da Hal, ed è l'unico che gli resta accanto nel passaggio alla sua nuova vita. La scena di John Napier era composta da quattro strutture di legno su cui erano quasi sempre disposti astanti e garzoni, suggerendo un'idea della collettività. I colori scuri e il trattamento dei materiali rimandavano a un mondo cupo e consunto.

Nel 1986 Michael Bogdanov presentò con la sua nuova English Shakespeare Company una versione in abiti moderni della «trilogia di Hal» (*Henry IV* e *Henry V*), portandola nel 1987 all'Old Vic. «Michael Pennington era un Hal astuto e deciso che freddamente metteva da parte Falstaff (John Woodvine), maturamente consapevole dell'irrilevanza del vecchio amico al mondo storico che aveva ereditato» (Bevington). Falstaff riappariva in *Henry V* nel ruolo del Coro.

Le due parti sono state di nuovo scelte nel 1991 da Adrian Noble per inaugurare a Stratford la sua direzione artistica della Royal Shakespeare Company. Noble ha curato particolarmente i movimenti di gruppo e le transizioni, nelle scene ridotte ai minimi termini di Bob Crowley. Il prologo della Fama è pronunciato da tutta la compagnia, presa da un moto vertiginoso; la scena della taverna (II, iv) è tumultuosa, con un Pistol (Albie Woodington) vestito di pelle scura, psicotico, «con la fissazione del "pisello": cerca di stuprare le ragazze e uccidere i ragazzi; fortunatamente è incapace; quando dorme, non sorprende che si metta il pollice in bocca» (K. Kellaway). Al termine di questa scena, appena il Falstaff (definito «perdente») di Robert Stephens lascia la sua sedia, «una figura ammantata ne prende il posto: il Re (Julian Glover) pronuncia il suo discorso sull'insonnia in mezzo ai resti della baldoria» (I. Wardle), mentre i clienti dell'ostessa Quickly russano tranquillamente. Intanto la ribellione passa in secondo piano, e le vittime del tranello di Lancaster si limitano a far spallucce quando vengono incastrate. I conflitti risultano smussati, o mutano col volgere delle scene. Il Primo Giudice si sofferma a bere con Falstaff in I, ii; nella scena dell'incoronazione Falstaff «piange di gioia, anche se la

sua carriera non verrà incoronata» (Kellaway). Secondo i critici, il centro emotivo di quest'edizione era l'episodio della riconciliazione di Re e Principe: «Glover chiama a raccolta le sue ultime forze per costringere in ginocchio Hal [Michael Maloney] e calcargli in testa la corona, quindi fargli un'amara confessione politica: esce di scena con una risata che si muta in un rantolo» (Wardle). Hal, fin qui intensamente disgustato di sé, cede ora all'isterismo, «ma lascia intendere chiaramente che, quali che siano i crimini del padre contro l'Inghilterra, egli li laverà con sangue francese». Una conclusione amara, dunque, come quella dell'edizione 1982. Noble segue Nunn anche nel dare risalto all'arresto di Quickly (Linda Bassett) e Doll (Joanne Pearce), scena che un tempo era ritenuta superflua e sacrificata alle esigenze del tempo (anche nell'edizione televisiva della BBC). Con queste quattro impegnative riprese fra 1975 e 1991, le due parti di *Henry IV* si sono confermate testi chiave del teatro shakespeariano, fra i più amati dal pubblico inglese e americano, che in essi vede riflessa felicemente eppure problematicamente la propria cultura.
In Italia non risultano rappresentazioni di *2 Henry IV* nei quasi quattrocento anni che ci separano dalla prima londinese (la *Parte I* è stata realizzata una sola volta, da Giorgio Strehler a Verona nel 1951). Vi è stata nel 1961 un'edizione televisiva delle due parti diretta da Sandro Bolchi, con Tino Buazzelli come Falstaff. Nel 1982 il Collettivo-Teatro Due di Parma ha presentato un rifacimento, *Enrico IV*, lodato anche in Inghilterra. La regia era di Gigi Dall'Aglio, che sosteneva la parte di Falstaff. «Falstaff come elusività», ha detto bene di questa rivisitazione Odoardo Bertani, «distrazione dalla vita, incontrollato slancio, avidità fisica, antagonismo viscerale, irrispettosità generazionale, dapprima; e poi, condanna alla parte erroneamente scelta, ripetitività contestativa, astrattezza del cliché, senso del vuoto, uscita dalla storia e dalla vita stessa... Un cammino doloroso verso la cecità». Ma quest'opera centrale del teatro europeo resta terra incognita per i nostri attori e registi, e di conseguenza per molti lettori.

M.B.

TAVOLA GENEALOGICA

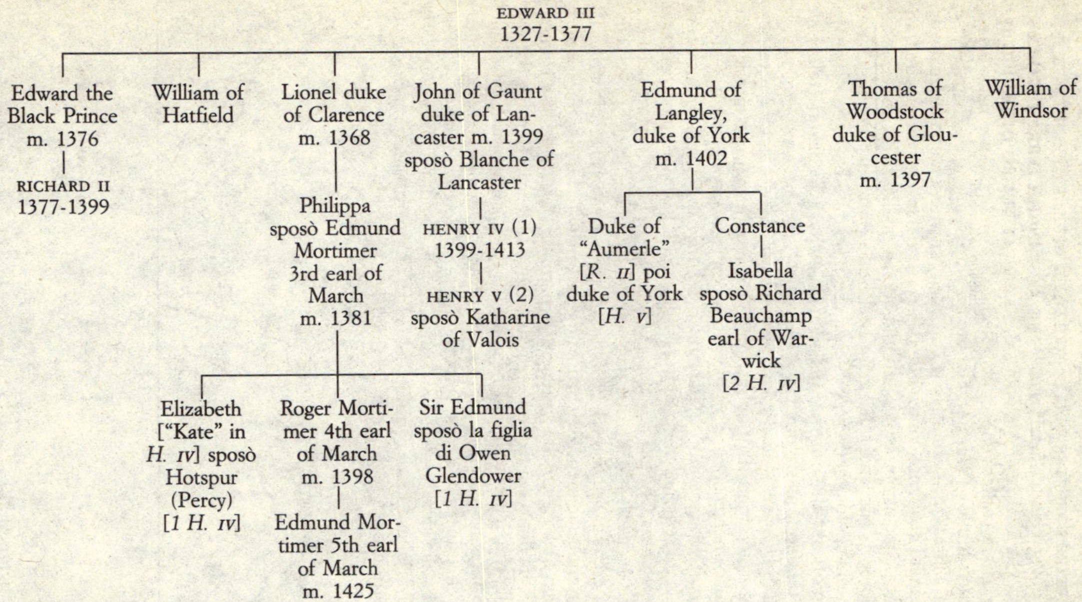

(1) Bolingbroke in *Richard II*. - (2) Prince Hal in *Henry IV*.
m. precede la data di morte.
Per i sovrani i nomi sono in maiuscole; le date si riferiscono alla durata del regno.

Cartina dell'Inghilterra e del Galles, con luoghi citati in *Enrico IV*.

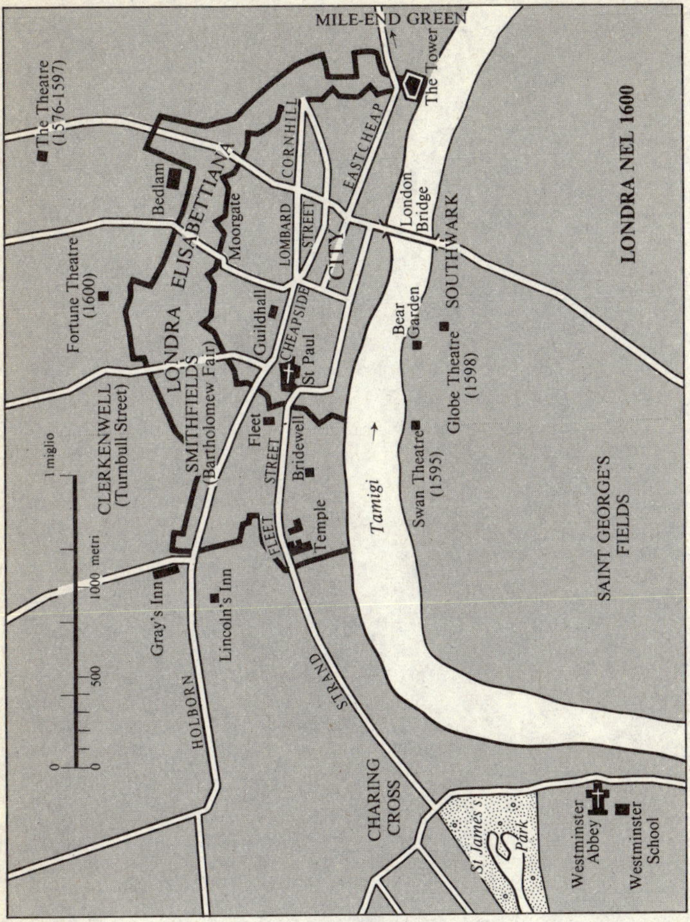

Cartina di Londra nel 1600.

INDICE

i grandi libri Garzanti

Antico Testamento

Salmi - Cantico dei cantici
Giobbe - Ecclesiaste

Greci e Latini

AA.VV.
Antologia Palatina (9) □□
Abelardo
Storia delle mie disgrazie - Lettere d'amore di Abelardo e Eloisa (4)
Agostino
Confessioni
Apuleio
L'asino d'oro
Aristofane
Gli Acarnesi - Le Nuvole - Le Vespe - Gli Uccelli
Aristofane
Le Vespe - Gli Uccelli □□
Callimaco
Inni - Chioma di Berenice □□
Catullo
Le poesie □□
Cesare
La guerra gallica □□
Cicerone
Della divinazione □□
Cicerone
La vecchiaia - L'amicizia □□
Cicerone
Difesa di Archia - Difesa di Milone □□
Epitteto
Manuale □□
Erodoto
Le Storie: Libri I-II. Lidi - Persiani - Egizi □□
Erodoto
Le Storie: Libri III-IV. L'impero persiano □□
Erodoto
Le Storie: Libri V-VI-VII. I Persiani contro i Greci □□
Erodoto
Le Storie: Libri VIII-IX. La vittoria della Grecia □□
Eschilo
Orestea □□
Eschilo
Prometeo incatenato - I Persiani - I sette contro Tebe - Le supplici □□
Esiodo
Opere e giorni □□
Euripide
Medea - Ippolito □□
Euripide
Elena - Ione □□
Euripide
Ecuba - Elettra □□
Euripide
Ifigenia in Tauride - Baccanti □□
Euripide
Andromaca - Troiane □□
Lirici greci □□
Livio
Storia di Roma: Libri I-II. Dai Re alla Repubblica □□
Livio
Storia di Roma: Libri III-IV. Lotte civili e conquiste militari □□
Luciano
Racconti fantastici
Lucrezio
La natura □□
Marziale
Epigrammi □□
Omero
Odissea
Omero
Iliade
Orazio
Epistole □□
Orazio
Le satire □□
Orazio
Odi-Epodi □□
Ovidio
Amori □□
Ovidio
Tristia □□
Persio
Le satire □□
Pindaro
Olimpiche □□
Platone
Apologia di Socrate - Critone - Fedone - Il convito
Plauto
Anfitrione - Bacchidi - Casina - Menecmi - Pseudolo
Porfirio
Sentenze □□
Procopio
Carte segrete
Sallustio
La congiura di Catilina □□
Seneca
Medea - Fedra - Tieste
Seneca
Lettere a Lucilio □□
Senofonte
Anabasi □□
Sofocle
Edipo re - Edipo a Colono - Antigone □□
Sofocle
Aiace - Elettra - Trachinie - Filottete □□

Svetonio
Vita dei Cesari
Tacito
Annali
Tacito
Storie
Tacito
Agricola-Germania-Dialogo sull'oratoria
Teocrito
Idilli
Terenzio
Le commedie
Tibullo
Elegie
Tucidide
La guerra del Peloponneso
Virgilio
Bucoliche
Virgilio
Georgiche
Virgilio
Eneide

Italiani

AA.VV.
Poesia dialettale dal Rinascimento a oggi
AA.VV.
Gozzano e i crepuscolari
Abba
Da Quarto al Volturno
Alfieri
Vita
Alfieri
Tragedie
Alfieri
Saul
Alfieri
Mirra
Alfieri
Filippo
Aretino
Ragionamento-Dialogo
Ariosto
Orlando furioso
Bandi
I Mille: da Genova a Capua
Beccaria
Dei delitti e delle pene - Consulte criminali
Belli
Sonetti
Boccaccio
Decameron
Boccaccio
Elegia di madonna Fiammetta - Corbaccio
Boiardo
Orlando innamorato
Boiardo
Canzoniere
Boine
Il peccato - Plausi e botte - Frantumi - Altri scritti
Boito, A.
Opere
Boito, C.
Senso - Storielle vane
Calandra
La bufera
Campana
Canti Orfici e altre poesie
Capuana
Il marchese di Roccaverdina
Carducci
Poesie
Carducci
Prose
Casanova
Memorie scritte da lui medesimo
Castiglione
Il Libro del Cortegiano
Cattaneo
Notizie sulla Lombardia - La città
D'Annunzio
Poesie
D'Annunzio
Prose
Dante
Vita nuova
Dante
Le rime
Dante
Convivio
Dante
Monarchia
Dante
De vulgari eloquentia
Dante
Commedia - Inferno
Dante
Commedia - Purgatorio
Dante
Commedia - Paradiso
Da Ponte
Memorie - Libretti mozartiani: Le nozze di Figaro - Don Giovanni - Così fan tutte
Della Casa
Galateo
De Marchi
Demetrio Pianelli
De Roberto
I Viceré
De Roberto
L'illusione
De Sanctis
Un viaggio elettorale
De Sanctis
La giovinezza
Fogazzaro
Malombra
Fogazzaro
Piccolo mondo antico
Fogazzaro
Daniele Cortis
Fogazzaro
Piccolo mondo moderno
Foscolo
Le poesie
Foscolo
Ultime lettere di Jacopo Ortis
Goldoni
Commedie
Guicciardini
Ricordi
Guicciardini
Storia d'Italia

I Fioretti di san Francesco - Le Considerazioni sulle Stimmate
Leopardi
Canti
Leopardi
La vita e le lettere
Leopardi
Operette morali
Leopardi
Pensieri
Machiavelli
Il Principe e altre opere politiche
Manzoni
I promessi sposi
Manzoni
Inni sacri - Tragedie
Manzoni
Lettere sui «Promessi sposi»
Manzoni
Tutte le poesie
Manzoni
Adelchi
Manzoni
Il Conte di Carmagnola
Metastasio
Opere
Nievo
Confessioni di un italiano
Novelle italiane
Il Duecento
Il Trecento
Novelle italiane
Il Quattrocento
Novelle italiane
Il Cinquecento
Novelle italiane
Il Seicento
Il Settecento
Novelle italiane
L'Ottocento
Novelle italiane
Il Novecento
Parini
Il Giorno - Le Odi
Pascoli
Poesie
Pasolini
Le ceneri di Gramsci
Pasolini
La religione del mio tempo
Pasolini
Poesia in forma di rosa
Pasolini
Trasumanar e organizzar
Petrarca
Canzoniere
Pirandello
Il fu Mattia Pascal
Pirandello
Liolà ◫
Pirandello
Pensaci, Giacomino! - 'A birritta cu' i ciancianeddi - Il berretto a sonagli
Pirandello
Novelle per un anno · Scialle nero - La vita nuda
Pirandello
Sei personaggi in cerca d'autore - Ciascuno a suo modo - Questa sera si recita a soggetto
Pirandello
Così è (se vi pare) - Il giuoco delle parti - Come tu mi vuoi
Poesia italiana
Il Duecento
Poesia italiana
Il Trecento
Poesia italiana
Il Quattrocento
Poesia italiana
Il Cinquecento
Poesia italiana
Il Seicento
Poesia italiana
Il Settecento
Poesia italiana
L'Ottocento
Poesia italiana
Il Novecento
Poliziano
Stanze - Orfeo - Rime
Polo
Milione
Porta
Poesie ◫
Pulci
Morgante
Rovani
Cento anni
Serao
Il paese di cuccagna
Stuparich
Ritorneranno
Svevo
Una vita - Senilità
Svevo
La coscienza di Zeno
Svevo
I racconti
Svevo
Teatro
Svevo
Una vita
Svevo
Senilità
Tasso
Gerusalemme liberata
Tasso
Teatro
Tommaseo
Fede e bellezza
Tozzi
Il podere
Tozzi
Tre croci
Verga
Le novelle - vol. I
Verga
Le novelle - vol. II
Verga
I Malavoglia
Verga
Mastro-don Gesualdo
Verga
Teatro
Vico
Autobiografia - Poesie - Scienza Nuova

Francesi

AA.VV.
Romanzi medievali d'amore e d'avventura
Alain-Fournier
Il grande Meaulnes
Balzac
La cugina Bette
Balzac
Eugénie Grandet
Balzac
Illusioni perdute
Balzac
Splendori e miserie delle cortigiane
Balzac
Papà Goriot
Balzac
La ricerca dell'assoluto
Balzac
Il medico di campagna
Balzac
Storia dei Tredici
Balzac
Addio - Il figlio maledetto - El Verdugo
Baudelaire
I fiori del male ◫
Baudelaire
Paradisi artificiali ◫
Baudelaire
Lo spleen di Parigi ◫
Chateaubriand
Atala - René
Constant
Adolphe
Corneille
Il Cid
Daudet
Lettere dal mio mulino
Diderot
Teatro
Diderot
Il nipote di Rameau - Jacques il fatalista
Diderot
La monaca

Flaubert
Madame Bovary
Flaubert
L'educazione sentimentale
Flaubert
Tre racconti
Flaubert
Bouvard e Pécuchet
Gide
I nutrimenti terrestri - Paludi
Gide
La porta stretta - L'immoralista
Gide
La sinfonia pastorale - Isabelle
Goncourt
Diario
Holbach
Il buon senso
Hugo
I miserabili
Hugo
L'uomo che ride
Hugo
Ernani - Il re si diverte - Ruy Blas
Huysmans
Controcorrente (7)
Laclos
Le relazioni pericolose
La Fayette
La principessa di Clèves
Lautréamont
I canti di Maldoror - Poesie - Lettere ◫
Lesage
Storia di Gil Blas di Santillana
Mallarmé
Poesie e prose ◫
Marivaux
Il gioco dell'amore e del caso - Le false confidenze ◫
Maupassant
Racconti e novelle

Maupassant
Bel-Ami
Maupassant
Pierre e Jean
Maupassant
Una vita
Maupassant
Forte come la morte
Mérimée
Carmen - Colomba
Molière
Il Tartufo - Il misantropo ◫
Molière
Il borghese gentiluomo ◫
Molière
L'avaro ◫
Molière
Il malato immaginario ◫
Musset
Le confessioni di un figlio del secolo
Nerval
Le figlie del fuoco - La Pandora - Aurelia
Philippe
Bubu di Montparnasse - Croquignole
Prévost
Manon Lescaut
Proust
Un amore di Swann
Racine
Britannico - Bajazet - Atalia ◫
Racine
Fedra (9) ◫
Radiguet
Il diavolo in corpo - Il ballo del conte d'Orgel
Renard
Pel di carota - Storie naturali
Rimbaud
Opere in versi e in prosa ◫

Rousseau
Le confessioni
Saint-Simon
Il Re Sole
Stendhal
Il rosso e il nero
Stendhal
La Certosa di Parma
Stendhal
Dell'amore
Stendhal
Armance

Stendhal
Cronache romane
Thomas
Tristano e Isotta
Vigny
Poemi antichi e moderni - I destini □□
Voltaire
Candido - Zadig - Micromega - L'ingenuo
Voltaire
Dizionario filosofico

Zola
L'Assommoir
Zola
Il ventre di Parigi
Zola
La fortuna dei Rougon
Zola
L'opera
Zola
Teresa Raquin

Inglesi

Austen
Orgoglio e pregiudizio
Austen
Emma
Austen
Mansfield Park
Austen
Persuasione
Bennett
Anna delle cinque città
Brontë Ch.
Jane Eyre
Brontë E.
Cime tempestose
Carroll
Alice nel Paese delle Meraviglie - Attraverso lo specchio
Compton-Burnett
Fratelli e sorelle
Conrad
Con gli occhi dell'Occidente (3)
Conrad
Lord Jim (3)
Conrad
Cuore di tenebra
Conrad
La linea d'ombra
Conrad
Al limite estremo
Defoe
Moll Flanders
Defoe
Robinson Crusoe
Defoe
Lady Roxana

De Quincey
Confessioni di un oppiomane
Dickens
Il Circolo Pickwick
Dickens
Il nostro comune amico
Dickens
David Copperfield
Dickens
Tempi difficili
Eliot
Quattro quartetti □□
Fielding
Joseph Andrews
Ford F.M.
Il buon soldato (6)
Forster
Casa Howard (6)
Forster
Camera con vista
Hardy
Via dalla pazza folla
Hardy
La brughiera
Joyce
Gente di Dublino
Kipling
Kim (3)
Kipling
Racconti
Lawrence
Figli e amanti
Morris
Notizie da nessun luogo
Scott
La sposa di Lammermoor

Scott
Ivanhoe
Shakespeare
Riccardo II - Enrico IV
Shakespeare
Troilo e Cressida - Timone di Atene
Shakespeare
Il mercante di Venezia - Misura per misura - Come vi piace
Shakespeare
La bisbetica domata - I due gentiluomini di Verona - Molto rumore per nulla
Shakespeare
I sonetti □□
Shakespeare
Romeo e Giulietta □□
Shakespeare
Amleto □□
Shakespeare
La tempesta □□
Shakespeare
Antonio e Cleopatra □□
Shakespeare
Il mercante di Venezia □□
Shakespeare
Coriolano □□
Shakespeare
Riccardo III □□
Shakespeare
Tito Andronico □□
Shakespeare
Macbeth □□

Shakespeare
La dodicesima notte ◫
Shakespeare
Otello ◫
Shakespeare
Come vi piace ◫
Shakespeare
Molto rumore per nulla ◫
Shakespeare
Pericle, principe di Tiro ◫
Shakespeare
Il racconto d'inverno ◫
Shakespeare
Re Lear ◫
Shakespeare
Sogno d'una notte di mezza estate ◫
Shakespeare
Enrico IV, parte prima ◫
Shakespeare
Enrico V ◫
Shakespeare
Le allegre comari di Windsor ◫
Shakespeare
La bisbetica domata ◫
Shakespeare
Pene d'amor perdute ◫
Shakespeare
Giulio Cesare ◫
Shelley
Frankenstein
Sterne-Foscolo
Viaggio sentimentale di Yorick lungo la Francia e l'Italia ◫
Sterne
La vita e le opinioni di Tristram Shandy, gentiluomo (8)
Stevenson
Il Master di Ballantrae (3)
Stevenson
L'isola del tesoro (3)
Stevenson
Il ragazzo rapito
Stevenson
Weir di Hermiston
Stevenson
Lo strano caso del dottor Jekill e del signor Hyde
Swift
I viaggi di Gulliver
Thackeray
La fiera della vanità
Wells
Racconti (3)
Wilde
Il ritratto di Dorian Gray
Wilde
Il ventaglio di Lady Windermere - L'importanza di essere Fedele - Salomé
Woolf
Gita al faro
Woolf
Orlando (9)
Woolf
Gli anni (9)
Yeats
Il ciclo di Cuchulain ◫

Russi

Bulgakov
Il Maestro e Margherita
Bulgakov
Uova fatali - Cuore di cane
Čechov
Racconti
Čechov
Teatro
Černyševskij
Che fare?
Dostoevskij
L'idiota
Dostoevskij
I demoni
Dostoevskij
Delitto e castigo
Dostoevskij
I fratelli Karamazov
Dostoevskij
Il sosia
Dostoevskij
Il giocatore
Dostoevskij
L'adolescente
Dostoevskij
Memorie dal sottosuolo
Dostoevskij
Racconti
Esenin
Poesie ◫
Gogol'
Anime morte
Gogol'
I racconti di Pietroburgo
Gogol'
Taras Bul'ba e gli altri racconti di Mirgorod
Gončarov
Oblomov
Lermontov
Un eroe del nostro tempo
Leskov
Il viaggiatore incantato - L'angelo suggellato (3)
Puškin
Romanzi e racconti
Puškin
Evgenij Onegin
Saltykov-Ščedrin
I signori Golovlëv
Solgenitsin
Divisione cancro (1)
Tolstoj
Anna Karenina
Tolstoj
Guerra e pace
Tolstoj
La morte di Ivan Il'ič
Tolstoj
Resurrezione
Tolstoj
La sonata a Kreutzer e altri racconti
Turgenev
Padri e figli
Turgenev
Un nido di nobili (3)
Turgenev
Terra vergine
Turgenev
Memorie di un cacciatore

Americani

Cooper
L'ultimo dei Mohicani
Crane
Il segno rosso del coraggio
Hawthorne
La lettera scarlatta
Hawthorne
Racconti (3)
James
Il giro di vite
James
Principessa Casamassima
James
La bestia nella giungla e altri racconti
James
Washington Square
London
Martin Eden
Melville
Moby Dick
Melville
Benito Cereno - Billy Budd (3)
Poe
Racconti
Poe
Il racconto di Arthur Gordon Pym
Pound
Canti Pisani (5) □□
Twain
Le avventure di Huckleberry Finn
Twain
Wilson lo Svitato
Twain
Le avventure di Tom Sawyer

Tedeschi

Buber
I racconti dei Chassidim (10)
Chamisso
Storia straordinaria di Peter Schlemihl
Fontane
Effi Briest
Fontane
Il signore di Stechlin
Goethe
I dolori del giovane Werther
Goethe
Le affinità elettive
Goethe
Ballate □□
Goethe
La vocazione teatrale di Wilhelm Meister
Goethe
Ifigenia in Tauride □□
Heine
Idee - Il libro Le Grand □□
Hoffmann
Il vaso d'oro e altri racconti
Hofmannsthal
Elettra □□
Kafka
La metamorfosi e altri racconti
Kafka
Il processo
Kafka
America
Kafka
Il castello
Kleist
I racconti
Kleist
La brocca rotta - Anfitrione - Il principe di Homburg
Lessing
Nathan il Saggio □□
Mann
I Buddenbrook
Mann
Tonio Kröger - La morte a Venezia - Cane e padrone
Mann
Altezza Reale (3)
Musil
Il giovane Törless
Novalis
Inni alla notte - Canti spirituali
Rilke
I quaderni di Malte Laurids Brigge
Schiller
I masnadieri - Don Carlos Maria Stuarda
Spies
Storia del dottor Faust, ben noto mago e negromante
Trakl
Le poesie □□

Spagnoli

Anonimo
Lazarillo de Tormes
Cervantes
Don Chisciotte della Mancia
(3)
García Lorca
Tutte le poesie □□

Macrí
Poesia spagnola del Novecento
□□
Pérez Galdós
Misericordia
Pérez Galdós
Tristana

Quevedo
Sogni e Discorsi
Quevedo
Vita del briccone

Altre letterature

Ibsen
Spettri - Un nemico del popolo - L'anitra selvatica - Rosmersholm

Lu Hsün
Fuga sulla luna (2)

Witkiewicz
Insaziabilità (2)

I titoli contrassegnati con numero tra parentesi sono pubblicati su licenza degli Editori:

(1) Il Saggiatore
(2) De Donato
(3) Mursia
(4) Rusconi
(5) Guanda
(6) Feltrinelli
(7) Scheiwiller
(8) Einaudi
(9) Mondadori
(10) Longanesi

□□ Titoli con testo a fronte

Periodico settimanale 504 27 aprile 1993

Direttore responsabile Gina Lagorio

Pubblicazione registrata
presso il Tribunale di Milano n. 141 del 17-4-1981

Finito di stampare il 21 aprile 1993
dalla Garzanti Editore s.p.a., Milano

Spedizione in abbonamento postale
Tariffa ridotta editoriale
Autorizzazione n. Z. 280961/3/VE del 9-12-1980
Direzione provinciale P.T. Milano

USPI Associata all'Unione Stampa Periodica Italiana